천랑

정령왕

엘퀴네스

이환 판타지 장편소설

5

dream
books
드림북스

정령왕 엘퀴네스 5

초판 1쇄 인쇄 / 2014년 3월 28일
초판 9쇄 발행 / 2022년 9월 9일

지은이 / 이환

발행인 / 오영배
책임편집 / 편집부
펴낸 곳 / (주)삼양출판사 · 드림북스

주소 / 서울특별시 강북구 도봉로 173
대표 전화 / 02-980-2112 팩스 / 02-983-0660
편집부 전화 / 02-980-2116 팩스 / 02-983-8201
블로그 / blog.naver.com/dreambookss

등록번호 / 제9-00046호
등록일자 / 1999년 3월 11일

ISBN 978-89-542-4486-2 (04810) / 978-89-542-4481-7 (세트)

* 지은이와 협의하에 인지는 생략합니다.
* 잘못된 책은 구입한 곳에서 바꾸어 드립니다.

이 도서의 국립중앙도서관 출판시도서목록(CIP)은
서지정보유통지원시스홈페이지(http://seoji.nl.go.kr)와
국가자료공동목록시스템(http://www.nl.go.kr/kolisnet)에서
이용하실 수 있습니다. (CIP제어번호: 2014009879)

정령왕

엘퀴네스

개정판

이환 판타지 장편소설

5

dream
books
드림북스

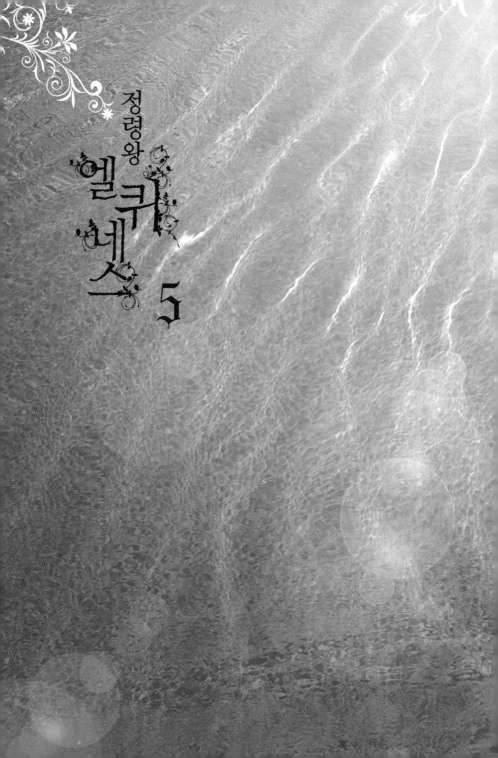

정령왕
엘퀴
네스

5

Contents

제1화

1.

사시사철 계절의 변화가 뚜렷한 아크아돈에 비해 정령계의 계절은 늘 한결같다. 정원에 깔린 드넓은 꽃밭은 매일같이 영롱한 꽃잎을 피워 냈고, 날씨는 언제나 맑았으며, 온종일 선선하고 부드러운 바람이 일정한 주기를 타고 감돌았다. 때때로 정령왕들의 감정이 격양되면 폭설이 내리거나 비바람이 몰아치기도 했지만, 그 시기가 지나고 나면 언제 그랬냐는 듯 다시 순식간에 원래의 모습을 회복했다.

화려한 것으로 따지자면 신계에 있는 수많은 궁처들을 빼놓을 수 없으나, 세계에서 가장 아름다운 장소를 꼽으라고 말하면 신들은 단연 정령계를 꼽았다. 다른 곳에서는 결코 한자리에서 융

화되지 않는 자연의 4대 속성, 그것이 모두 균등하게 존재하는 유일한 세계였기 때문이다. 그래서 신들은 이곳을 살아 있는 지상낙원이라고 칭했다.

—미네르바 님! 미네르바 님!

종알종알 자신을 부르는 목소리에 미네르바는 감고 있던 눈을 나른히 떴다. 그의 흐릿한 시야에 생글생글 웃고 있는 앳된 청년의 모습이 맺혔다. 활기가 넘치는 사내다운 얼굴, 바람이 불지도 않는데 마구 흩날리고 있는 구불거리는 머리칼은 투명한 회색빛을 띠었다. 미네르바, 그의 머리칼과 꼭 같은 색이었다.

"진이구나."

희미하게 웃어 보이자 진의 얼굴이 더욱 밝은 색으로 물들었다. 미네르바는 구름 속에 맡겼던 몸을 천천히 일으켰다. 오랜 시간 잠들어 있던 탓인지 온몸이 천근처럼 무겁게 느껴졌다.

본래라면 이맘때쯤의 그는 전신에 힘이 넘치고 생기가 가득해야 했다. 바람의 정령이 가장 왕성한 활동을 하는 겨울의 시기가 아크아돈에 도래했기 때문이다. 하지만 예전과는 다르게 근래에 들어선 활기가 돌기는커녕 오히려 점점 나른해지기만 했다.

몸의 패턴이 바뀌기 시작한다는 것은 결코 좋은 의미가 아니다. 그러나 미네르바는 별로 신경 쓰지 않았다. 이 정도는 이미 오래전부터 예감하고 있었던 일이었다.

—분부하셨던 일을 마치고 왔어요.

가볍게 몸단장을 하는 그의 옆에서 진이 발랄하게 고했다. 잠시간 멈칫한 미네르바는 그의 긴 머리카락을 어깨 뒤로 넘기며 고개를 끄덕였다.

"그래, 다행히 빨리 찾았구나. 그는 지금 어디에서 무엇을 하고 있니?"

—한 인간 남자와 함께 있었어요. 아직 동행한 기간은 길지 않아 보였지만요.

"결국 다시 세상에 나오고 만 거구나. 인간 남자가 그의 봉인을 푼 거니?"

—아뇨, 동행인은 아직 그의 존재도 눈치채지 못한 것 같았어요.

"……그래, 그렇구나."

담담히 중얼거리는 얼굴엔 아무런 감정의 표현도 없었지만, 눈빛만큼은 침잠했다.

—아참! 그런데 그의 근처에서 물의 정령왕을 뵀어요.

"……엘을?"

—네, 계약자와 함께 계시던데요? 그의 동행자와 잠시 스쳤는데 계속 쳐다보시더라고요. 아마 동행자에게서 그의 기운을 느끼신 것 같아요.

"느꼈는데 정체는 깨닫지 못했단 말이지? 후후, 그런 점은 확실히 엘답네."

—제가 다시 가서 알려 드리고 올까요?

"아니, 그대로 두렴."

미네르바는 곧바로 답했다. 마주친 정령왕이 엘이라서 오히려 다행이었다. 만약 다른 정령왕이었다면 한눈에 그것의 정체를 알아보았을 것이다. 그리고 그들은 '그때'의 증거를 눈앞에 두고 결코 그냥 지나치지 않았으리라. 특히 트로웰이라면 그 자리에서 흔적도 없이 소멸시켜버릴 것이 틀림없었다. 가엾은 그에겐 아무런 잘못이 없는데도 불구하고.

"그건 안 되지. 그건 모두에게 비극인 결말인걸."

혼잣말로 중얼거린 미네르바는 옆쪽에서 느껴지는 강렬한 시선에 고개를 들었다. 진이 다음 지시를 기다리는 듯 초롱초롱한 눈으로 그를 바라보고 있었다. 기대를 무시할 수는 없었기에 미네르바는 부드럽게 웃으며 말했다.

"수고했다, 진. 당분간은 그의 동향을 살펴봐 주겠니?"

―계속 주시하라는 말씀이신가요?

"그래, 그의 일상에 뭔가 변화가 일거든 내게 다시 와서 알려주렴."

―네, 알겠습니다! 맡겨만 주세요!

활기찬 대답과 함께 진은 큰 바람을 일으키며 날아갔다. 미네르바는 빠르게 멀어져 가는 상급 정령의 뒷모습을 바라보았다. 그와 똑같은, 하지만 지금은 다른 존재가 되어 버린 누군가를 알고 있었다. 진들을 볼 때면 굳이 의식하지 않아도 자연스레 그의 존재를 같이 상기하게 된다. 누구보다 자신의 마음을 헤아려 주었던 그의 작은 친우의 모습을.

제게 맡겨 주십시오, 왕이시여. 제가 왕을 위해 그를 돕겠
습니다.

한때 고귀한 위치에 있던 친우는 어둡고 깊은 파국의 길로 떨
어져 내렸다. 다른 누구도 아닌 바로 자신의 손에 의해서. 그래서
일까. 완전히 잊은 듯싶어도 언제나 그의 존재는 불현듯이 머릿
속을 다시 덮쳐 오고 만다. 다시는 떠올리고 싶지 않은 다른 한
사람의 기억과 함께.

"……사랑한다고 말했었지."

눈을 감으면 지금도 그의 품이 선명하다. 기분 좋게 울리던 낮
은 웃음소리, 그에게서 느껴지던 성마른 바람의 체취도. 그때마다
망각의 힘이 강하게 스미지 않는 정령의 육체를 얼마나 원망해왔
던가.

"그 입으로, 그 눈으로, 그 품으로 나를 사랑한다고 했었지. 그
렇게 야속한 인간이었지……."

이미 퇴색한 지 오래된 감정에 불과했지만 그래도 미네르바는
그를 사랑했다. 아끼고 아끼는 마음이 넘쳐서 그를 비호하기 위
해서라면 무슨 짓을 해도 좋았을 만큼. 그리하여…… 자신의 모
든 것을 주어도 하나도 아깝지 않았을 만큼.

블레스터?

고작 인간 따위에게 네 능력을 나눠 주겠다고? 너 미쳤어,

미네르바?

당시 그가 내린 결정에 가장 격정적으로 반응을 했던 건 지금은 소멸하고 없는 전대의 이프리트였다. 엘이 태어나기 전까지, 정령왕들 중에서 가장 인간적이라는 평을 듣던 그는 워낙 남의 일에 참견하길 좋아하는 성격이라 평소에도 다양한 방면에서 자주 충돌을 빚곤 했다. 하지만 그가 그렇게 화를 낸 건 그날이 처음이었다. 언제나 침착하고 무덤덤하던 트로웰의 눈물을 보게 된 것도.

그는 널 사랑하지 않아.

떨림을 억누른 음성이 나직하게 경고를 전해 온다. 동요를 감춘 그의 얼굴은 일그러지지 않기 위해 억지로 무심을 가장하고 있었다.

하지만 네가 자신을 사랑한다는 것은 누구보다 잘 알고 있지. 가여운 미네르바. 지금의 너를 내가 무슨 말로 설득할 수 있을까. 하지만 이것만은 명심해 둬. 너는, 분명히 다치게 될 거야.

물기에 젖은 황금색 눈동자가 그렇게 말했을 때, 자신은 어떤 반응을 했던가. 아마도 듣고 있지 않았던 것 같다. 그때는 생전 처음 느껴보는 감정을 주체하는 것만으로도 벅차서 주위를 제대로 돌아볼 여유가 없었다. 그래서 자신을 진심으로 걱정하는 말조차 돌아보지 않았다. 돌이켜 생각해 보면 정말 잔인한 짓을 했다. 그들에게도, 그리고 자기 자신에게도.

'경고를 들었을 때 모든 것을 멈췄다면, 그럼 지금의 나는 조금은 덜 후회하고 있을까?'

그것은 아무도 알 수 없는 일이다. 하지만 결과는 그리 달라지지 않았을 거라고, 미네르바는 그렇게 생각했다.

지금의 아픔은 흔적이었다. 자신이 한때 한 인간을 너무도 사랑했었다는 걸 증명하는, 결코 지워지지 않을 마음의 흔적.

이제는 아무렇지 않게 웃으며 이야기할 수 있을 정도로 희석된 과거에 불과했지만 흔적은 사라지지 않는다. 그 한순간의 어리석음이 자신을 그렇게까지 내몰게 될 줄 알았다면 미네르바는 결코 사랑이란 감정을 배우지 않았을 것이다. 그래서 그는 늘 후회하고 또 후회했다. 이제 와서는 전부 부질없는 일이라 할지라도.

"뭐, 이런 걸로 심란해하는 것도 이제 얼마 남지 않았나."

머릿속을 복잡하게 만드는 회상을 걷어 내며 그는 낮게 중얼거렸다. 점점 나른해지는 몸과 희미해지는 바람의 기운, 그것이 의미하는 것을 모를 미네르바가 아니었다. 그날 이후로부터 오직 이 순간만을 기다려왔으니까.

"괜찮아. 아주 잠시일 뿐이야."

미네르바는 타이르듯이 자신을 향해 말했다. 아무렇지 않다고 생각했는데 막상 기다려왔던 때가 다가오자 마음이 더 조급해지는 것 같았다. 그는 두 손을 가슴에 얹고 눈을 감았다. 휘이이─ 바람을 담은 몸에서 메마른 소리가 일었다.

"이제 곧 전부 끝낼 수 있어."

텅 빈 목소리가 허공 속에 천천히 흩어졌다.

2.

첫눈이 내린 이후로 클모어엔 흔치 않은 기상 이변이 일어났다. 아직 본격적으로 추위가 찾아오지도 않았는데 주마다 폭설이 쏟아지기 시작한 것이다. 매섭게 눈발이 흩날리기 시작하면 거리에 있던 사람들은 서둘러 건물 안으로 몸을 피했다. 그것은 병사들도 마찬가지라 초소를 제외한 곳의 모든 업무가 수시로 멈추는 일이 속출했다. 성문 밖에서 입성만을 기다리고 있는 행렬에게는 매우 불행한 일이었다.

하지만 눈 때문에 정작 곤란한 쪽은 따로 있었다. 황제를 뒤쫓고 있는 추격대들이었다. 날씨가 궂으면 흔적을 찾는 것이 매우 어려워진다. 그렇지 않아도 난항을 겪고 있는 수사가 더더욱 진통을 앓는 이유였다.

복도에 난 창문을 통해 굵어지는 눈발을 본 추격대 소속의 기사는 한숨을 내쉬었다. 무섭게 쌓이는 속도를 보니 이번에도 황제의 꼬리를 잡기는 틀린 것 같았다.

어리고 나약하다는 황제는 정말이지 운만큼은 지독하게 좋은 자였다. 겨울이 되기 전에는 비가 계속 오는 탓에 번번이 흔적을 놓치게 하더니 이번엔 눈이다. 대체 이 제국이 언제부터 이렇게 비와 눈이 자주 내리는 땅이 되었단 말인가? 마치 날씨가 황제의 도주를 돕는 것 같다는 생각이 들 정도였다.

투덜거리던 기사는 이윽고 어느 문 앞에 이르러 걸음을 멈췄다. 일순 느긋하던 그의 표정이 변하고 눈빛이 또렷해졌다. 기사는 자신의 상태를 꼼꼼히 점검한 뒤 가벼운 노크와 함께 문을 열었다. 한적한 응접실 안, 불씨가 빨갛게 타들어 가는 벽난로 앞에 한 남자가 앉아 있었다.

사자의 갈기처럼 풍성한 금색의 머리칼, 햇볕에 그을린 적동색 피부, 짙은 눈썹 사이로 서늘하게 드리운 보라색 눈동자가 남자의 인상을 한층 강하게 만들고 있었다. 파이런 드 카리브디스. 대륙에 다섯 명밖에 없는 소드 마스터의 일원이자 대공의 친위군단을 이끄는 총사령관이었다.

언제 봐도 위압감이 느껴지는 모습에 기사는 잘게 몸을 떨었다. 검의 길을 걷는 자들에게 카리브디스 공작은 살아 있는 전설이자 영웅이었다. 대공의 기사들 중에선 그를 따르고 싶다는 이유만으로 지원한 이들이 수두룩했다. 지금 공작 앞에 서 있는 기사 역시 그러한 존재 중 하나였다.

"공 각하, 보고 드립니다."

기사의 말에 카리브디스는 돌아보지도 않고 손을 까닥거렸다. 기사는 굳은 얼굴로 그 앞으로 다가가 공손히 보고서를 내밀었다. 매일 하는 일과지만 그는 늘 이 순간이 긴장됐다. 하급 기사의 신분으론 총사령관과 조우할 기회가 별로 없었다. 아마 이번 일이 아니었다면, 더불어 그가 부관 없이 독자적으로 행동하는 성격이 아니었다면 평생 말을 섞어 볼 날도 없었을 것이다.

대공 유카르테의 오른팔. 그 칭호가 말해 주는 그대로, 카리브디스 공작은 대공을 가장 가까이에서 보좌하는 수하였다. 황제에 대한 수사가 너무 지지부진하다는 이유로, 대공이 그에게 추격대의 지휘를 맡긴 지도 어느새 두 달여가 흘렀다. 이번 처사에 대해 일각에선 너무 과한 결정이 아니냐는 시선도 있었다. 고작 다 잡은 물고기(예상외로 고전하고 있긴 하지만)를 잡는 데 쓰이기엔 공작의 지위와 능력이 아깝다는 것이었다.

실제로 그가 추격대에 파견이 되는 첫날엔 사람들 사이에서 여러 가지 뒷말이 나돌기도 했다. 대공이 그를 버리기로 작심한 것이라는 둥, 역시 평민 출신이라 무시당하고 있다는 둥, 대부분 공작 본인에게 전해지면 어쩌나 노심초사한 이야기들뿐이었다. 하지만 그러한 소문이야 어쨌건 보고하러 온 기사의 입장에선 멀리서만 동경했던 존재를 가까이에서 모시게 되어 그저 감격스럽기만 했다.

카리브디스는 그런 기사에겐 눈길도 주지 않고 묵묵히 보고서를 읽었다. 빼곡히 적힌 글씨들을 내려다보는 그의 얼굴이 잠시 찌푸려졌다가 이내 차게 가라앉았다.

"……그래, 결국 또 죽었단 말이군."

와작, 그의 손 안에서 구겨진 종이가 불에 닿은 것처럼 스러졌다. 순수한 육체의 기운만으로 태운 것이다. 언제 봐도 경이로운 광경에 기사의 눈동자가 감동으로 일렁거렸지만, 분위기를 생각해 내색진 않았다.

"그리고 누구의 소행인지는 여전히 밝혀내지 못했다는 말이지?"

"면목 없습니다."

카리브디스는 미간을 가만히 찌푸렸다. 최근 한 달간 그들은 기묘한 사건에 골머리를 앓고 있었다. 기사들이 차례로 변사체가 된 채 발견되고 있었기 때문이다.

벌써 스무 번째 이어진 연쇄 살인이었다. 범행이 일어난 장소와 수단은 각기 달랐으나 살해당한 자들에겐 하나의 공통점이 있었다. 모두 대공파에 소속된 기사들이라는 것, 그리고 얼마 전 오크 무리에게서 습득한 마법 무구를 소지하고 있었다는 사실이었다.

처음 사건이 벌어졌을 때만 해도 그는 대공에게 원한이 있거나 겁을 상실한 도적들의 소행이라고 여겼다. 하지만 희생자의 숫자가 점차 늘어가기 시작하자 생각을 바꿀 수밖에 없었다. 수많은 기사들 중에서 마법 무구를 지닌 자만 죽었다. 처음부터 누군가 무기만을 노리고 있는 것이다. 그 증거로 살해당한 자들이 소지하고 있던 금품들 중에서 오직 무기만이 사라져 있었다.

'세트니오 백작의 속이 많이 쓰리겠군.'

그때의 무기들을 나눠가진 건 모두 세트니오 백작 사단의 기사들이었다. 그는 최근에 수행했던 임무의 실패와 더불어 이번 연쇄 살인 사건으로 대부분의 수하들을 잃었다. 개인적으로는 가까이 하고 싶지 않은 사람이었지만 지휘관의 입장에선 동정이 일었다.

'그러고 보니 그 일의 실패도 좀 석연치 않았지.'

사단 하나가 완전히 전멸했다고 했던가. 카리브디스는 얼마 전에 읽었던 관련 보고서를 떠올렸다. 그가 황제의 흔적을 찾는 동안 세트니오 백작은 황실 친위대 쪽을 추격하고 있었다. 그때까지만 해도 백작은 여유로웠고, 당당하게 자신의 승리를 확신했다. 그러나 얼마 후 당도한 건 승전보가 아닌 그의 사단이 전멸했다는 소식이었다. 그 결과에 백작은 큰 충격을 받았다. 수적으로나 병력으로나 누가 보기에도 그들 쪽이 압도적인 상황이었으니까.

심지어 죽은 자들은 시체조차 제대로 남기지 못했다. 마지막으로 접전을 벌였을 것이라 예상된 장소엔 시커멓게 타다 남은 흔적만 남아 있었을 뿐, 아무것도 존재하지 않았다. 보고서 말미엔 그곳에서 강한 마법의 발현이 있었던 것으로 보인다는 조사단의 소견이 적혀 있었다.

'그래, 마법. 친위대 중에는 마법사가 없을 텐데……'

황제의 친위대는 전통적으로 기사들로만 구성된다. 그럼에도 카리브디스가 당시에 그 소견을 신경 쓰지 않았던 건 그들에게 숨겨둔 한 수가 있을 거라는 생각 때문이었다. 실제로 정령사 페리스의 비호가 그랬다. 그는 친위대 소속은 아니지만, 황제의 최측근으로서 그들을 돕고 있었다. 거의 다 잡을 뻔한 상황에서 그 때문에 놓친 횟수만 수두룩하다고 들었다. 황제의 행보가 예상치 못한 방향으로 튀고 있는 만큼 그사이 새로운 협력자가 나타날 가능성도 얼마든지 있었다. 하지만 흘러가는 상황이 다른 유추를 떠올리게 했다.

그날, 기사단이 겨룬 상대가 정말로 황제의 친위대였을까? 전멸한 사단 역시 그때의 전리품을 소유하고 있었다. 어쩌면 그들은 친위대가 아닌 전혀 다른 적을 만났던 것일지도 모른다. 본격적인 연쇄 살인이 시작된 것이 그즈음이었으니 얼추 시점도 맞아떨어졌다. 왜 지금까지 깨닫지 못했을까. 카리브디스는 낮게 혀를 찼다.

연쇄 살인으로 죽은 자들에게선 모두 공격 마법의 흔적이 발견됐다. 공격 마법이라고 해도 대개 계열과 학파에 따라 속성이 정해지는 법인데, 그런 것을 구분할 수 없을 정도로 다양한 주문이 사용됐다. 범인은 마법에 매우 능통한 자거나 적어도 두 명 이상으로 구성된 인원일 터였다. 사단 하나를 전멸시킬 정도라면 예상보다 규모가 큰 적일지도 몰랐다.

"내가 지시한 일은 어떻게 됐지?"

"무기 회수 말씀이십니까? 말씀하신 대로 그때 오크들에게서 습득했던 전리품들 중 남아 있는 것들은 전부 수거했습니다."

"개수는?"

"검과 창 종류로 총 열다섯 자루입니다."

"상자에 담아 열쇠를 채운 뒤 바다에 던져라."

"전부…… 말입니까?"

"그래, 전부."

카리브디스의 말에 기사는 어리둥절해하면서도 고개를 끄덕였다. 마법 무기가 아무리 아까워도 상관의 명령은 절대적이었으니까.

'이제 남은 것은 단 하나.'

스르릉—

기사가 나가고 난 뒤 카리브디스는 그의 허리춤에서 대검 하나를 꺼내 들었다. 당시의 수많은 전리품들 중에서 그가 유일하게 취한 것이었다.

대검은 아무런 무늬도 새겨져 있지 않은 일견 평범한 형태를 지니고 있었다. 그럼에도 그가 다른 화려한 마법 무구를 마다하고 그것을 선택한 이유는 검에 서려 있는 묘한 느낌 때문이었다. 시린 겨울의 한기와 비슷한 서늘한 기운. 그것은 모든 것을 감싸 안듯이 잔잔하면서, 동시에 휘몰아치는 거친 바람 같기도 했다.

이 검에는 무언가 특별한 것이 서려 있었다. 그게 무엇인지는 정확히 알 수가 없었지만.

'그것도 언젠가는 알게 되겠지.'

카리브디스는 냉정한 눈으로 검신을 훑었다. 이제 그는 그때의 전리품을 소유한 사람 중에서 유일한 생존자가 됐다. 한 명일지 집단일지는 모르겠지만, 그의 가정대로라면 범인은 반드시 자신을 찾아올 것이다. 그때가 되면 베일에 가려진 적의 정체도 분명히 드러날 터였다.

3.

카리브디스의 예상대로 무기가 사라지자 거짓말처럼 연쇄 살인이 멈췄다. 한동안 평화로운 일상이 이어지면서, 처음엔 불안에 떨던 기사들도 점차 안심하기 시작했다. 그러나 단 한 사람, 카리브디스만은 긴장의 끈을 놓지 않은 채 상황을 주시하고 있었다. 보이지 않는 적에게선 아무런 반응이 없었지만 그는 이것이 끝이 아닐 것이라 확신하고 있었다. 마치 폭풍전야 같은 고요함이었다.

"클모어 공작은 아직 그대로인가?"

"예, 여전히 저택 밖으로 한 걸음도 나오지 않고 있습니다."

"가신들의 동태는 어떻지?"

"그쪽도 계속 살피고 있지만 딱히 눈에 띌 만한 움직임은 없었습니다."

카리브디스는 수하들과 함께 걸어가며 생각에 잠겼다. 황제가 수도를 벗어난 지 어느덧 세 달가량. 지금쯤이면 충분히 클모어에 당도할 시각이었다. 그러나 클모어 공작은 여전히 아무 움직임이 없었고, 대공의 병사들이 영지를 들쑤시고 다니는 것도 방관했다. 아침저녁마다 정기적으로 하는 기본 훈련 외의 군사 훈련은 전무(全無), 가신들의 소집 회의가 없는 것은 물론이고 물자가 대량으로 이동하는 흔적 또한 찾아볼 수 없었다. 누가 보기에도 전쟁을 준비하는 도시의 모습이 아니었다.

'아직 공작과 접선하지 못한 건가, 그게 아니면 전혀 다른 방향으로 이동한 건가.'

황제의 흔적은 두 달 전 수도 외곽에 있는 산에서 발견된 것을 마지막으로 완전히 끊겼다. 단지 정황상의 추측으로 클모어로 향할 것이라 짐작했을 뿐, 실제로 황제가 이곳에 온다고 정해져 있는 건 아니었다. 이미 세간에 소문이 파다히 퍼져 있는 만큼 겁을 먹고 아예 숨어 버렸을지도 모른다. 그가 알고 있는 이사나 황제는 충분히 그럴 만한 위인이었지만, 카리브디스는 왠지 그것만은 아닐 거라 생각했다.

설령 오지에 숨었다 해도 사람인 이상 살아가기 위해 필요한 흔적은 반드시 남는다. 노련한 기사들로 무장된 황제의 친위대들조차 이미 몇 번이나 발각되어 치열한 공방전을 벌였다. 그런데 아무 힘없는 어린 소년이 이렇게 완벽하게 흔적을 지우는 것이 가능한 걸까? 아무리 생각해도 이상했다. 황제에겐 분명 무언가가 있었다.

"영지 안에 숨어들었다는 소년들에 대한 조사는 어떻게 됐지?"

"아, 그게……송구하지만 그들의 얼굴을 본 자들이 없어서 수사에 별다른 진척을 내지 못했습니다."

"두 명이었다고 했었지. 그리고 다른 곳에서 누군가 습격을 했다고 했던가?"

"예, 워낙 귀신같은 솜씨라 기절하는 순간까지 공격당하는 걸 몰랐다고 합니다. 마찬가지로 그의 얼굴을 본 사람도 없습니다."

"최소 세 명이란 소리군."

황제일까.

카리브디스는 이젠 거의 습관적으로 하게 된 생각을 마음속으로 중얼거리며 고개를 끄덕였다.

"그러고 보니 얼마 전 공작가의 근황을 알아보고 다니는 자들이 있다고도 한 것 같은데."

"아, 네. 맞습니다. 신관을 포함하여 총 네 명으로 구성된 일행이었습니다. 신관은 카이테인이라는 이름으로, 형벌의 신 엘뤼엔의 사제입니다."

"엘뤼엔의 사제라……."

"수행 중이었다가 최근 정기 보고를 위해 클모어에 들른 것 같습니다. 검문 때부터 주시했는데 별다른 특이 사항은 없었고, 교단으로 갈 때까지 혼자였습니다. 다른 세 명과는 교단에서 만난 사이로 보이며, 사절단으로서 함께 공작가를 방문했으나 거절당해 그냥 돌아섰다 합니다. 그 반발심으로 공작가의 근황을 묻고 다녔던 것 같습니다."

"나머지 셋의 인상착의는 전부 파악했나?"

"예, 모두 귀족으로 보이는 화려한 외형이었다고 합니다. 신관과 합류하기 전에 그들끼리 여관에 묵은 적이 있는데 그때 시중을 든 종업원의 말에 의하면 젊은 부부와 남동생으로 구성된 관계였다고 합니다. 그들의 인상착의 중에 저희가 찾는 것과 일치하는 부분은 없었습니다."

"그렇군."

남몰래 숨어든 일행도 셋, 그리고 신관과 합류한 일행도 셋. 심지어 신관은 황제를 돕는다고 알려진 형벌의 신의 사제다. 이모든 것들이 단순히 우연에 불과한 걸까?

무언가 잡힐 듯 잡히지 않는 아슬아슬한 기분이었다. 한 발자국만 더 나가면 확실히 알 수 있을 것 같은데, 좀처럼 거리가 좁혀지지 않았다.

그때 그의 시야에 문득 한 광경이 들어왔다. 구석진 장소에 창고로 보이는 건물이 하나 있었는데, 그 앞을 대공 쪽의 병사로 보이는 자들이 지키고 있었다.

"저건 뭐지?"

카리브디스의 질문에 지금까지 술술 대답하던 기사가 처음으로 머뭇거렸다. 그 눈빛에서 낭패감을 읽은 카리브디스의 음성이 한층 낮아졌다.

"말해라."

"아, 저어, 그것이…… 대공 전하께 진상할 것들을 지키고 있는 겁니다."

"진상품? 그것을 왜 저런 곳에 보관하지?"

"아, 저어, 그것이……."

이번에도 기사는 대답을 망설였다. 카리브디스는 바로 창고를 향해 걸어갔다. 당황한 기사들이 만류하듯이 뒤따라오는 것을 느꼈지만 그는 별로 상관하지 않았다. 문 앞에 이르자 지키고 있던 병사들이 그를 알아보고 허둥거리기 시작했다.

"고, 공작 각하!"

"문을 열어라."

"예? 아, 하, 하지만……."

"난 두 번 말하는 걸 좋아하지 않아. 열어라."

서슬 퍼런 눈빛에 굳은 병사들이 서로 시선을 교환했다. 그들의 얼굴에도 대답을 망설이던 기사처럼 낭패감이 드러나 있었다. 물론 이번에도 카리브디스는 그들의 곤혹을 무시했고, 병사들은 곧 어쩔 수 없이 옆으로 물러서며 문을 열었다. 끼이익, 낡은 판자로 엮여진 이음새가 기괴한 소리를 내며 비명을 질렀다. 쏟아지는 빛이 어두운 창고 안을 비추자 점차 내부의 광경이 시야에 들어오기 시작했다.

"……."

"……."

창고 안에 있는 건 십 대 초반으로 보이는 아이들이었다. 상당히 오랜 시간 갇혀 있었다는 것을 증명하듯 모두 안색이 창백했고, 지친 기색이 역력했다. 구석에 웅크려 있던 작은 머리통들이 겁먹은 눈동자로 올려다보는 것을 카리브디스는 잠시간 무표정하게 응시했다. 그러자 안절부절못하던 병사들이 서둘러 변명을 하기 시작했다.

"고, 공작 각하, 이게 어떻게 된 거냐면……."

"풀어 줘라."

"예, 예?"

"앞으로 한 번만 더 같은 말을 반복하게 하면 이 자리에서 널 베겠다."

"……."

겁을 먹은 병사들은 서둘러 안에 있던 아이들을 끌어냈다. 대다수 연고지가 있는 아이들이라 돌려보내는 것은 어렵지 않았다. 풀려난 아이들은 연거푸 카리브디스에게 고마움을 표한 다음 멀찍이 달려 나갔다.

그 이후로 임시 관저에 돌아오기까지 카리브디스는 단 한 마디도 하지 않았다. 뒤를 따르던 기사들은 가시밭길을 걷는 기분으로 눈치를 보았다.

"저어, 공작 각하……."

"이만 나가 봐라."

드디어 떨어진 명령에 기사들은 굳은 얼굴로 말없이 허리를 숙였다. 그들이 침울한 모습으로 몸을 돌리던 때였다.

콰앙!

그 순간 거칠게 울리는 문소리에 카리브디스는 얼굴을 살짝 찌푸렸다. 다른 사람보다 뛰어난 감각을 지닌 그는 청각 역시 몹시 예민했다. 그는 힐끗 시선을 돌려 무례하게 방문한 손님을 응시했다. 씩씩거리며 걸어오는 사람은 세트니오 백작이었다.

"공작님! 대체 이게 어떻게 된 겁니까?"

그는 일전의 임무 실패에 관한 조사 차원으로 한동안 이곳을 떠나 있던 상태였다. 오랜만의 대면인데도 형식적인 안부 인사조차 없이 다짜고짜 고함을 지르는 태도에 카리브디스는 눈을 가늘게 떴다.

"질문을 할 땐 주어를 분명히 밝히는 게 순서 아닌가, 백작?"

"모른 척하지 마십시오! 제가 자리를 비운 동안 제 기사들에게서 무기를 수거하셨다 들었습니다! 아무리 지휘관이라 해도 이건 명백한 월권이지 않습니까!"

"수거한 이유에 대해선 듣지 못한 건가?"

"들었습니다! 기사들이 살해당한 이유가 그 무기 때문인 것 같다는 의심을 하셨다고 하더군요! 그래서 그것들을 전부 거두어 바다에 던져 버리셨다고요!"

"정확히 들었군. 그런 사정이었다."

"그렇다고 어떻게 그런 짓을! 제정신이십니까, 공작님? 그것들은 전부 마법 무구였습니다! 고대 유물 중에서도 가장 상등품으로 치는 고위 마법이 걸린 무구였단 말입니다!"

"그게 무슨 상관이지? 기사들이 죽는 걸 그냥 지켜보라는 말인가?"

"그런 뜻이 아니잖습니까! 잘 찾아보면 무기도 보존하고 살해자를 검거할 다른 방법도 얼마든지 있었을 겁니다! 하다못해 무기에 걸린 추적 마법의 흔적을 찾아보기라도 해야 했지 않습니까? 그랬다면 역추적을 해서 살해자를 찾아낼 수도 있었을 겁니다!"

"역추적은 상급 마법사가 시도해도 성공 가능성이 낮을뿐더러, 시간이 오래 걸린다고 들었다. 그사이에 또 다른 기사가 희생될 수도 있었지. 그깟 무기가 수하의 목숨보다 중요하단 말인가?"

"그깟 무기가 아니니 이러는 거 아닙니까!"

발작하는 것처럼 되받아치는 외침에 카리브디스는 잠시간 말없이 세트니오 백작을 응시했다. 그의 서늘한 눈빛을 마주한 백작은 자신도 모르게 어깨를 움츠렸다.

"내가 잘못 생각한 모양이로군."

"……예?"

"난 백작이 수하들을 잃은 걸 안타깝게 여기고 있을 거라 생각했다."

"다, 당연히 안타깝습니다! 제 재산과도 같은 자들을 잃었는데 슬프지 않을 리가 있겠습니까?"

"……그렇군. 백작은 수하들을 재산의 일부로 생각하는군. 그래서 마법 무구와 비교하여 값을 계산해 보니, 그쪽의 손실이 더 아까웠던 건가?"

"무, 무례하십니다!"

"무례한 건 그대다."

단호한 음성에 백작은 벙긋하던 입을 다물었다. 카리브디스의 표정은 조금 전보다 더 싸늘해져 있었다.

"난 백작이 억지 트집을 잡으러 온 거라 여겼다. 하지만 차라리 그게 더 나았을 뻔했군. 그래, 예를 들면 피해자의 숫자가 스무 명이 넘은 시점에서야 일을 수습한 게 수상하다고 말이야. 내가 직속 지휘관이었다면 그 점이 더 분했을 것 같았거든."

"무, 무슨! 설마 일부러 연쇄 살인을 방치하고 있었단 겁니까!"

"······백작은 일의 경중을 가릴 줄 모를 뿐만 아니라 머리도 나쁘군."

한심한 시선을 보내는 건 기사들도 마찬가지였다. 그들의 표정에서 불리한 분위기를 감지한 백작의 얼굴이 새빨갛게 달아올랐다. 그는 모욕감에 몸을 떨면서도 카리브디스를 매섭게 노려보았다.

"공작님이야말로 자신의 처지를 너무 낙관하고 계시는 게 아닙니까?"

"비관할 이유라도 있나?"

"딱히 그렇다는 건 아닙니다. 다만, 대공께서 요즘 공작님을 대하는 태도가 소원해지셨다는 인상을 받아서 말입니다. 그리고 보니 공작님이 이곳에 오신 지 벌써 두 달이 넘으셨지요. 예전 같았으면 진작 수도로 다시 불러들이시고도 남았을 텐데, 여전히 그 대로 두는 이유가 궁금하지 않으십니까?"

"대공께선 백작처럼 일의 경중을 가릴 줄 모르는 분이 아니기 때문이지."

대수롭지 않다는 듯이 이어진 대답에 백작은 다시 얼굴을 붉혔다. 이쪽의 의도를 읽었으면서도 끝까지 여유만만하게 구는 상대의 모습에 울화가 치밀었다.

"공작님이 이토록 신임을 보이시니 대공 전하께서는 참으로 든든하시겠습니다. 그런데 오면서 한 가지 흥미로운 이야기를 들었는데 말입니다. 저희들이 개별적으로 대공께 진상하기 위해 모은 것들을 전부 풀어 주셨다지요?"

"우린 추격을 위해 이곳에 와 있는 것뿐, 다른 임무를 받은 적이 없다."

"하핫, 이제 와서 새삼스레 무슨 말씀을 하시는 겁니까? 대공께서 아이들을 모으기 시작한 건 이미 십 년도 더 넘은 일입니다. 아, 하긴 공작님이 그 일을 내키지 않아 하신다는 말을 듣긴 했었죠. 그 때문에 대공 전하와도 여러 번 충돌을 빚었다고 말입니다. 공작님 같은 충신이 설마 하니 전하의 뜻을 거역할 거라곤 생각도 하지 못해서 당연히 헛소문이라고 여겼는데, 이제 보니 아주 틀린 이야기는 아니었던 모양입니다?"

"……."

카리브디스는 아무 대답도 하지 않았다. 그 모습을 바라보는 백작의 얼굴에 비열한 미소가 떠올랐다.

"그거 아십니까? 노련한 사냥꾼은 사냥개에게 토끼를 물어오라 시킨 뒤, 모든 사냥이 끝나면 개도 같이 잡아먹습니다."

"……."

"수도에는 이미 소문이 파다하더군요. 대공께서 사냥개를 요리할 준비를 마쳤다고 말입니다."

잠시간 침묵이 깔리고, 두 사람은 서로의 얼굴을 가만히 바라보았다. 카리브디스는 무슨 생각을 하는지 모를 정도로 여전히 무표정했지만 조금 전처럼 독설을 뱉어내지도 않았다. 그것을 위축된 것이라 해석한 백작은 한껏 고무된 표정을 지었다.

"아무튼 덕분에 확실히 알았습니다. 그러고 보니 공작님께선 이번 연쇄 살인과 무기와의 연관성을 처음부터 염두에 두고 계신 것 같더군요. 그런데도 일을 이렇게 늦게 처리한 건 분명 그냥 넘어갈 수 없는 부분입니다. 전 이번 일을 결코 좌시하지 않을 것이며, 대공 전하께 상세히 보고드릴 겁니다. 희생된 기사들의 숫자와 그로 인한 손실 금액까지 전부 말입니다."

"보고라……."

"과연 대공께서 어떤 조치를 하실지 궁금해지는군요."

의미심장하게 덧붙인 백작은 의기양양하게 웃으며 몸을 돌렸다. 카리브디스는 그 뒷모습을 잠시간 응시한 뒤 나직이 한숨을 내쉬었다.

맹세하겠습니다.

당신이 아무리 더러워져도, 제 피가 그것을 덮을 겁니다.

그러니, 당신은 뒤돌아보지 마십시오.

언젠가의 대화가 그의 머릿속을 맴돌았다. 이미 십수 년이 지났는데도 그때의 일은 언제나 바로 어제 있었던 것처럼 선명했다. 아마 평생 잊을 수 없을 것이다. 그날부터 그는 스스로 사냥개의 멍에를 메었다. 뒤집어쓴 굴레들이 이따금씩 그를 숨 막히게 하지만 단 한 번도 그 맹세를 후회한 적은 없었다. 그러나…….

"뭐, 뭐야, 넌?"

"……?"

그 순간 들려온 목소리에 카리브디스는 짧은 상념에서 벗어났다. 당황한 음성은 세트니오 백작의 것이었다. 그는 고개를 들어 다시금 백작 쪽을 바라보았다. 활짝 열린 문 앞, 한 흑발의 사내가 서 있었다. 외모는 물론 차림새까지 전부 하나같이 낯선 자였다. 심지어 그는 머리부터 발끝까지 온몸이 흠뻑 젖은 상태였다. 두 팔로 커다란 나무 상자를 들고 있었는데, 그것 역시 마찬가지로 젖어 있는 상태였다. 그로부터 떨어지고 있는 물들이 바닥을 흥건하게 적시고 있었다.

"뭐 하는 놈이냐!"

"……."

"네 이놈! 뭐냐고 묻는 말이 들리지 않는 거냐!"

"닥쳐."

"다, 닥……?"

무엄한 단어에 굳어 버린 백작을 제치고, 사내는 상자를 든 채 뚜벅뚜벅 카리브디스 앞으로 다가왔다. 그 심상치 않은 모습에 시립해 있던 기사들이 검을 뽑아들고 경계의 자세를 취했다. 그러나 사내는 가볍게 코웃음을 치곤 들고 있던 상자를 던지다시피 내려놓았다.

쿠웅! 묵직한 소음이 울리며 떨어진 반동으로 닫혀 있던 상자의 뚜껑이 열렸다. 덕분에 안에 들어 있는 것들이 모습을 드러내자 기사들은 모두 눈을 부릅떴다. 상자 안에 들어 있는 것은 화려한 장식이 달린 무기들이었다. 그것이 며칠 전 그들이 수거해서 바다에 내다 버린 마법 무구라는 것을 깨닫는 데에는 그리 오래 걸리지 않았다.

"이, 이건!"

"뭐, 뭐야! 이걸 네놈이 어디서 구한 거지?"

뒤따라온 백작 역시 그것을 알아보고 경악한 표정을 지었다. 그러나 사내는 그 모든 것에 관심이 없는 듯 물이 뚝뚝 떨어지고 있는 머리칼을 쓸어 올리고 있을 뿐이었다. 발끈해서 쳐다본 백작은 문득 사내가 상당한 미형이라는 사실을 자각했다. 칙칙한 흑발, 조금 신경질적인 얼굴조차 매력적으로 느껴질 만큼 화려한 생김새를 지닌 미남이었다.

사내는 말없이 주위를 훑었다. 그의 눈동자는 머리칼만큼이나 새카만 색이었는데, 신기하게도 동공은 선명한 금빛을 띠고 있었다. 흔치않은 빛깔이니 거부감이 드는 것이 정상인데도 오히려 그래서 더 아름답다고 느껴졌다. 백작만이 아니라 기사들 역시 넋을 잃고 그의 눈을 바라보았다. 그 순간 굳게 다물어져 있던 사내의 입이 열렸다.

"어떤 놈이냐?"

"뭐, 뭐?"

"누가 이거 바다에 내버리라고 했냐고."

눈동자에 홀렸던 탓일까. 잠시간 백작과 기사들은 그가 하대를 했다는 사실도 인지하지 못했다. 그들이 뒤늦게 상황을 파악하고 얼굴을 굳혔을 때, 낮은 음성이 대답했다.

"나다."

대답한 사람은 카리브디스였다.

그는 사내가 등장했을 때부터 말없이 그 모습을 지켜보고 있던 상태였다. 이윽고 두 사람의 시선이 마주쳤다 여겨진 찰나,

촤아아악! 채앵!

거센 바람과 함께 날카로운 소음이 울렸다. 직후 눈앞에 펼쳐진 광경에 백작과 기사들은 경악했다. 어느새 사내와 카리브디스가 검을 맞대고 있었기 때문이다.

"고, 공 각하!"

그들 중 누구도 검을 뽑아드는 것조차 보지 못했다. 당황한 기사들은 서둘러 다가서려 했다. 그런 그들을 향해 카리브디스가

나직한 목소리로 일갈했다.

"나서지 마라."

그 순간에도 그의 시선은 눈앞의 사내에게 고정된 채였다. 사내 역시 그들에겐 전혀 관심이 없는 듯 오직 카리브디스만 바라보고 있었다. 기사들은 주춤거리며 멈춰 선 채 서로 눈치를 보았다. 한눈에도 심상치 않은 상황인 것은 확실한데, 돌아가는 정황을 이해할 수가 없었다. 귀족가문의 출신으로 평생 정론만 공부해온 그들은 한낮에(심지어 이렇게 대놓고) 공작을 시해하려는 암살자가 나타날 것이라곤 전혀 상상도 할 수 없었다. 그러나 이어진 사내의 말이 그들을 다시 경악하게 했다.

"초대장은 잘 받았다, 빌어먹을 자식아. 감히 내 무기들을 바다에 수장했다 이거지?"

내 무기들.

그 표현 하나만으로 사내의 정체는 명백했다. 보이지 않는 적, 그동안 대공의 기사들을 두려움에 떨게 만들었던 바로 그 연쇄살인범이었던 것이다.

"정말 찾아왔군."

"그래, 정말 찾아왔다. 씨발, 넌 지금 네가 무슨 짓을 했는지 모르지? 내가 이걸 되찾으려고 무슨 개고생을 했는지 알아?"

흑발의 사내—메세테리우스는 이를 갈았다. 채 마르지 않은 물기는 그가 조금 전까지 어디에 있었는지를 여실히 드러내고 있었다.

'빌어먹을 퍼랭이 놈. 감히 내 물건을 갖고 나랑 흥정을 했다 이거지.'

처음 무기들이 한곳에 모이는 것을 감지했을 때만 해도 그는 여유로웠다. 그렇지 않아도 슬슬 하나씩 찾아다니며 죽이는 것에 싫증이 나려던 참이었기 때문에 상대가 이쪽의 의도를 눈치챈 사실이 오히려 흥미롭게 느껴졌다. 자, 그래서 어떻게 할 생각이지? 그는 들리지도 않을 누군가에게 질문하며 속으로 히죽 웃었다. 하지만,

……설마 그대로 바다에 내다 버릴 줄은 꿈에도 생각지 못했던 일이었다.

그래, 그래도 거기까진 괜찮았다. 인간은 나약한 종족이니 겁을 집어 먹으면 그럴 수도 있지, 그렇게 생각했었다. 어차피 마법 무구는 녹이 슬지 않는 것이고, 바다에서 건져 내기만 하면 된다. 이 정도쯤은 마지막 발악이려니 너그럽게 이해해 줄 수 있었다. 그런데 예상치 못한 존재가 그의 여유로운 작업(?)을 방해했다. 하필이면 상자가 떨어진 곳이 바닷속에 사는 수룡, 블루 드래곤의 영역 안이었던 것이다.

같은 드래곤끼리 그게 뭐가 문제인가 싶겠지만, 그에게는 상당히 심각한 일이었다. 블루 일족은 그에게 감정이 별로 좋지 않았다. 아니, 정확히는 그가 아니라 그의 동생인 라피스라즐리 때문이었지만 말이다.

그의 괴짜 동생은 물의 정령왕과 계약하지 못한 앙갚음으로 다

른 드래곤들에게도 엘퀴네스와 계약하지 말라며 엄포를 놓았다. 실제로 누군가 소환을 시도하면 귀신같이 찾아가 행패를 부리곤 했다. 그의 행동은 명백히 부당했지만 중재를 맡은 드래곤 로드는 일족의 존속이 걸리거나 헤츨링에 관계된 것이 아니면 어지간한 한 나서지 않았다. 성룡 간의 분쟁은 힘의 논리에 따라 알아서 해결하라는 주의였기 때문이다.

여기서 드래곤 일족의 불행은 성룡 중에선 라피스를 힘으로 이길 수 있는 이가 거의 없다는 사실이었다. 그나마 조금 더 강하다고 할 수 있는 성룡은 라피스를 낳은 부모로, 이들은 도리어 자식의 편을 들었기에 차라리 없느니만 못했다. 유일한 희망인 고룡들은 대부분 수면기에 들어가 언제 깨어날지도 알 수 없는 상태였다. 한마디로 말해, 당분간은 라피스의 독주를 막을 수 있는 이가 아무도 없다는 뜻이었다.

덕분에 대부분의 드래곤들이 새 물의 정령왕이 태어난 것을 알면서도 아직 대면조차 하지 못한 처지였다. 그것에 가장 큰 불만을 품은 것은 수(水) 속성을 지닌 화이트와 블루 일족이었다. 특히 바닷속에 터전을 마련하고 사는 블루 일족은 일상생활에서 엘퀴네스의 도움을 곧잘 필요로 했다. 특히 최근엔 오랜 가뭄으로 망가진 레어를 복구해야 했기 때문에 터전을 다시 닦는 과정에서부터 해야 할 일이 굉장히 많았다. 물론 하위 정령들에게 부탁하면 되긴 하나, 좀 더 편하게 할 수 있는 일을 일부러 어렵게 돌아가야 하니 당연히 화가 날 수밖에 없었다. 하지만 라피스에게 항의하기엔 담력이 부족한 관계로, 그들의 불만은 고스란히 그의 형인 메세테리우스에게 쏟아졌다.

사실 형제라고 해도 일반적인 드래곤 세계의 관념에서 보면 그들은 이미 성룡인 데다 어차피 일족이 달라 타인이나 마찬가지였다. 그런데도 드래곤들이 그에게까지 책임을 전가한 이유는 간단했다. 그가 평소에 라피스라즐리의 태도를 두둔하고 다녔기 때문이었다.

물론 그로서는 매우 억울한 오해였다. 그 역시 협박을 받아 어쩔 수 없이 한 일이었으니까. 그러나 그런 그의 주장은 다른 드래곤들에겐 씨알도 먹히지 않았다.

"아, 진짜! 그거 내 거라니까! 내 기운이 스며 있는 걸 보면 알잖아! 돌려달라고!"

"흥, 싫어. 일단 바다에 들어왔으면 블루 드래곤인 내 거지."

"그런 게 어딨어!"

"여기 있지. 억울해도 할 수 없어. 애초에 자기 물건을 제대로 간수하지 못한 네 탓이잖아?"

"아, 진짜 이렇게 나오기냐!"

"그러게 평소 행동을 잘했어야지. 누가 그 재수 없는 라피스 편들래? 그놈의 행동에 동조한 이상, 결국 너도 똑같은 놈이란 소리야."

"그건 나도 협박당한 거라니까!"

"무슨 소린지 모르겠네."

"진짜야! 걔가 남들 앞에서 사이좋은 형제처럼 굴지 않으면 죽여 버리겠다고 했단 말이야! 그 녀석 성격 몰라? 내가 거역할 수 있을 것 같냐고!"

"하나도 안 들려."

"으아, 진짜 미치겠네!"

그 뒤의 기억은 끔찍하다. 손이 발이 되도록 빌고, 목 높여 간청하고, 울며 애원한 끝에야 간신히 돌려받았다. 덕분에 지난 며칠간 바닷속에 묶여 있었던 그는 지금 몸도 마음도 전부 만신창이가 된 상태였다.

"아오, 진짜 다시 생각해도 열 받네! 그게 다 네놈 때문이라고!"

그는 이 모든 사태의 원흉을 향해 삿대질하며 소리쳤다. 그리고 카리브디스는 자신을 똑바로 가리키는 손가락을 무심히 응시하며 대꾸했다.

"내 알 바 아니지."

"하! 너 지금 말 다 했냐? 그리고 보니 무기들 중에서 하나는 수장하지 않고 남겨뒀던데, 그건 무슨 뜻이지? 혹시 날 네 쪽으로 유인할 생각이었냐?"

"짐작한 그대로다."

"흥, 자신만만하시군. 소드 마스터라고 실력을 너무 과신하고 있는 거 아닌가? 나쯤은 간단히 이길 수 있을 것 같아?"

"이기고 지는 문제가 아니다. 적이면 벤다, 단지 그뿐."

"……오냐, 그래. 이 씹어 먹어도 성에 안 찰 놈아. 넌 오늘 세상 다 산 줄 알아라."

메세테리우스는 시커먼 눈빛으로 카리브디스를 노려보았다. 그 눈동자에 담긴 건 섬뜩한 살의였다. 그것을 가만히 바라보던 카리브디스는 문득 자신의 몸이 굳었다는 것을 자각했다. 무심코 쥐고 있던 손바닥 안은 어느새 식은땀으로 흠뻑 젖어 있었다.

"……그대는 인간이 아니로군."

그 말에 메세테리우스는 눈을 잠깐 깜빡였다가 피식 웃었다.

"그걸 이제 알았다니 유감인데, 그래도 넌 오늘 죽어."

4.

콰과과광! 쿠우웅!

엄청난 소음과 함께 폭발이 터졌다. 건물 전체가 흔들릴 정도로 거대한 진동. 곧 충격을 이기지 못한 천장에서 조명 장식이 와장창 떨어져 내렸다. 그 사이에서 떨어진 돌가루가 이미 수북이 쌓인 먼지 위를 또다시 요란하게 덮었다.

"으, 으으으……."

세트니오는 공포에 질린 채 바닥을 엉금엉금 기었다. 납작 엎드린 그의 가랑이 사이에서 누런 액체가 흘러나왔다. 겁에 질려 오줌을 누고 만 것이다. 하지만 그는 자신의 상태를 돌아볼 정신도 없었다. 당장 이 자리를 벗어나야 한다는 생각뿐이었다.

함께 있던 기사들은 폭발에 휘말려 흔적조차 없이 사라져 버렸다. 세트니오는 덜덜 떨며 고개를 돌렸다. 그곳엔 흑발의 사내가 무심하게 서 있었다. 희고 깨끗한 피부, 조각처럼 섬세한 이목구비, 저절로 시선이 갈 정도로 아름다운 사람이었다. 아마 다른 곳에서 만났다면 느긋하게 감상하며 한 번이라도 더 눈길을 주려 했을지도 모른다. 하지만 지금은 어떻게든 시선을 피하기에 급급했다. 단지 무심하게 서 있는 모습이 그에겐 지옥에서 날뛰는 악귀처럼 보였다. 바로 그가 이 모든 사태를 일으킨 주범이었으니까.

다행히 그는 주변의 상황엔 전혀 관심이 없는 듯 정면만 응시하고 있었다. 그것에 내심 안심하면서도 세트니오는 마른침을 삼키며 그의 시선이 향한 곳을 바라볼 수밖에 없었다. 사내 앞에 있는 벽면은 크게 파여 있는 상태였다. 바로 그곳에 처박혀 있다시피 주저앉아 있는 카리브디스 공작이 있었다. 제 눈으로 보고도 믿을 수 없는 광경이었다.

소드 마스터는 인간의 한계를 뛰어넘은 존재다. 그 경지에 오른 이래 공작은 지금까지 단 한 번도 패배한 적이 없었다. 그가 누군가에게 짓밟힌다는 건 상상조차 할 수 없는 일이었다. 적어도 조금 전의 일을 보기 전까지, 세트니오 역시 그렇게 생각하고 있었다.

그런데 갑자기 나타난 의문의 사내가 그 모든 것들을 뒤집었다. 그는 처음부터 끝까지 공작을 장난감처럼 유린했다. 움직임이 눈에 보이지 않을 정도로 빨랐고, 난생처음 보는 공격 마법들이 순식간에 치솟아 퍼부어졌다. 쉴 틈 없이 이어지는 공격엔 공작도 당황한 모습이 역력했다. 그는 대응하긴커녕 방어에만 급급했다. 마치 어른과 아이의 싸움을 보는 것 같았다.

"그대는 인간이 아니로군."

불현듯 싸움을 앞두고 공작이 했던 말이 떠올랐다. 그것에 여유롭게 웃으며 긍정하던 사내의 모습도.

인간이 아니라면 대체 무엇이란 말인가. 백작은 필사적으로 머리를 굴렸다. 가장 먼저 떠오른 종족은 마족이었다. 사내의 무시무시할 정도로 뛰어난 마법 운용 능력, 그리고 칠흑같이 새카만 머리칼 때문이었다.

마신의 자녀들인 마족은 모두 흑발을 지녔다는 공통점이 있었다. 세월의 흐름에 따라 다른 피가 섞이면서 지금은 완전히 다른 색이 됐지만, 초대 스왈트 제국의 황제도 마신의 축복을 받아 흑발이었다고 했다. 그래서 제국민들은 오래전부터 흑발을 고귀한 상징으로 여겨 왔다.

하지만 그는 이내 고개를 저었다. 스왈트 제국에서 흑발은 흔하진 않았지만 아주 드문 편도 아니었다. 오히려 마신의 축복을 받은 땅이라 그런지, 길거리에서 간혹 볼 수 있는 색 중 하나였다. 즉, 머리카락 색만으로 마족임을 의심하는 건 너무 심한 억측이었다.

무엇보다 사내의 눈동자가 달랐다. 마족의 또 다른 공통점은 눈 색이 붉다는 것이었다. 각자 농도의 차이는 있지만 마족이라면 모두 붉은 계열의 눈동자를 가지고 있었다. 학설에 따르면 그 이유는 천신이 내린 저주 때문이라고 한다. 까마득히 머나먼 과거 천마대전이 열렸고, 수많은 천사들이 죽자 화가 난 천신이 마족에게 저주를 내리면서 눈동자가 붉게 변했다는 것이다. 그래선지 마족들은 다른 것만은 전부 위장해도 눈동자 색만은 바꾸지 못했다. 그런데 지금 그 앞에 있는 사내의 눈은 빈말로도 붉은색에 가깝다고 하기 어려웠다.

'게다가 마족이라면 우리를 공격할 이유가 없다. 하지만 그들이 아니고서야 소드 마스터를 이렇게 유린할 수 있는 종족이…….'

……있다.

거기까지 생각한 세트니오는 사시나무처럼 몸을 떨었다. 인간의 발길이 닿지 않는 곳에서 그들의 역사를 관람하며 영겁의 세월을 사는 존재. 마족만큼이나 강대한 마력을 지니고 있으며, 수많은 고위 마법을 자유자재로 구사하는 유일한 종족!

'서, 설마…….'

"히이익!"

그 순간 사내의 시선이 자신에게 닿자 세트니오는 반사적으로 비명을 지르며 두 팔로 머리를 감싸 안았다. 이미 젖어 버린 가랑이 사이가 또다시 축축해졌다.

그것을 잠시간 한심한 눈빛으로 바라본 사내—메세테리우스는 이내 그에게서 관심을 거두고 다시 벽에 처박힌 남자를 응시했다. 상대가 소드 마스터라는 점을 감안해 처음부터 빈틈을 내주지 않고 속공을 펼친 것이 제법 효과가 있었다. 제아무리 검의 경지에 이른 자라도 빠르게 쏟아지는 마법 공격 앞에선 속수무책이었다. 마지막 것이 꽤 충격이 컸는지 그는 조금 전부터 전혀 미동도 하지 않는 상태였다. 축 늘어진 머리칼은 붉은 피로 흥건했다.

"야, 벌써 죽었냐?"

"…….."

"흐응, 생각보다 싱겁게 끝날 모양이네. 이러면 좀 재미없는데. 내가 너무 기대가 컸나 봐? 혹시 이름만 소드 마스터인 거 아니야?"

일부러 도발한 말에도 여전히 반응이 없다. 메세테리우스는 김 샜다는 표정을 지으며 입맛을 다셨다. 괘씸한 녀석을 응징하는 건 기쁘지만 무력한 존재를 일방적으로 괴롭히는 건 그의 취향이 아니었다. 물론 상대가 자신과 호각을 이루었다면 그건 그것대로 기분이 나빴을 테지만, 어쨌거나 그랬다.

"뭐, 아무튼 너무 억울하게 생각하진 마. 이건 전부 네가 날 먼저 자극한 탓이거든. 그러게 누가 남의 것에 함부로 손대래? 난 말이지, 빼앗기는 걸 극도로 싫어한다고."

사실은 자존심에 상처를 입은 탓이 더 컸지만 메세테리우스는 꿋꿋이 다른 이유만 앞세웠다. 잠시나마 인간에게 당해 쓰러졌던 그때의 그 치욕을 떠올리고 싶지 않았기 때문이었다.

그 순간에도 카리브디스는 미동 없이 약한 숨만 몰아쉬고 있었다. 이런저런 이유를 갖다 붙여 나름의 위신을 세우려는 메세테리우스에겐 안타깝게도, 앞에서 떠들어 대는 소리는 웅웅거리는 귓가에 막혀 제대로 들리지 않았다.

숨을 쉬는 것이 이렇게 지겹고 괴로웠나? 빠른 속도로 빠져나가는 피 때문에 온몸이 나른했다. 어린 시절부터 고통엔 지긋지긋할 정도로 익숙했고, 죽을 뻔한 고비도 몇 번이나 넘겼다. 그렇기에 그는 자신의 몸에서 벌어지고 있는 현상의 의미도 잘 알고 있었다.

그런가, 내게도 죽음이 오는가.

생각보다 일렀지만 기분이 나쁘진 않았다. 슬슬 쉬고 싶다고 생각하던 차에 찾아온 휴식이라 그런 걸지도 몰랐다.

　명령이다.

아득한 머릿속에서 낮은 목소리가 울렸다. 언젠가 들어 본 적이 있는 말이었다. 카리브디스는 천천히 두 눈을 깜빡였다. 그때마다 붉게 물든 시야가 점차 맑은 색으로 돌아왔다.

그대는 나보다 먼저 죽지 마라.

울음기를 담은 그 목소리는 처연했지만, 동시에 그 어느 때 보다 고고했다. 그 구슬 같은 눈물 앞에, 부서질 것처럼 서 있는 연약한 등 뒤에서, 그는 맹세했었다.

"반드시 이분을 지키겠노라……고."

아아, 그랬었지. 그는 토하듯 한숨을 내쉬며 검을 움켜쥐었다. 멀어졌던 의식이 다시 돌아오는 것이 느껴졌다. 그래, 아직은 죽을 수 없었다. 끝을 지켜보기로 약속했다는 것이 생각났다. 그때까지 그의 목숨은 자신의 것이 아니라는 것도.

그 순간 검신에서 희미한 열기가 느껴지기 시작했다. 그것을 이상하다고 느끼기도 전에 머릿속에서 낯선 음성이 울렸다.

—지키고 싶은가?

"……!"

카리브디스는 반사적으로 고개를 들었다. 그러나 주위를 둘러봐도 그에게 말을 건 것으로 보이는 이는 찾을 수 없었다. 환청을 들은 건가. 그가 허탈하게 자조하던 순간이었다.

—지키고 싶은 것이 있는가?

두 번째 음성이 울렸다. 이번엔 잘못 들은 것이 아니었다. 그

순간 쥐고 있던 검의 손잡이에서 강한 진동이 느껴졌다. 당황해서
내려다본 그의 시야에 하얗게 빛나고 있는 검신이 보였다. 미끼
로 쓰기 위해 일부러 남겨두었던 마법 무구였다. 그 속에서 차디
찬 공기가 천천히 스며 나오고 있었다. 카리브디스는 검을 강하
게 움켜쥐었다.

'지금 이건 네가 하는 말이냐?'

─그렇다.

'넌 누구지?'

─**블레스터.**

블레스터?

처음 접해 본 낯선 이름에 카리브디스는 얼굴을 살짝 찌푸렸
다. 목소리는 상대의 혼란엔 아랑곳하지 않고 말했다.

─나는 지키는 자의 신념을 지키기 위해 만들어진 존재. 너의 갈망하는
의지가 나를 깨웠다.

'지키는 자의 신념을 지킨다…….'

─나와 계약하겠는가?

의미를 깨닫기도 전에 들려온 제안에 그는 조금 당황했다.

'계약?'

─네게 힘을 주겠다. 너의 신념을 지키기 위한 힘을.

'신념을 지키기 위한 힘이라…….'

─널 도울 수 있을 것이다.

'……그것이 이미 퇴색돼 버린 신념이라도 말인가?'

—그렇다 해도.

카리브디스는 잠시 눈을 감았다 떴다. 어쩌면 이 목소리는 악마의 것인지도 모른다. 아니, 자신의 부름에 응답한 순간부터 이미 선한 쪽은 아닐 터였다.

"……아무래도 좋아."

그는 피식거리듯이 웃었다. 투둑, 눈가에 고여 있던 핏물이 마치 눈물처럼 볼을 타고 흘러내렸다.

"그 제안, 고맙게 받아들이지."

휘이잉. 대답과 동시에 서늘한 바람이 그의 전신을 휘감았다. 마치 세찬 바람 속에 온몸이 내맡겨진 것 같았다. 그가 한창 부유하는 기분에 취해 있을 때, 다시금 머릿속에서 나직한 음성이 연달아 울렸다.

—계약은 이루어졌다.

—외로운 길을 걷는 자여.

—세계의 숨이 달라질 때까지, 난 네 곁에 있을 것이다.

'세계의 숨이…… 달라질 때까지라…….'

그 의미를 파악할 수 없는 마지막 한 문장이 마음에 걸렸지만 곧 머릿속에서 지워 버렸다. 그게 무엇이든, 지금 카리브디스에게 중요한 건 힘을 얻는다는 사실 하나뿐이었다.

카리브디스는 굳어져 있던 자세 그대로 숨을 크게 내뱉었다. 늘어져 있던 몸 안에 점차 기운이 차오르는 것이 느껴졌다. 무언가가 자신의 몸을 덮고 있는 것 같았는데, 거부감이 일지는 않았다. 메세테리우스 역시 그에게서 일어나는 변화를 본능적으로 감지했다.

'응? 어째 분위기가 조금 달라진 듯한?'

이윽고 돌무더기 사이에서 카리브디스가 천천히 몸을 일으켰다. 긴장하며 바라보길 잠시간, 메세테리우스는 곧 코웃음을 쳤다. 피투성이가 된 상태로 비틀거리며 다리에 힘을 싣는 그의 모습에선 아무런 의지도, 위압감도 느껴지지 않았다. 마치 마지막 숨을 몰아쉬기 위해 몸부림치는 것 같기도 했다.

"혹시나 해서 묻는 건데, 설마하니 그 꼴로 날 상대할 생각인 건 아니겠지?"

"……와라."

"이봐, 이봐. 너무 아파서 정신이 어떻게 된 거 아니야? 아직도 모르겠어? 넌 날 못 이긴다고."

"오지 않으면 내가 가지."

"하하, 대단한 자신감이네. 차라리 그대로 죽는 게 나을 텐데, 정말 어리석은……."

그 순간 메세테리우스는 숨을 멈추고 반사적으로 뒷걸음질 쳤다. 서걱, 옅은 바람과 함께 눈앞에서 무언가가 팔랑거렸다. 그것이 자신의 잘린 머리칼이라는 걸 깨닫기까진 그리 오래 걸리지 않았다. 어느새 앞으로 다가온 카리브디스가 검을 휘두른 것이다.

'기척을 느끼지 못했는데!'

공격 속도가 특별히 더 빨랐던 것은 아니었다. 그런데도 메세테리우스는 그의 기척을 전혀 느낄 수가 없었다. 심지어 바로 눈 앞에 서 있는 지금도 마찬가지였다. 메세테리우스는 부릅뜬 눈으로 카리브디스를 바라보았다. 그의 몸에 조금 전까지는 없었던 기운이 흐르고 있었다. 그건 틀림없는 바람의 힘이었다.

"뭐야, 너……."

"왜 그러지?"

"몰라서 묻는 거냐! 왜 갑자기 네게 정령의 기운이 생긴 거냐고!"

"정령? 흠, 그게 정령이었던가?"

아무렇지 않게 되묻는 카리브디스를 보며 그는 입술을 악물었다. 설마 그 잠깐 사이에 정령과 계약을 한 건가? 아니, 그런 것치고는 뭔가 이상했다. 소환 의식도 없이 정령을 소환한 사례는 들어본 적도 없다. 게다가 그에게서 감도는 힘은 흔히 정령사들이 풍기는 것과는 전혀 느낌이 달랐다. 정령의 기운인 건 틀림없지만 그와는 완전히 별개의 존재인 것 같다고 해야 할까? 특히 기척이 느껴지지 않게 된 건 정말 이해할 수 없는 일이었다. 이 정도의 힘은 바람의 정령 중에서도 정령왕 미네르바만이 가능한 수준이었다.

물의 왕은 치유와 생기를.
불의 왕은 힘과 능력을.
땅의 왕은 통찰과 예언을.

바람의 왕은 방어와 은신을.

미네르바가 펼치는 바람의 장막은 사람의 기척을 완전히 감추고 그의 존재 자체를 세상의 그림자로 만든다. 하위 정령도 비슷하게 흉내 낼 순 있지만 미약한 수준이었고, 드래곤인 자신은 그 정도쯤은 간단히 파악할 수 있었다. 그리고 당연히 그래야만 했다. 그런데 지금 그 앞에 있는 카리브디스의 기척은 전혀 읽을 수가 없었다. 그를 지키고 있는 무언가의 힘이 미네르바를 상회한다는 뜻이다.

바람의 정령이 아닌 다른 무언가가 은신의 힘을 쓴다는 건 말이 안 되고, 그렇다고 하위 정령이 그의 왕만큼 강하다는 건 더더욱 불가능한 일이니 결국 미네르바 본인의 능력이란 소리다. 하지만 완전히 그렇다고 단정할 수만도 없었다. 만약 정말 정령왕과 계약한 거라면 파급력이 이 정도로 끝나지는 않았을 테니까.

'젠장! 뭐야, 그림! 대체 뭐가 어떻게 된 거야? 정령왕도 아니면서 누가 정령왕의 능력을······.'

그때 문득 메세테리우스는 언젠가 들었던 얘기를 떠올렸다. 머나먼 옛날, 바람의 정령왕이 만들었다는 검에 관한 소문이었다. 오래전 미네르바는 한 인간과 계약했고, 그를 위해 자신의 힘을 봉인한 검을 만들었다. 그 때문에 바람이 크게 기운을 잃어, 그날 이후로 공기의 흐름이 옅어졌다는 이야기였다.

그 검이 어떻게 생겼다고 했더라? 분명 엄청난 능력과는 어울리지 않게 평범하고 단순한 모양이라고 들었다. 거기까지 생각한 메세테리우스는 무심코 카리브디스가 들고 있는 검 쪽에 시선을 보냈다. 매우 평범한 형태의 검이었다. 그것이 본래 자신의 소유였다는 것은 검신에 새겨진 추적 마법진 덕분에 어렵지 않게 알수 있었다. 소장품 중에서 가장 별 볼 일 없어 내내 방치했던 것이라는 사실도 어렴풋이 떠올랐다.

그런데 그 평범한 검에서 지금은 정체를 알 수 없는 하얀 안개같은 것이 흘러나오고 있었다. 그로부터 시작된 기운이 주인에게전해지고 있는 것이 선명히 느껴졌다.

"너 설마 그 검……."

그는 자신도 모르게 주춤 뒤로 물러섰다. 내내 의기양양했던존재가 굳어 있는 모습에 카리브디스는 의아해졌다. 그는 잠시고개를 갸웃한 다음 순순히 대답했다.

"블레스터라고 하더군."

"……!"

메세테리우스로선 차라리 듣지 않느니만 못한 말이었다. 그때만들어진 검의 이름이 바로 블레스터였으니까!

'제기랄! 말도 안 돼! 저게 블레스터였다고? 저게 왜 세상에 나와 있어! 분명히 다른 정령왕들에 의해 지하 깊은 곳에 봉인되어사라졌다고 들었는데!'

그는 새파랗게 질린 얼굴로 이를 갈았다. 반신의 힘이 깃든 검이다. 풍문에 의하면 저 검을 만들기 위해 상급 정령 하나를 희생한 걸로 모자라 자신의 수명까지 깎았다는 말도 있었다. 오죽하면 지켜보다 못한 다른 정령왕들이 미네르바를 미쳤다고 판단, 차라리 소멸시키자는 의견까지 분분했다고.

그렇게 만들어진 괴물이 바로 이곳에 있었다. 그것도 하필이면 원수의 손안에! 운이 없어도 이렇게 없을 수가 있을까? 지금 눈앞에 미네르바가 있다면 욕이라도 한바탕 퍼붓고 싶은 심정이었다.

지금까지 여유롭게 즐기는 척을 하긴 했지만, 상대가 소드 마스터라는 걸 잊은 건 아니었다. 본신인 드래곤의 육체도 벨 수 있는 힘을 가진 자다. 일단 한번 주도권을 잡으면 얼마든지 그의 목숨을 위협할 수 있는 존재인 것이다. 그렇기에 시작부터 전력을 다해 몰아붙였다. 애초에 반격할 기회를 잡지 못하게 하기 위해서다. 그런데 그 모든 것들이 지금 한순간에 물거품이 되려 하고 있었다.

'어떡하지? 도움을 청해야 하나?'

정령왕의 힘을 이길 수 있는 건 같은 정령왕뿐이다. 블랙 드래곤인 그는 땅의 정령왕과 계약이 되어 있는 상태였고, 트로웰은 그들 형제의 대부기도 했다. 도움을 요청하면 그는 당연히 와 줄 것이다. 그러나…….

'안 돼! 그런 창피한 짓을 할 순 없지!'

일말의 자존심이 당장이라도 부르고 싶은 충동을 가로막았다. 그렇지 않아도 드래곤의 세계는 좁은 편이었다. 전투 도중에 남의 도움을 받아 목숨을 보전하다니, 그 사실이 알려지면 그는 온 일족들에게 웃음거리가 될 것이 틀림없었다. 그 비웃음은 어찌 감당할 것이며, 일족의 명예를 최우선으로 하는 아버지 앞에는 무슨 낯으로 설 것인가. 특히 그의 잘난 동생은 한심하다는 표정을 지으며 고개를 설레설레 흔들 게 분명했다. 상상만 해도 끔찍한 일이었다.

'그렇다고 계속 싸울 순 없고…….'

소드 마스터에게 반신의 힘이라니, 호랑이가 날개를 단 격이다. 이미 승산이 없는 전투를 감행할 정도로 그는 머리가 나쁘지 않았다. 물론 구걸해서 살아남는 것보다야 훨씬 낫겠지만, 인간의 손에 죽는 것도 놀림감이 되긴 마찬가지였다. 과거로부터 오늘날까지 인간의 손에 죽은 일족은 드래곤 계보에 이름을 남기지도 못했다. 그런 일은 절대로 사양이었다.

그나마 다행인 것은 상대 쪽에선 아직 상황을 파악하지 못하고 있다는 사실이었다. 빠르게 머리를 굴린 메세테리우스는 이내 결단을 내렸다.

"흠흠, 이제 충분히 혼쭐이 났겠지?"

"……뭐?"

의아하게 바라보는 시선을 모른 척하며 그는 짐짓 엄숙하게 말했다.

"생각해 보니 너도 모르고 한 짓인데 내가 너무 심하게 군 것 같아서 말이다. 뭐, 내 물건들은 이미 다 찾았고, 너도 이만하면 내 분노를 알아들은 것 같으니 대충 여기까지만 해 두도록 하지.

너 정말 운 좋은 줄 알아. 내가 이렇게 관대하게 나오는 건 흔치 않은 일이거든."

"무슨 의미인지 잘 모르겠군. 딱히 관대하지 않아도 상관은 없다만."

"뭐야? 거참, 상대가 호의를 베풀면 받아들일 줄도 알라고. 넌 그렇게 싸움이 좋아? 동료들이 피 흘리고 쓰러지는 게 아주 기뻐 죽겠어? 내가 네 부하들을 전부 다 도륙해 줬으면 좋겠냐고! 이거 멀쩡하게 생겨서 완전 잔악무도한 놈 아니야?"

정작 일방적인 살육을 벌인 쪽에서 할 말은 아니었지만 메세테리우스는 뻔뻔하게 소리쳤다. 그리고 생각지도 못하게 한소리들은 카리브디스는 그답지 않게 주저했다. 상대의 행동이 워낙 뜻밖이기도 했고, 본래 말재간이 없는 편이라 이런 상황에서의 대처 방법은 잘 알지 못했기 때문이다.

"내 말은 그런 뜻이 아니라……."

"그치? 역시 아니지? 너도 이쯤에서 끝나는 게 낫다고 여기는 거지?"

"그건……."

"그래, 내가 그럴 줄 알았어. 거봐, 내가 이렇게 남의 마음을 잘 안다니까? 난 참 배려심도 좋단 말이지. 아무튼 그런 의미에서 난 이만 간다! 이제 다신 보지 말자고!"

"뭐? 이봐!"

뒤늦게 의미를 파악한 카리브디스가 얼굴을 찌푸렸을 땐, 이미 메세테리우스는 홀연히 그 자리에서 사라진 뒤였다. 지금의 그가 할 수 있는 가장 최선의 계책—줄행랑을 친 것이다.

우당탕! 그 순간 기다렸다는 듯이 한 무리의 병사들이 문을 부수며 들이닥쳤다. 폭발음을 듣고 뒤늦게 달려온 자들이었다.

"공 각하! 무사하십니까?"

안으로 들어선 병사들은 폐허로 변한 방을 보며 경악을 금치 못했다. 방 하나가 거의 날아가다시피 한 상태였으니 당연한 반응이었다. 카리브디스는 잠시간 그들에게 시선을 주었다가 다시 얼굴을 찌푸렸다.

'설마 저들이 말려들지 않게끔 먼저 물러난 건가?'

뼛속까지 기사인 그는 설마 상대가 결투 중에 도망을 쳤다고는 생각도 하지 못했다. 심지어 그토록 고강한 힘을 지닌 존재가 자신에게 겁먹었으리라곤 더더욱 상상조차 할 수 없었다. 결국 그는 메세테리우스가 마지막에 던지듯 건네고 간 말을 그대로 믿는 쪽을 택했다.

'무고한 살상을 피하려고 하다니, 생각보다 악인은 아닐지도 모르겠군.'

그렇게 아무도 알지 못하는 오해가 깊어지고 있었다.

*　　　*　　　*

"젠장!"

메세테리우스가 공간 이동 마법으로 도착한 곳은 현장에서 조금 떨어진 곳에 있는 숲 안이었다. 그는 분주하게 움직이고 있는 병사들의 모습을 멀찍이서 지켜보며 이를 갈았다.

이름이 카리브디스라고 했던가? 그 건방진 소드 마스터는 그가 세운 복수의 대미를 장식할 마지막 제물이었다. 다른 소유자들은 다 찾아 없애면서도 그자만은 끝까지 남겨둔 것도 오직 이날을 위해서였다. 그런데 설마 자신의 완벽한 계획이 이런 식으로 어이없게 실패할 줄이야.

'으아아, 열 받아! 처절하게 짓밟아 죽인 후에 본보기로 시체를 성벽에 걸어 두려고 했는데! 제대로 시작도 못 해 보고 물러나다니! 뭐 이런 경우가 다 있어?'

비실거리고 있을 때 바로 숨통을 끊었어야 했다. 조금만 더 하면 됐는데, 괜히 폼을 잡는다고 시간을 끌었던 것이 뒤늦게 후회가 됐다. 역시 소드 마스터에겐 빈틈을 주어선 안 된다. 이미 알고 있었던 교훈이 새삼 가슴을 파고들었다. 심지어 그자는 앞으로 더 강해질 것이다. 미네르바의 힘을 얻었으니 인간 중에서는 물론, 드래곤 중에서도 그의 기척을 읽어 낼 수 있는 존재는 없을 터였다. 그 과정에 자신이 일조했다 생각하니 기분이 더 더러웠다.

'가만, 근데 저거 그대로 둬도 괜찮은 건가? 세상에서 사라진 힘이 다시 튀어나왔는데 정령왕들에게 알려야 하는 거 아냐?'

하지만 그는 이내 고개를 가로저었다. 블레스터의 존재를 알리려면 발견 경위도 함께 밝혀야 한다. 그렇게 되면 자신이 인간에게 능욕당한 과정도 전부 드러날 수밖에 없었다.

'그렇게 할 순 없지. 누가 아는 척할까 보냐? 난 아무것도 보지 못했어. 그래, 난 오늘 이곳에 오지 않은 거야. 그러니까 이곳에서 일어난 일에 대해서도 전혀 아는 게 없단 말이지, 암 그렇고말고.'

그는 스스로에게 세뇌를 걸듯이 중얼거리며 만족스럽게 고개를 끄덕였다. 다행히 이런 경우를 대비해서 그의 정체가 직접적으로 드러날 만한 흔적은 일부러 남기지 않았다. 이대로 떠나기만 하면 아무도 그의 개입을 알아내지 못할 터였다. 메세테리우스는 그렇게 자신했다. 바로 다음 일을 겪기 전까지는.

따악!

"으악!"

순간 무언가가 그의 뒤통수를 강하게 강타했다. 압력에 밀려 앞으로 고꾸라질 만큼 엄청난 충격이었다.

"뭐, 뭐야! 감히 어떤 자식이야!"

휘청거리는 몸을 간신히 지탱한 그는 얼얼한 머리를 부여잡고 돌아보았다. 기분도 더러운데 잘됐다, 알고 했든 모르고 했든 혼쭐을 내주리라 내심 결심한 채였다.

그때까지만 해도 그는 생각하지 못했다. 모르는 사람을 공격하는 정신이상자는 흔치 않으며, 자신의 정체를 알면서도 덤빌 수 있는 존재 역시 세상에 그리 많지 않다는 사실을 말이다. 직후 시

야에 잡힌 광경에 그는 그 자세 그대로 얼어붙었다. 이곳에 있을
리가 없는 존재의 모습이 보였기 때문이다.

"흐응, 이게 누구야. 메테 아니야? 어디서 낯익은 기운이 느껴
진다 했더니……."

"……!"

서릿발처럼 차가운 얼굴, 빈정거리는 말투마저 익숙했다. 느긋
하게 팔짱을 낀 상태로 서 있는 그는, 한 손으로 작은 돌멩이를
공중에 던졌다 받기를 반복하고 있는 중이었다. 그것만 봐도 조
금 전 그의 머리를 후려친 것이 뭐였는지는 굳이 알아볼 필요도
없었다.

"너, 너……!"

메세테리우스는 붕어처럼 입을 뻐끔거리는 것 외엔 아무것도
할 수 없었다. 아픔 따위는 이미 잊어버린 지 오래였다. 그보다는
눈앞에 펼쳐진 광경을 본 충격이 더 컸다. 맙소사, 말도 안 돼. 왜
이곳에 이 녀석이 있는 거지? 이런 건 계획에 전혀 없었던 일인
데?!

경악한 심정을 읽은 듯, 눈앞의 그가 빙긋 웃었다. 그러자 싸늘
하기만 하던 인상이 놀라울 정도로 부드러워지며 매혹적인 분위
기를 풍기기 시작했다. 몇천 년이 넘는 세월 동안 숱한 자들을 설
레게 하고, 동시에 두렵게 만들던 바로 그 미소였다. 메세테리우
스는 자기도 모르게 흠칫 떨었다. 핏물을 머금은 것 같은 눈동자,
타오르는 것처럼 화려한 붉은색의 머리칼이 아프도록 그의 눈에

선명히 박혔다.

"오랜만이야, 형님."

라피스라즐리, 그의 최악의 동생이 바로 그곳에 서 있었다.

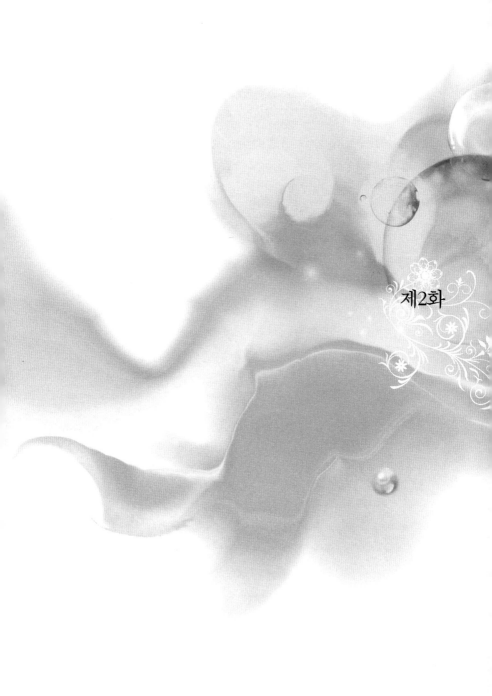

제2화

1.

출발 한 달 차의 여정은 매우 순조로웠다. 정령왕인 내가 타고 있으니 당연하겠지만, 위험하다고 알려진 구간에서도 배는 단 한 번의 소동 없이 무사히 순항을 이어 나가고 있었다. 선실은 넓고 쾌적했고, 일행들 간의 호흡도 잘 맞는 편이었기 때문에 나름대로 편안한 여정이었다. ……매일같이 뻔질나게 울리는 호출음만 빼면 말이다.

"그래서 어떻게 됐는데?"

『도망쳤어.』

"도망을 쳐?"

『쯧, 순식간에 사라져서 놓쳤어. 안 본 사이 제법 머리가 컸단 말이지. 감히 내 앞에서 도주를 시도해? 아무래도 날 잡아서 다시 교육을 해 줘야겠어.』

"교육이라니……. 형이라며."

『그러니까 해 주는 거지. 아무 관계도 없는 놈이면 내가 그런 귀찮은 짓을 할 것 같아? 내가 이래 봬도 혈육에 대한 정은 있거든. 꽤 아껴준다고.』

그건 아끼는 게 아니라 괴롭힌다고 하는 거거든?

이죽거리는 라피스를 향해 나는 차마 그렇게 소리치지 못하고 말을 삼켰다. 동그란 구슬 속에선 녀석의 찌푸려진 얼굴이 흐릿하게 일렁거리고 있었다. 통신석이라고 하던가? 떠나기 전에 필요할 거라면서 라피스가 준 것이었다.

이 세계에는 특이한 성질을 지닌 돌이나 보석이 많은데, 이것 역시 그런 것 중 하나다. 마석으로 분류되는 이 돌은 마력을 주입하면 근처의 사물을 영상으로 투영하는(화질이나 음질이 썩 좋진 않지만) 성질을 지니고 있었다. 특이한 것은 반으로 나누면 쌍방이 연결되어 각자 비추는 영상을 서로에게 투영해 준다는 사실이다. 다른 통신석과는 연결되지 않고 오직 같은 통신석을 나눈 것끼리만 가능했는데, 그래서 반려석이라는 이름으로 더 많이 불린다고 했다.

아무튼, 그런 성질 때문에 이 돌은 보통 한 쌍으로 제작되어 통신 수단으로 쓰인다고 했다. 물론 내 경우엔 마력을 주입하지 못하는 관계로, 라피스 혼자 일방적으로 연락할 수 있는 상태였지만 말이다. 심지어 호출음이 엄청나게 커서 무시할 수도 없었다. 영악한 녀석은 그 점을 악용해서 매일같이 연락해댔다.

'이럴 줄 알았으면 줘도 받지 말걸.'

차라리 바다에 던져 버릴까? 하루에도 몇 번씩 달콤한 유혹이 일었지만 그랬다간 당장에라도 쫓아올 게 분명하니 차마 시도하지는 못했다.

그는 보통 쓸데없는 용건으로 연락했지만 가끔은 유용한 정보를 줄 때도 있었다. 바로 지금 같은 경우가 그랬다. 클모어까지 바짝 쫓아왔던 대공의 추격대가 얼마 전 일부만 남기고 철수했다는 것이다. 관저에서 벌어진 모종의 사건이 원인이었는데, 왠지 그 일에 라피스의 형이라고 하는 블랙 드래곤 메세테리우스가 깊이 개입한 것 같았다. 무슨 이유에서인지 그가 관저 하나를 불태울 정도로 엄청난 소동을 벌였고, 그 일로 지휘관이 수도로 이송돼 심문을 받게 되었단 것이다.

라피스의 말에 따르면 그가 이 사실을 알게 된 건 사건이 벌어진 직후 도주 중이던 메세테리우스를 우연히 만났기 때문이었다. 비록 순식간에 도망쳐서 전부 캐내진 못했지만, 짧은 사이에도 쓸 만한 정보를 몇 가지 얻어 냈다. 그중 가장 주목할 만한 내용은 대공의 기사 중 대다수가 죽었다는 것, 그리고 그들의 손에 '블레스터'라는 정령검이 있다는 사실이었다.

"블레스터?"

『과거에 미네르바가 만든 검이야. 그의 힘이 강하게 깃든 물건이라고 생각하면 돼.』

"많이 위험한 건가?"

『정령왕의 힘이 깃든 건데 당연하지. 정령검도 종류가 많지만 블레스터는 특히 위험해. 적어도 한낱 인간의 손에 들어가선 안 되는 물건이라는 것만은 분명하지. 그래서 아주 오래전에 지하 깊숙한 곳에 묻혔다고 들었어.』

"헤에, 그걸 누가 빼낸 거지?"

『바로 그걸 알아보려는데 잽싸게 도망을 치더라니까? 분명 그놈의 소행일 거야. 옛날부터 고대 유물 모은답시고 멀쩡한 땅을 파고 다녔거든. 내 언젠가 그놈이 큰 사고 칠 줄 알았지.』

"흠, 아무튼 지금은 그걸 추격대가 갖고 있다는 거지?"

『그래, 정확히는 그쪽 지휘관의 손에 있다고 하더군. 이미 각성까지 마친 것 같아.』

'지휘관이라면 대공의 오른팔이라는 그 남자인가.'

나는 항구에서 흘낏 보았던 남자의 모습을 떠올렸다. 정령사도 아니면서 이상할 정도로 바람의 향기가 진하게 풍기던 사람이라고 생각했는데, 이제 보니 그 검 때문이었던 모양이다.

『아무튼 난 알렸으니까 트로웰에게 연락해 봐.』

"트로웰은 왜?"

『블레스터를 지하에 묻은 게 그 녀석이거든. 아마 그 일에 가장 관심이 많을 거야.』

"흠, 그렇구나. 알겠어. 그럼 지금 바로 연락해 볼게."

일단 정령을 보내서 소식을 전하면 되겠지. 나는 속으로 그렇게 중얼거리면서 슬슬 통신을 마무리할 준비를 했다. 그러자 그런 생각을 읽기라도 한 것처럼 라피스의 말이 이어졌다.

『아직 내 얘기 다 안 끝났거든? 혹시나 싶어서 미리 말해 두는데, 연락 수단으로 물의 정령을 보낼 생각이라면 관둬. 가급적 땅의 정령에게 전달하게 하는 게 좋을 거다.』

"응? 왜?"

『혹시 엉뚱한 화풀이 당할지 모르니까. 그 녀석 열 받으면 눈에 뵈는 게 없어지거든. 괜히 귀한 정령 하나 잃게 될지도 모르잖아.』

"설마······."

『설마는 무슨. 넌 그 녀석의 좋은 면만 봤으니까 그렇게 말하는 거야. 내가 장담하는데, 이번 정령왕들 중에서 가장 성격이 더러운 건 트로웰일걸?』

"이번?"

『그전엔 전대의 엘퀴네스가 있었으니까.』

"······."

묘하게 울컥하면서도 이해가 되는 건 왜일까. 그래, 솔직히 말해서 엘뤼엔 성격이 조금 나쁘긴 하다. 하지만 트로웰에 대한 평가엔 별로 동의할 수가 없었다. 오히려 그는 상당히 성격 좋은 편 아닌가? 늘 웃고 있는 데다 짜증을 내는 모습조차 한 번도 보인 적이 없는데 말이다. 당연한 것을 물을 때도 귀찮아하는 법이 없고 항상 친절하게 설명해 준다. 보통은 그런 사람을 두고 '다정하다'고 말하지, 아마?

『글쎄, 그건 네가 아직 그 녀석을 잘 몰라서 하는 말이라니까.』

미심쩍어하는 내게 라피스는 혀를 차며 말했다. 마치 아무것도 모르는 순진한 어린아이를 보는 것 같은 시선이라 나는 발끈했다.

"트로웰의 동족은 나거든?"

『그 녀석을 더 오래 알아온 건 나지. 넌 설마 네가 태어나서 본 몇 달간의 모습이 그의 전부일 거라 생각하는 건 아니겠지?』

"윽, 그거야……."

『아무튼 난 충고했어. 괜히 저질렀다가 나중에 후회하지나 말라고.』

진지한 경고를 마지막으로 통신은 완전히 끊겼다. 나는 복잡한 기분으로 거멓게 화면이 꺼지고 있는 구슬을 바라보았다.

방금 전 말을 정말 믿어도 되는 걸까? 사실 트로웰에게 내가 모르는 이면이 있다는 것보단, 라피스의 장난에 걸려든 것이 아닌가 하는 우려가 더 컸다. 그 녀석이라면 날 골릴 작정으로 연극을 하고도 남을 것 같았기 때문이다.

결국, 고민 끝에 난 그냥 시큐엘을 통해 연락을 취하기로 했다. 깊은 바다 위라 땅의 정령을 찾는 게 번거롭기도 했고, 무엇보다 라피스의 말을 순순히 따르는 것에 반발심이 일었기 때문이다. 그래도 누가 소심한 성격 아니랄까 봐 내심 긴장하고 있었는데, 염려와는 다르게 시큐엘은 아무렇지 않게 소식을 전하고 돌아왔다.

—알려 주신 대로 전해 드리고 왔습니다.

"어, 으응, 트로웰이 뭐라고 해?"

—땅의 왕께서 말씀하시길, 그 일에 관해선 그다지 신경 쓰지 않으셔도 된다고 하십니다. 어차피 매미의 우화일 뿐이니, 염려하지 마시라고 전하라 하셨습니다.

"매미의 우화?"

—예, 그렇게 말씀하셨습니다.

그거, 매미 유충이 껍질을 벗고 성충이 되는 걸 말하는 거 아닌가? 블레스터가 나타난 게 매미 우화랑 같다고? 그게 도대체 무슨 뜻이지?

난 잠시 어리둥절해하다가 슬쩍 시큐엘의 눈치를 살피며 물었다.

"저기, 근데 트로웰의 기분은 어때 보였어? 화난 것 같았어?"

—예? 아뇨, 딱히 별다른 내색은 없으셨습니다.

"그래? 아무렇지 않아 보였단 말이지?"

—예, 평소와 같으셨습니다.

뭐야, 그럼 그렇지. 역시 라피스가 괜히 겁을 준 거였잖아. 속았다는 생각에 얼굴이 저절로 찌푸려졌다. 생각해 보면 트로웰이 그럴 리가 없었는데, 잠시나마 그를 오해할 뻔했다는 게 너무 미안하고 창피했다.

덜컥! 그때 선실 문이 열리더니 누군가 안으로 얼굴을 빼꼼 디밀었다. 조금 상기된 모습의 이사나였다.

"엘! 곧 항구에 도착한대!"

"아, 응, 알았어. 나갈게."

육지는 오랜만이라 그런지 그는 평소보다 훨씬 들떠 있었다. 나는 몸을 일으키려다 말고 잠시 주춤했다. 근처에 놔둔 통신석이 눈에 들어왔기 때문이었다. 통신이 끊겨 평범한 구슬로 돌아온 그것은 이미 아무것도 비추고 있지 않았지만, 나는 아직도 그 속에 라피스의 모습이 있는 것처럼 노려보았다.

"엘? 왜 그래?"

"……아니, 아무것도 아냐."

'내가 다신 라피스 말을 믿나 봐라.'

나는 신경질적으로 통신석을 가방 속에 집어넣었다.

2.

"카리브디스 공작?"

"응, 어떤 사람이야? 구체적으로 알려 줘."

본격적인 하선(下船)을 준비하는 동안 나는 이사나에게 대공의 오른팔이라는 남자에 대해 물었다. 지피지기면 백전백승이라고 하지 않던가. 트로웰은 신경 쓰지 않아도 된다고 했지만 위험한 정령검을 손에 넣은 장본인이라고 하니 어느 정도는 알아 둬서 나쁠 게 없다는 생각에서였다. 이사나는 잠시 생각에 잠긴 표정을 짓다가 대답했다.

"이름은 파이런, 평민 출신 기사로 현재 서른한 살이야. 열아홉 살에 소드 마스터가 됐고, 그 실력을 인정받아 이듬해인 스무 살에 공작 작위를 받았어. 카리브디스라는 성은 작위를 받을 때 선황제께서 내려 주신 거야."

"헤에, 평민 출신이었구나. 성격은 어때?"

"글쎄, 그 부분은 나도 잘 모르겠어. 워낙 과묵하고 눈에 띄지 않는 사람이라서. 다만 예전부터 병사들 사이에서는 평판이 아주 좋았어. 아무래도 소드 마스터니까 당연하겠지만. 출신도 그렇고 이례적인 출세 때문에 질시도 많이 받았을 텐데 단 한 번도 소음이 일어나지 않았던 걸 보면 통솔력이 있는 남자인 것만은 분명해."

"흠, 그렇구나. 그런 대단한 사람이 왜 하필 대공 밑에 있는 거지?"

"그 자리에 오르기까지 그를 뒷받침해 준 사람이 바로 숙부거든."

대답과 함께 이사나는 뜻밖의 이야기를 들려주었다. 공작이 되기 전의 그는 원래 마신전에서 허드렛일을 하는 사람이었다는 것이다. 신관기사들의 시중을 들면서 검을 몰래 훔쳐 배웠는데, 우연히 그가 홀로 훈련하고 있는 것을 본 대공이 그의 재능을 알아보고 후원자가 됐다. 그로부터 시작된 인연이 지금까지 이어지고 있다는 얘기였다.

"대충 어떤 관계인지 알겠어. 한마디로 자신의 재능을 처음으로 알아준 사람이라는 거네. 으음, 이렇게 되면 회유하기 쉽지 않겠는걸."

"공작을 회유하려고?"

놀랐는지 눈을 동그랗게 뜨는 이사나를 보고 나는 피식 웃었다.

"일단 생각만 해 두는 거야. 싸우지 않고 넘어갈 수 있으면 그게 좋잖아."

"으음, 그렇긴 하지만 아마 힘들 거야. 공작은 숙부에게 충성 서약을 했거든. 숙부는 마신전에서 지낼 동안 대신관들을 대표하는 신관장의 자리에까지 올랐는데, 그게 다 공작이 세운 공이라는 말도 들었어. 그가 숙부를 신관장으로 만들려고 배후에서 온갖 더러운 짓을 다 도맡아서 했대."

"그, 그래?"

"응, 그리고 이건 확인되지 않은 소문인데, 당시 마신전에는 숙부말고 또 다른 황족 출신의 대신관이 있었거든. 내게는 막내 숙부가 되시는 분이었지. 낙마 사고로 갑자기 돌아가셨는데 그 일을 공작이 주도한 거라는 얘기가 있어. 사실 그 때문에라도 나는 그를 좀 달갑게 여기지 않아."

"……!"

그 얘기는 나도 들은 적이 있다. 신전 내 권력이 양분되어 대립 구도를 이루던 시기에 일어난 공교로운 사고였다고 했던가? 그 사건으로 대공에 대한 이미지가 좋지 않았다고 하더니, 구체적인 소문까지 돌고 있었던 모양이다. 물론 지금까지 하는 꼴을 봐서는 단순히 헛소문이 아니라 충분히 그러고도 남을 사람인 것 같지만. 그걸 시킨다고 하는 쪽도 정상이라고 볼 수는 없었다.

'결국 공작도 똑같은 사람일 가능성이 크단 말이지. 그런 사람의

손에 정령왕이 힘이 들어가다니, 정말 괜찮은지 모르겠네. 미네르바는 이 사실을 알고 있는 건가?'

아직 본 적도 없는 대공이 광소를 터트리고 있는 모습이 눈에 선하게 떠올랐다. 충직한 신하가 더 강해졌으니 지금쯤 그는 세상을 다 가진 기분일 것이다.

애초에 미네르바는 왜 정령왕의 힘이 담긴 검을 만든 걸까? 그로 인해 벌어질 파장을 예상하지 못했던 것도 아닐 텐데 말이다. 다른 사람도 아니고 누구보다 이성적인 미네르바가 그랬다니 더 믿어지지 않았다. 게다가 힘을 나눴다면 지금 그의 상태도 온전하지 않다는 말이 된다. 평소 유난히 나른하고 힘이 없어 보인다고 생각했는데 그게 그 때문이었던 모양이다.

당장에라도 찾아가서 이유를 묻고 싶은 마음이 가득했지만 나는 꾹 눌러 참았다. 무슨 사연이 있는지 모르는데 괜히 실수할까 봐 걱정되기도 했고, 무엇보다 미네르바 특유의 분위기가 내겐 아직 조금 어려웠다. 경솔한 질문으로 그가 슬픈 표정을 짓는다면 나는 분명 오래도록 죄책감에 시달리게 될 것이다.

그리고 트로웰이 괜찮다고 했으니까. 그가 아무 문제없다고 하면 정말 문제가 없는 거다. 나는 고개를 세차게 흔들어 머릿속의 잡생각을 털어 냈다.

'……뭐, 어떻게든 되겠지.'

*   *   *

배가 정박한 곳은 국경에 가까운 해안 마을이었다. 이곳에서 다음 배를 타고 카리프 해를 건너면 스왈트 제국 영토에서는 완전히 벗어나는 셈이었다. 그러나 검문이 엄격할 거라는 예상과는 다르게 지금껏 거쳐 간 어느 마을보다 병사들의 숫자가 적었다. 오랜 수행으로 이곳저곳을 많이 다녀 본 덕에 제국 지리 정보에 밝은 카이테인의 설명에 의하면, 이 지역은 엘프의 영역과 근접해 있어 제국의 영향력이 거의 미치지 않는다고 했다. 일종의 중립 지역이라고 해야 할까?

"헤에, 엘프의 영역이라……."

"아주 가깝진 않지만 며칠 이내로 닿는 거리입니다. 제국의 입장에선 통제하기 버거울 수밖에 없죠."

물론 그렇다 해도 엄연히 다스리는 영주가 있고, 경비대도 있었다. 조심해서 나쁠 건 없었기에 우리 일행은 필수로 후드를 착용했다. 사실 새삼스럽다고 할 수도 없는 게, 항해 중에도 선실에 있을 때를 제외하곤 늘 후드를 착용하고 다닌 편이었다. 좁은 장소에서 괜히 사람들 눈에 띌 필요가 없다는 카이테인의 조언 때문이었다.

확실히 내 머리색이나 이사나의 외형은 매우 튀는 편이었고, 달갑지 않은 호기심을 살 우려가 있었다. 이제 라피스가 있어 마법으로 우릴 도와줄 수 있는 것도 아니기에 사람들의 주목을 끄는 일들은 가급적 삼가야 했다. 왠지 이 여정이 끝날 때까지 후드와 떨어져 살 수 없을 거란 불길한 예감이 들었다. 그나마 예전처럼 필사적으로 감출 필요는 없다는 게 유일한 위안이랄까.

그러나 암울한 현실이야 어쨌건, 지금 당장 내 흥미를 끈 것은 근방에 산다는 엘프들의 존재였다. 그동안 말로만 들어 봤지 실제로 그들의 모습을 본 적은 한 번도 없었다. 개인적으로는 드래곤보다 더 기대되는 종족이었다.

"그러고 보니 엘프 종족은 숲에서 산다면서요?"

"아, 그건 노멀 엘프입니다."

"노멀 엘프? 엘프에도 종류가 있어요?"

처음 듣는 말에 관심을 보이자 카이테인은 빙긋 웃으면 설명을 이었다.

"하이 엘프와 블루 엘프, 그리고 다크 엘프까지 포함해서 총 네 개의 일족으로 구분됩니다. 보통 우리가 흔히 알고 있는 엘프의 모습은 노멀 일족이죠. 피부가 진주처럼 하얗고, 색이 빠진 것처럼 옅은 머리색과 눈동자 색을 지닌 것이 특징입니다. 숲에 사는 것이나, 곡식과 과일, 꿀 같은 채식만을 즐기는 것은 노멀 엘프만의 성향입니다. 같은 엘프라고는 해도 각자 생김새도 다르고 주식도 전부 다르거든요."

"그렇구나. 그럼 다른 엘프들은 어떤데요?"

"일단 노멀 엘프와 가장 비슷한 성향을 지닌 것은 하이 엘프입니다. 외형도 제일 비슷하죠. 다만 이들은 신력을 강하게 타고나는 제사장 일족이라 엘프라기보다는 거의 신족으로 분류됩니다. 엘프들 사이에서도 귀족 계층이기도 하고요. 드래곤들도 이들 일족에겐 예우를 갖춘다고 들었습니다."

"헤에, 그리고요?"

"블루 엘프와 다크 엘프는 피부색으로 구분합니다. 블루 엘프는 푸른색 피부에 은발을, 다크 엘프는 검은색 피부에 회색 머리칼을 지닌 것이 특징이죠."

무엇보다 신기했던 건 그들의 주식물이었다. 다크 엘프는 육식을 즐기는데 대부분 날 것으로 먹고, 블루 엘프는 해산물과 어패류를 주식으로 삼는다는 것이다. 다만 그들 일족은 노멀 엘프보다 숫자가 매우 적고 서식지의 접근이 까다로워 인간과의 교류가 원만하지는 않은 것 같았다.

"서식지라면……."

"다크 엘프는 사막 한가운데서 삽니다. 운 좋게 마을을 발견해도 이튿날이 되면 흔적도 없이 사라져서 신기루 왕국이라고도 불리죠. 블루 엘프는 바다에 있는 바위섬들에서 산다고 들었습니다. 하이 엘프를 제외한 세 일족 중에선 블루 엘프가 가장 인간에게 배타적인 편입니다. 그들의 육체에 내재된 몬스터의 성향 때문이라고도 하더군요."

"엑? 몬스터요?"

"네, 이건 저도 그냥 들은 이야기입니다만, 오래전에 인어의 모습을 한 세이렌이란 일족이 있었다고 합니다. 아주 아름답지만, 인간을 홀려 잡아먹는 습성 때문에 몬스터로 분류되는 일족이었죠. 그들이 오랜 세월을 거쳐 모습이 변화하면서 지금의 블루 엘프가 된 거라는 설이 있습니다."

"윽, 그게 사실이면 그냥 이름만 엘프인 거네요."

"그래도 지금은 인간을 잡아먹진 않으니까요. 인어의 후손이라니 오히려 매력 있지 않습니까? 전 기회가 되면 한 번쯤은 만나 보고 싶은데요."

카이테인은 소년처럼 들뜬 얼굴로 말했다. 어른스러운 사람이라고만 생각했는데 의외로 이런 전설이나 동화 같은 이야기들에 관심이 많은 모양이다. 이사나 역시 나와 같은 생각을 했는지 낮게 웃음을 삼키고 있었다. 나는 덩달아 들뜬 기분으로 말했다.

"이곳에선 볼 수 있지 않을까요? 바다에 가까운 해안 도시고, 가까이에 동족의 영역도 있잖아요."

"하하, 아뇨, 그건 어려울 겁니다. 엘프는 같은 일족끼리라도 서로 영역을 침범하지 않거든요. 심지어 마을에서 나오는 일 자체가 드뭅니다. 게다가 정도의 차이만 있다 뿐이지, 인간에게 배타적인 건 다 마찬가지라서 인간들이 모여 사는 이런 마을 아래까지 내려오는 일은 거의 없다고 봐야 합니다."

"에이, 그럼 노멀 엘프도 볼 수 없겠네요?"

"예, 유감스럽지만……."

"어? 엘프다!"

"……!"

고개를 끄덕이기 무섭게 들려온 이사나의 외침에 나와 카이테인은 동시에 고개를 돌렸다. 그가 바라보는 방향을 따라 시선을 보낸 나는 멀찍이서 총총걸음으로 뛰어가는 사람을 발견했다. 밀가루를 뿌린 것처럼 흰 피부에, 거의 은발에 가까울 정도로 옅은 금색 머리칼을 지닌 소년이었다.

외모도 외모지만 저 소년이 한눈에 인간과 다르다는 걸 알 수 있던 건 머리칼 사이로 불쑥 튀어나온 귀 때문이었다. 둥그렇고 작은 편인 인간들의 것에 비해 소년의 귀는 토끼처럼 뾰족했고, 옆으로 길게 솟아 있었다.

"정말 엘프군요."

카이테인은 당황하면서도 감탄한 표정을 감추지 못했다. 엘프 소년을 발견한 사람은 우리만이 아니었다. 그가 마을 안으로 들어서자 삽시간에 주위가 소란스러워졌다.

"왔다!"

"엔딜!"

"엔딜, 어서 와!"

이미 이곳에서는 꽤 유명인사인 건지 소년을 보는 사람마다 반갑게 웃으며 인사를 건넸다. 광장에 진입한 지 얼마 되지도 않아 그는 곧 구름 떼 같은 인파 속에 파묻혔다. 주위에 있던 사람들이 앞다투어 그에게 몰려들었고, 소년은 능숙하게 그들과 대화를 주고받았다. 갑자기 북새통을 이루기 시작한 광장을 보며 나는 혀를 내둘렀다.

"인기가 굉장하네요."

"그러게 말입니다. 아무래도 이종족을 볼 수 있는 기회는 흔치 않으니 더 그렇겠지요. 그나저나 나이가 어려 보이는 게 조금 마음에 걸리는군요. 아직 성인식도 치르지 않은 것 같은데, 어린 엘프가 혼자서 인간들의 터전에 내려오다니……."

카이테인은 인간들 사이에서 웃고 있는 엘프 소년을 자못 염려스러운 시선으로 바라봤다. 폐쇄적인 성향이 강한 엘프 일족은 성인이 되기 전까지 아이를 마을 밖으로 내보내지 않는 규칙을 갖고 있었다. 소년이 이곳에 있다는 건 결국 규율을 어기고 몰래 나왔다는 뜻이다. 게다가 마을 사람들과 친한 걸로 봐선 하루 이틀 어울린 게 아닌 것 같았다.

이 세계는 아직 노예 제도가 건재한 곳이고, 특히 이종족의 아이는 노예 사냥꾼의 표적이 되기 쉽다. 아직 세상 물정 모르는 소년이 스스럼없이 위험에 노출되어 있으니 불안하게 보이는 것이 당연했다. 부모가 누구인지는 모르겠지만, 지금쯤 속이 시커멓게 타들어가 있지 않을까. 어느 종족이든 아이란 존재는 눈만 떼면 사고를 치는 건 매한가지인 듯했다.

"너무 신경 쓰지 마세요. 엘프 일족은 인간보다 오래 사니까 저렇게 보여도 여기에 있는 사람들 중에서 나이는 제일 많을걸요? 본인도 어느 정도 자신이 있으니 혼자 마을을 나왔겠죠. 지금까지 몸을 지킨 걸 보면 그렇게 약한 녀석은 아닐 거예요."

"그렇긴 합니다만, 사람들의 나쁜 술수에 넘어가지는 않을까 걱정입니다. 불순한 의도로 접근하는 자들은 피할 줄도 알아야 하는데, 이종족은 인간 사회에 익숙지 않다 보니 그런 걸 잘 감지하지 못하거든요. 특히 노멀 엘프는 성격이 워낙 온순해서······."

"뭐? 너 지금 뭐라고 그랬어!"

그 순간 멀찍이서 고성이 터져 나왔다. 소리친 사람은 다름 아닌 화제의 주인공 엘프 소년이었다. 그 사이 무슨 일이 있었던 건지 그는 자신보다 한 자는 더 큰 사람과 대치한 채, 있는 힘껏 사나운 표정을 짓고 있었다. 살벌하게 치켜뜬 눈에서 당장에라도 불꽃이 튈 것 같았다.

"싸움이 났나 보네요."

"이런, 어서 말려야······."

그렇지 않아도 우려하고 있던 일이 벌어지자 카이테인은 급히 자리에서 몸을 일으키려 했다. ······바로 그 다음에 벌어진 일을 목격하기 전까진.

"개새끼야, 변명은 다 끝났냐?"

"······!"

돌연 엘프 소년의 입에서 험악한 욕설이 터져 나왔다. 청순하고 귀여운 외모에서 나오리라고는 생각지도 못한 입담이었다. 당황한 카이테인이 잠시 주춤거리는 순간, 그가 상대에게 달려들어 모질게 배를 걷어차는 광경이 이어졌다. 누군가 말릴 틈도 없이 순식간에 벌어진 일이었다.

맞은 상대는 비명도 지르지 못하고 멀리 나가떨어졌다. 그것만 봐도 소년의 완력을 짐작할 만했다. 그는 거기에서 그치지 않고 쓰러진 사람 위에 올라타 멱살을 움켜쥐었다.

"씨발! 이 곤죽을 쳐서 떡을 만들어 입에 쑤셔 박아도 모자랄 새 끼가! 너 나이 몇이야? 니가 나보다 몇 살이나 더 처먹었는데 내 앞 에서 감히 훈계를 읊고 지랄이냐고! 대가리도 큰 새끼가 뇌는 쥐똥 만 하냐? 어디서 감히 생각 없이 주둥아리를 나불거려? 확 뱃가죽 을 뒤집어서 내장을 다 꺼내 버린다!"

"허, 헉! 에, 엔딜, 진정 좀 하고……."

"진정? 지금 진정이라고 했어? 이 멸치 눈깔 같은 새끼가 지금 뭐 라고 그러는 거야? 좆까, 이 새끼야! 니가 먼저 나한테 헛소리를 지 껄였잖아요~. 근데 나더러 왜 진정하래? 니 눈엔 내가 호구로 보이 냐? 호구인 것 같냐고!"

그 뒤로도 차마 듣기 민망한 육두문자들이 폭언과 함께 고래고 래 쏟아졌다. 행패는 일방적으로 엘프 소년만 부리고 있었고, 다른 사람들은 모두 그를 말리기에 급급했다.

카이테인은 그 모습을 잠시 지켜보다가 얌전히 자리에 앉았다. 나는 침울해진 그를 향해 어색하게 위로를 건넸다.

"뭐, 어디든 예외는 있잖아요."

"……예."

3.

우리가 엘프 소년을 다시 만난 건 며칠 후 다음 배를 타기 위해

도착한 선착장 앞에서였다. 그는 여전히 많은 사람에 둘러싸인 채 무언가를 열심히 떠드는 중이었다. 청중은 대부분 선장과 선원들로 이뤄져 있었는데, 그들 중에 우리가 타고 갈 배의 선장도 보였다. 그들은 무리지어 앉은 채 모두 진지한 얼굴로 소년의 입을 주목하고 있었다.

다 큰 어른들이 자기보다 한참은 어려 보이는 소년(실제 나이는 많다곤 해도)의 이야기를 선생님의 강의라도 경청하듯 듣고 있는 모습은 충분히 이상했지만, 그게 이곳에서는 별로 이상한 광경이 아닌 것 같았다. 의아한 시선을 보내는 사람은 대부분 우리 같은 여행자들뿐, 마을 사람들은 모두 그러려니 하는 표정이었다.

소년의 말을 경청하는 건 잡일꾼들 역시 마찬가지였다. 선장들처럼 대놓고 앉아서 듣진 못했지만 그들 모두 근처를 배회하며 귀를 기울이고 있는 것을 알 수 있었다. 그 탓에 부두의 일이 거의 마비된 상태였는데도 그것을 신경 쓰는 사람이 아무도 없었다. 감독관마저 그 무리 중에 섞여 있으니 당연하다면 당연한 일이었지만.

한창을 떠들던 소년이 연설(?)을 마무리하고 어디론가 사라지자 그제야 앉아 있던 사람들도 각자 일을 하러 흩어지기 시작했다. 대부분 후련한 얼굴인 반면, 유독 우리가 탈 배의 선장만 표정이 좋지 않았다. 그는 근심 어린 얼굴로 연거푸 한숨을 내쉬더니 곧 결심을 굳힌 듯 빠른 걸음으로 사라졌다.

잠시간 자리를 비운 그가 다시 돌아왔을 땐 옆에 신관 몇 명을 대동한 채였다. 복장은 일반적인 신관의 의복과 같았는데, 특이하게도 그들 모두 머리와 허리에 검은색 노끈을 감고 있었다. 자애의 여신 일리야의 사제군요, 내 옆에서 카이테인이 나직하게 속삭였다. 만나 본 적도 들어 본 적도 없는 이름이었지만 신관들에게서 느껴지는 기운으로 보아선 중급신인 것 같았다.

'갑자기 웬 신관들이지?'

선장은 자애의 신관들과 함께 배에 올라 내부를 구석구석 돌기 시작했다. 때때로 멈춰 서서 기도를 하거나 물을 뿌리는 둥, 무언가 의식으로 보이는 행위를 벌이기도 했다.

"정화 의식입니다."

"정화?"

"앞날에 불운이 닥치지 않기를 바라며 신의 가호를 빌어 더러운 액들을 떨치는 의식이지요. 보통 큰일을 앞둔 사람들이 신전에 청해하는 의식입니다. 선장이 이번 항해가 많이 불안했나 보군요."

아마 이 세계에서의 제사나 고사 같은 것인 모양이다. 왠지 재밌기도 하고 신선하기도 해서 마냥 구경하고 있는데, 뒤쪽에 있던 사람들에게서 숙덕거리는 소리가 들려왔다.

"저 구두쇠로 유명한 선장이 무슨 일이래? 정화 의식은 효과도 별로 없고 돈만 많이 든다고 지금껏 한 번도 한 적이 없었잖아?"

"이번에 가는 항로에 폭풍이 일 거라는군."

"아하! 그래서 저리 부리나케 신관들을 모셔온 거구만. 이번에도 엔딜의 예언이야?"

"응, 그렇다나 봐."

"잘 생각했네. 괜히 무시했다가 개죽음당하느니 아까워도 돈 몇 푼 쓰는 게 낫지."

"암, 엔딜의 예언이면 틀림없으니까."

확고한 음성 속에 섞인 낯설지 않은 이름에 나는 얼굴을 살짝 찌푸렸다. 처음 엘프 소년을 봤을 때, 사람들이 그를 향해 '엔딜'이라고 불렀던 것이 떠올랐기 때문이다.

'그 엘프가 예언자였나?'

이제야 사람들이 그에게 앞다투어 몰려들던 이유를 알 것 같았다. 유난히 인기가 많다 싶더니 예언의 힘을 가지고 있어서 그랬던 모양이다.

트로웰의 고유 능력이 혜안이기 때문일까. 극히 드문 일이긴 하지만 땅의 기운을 강하게 타고난 사람들 중에선 간혹 앞날을 내다보는 능력을 갖는 경우가 있는 것 같았다. 전부 그런 건 아니지만 대부분의 인간은 자신의 앞날을 궁금해하고 또 알고 싶어 한다. 그렇기에 시대를 불문하고 예언자의 한마디 한마디에 수많은 이들의 관심이 쏠리는 건 당연한 일이었다. 더구나 엔딜은 사랑스러운 외모에 엘프라는 종족의 특수성까지 더해진 만큼 충분히 사람들의 환심을 살 만했다.

문제는 그 예언이 틀렸다는 거다. 적어도 물의 정령왕인 내가 탄 배가 폭풍에 휘말릴 확률은 제로에 가까웠으니까.

이 세계에서 자연적인 현상들은 대부분 정령들이 일으키는 행위다. 폭우나 풍랑 역시 마찬가지. 내가 보기엔 한동안 풍랑을 일으킬 계획도 없어 보였지만, 설령 사전에 예정된 일이었더라도 내가 나타난 이상 전부 보류되었을 터였다. 감히 자신들의 왕과 그 계약자가 탄 배를 뒤집을 리가 없지 않은가.

아마도 그것뿐이었다면 난 그냥 엔딜의 예언 능력이 그리 강하지 않은 편이라고 생각하고 넘겼을 것이다. 미래는 수많은 변수의 작용이니 예지력이 약하면 얼마든지 잘못된 유추를 내놓을 수 있으니까.

그런데 때마침 우연히 보게 된 광경이 그런 생각을 바꾸게 했다. 정화 의식을 마치고 돌아가던 신관들이 근처에 있던 엔딜을 발견하더니, 그에게 다가가 은밀히 무언가를 건네준 것이다. 순식간에 이뤄진 일이라 아무도 눈치채지 못했지만 나는 그것을 하나도 놓치지 않고 전부 똑똑히 목격했다. 물건을 받아 든 순간 엔딜의 얼굴에 떠오른 만족스러운 미소까지도.

"……이거 어째 일이 묘하게 흘러가네."

착각이 아니라면 절그럭거리면서 건네진 자루는 아무리 봐도 돈주머니였다. 정화 의식을 마치고 돌아가는 신관이 대체 무슨 용건으로 엔딜에게 돈을 건네준 걸까? 아무리 생각해도 그럴 만한 이유가 없는데 말이다.

"에이, 설마……."

문득 이 상황에 가장 들어맞는 그럴듯한 가설이 떠올랐지만 나는 바로 고개를 흔들었다. 그래, 그건 정말 말도 안 된다. 예언자가 신전과 결탁을 하다니, 그런 일이 있을 리가 없잖아. 그것도 고결한

숲의 종족이라는 엘프인데 말이다.

비록 말투가 좀 험하긴 하지만 엘프라는 사실은 달라지지 않는다. 게다가 오늘 처음 만난 상대를 확실치도 않은 정황만으로 판단하는 건 매우 위험한 일이다. 그 신관과는 개인적인 다른 용건이 있었을 수도 있고, 내가 잘못 봤을 가능성도 얼마든지 있으니까. 하지만 워낙 수상쩍은 상황이라 그런지 목격한 광경이 좀처럼 머릿속을 떠나지 않았다.

정말 예언자가 맞기는 한 걸까? 그러고 보니 그런 능력을 지닌 것치곤 지나치게 땅의 기운이 느껴지지 않았다. 상성으로 치자면 오히려 물에 더 가까웠는데 그조차도 희미해서 별 볼 일 없는 수준이다. 즉, 지극히 평범했다.

"네가 엔딜이란 이름의 엘프인가?"

그를 수상하게 여긴 건 나만이 아니었던 모양이다. 신관에게 받은 자루를 품에 넣은 채 콧노래를 흥얼거리고 있던 엔딜을 향해 성인 남자 몇이 접근했다. 무슨 기관에 속해 있는 것인지 모두 정복 차림이었다. 낯선 자들의 접근에 경계심을 느꼈는지 느긋하게 기대어 서 있던 엔딜의 표정이 바로 사납게 변했다.

"……니들은 뭐야?"

"그건 우리가 할 말이다. 네 이름이 이 근방에서 엄청 유명하던데. 예언 능력을 가진 게 정말 사실이냐?"

흥미를 담은 사내들의 눈이 탐색하듯 위아래를 훑어 내렸다. 의외였던 건 엔딜의 반응이었다. 당연히 고개를 끄덕일 줄 알았는데 오히려 금시초문이라는 듯 황당하다는 표정을 지은 것이다.

"뭐? 예언? 그게 무슨 개소리야?"

"발뺌하려고 해도 소용없다. 이미 신뢰하는 정보통을 통해 전부 확인 절차를 거치고 온 참이니까."

"뭐라고 지껄이는 거야. 제대로 알아먹게 얘기해."

"이 마을 사람들이 다들 그러더군. 네가 하는 말은 전부 다 맞는다고 말이야. 심지어 항해 중의 날씨도 척척 맞힌다고 하던데."

그제야 무슨 말인지 이해했다는 듯 엔딜의 표정에서 짜증스러움이 사라졌다. 그 대신 떠오른 건 날이 서린 비소였다.

"뭐야, 그런 얘기였어? 난 또 무슨 소린가 했더니……."

"인정하는 거냐?"

"내가 하는 말이 다 맞는 건 그만큼 아는 게 많아서 그런 거고. 날씨 예측은 말 그대로 예측이지, 병신아. 그게 어떻게 예언이랑 같냐? 너 돌대가리냐?"

"……입이 매우 험한 놈이로군."

"놈? 씨발, 이래 봬도 내가 너보다 오십 년은 더 살았거든? 어디서 머리에 피도 안 마른 새끼가……."

"말조심하는 게 좋을 거다. 우리는 영주관에서 나온 사람들이다."

"영주관?"

영주관에서 파견되는 사람들은 대개 공직자들이다. 여느 세상이 다 그렇듯 이곳에서도 관료는 막강한 힘을 갖고 있었다. 아니, 즉결

심문이나 심판이 가능하다는 점에서 오히려 한국의 관료보다 더 강한 권력을 갖고 있는 것 같기도 했다.

"……영주관에서 내게 무슨 일로?"

아무리 이종족이라도 신경은 쓰였는지 엔딜의 기세가 조금 수그러들었다. 남자들은 만족한 얼굴로 엄격하게 말했다.

"엔딜이라는 이름의 엘프가 미래를 본답시고 마을 사람들을 선동하고 다닌다는 소문이 파다하더군. 그에 대한 사실 여부 조사를 위해 영주님께서 직접 우리를 보내셨다. 대체 목적이 뭐지? 왜 허무맹랑한 거짓말을 해서 사람들을 선동하고 있는 거냐?"

"하! 거짓말이라니, 누가 거짓말을 해?"

"그럼 정말 예언을 한다는 건가?"

"아우씨, 진짜 말귀 더럽게 못 알아먹네! 예언이 아니라 예측이라니까? 예측이 무슨 말인지 몰라? 짐작하는 거라고, 짐작! 그리고 내가 맞히는 건 날씨뿐이거든? 그거 좀 알려 주기로서니 내가 선동이란 말까지 들어야 해?"

"흠, 단순한 짐작만으로 항해 중의 날씨를 맞힐 수 있다는 얘기냐? 엘프가 인간보다 감각이 예민하다고는 들었는데, 그 때문인 건가?"

"뭐, 그런 것도 있지만 내 경우엔 다 아는 방법이 있지."

"그게 뭐지?"

"궁금해?"

남자들이 얼떨떨한 얼굴로 고개를 끄덕이자 엔딜은 씩 웃었다.

그 미소에 알 수 없는 불길한 기운을 느낀 찰나, 당황스러운 광경이 눈앞에 펼쳐지기 시작했다. 엔딜이 팔을 뻗음과 동시에 강한 물기가 퍼져 나가는 모습이었다. 직감적으로 나는 그가 물의 정령을 소환하고 있음을 깨달았다. 아니나 다를까. 덥수룩한 머리칼에 가려져 잘 보이지 않았는데, 바람에 드러난 이마를 보니 계약의 징표가 찍혀 있었다. 분명 물의 인장이었다.

'뭐야, 물의 정령사였어?'

그것도 예상했던 것보다 훨씬 높은 수준의 정령사였다. 내가 멀거니 눈을 깜빡이는 동안 순식간에 솟아오른 물기둥이 공중을 선회하며 그 자리에서 새파란 형체를 이뤄 냈다. 이윽고 등장한 것은 날렵하고 거대한 물의 늑대, 시큐엘이었다.

"자, 어때?"

위풍당당하게 등장한 늑대를 과시하듯 내보이며, 엔딜은 의기양양한 표정을 지었다. 남자들은 하얗게 굳은 얼굴로 그와 시큐엘의 모습을 한참 동안 번갈아 바라보았다.

"……정령이로군."

"그것도 그냥 정령이 아니지. 물의 상급 정령 시큐엘이란 말씀!"

"사, 상급?"

연달아 헛숨을 삼킨 남자들은 곤란한 표정으로 시선을 주고받았다. 상급 정령의 힘은 대단위 마법만큼이나 파괴력이 강하며 계약자 자체가 극히 드물다. 제국들이 소드 마스터, 대마법사와 더불어 서로 데려가기 위해 안달이 난 존재이기도 했다. 엔딜은 그들의 당황한 모습을 음흉하게 둘러보며 웃었다.

"이제 내가 무엇을 근거로 예측하는지 알겠어?"

"……이거 정말 실례가 많았소."

남자들의 말투가 정중해졌다. 천 가지 대답을 늘어놓는 것보다 가장 확실한 긍정이었다.

그들이 단번에 상황을 납득한 것도 당연했다. 정령 자체가 자연계에 미치는 영향이 크다 보니, 가장 밀접한 관계인 정령사 역시 자연스레 계절과 날씨를 읽는 눈을 가지게 된다. 특히 상급 정령사는 정령과의 교감 능력이 극도로 발달한 존재라서 마음만 먹으면 며칠, 혹은 몇 달 후의 날씨까지도 얼마든지 예측할 수 있었다. 즉, 살아 있는 기상청이나 마찬가지였다.

그리고 그건 결국 한 가지 사실을 입증하는 셈이었다. 엔딜은 폭풍이 불지 않는다는 걸 알고 있었다. 그럼에도 불구하고 선장에게 거짓말을 한 것이다. 억지로 외면했던 가설이 분명하게 와 닿는 것을 느끼며 나는 얼굴을 찌푸렸다.

추궁하던 남자들이 떠나자 기다렸다는 듯 엔딜의 주위에 사람들이 몰리기 시작했다. 그들은 위풍당당한 시큐엘의 모습을 보며 흥분을 감추지 못했다.

"굉장해, 엔딜! 저 오만한 관료들을 찍소리도 못 하게 만들다니!"

"흥, 당연한 걸 갖고 뭘 그렇게 유난이야. 아무튼 봤냐? 저 새끼들 시큐엘 보니까 완전 쫄아가지고 아무 말도 못 하는 거? 하긴, 샌님들이 어디서 이런 정령을 볼 기회가 있었겠어?"

"물론이지! 평소에 기고만장하던 사람들이 벌벌 떠는 걸 보니까 속이 다 시원하더라. 넌 우리 마을의 자랑이야, 엔딜!"

"푸하하! 그걸 이제 알았냐?"

서로 다른 종족이 평화롭게 공존하고 있다는 건 분명 좋은 일이다. 신나서 떠드는 얼굴 역시 그 또래의 소년답게 천진했지만 나는 도무지 그것을 좋은 기분으로 바라볼 수가 없었다.

가장 마음에 걸리는 건 그 옆에 다소곳이 앉아 있는 시큐엘의 모습이었다. 엔딜이 정령사의 신분을 이용해서 거짓말을 했다는 건 그역시 알고 있을 것이다. 조금 과하게 말하면 이곳 사람만이 아니라 모든 정령들을 기만했다고 여길 수 있는 일이었다. 그런데도 그는 싫은 기색 하나 없이 묵묵히 들러리 역할을 감내하고 있었다. 맹목적으로 주인을 따르는 하급 정령이라면 모를까, 상급 정령은 그 가치만큼이나 높은 자존심과 긍지를 지닌 존재다. 이 상황에서 침묵을 지키는 것이 이해가 되지 않았다.

"대체 뭐가 어떻게 된 건지 모르겠네……."

접근해서 말을 걸어 볼까 하다가 고개를 저었다. 어차피 이곳을 떠나면 두 번 다시 볼 일 없는 녀석이다. 찜찜하긴 했지만 저 엔딜이라는 엘프를 추종하는 무리에 접근하는 것도 꺼림칙했고, 시큐엘에게도 나름의 생각이 있을 텐데 괜히 간섭하는 것 역시 내키지 않았다. 그저 거짓말을 멈출 수 없게 되기 전에 그가 알아서 잘 처신하길 바랄 뿐이었다.

이후 배에 올라 배정받은 선실에 짐을 풀 때까지, 나는 엔딜을 보

는 것이 오늘이 마지막이라는 사실을 믿어 의심치 않았다. 그것이
완벽한 오판이라는 걸 깨달은 것은 그리 오래 지나지 않아서였다.

4.

거대한 배가 육중한 몸을 이끌고 출항을 시작한 건 정화 의식을
마치고 정확히 일 각이 지난 후였다. 어느 정도 육지에서 멀어진 다
음에야 갑판에 나온 나는 그곳에 서 있는 익숙한 모습을 보고 나도
모르게 얼굴을 찌푸렸다. 금발의 엘프 소년—엔딜이 그곳에 있었기
때문이다.

'뭐야, 저 녀석이 왜 여기 있어?'

그는 배 안에서의 생활이 익숙한 듯 뱃전에 앉아 바람을 만끽하
고 있었다. 알고 보니 마을에 자주 오는 것이 아니라 가끔씩 들르
는데, 그 이유가 이 배의 중간 정착지인 리튼 항에 다녀오기 위해서
라는 것 같았다. 왠지는 모르지만 두 달에 한 번 정기적으로 그곳
을 방문한다는 것이다. 한마디로 말해, 앞으로 근 보름간은 싫어도
저 얼굴을 봐야 한다는 소리였다.

괜히 근처에 있다가 엮이고 싶지 않아 다시 선실로 돌아가려는데,
주변에 있던 선원들이 우물거리며 그에게 다가서는 것이 보였다. 기
척을 느낀 엔딜이 물끄러미 응시하자 그중 한 사람이 쑥스러운 표
정으로 말했다.

"엔딜, 이번에도 그거 좀 부탁해도 될까?"

그의 은근한 말투에 엔딜은 시큰둥하게 대꾸했다.

"또 멀미냐? 넌 뱃사람 된 지가 얼만데 아직도 비실거려?"

"아, 아냐. 이제 멀미 안 해. 실은 어제 밤을 좀 샜거든."

"뻔한 새끼. 내가 온다는 거 알고 일부러 밤새워 놀았지?"

"헤헤, 그렇지 뭐."

어색하게 웃는 얼굴은 확실히 부족한 잠을 증명하듯 허옇게 떠 있었다. 오가는 대화를 통해 난 그들이 무엇을 부탁하는 건지 눈치 챘다. 치유술을 쓸 수 있는 나만큼은 아니지만, 물의 정령은 기본적으로 사람의 육체에 활력을 불어넣을 수 있었다. 특히 시큐엘이라면 일시적인 피로 회복에서 그치는 것이 아니라 한동안 거뜬하도록 몸 상태를 최상으로 만들어주는 것도 가능했다. 바로 그것을 부탁하러 온 것이다. 엔딜은 선원의 모습을 물끄러미 응시하다 눈을 가늘게 떴다.

"흐응, 나 오늘은 좀 피곤한데."

"에이, 그러지 말고. 부탁 좀 할게. 응?"

"응? 은 무슨, 덩치 큰 사내자식이 어디서 역겹게 귀여운 척을 하고 지랄이야? 부탁을 하려면 좀 더 존경을 담아 해 봐, 새끼야."

"네, 네, 분부대로 합지요. 오오, 우리 위대하신 엔딜 님, 이 미천한 몸을 갸륵하게 여기사 하해와 같은 은총을 내려 주소서! 이러면 어때?"

"크큭, 미친 새끼."

욕설과는 다르게 웃고 있는 얼굴은 기분이 나빠 보이지 않았다. 그 즉시 시큐엘을 소환한 것이 바로 그 증거였다.

'그래도 친한 사람들에겐 선심도 쓸 줄 아네.'

불만스러웠던 마음이 조금은 누그러지는 걸 느끼며 나는 속으로 중얼거렸다. 하지만 그건 내 착각에 불과했다. 정령의 소환을 끝마치자마자 그가 불쑥 선원에게 손을 내민 것이다. 내가 그 의미를 파악하기도 전에 선원이 미리 준비해 둔 걸로 보이는 동전을 꺼내 내려놓았다.

"헤헤, 그럼 잘 부탁합니다요."

"오냐."

'……돈을 받고 해 주는 거였냐!'

동전을 냉큼 품에 챙겨 넣는 엔딜을 보며 나는 속으로 탄성을 토해 냈다. 물론 정령사라고 해서 무조건 공짜로 베풀라는 법은 없다. 자신의 마나를 소비해 가면서 능력을 쓰는 위험 부담을 생각하면 오히려 적당히 사례를 받아 두는 게 무분별한 부탁을 방지하기에도 좋을 것이다. 그렇게 생각하면 얼마든지 이해할 수 있는 일이었다. 하지만 마음을 진정시키려는 노력과는 별개로 왠지 모를 불쾌감이 가시질 않았다. 워낙 첫인상이 나쁘게 박혀서 그런 건지, 그의 모든 행동들이 다 못마땅하게 느껴지는 것 같았다.

내가 이 불쾌감의 원인을 확실히 깨닫게 된 건 배가 본격적으로 깊은 바다에 진입한 후였다. 마침 점심때이기도 했고 유속도 나쁘지 않았기에, 바람을 쐴 겸 나는 일행들과 함께 갑판으로 나왔다. 그런데 대체적으로 한산하던 갑판에 유난히 사람들이 많이 모여 있었다.

"무슨 일이지?"

"글쎄? 가까이 가 볼까?"

궁금해져서 무리 속에 들어가 본 나는 곧 얼굴을 찌푸렸다. 그들 한가운데 엔딜이 시큐엘과 함께 뱃전에 서 있었기 때문이다. 이전에도 그랬듯 상급 정령을 구경하기 위해 몰려든 인파인 것 같았다.

그런데 이번에는 분위기가 조금 달랐다. 엔딜은 화려하게 엮은 꽃다발을 목에 두르고, 글씨가 적힌 피켓을 손에 들고 있었다. 마치 관광지나 놀이공원에서 볼 수 있는 행사장 같다는 느낌이 들 찰나, 우렁찬 엔딜의 목소리가 울려 퍼졌다.

"자자, 날이면 날마다 오는 기회가 아니야! 물의 상급 정령과 함께하는 바닷속 탐험! 미지의 세계였던 바닷속을 구경할 수 있게 이 정령사 엔딜이 도와드립니다!"

'……뭐?'

같은 게 아니라 정말로 행사가 진행되고 있었던 모양이다. 그것도 전혀 목적을 짐작할 수 없는. 황당해서 눈을 깜빡이는 동안 엔딜은 현란한 화술로 사람들을 선동했다.

"물속에 들어가는 걸 겁내지 마십쇼! 시큐엘이 공기 막을 만들어 줘서 숨이 막힐 염려가 없어요! 물론 귀하고 아까운 옷이 젖는 일도 일절 없습니다! 정령과 해저 체험을 할 수 있는 일생일대의 기회! 단

2골드로 모십니다!"

"……"

한순간 찬물을 맞은 것처럼 머릿속이 싸늘하게 식었다.

이제야 알았다. 내가 계속 불쾌했던 이유. 단지 거짓말이 문제였던 게 아니라는 것도.

지금까지 만난 어느 누구도 자신의 탐욕을 위해 정령을 이용한 적은 없었다. 하다못해 이사나는 목숨이 경각에 달한 절박한 상황임에도 불구하고 내 도움을 받는 걸 미안해했다. 적어도 정령사라면 누구나 다 그럴 터였다. 정령은 일생을 함께 영위하는 동반자이자 가족이지, 아무렇게나 팔아도 되는 상품 같은 게 아니니까. 그러나 엔딜은 그렇게 생각하지 않는 모양이다. 그는 단지 정령을 돈벌이로만 생각하는 장사꾼일 뿐이었다.

너무 화가 나면 도리어 차분해진다더니, 이상할 정도로 마음이 고요했다. 그래도 굳은 표정만은 여실히 드러났는지 옆에 있던 이사나와 카이테인이 연신 내 기색을 살피는 것이 느껴졌다.

"엘……"

"으음, 미안, 이사나. 죄송해요, 카이테인 씨. 이만 들어가죠. 못 볼 꼴을 봤더니 기분이 별로 안 좋네요."

"예, 그러시는 게 좋겠습니다."

그들 역시 불편한 얼굴로 엔딜의 모습을 곁눈질했다. 나는 애써 몸을 돌리며 주먹을 불끈 쥐고 숨을 크게 삼켰다. 그동안 엔딜은 쏟아지는 사람들의 질문에 열심히 응대하고 있었다.

"물속 어디까지 갈 수 있어요?"

"손님께서 원하는 구간까지 가능합니다! 다만 너무 깊으면 추가 요금이 붙습니다!"

"해저 탐험을 하면서 물고기도 잡을 수 있나요?"

"에이, 물고기란 게 얼마나 잽싼 새끼들인데요. 직접 잡기는 힘들걸요? 그래도 정 갖고 싶으면 시큐엘에게 한두 마리 잡아오게 하죠."

"어? 그런 게 가능해요?"

"당연한 질문을 하시네요. 그런 것도 못해서야 상급 정령이란 이름이 아깝죠."

"……"

아마도 거기까지가 내 한계였던 모양이다. 나는 조용히 선실로 가려던 계획을 철회하고 다시 몸을 돌렸다. 내 돌발 행동에 당황한 일행들이 어리둥절한 표정을 짓는 것이 보였다.

"엘?"

뭘 하려는 거냐고 묻는 듯한 시선에 나는 그냥 행동으로 답했다. 그 자리에서 바닷물을 일으켜 엔딜을 덮치게 한 것이다.

쏴아아! 촤아악!

"꺄아악!"

갑자기 거대한 파도가 갑판을 덮치자 사람들은 순식간에 혼란에 빠졌다. 물론 희생자는 엔딜 한 명뿐이었다. 속수무책으로 파도에 휩쓸린 그는 머리부터 발끝까지 흠뻑 젖은 채 갑판 구석에 나동

그라졌다. 축 늘어진 머리칼이 얼굴을 죄다 가리자 물에 젖은 생쥐가 따로 없었다. 그 모습을 보니 10년 묵은 체증이 한 번에 내려가는 것 같았다.

"흥, 쌤통이다."

경악한 일행들의 시선을 뒤로한 채, 나는 보지 못하리라는 걸 알면서도 녀석을 향해서 혀를 날름 내밀어 보였다. 뒷수습이 걱정되지 않는 건 아니지만 기분만큼은 후련했다. 사고를 쳐 놓고도 후회가 되지 않은 적은 이번이 처음인 것 같았다.

"아, 씨발…… 어떤 새끼가……쿨럭, 쿨럭!"

─엔딜, 괜찮나?

잠깐 사이에 물을 많이도 삼킨 모양이다. 연신 물을 토하는 계약자가 걱정됐는지 시큐엘이 급히 다가가 상태를 살폈다. 다른 사람은 몰라도 상급 정령인 그는 방금 엔딜을 덮친 파도가 인위적인 공격이라는 걸 알아보지 못할 리 없었다. 그가 노기를 담은 눈으로 주위를 둘러보기 시작했다.

─감히 누가…….

노골적인 공격인 만큼 흔적을 따라가는 것도 쉬울 터. 시큐엘은 단숨에 경로를 파악하고 이쪽으로 고개를 돌렸다. 그러나 그의 날선 시선은 나를 발견한 즉시 경악으로 변했다. 설마 내가 이곳에 있을 거라곤 상상도 하지 못한 것 같았다. 한순간에 얼어붙은 녀석이 멍청히 입을 벙긋거리는 것을 보며(늑대도 입을 벙긋거릴 수 있다는 걸 이때 처음 알았다) 나는 빙긋 웃어 보였다.

―와, 왕······.

―지금 나 아는 척하면 죽는다.

―······.

다행히 시큐엘은 내 뜻을 잘 이해했다. 나는 바로 입을 다문 그를 대견하게 바라봐 준 다음 다시 엔딜 쪽을 응시했다. 그사이 어느 정도 정신을 차렸는지 그는 비틀거리며 몸을 일으키고 있었다.

"아니, 대체 이게 무슨 일이야? 엔딜! 자네, 괜찮은가?"

뒤늦게 갑판의 소란을 접한 선장이 하얗게 질린 얼굴로 급히 다가와 물었다. 엔딜은 젖은 머리칼을 쓸어올리다 말고 눈을 부라렸다.

"선장 눈엔 이게 괜찮아 보여? 씨발, 누구야? 어떤 새끼가 이런 짓을 했냐! 당장 앞으로 튀어나오지 못해?"

"으응? 그게 무슨 소린가, 엔딜?"

"무슨 소리긴! 날 공격한 새끼한테 하는 말이지!"

"공격을 했다니 누가? 그냥 파도가 일어난 것뿐이지 않은가."

선장은 대뜸 행패를 부리는 엔딜의 모습을 이해할 수 없다는 듯이 응시했다. 다른 목격자들도 어리둥절한 반응이긴 마찬가지였다. 정령의 개입이 활발한 것과는 별개로 이 세계의 사람들은 정령의 능력에 대해서는 무지한 편이다. 평범한 사람들의 눈에는 그저 우연히 발생한 자연적인 현상으로만 보였을 테니 대뜸 공격자를 찾는 모습이 이상하게 비치는 것이 당연했다. 그들 중 일부는 엔딜이 창피를 모면하기 위해 일부러 남 탓을 하는 거라고 수군거리며 웃기도 했다. 엔딜도 그것을 봤는지 새빨개진 얼굴로 소리쳤다.

"하! 태풍이 부는 것도 아닌데 왜 멀쩡한 바다에서 파도가 일어나? 말이 되는 소리를 해, 병신아! 이 안에 정령사가 있어! 그 새끼가 날 공격했단 말이야!"

"저, 정령사?"

"그렇다니까! 씨발, 내 말 맞지, 시큐엘? 이거 그냥 우연히 일어난 일 아니지? 분명 누가 날 공격한 거지?"

엔딜의 질문에 시큐엘은 살짝 머뭇거리다 고개를 끄덕였다. 그 대답에 선장과 구경꾼들은 모두 당황했고, 반대로 엔딜은 의기양양해졌다.

"거봐, 그럴 줄 알았어. 시큐엘, 그 정령사 새끼 어딨는지 알겠어?"

——……잘 모르겠다.

"모른다니? 넌 상급 정령이잖아!"

잠시간 시큐엘의 시선이 아주 빨리 내게 닿았다 사라졌다. 첩보 영화를 빙자케 하는 순발력에 나는 속으로 웃음을 삼켰다. 축 늘어진 귀 위로 굵은 식은땀이 뚝뚝 떨어지는 광경이 보이는 것 같았다.

——사, 상대의 기운을 찾을 수가 없다.

"제대로 좀 찾아봐! 진짜 못 찾겠어?"

——미안하다, 불가능하다.

"씨발! 무슨 상급 정령이 그딴 것도 못해!"

엔딜은 갑갑한 표정으로 가슴을 두드렸다. 보아하니 정령의 소행이란 걸 알아차릴 정도의 눈치는 있어도 스스로 정령사의 기운을 찾아낼 만큼 감이 좋은 편은 아닌 모양이다. 상급 정령사치고는 상당히 드문 일이었다.

하긴, 그러고 보니 첨부터 기운이 별 볼 일 없긴 했다. 이마의 문장을 보기 전까지 그가 정령사라는 것조차 인지하지 못했을 정도니까. 즉, 본래 타고난 재능은 별로 없는데 특별한 운이 따랐다는 뜻이다. 이사나도 비슷한 경우였지만 재능만으로 치면 저 엘프가 더 심하게 없는 것 같았다.

"아우씨, 더럽게 짜증 나네! 당당히 내 앞에 나서지 못하는 걸 보니까 맞짱 뜨면 순식간에 발릴 새끼가 분명한데 말이지. 좆같은 새끼가 어디서 이런 꼼수를 부려? 어떤 새낀지 잡히기만 해 봐! 사지를 잡아 포를 떠 버릴 거야!"

'물 갖고 백날 시도해 봐라. 포가 떠지나.'

고래고래 떠드는 외침이 하도 당당해서 나 역시 나름의 답변을 해 주기로 했다. 이번엔 파도를 일으킬 필요도 없이 엔딜의 머리 위에 바로 물 덩어리를 만든 것이다. 촤아아악! 녀석은 소리치던 자세 그대로 물벼락을 맞았다.

"푸학! 망ㅁ낭ㄱㅁ%@#$%@!!"

"에, 엔딜!"

또다시 홀딱 젖은 녀석이 알 수 없는 괴성을 지껄이는 동안 나는 눈빛으로 시큐엘을 압박했다. 말하면 알지? 수많은 의미를 담은 시선에 그는 필사적으로 고개를 끄덕여 보였다. 엔딜에겐 안된 일이지만 그가 스스로 날 찾아내는 건 백만 년이 걸려도 불가능할 것이다. 설령 찾아낸다 하더라도 원하는 방식의 보복을 할 수도 없겠지만.

"아, 이제 좀 후련하다. 자, 다시 선실로 가죠."

나는 생글거리며 아직도 얼어 있는 일행들을 향해 말했다. 잠시간 굳어 있던 두 사람은 이내 숨을 죽이고 웃음을 터뜨렸다.

"굉장합니다, 엘 님. 지금까지 제가 보았던 것 중에서 가장 통쾌한 광경인 것 같군요."

"헤헤, 그래요?"

"응! 대단해, 엘. 정말 멋졌어."

구경꾼 중에서는 대놓고 웃는 자들도 있었다. 그들의 웃음소리는 빠른 속도로 전염되어 곧 순식간에 갑판을 장악했다. 처음엔 눈치를 보느라 조심하던 자들도 오래지 않아 폭소를 흘리기 시작하자 결국 엔딜은 서둘러 장사를 접고 도망치듯이 사라졌다.

"젠장! 두고 보자아아!"

떠나면서 녀석이 외친 소리가 메아리쳐 울리는 그 순간까지, 갑판 위는 사람들의 웃음소리로 가득했다. 덕분에 분위기만은 화기애애한 여행길이었다.

제3화

1.

그날의 소란에도 불구하고 엔딜의 정령 장사(?)는 보란 듯이 성업했다. 바닷속은 누구나 쉽게 체험할 수 있는 공간이 아니었고, 인간은 수많은 인종 중에서도 가장 호기심이 왕성한 종족이었다. 오히려 우스꽝스러운 광경 덕분에 홍보 효과만 더해진 듯 그 앞으로 수많은 인파가 몰려들었다. 덕분에 나는 매일같이 갑판 위에서 벌어지는 정령쇼—내 기준에서는 그냥 쇼였다—를 참담한 기분으로 바라볼 수밖에 없었다.

그나마 위안이라면 종일 장사판이 벌어지지는 않는다는 점이었다. 엔딜은 언제나 하루에 두 명의 손님만 받았고, 탐험 시간도 10분 남짓에 불과했다. 그 이상은 돈을 더 얹어 준다고 해도 칼

같이 사양했다.

처음엔 나름의 장사 신조인가보다 여겼는데, 시간이 흐름에 따라 나는 그가 그렇게 할 수밖에 없는 이유를 자연스럽게 이해했다. 일부러 손님을 받지 않는 게 아니라 그냥 엔딜이 쓸 수 있는 마나량의 한계가 거기까지밖에 되지 않았던 것이다.

처음부터 미숙한 자질인 걸 알았기 때문에 그다지 새삼스러울 것도 없었지만, 그 과정에서 알게 된 한 가지 사실이 무척이나 신경 쓰였다. 그렇지 않아도 엔딜의 이마에 찍힌 계약의 인장은 매우 희미한 편이다. 그런데 가끔씩 그것이 완전히 사라져 버리는 경우가 있었다. 보통 사흘 간격마다 한 번씩 일어나는 현상으로, 그런 날이면 엔딜은 수많은 항의를 무시하고서라도 반드시 장사를 쉬었다. 문제는 그렇게 쉬고 온 이튿날엔 여느 때보다 인장이 선명한 색을 띤다는 것이다. 마치 에너지를 다 쓴 부품을 새로 충전이라도 한 듯이.

'뭔가 좀 이상한데…….'

흐린 인장이라도 수련 등을 통해 얼마든지 선명해질 순 있다. 하지만 더 흐려지거나 아예 사라지는 건 흔치 않은 일이었다. 심지어 완전히 사라진 문장이 갑자기 선명해지는 것도 이해가 되지 않았다.

내가 그것을 착각이 아니라고 확신하게 된 건, 며칠 후 그가 사람들과 나누는 대화를 통해서였다.

"정령 소환 주문? 그런 거 모르는데?"

아마 정령사가 되고 싶었던 누군가가 그에게 계약 방법을 질문한 모양이었다. 그러나 예상을 벗어난 엔딜의 대답에 사람들은 모두 어리둥절해했다.

"모른다니? 상급 정령사면서 소환 주문을 모른다는 게 말이 돼? 에이, 알려 주기 싫어서 거짓말하는 거지?"

"미친. 할 일이 그렇게 없냐? 내가 왜 그딴 걸로 거짓말을 해? 꼭 멍청한 새끼들이 소환 주문을 외워야만 정령이랑 계약할 수 있는 줄 안다니까."

"그게 아니면?"

사람들의 얼굴에 의문이 더 짙어지자 엔딜은 우쭐한 표정을 지었다.

"은사(恩賜) 계약이라는 거 알아?"

"은사 계약?"

"쯧쯧, 그럼 그렇지. 이참에 귓구멍 씻고 잘 들어 두라고. 정령사는 말야, 선천적으로 타고나는 경우도 있지만 드물게 후천적으로 능력이 생기기도 해. 내가 바로 그런 경우지. 물의 왕으로부터 시큐엘을 선물 받았거든."

"물의 왕이라면……."

"그야 당연히 물의 정령왕 엘퀴네스 님이시지 누구겠어."

"……!"

엔딜의 폭탄 발언은 주위를 순식간에 달아오르게 만들었다. 우와아, 커다란 탄성이 쏟아지는 것과 동시에 나는 자리에서 벌떡 일어났다. 어차피 멀찍이 떨어져 있었기 때문에 내 행동을 주목하는 사람은 아무도 없었다.

"그게 정말이야? 정령왕이 시큐엘을 줬다고?"

"그럼 물의 정령왕을 실제로 만난 거야?"

"한심한 새끼들. 그런 고귀한 분이 이런 미천한 세상에 직접 나타나실 수 있겠냐? 시큐엘이 강림하면서 알려 준 거다."

"시큐엘이?"

"기도를 하고 있는데 갑자기 허공에서 물이 솟구치더라고. 그러더니 아름다운 물의 늑대로 변하는 거야. 당황한 내가 물었지. 당신은 누구십니까? 그러자 늑대가 대답했어. 내 이름은 시큐엘. 엔딜, 너의 갸륵한 마음을 어여쁘게 보신 물의 왕께서 네게 나를 보내셨다."

"우와아!"

연극배우처럼 그럴듯한 상황 재현에 사람들은 모두 흥분했다. 그것에 덩달아 신이 났는지 엔딜 역시 잔뜩 고조된 표정을 지었다.

"알아보니까 은사 계약 중에서도 나처럼 상급 정령사가 되는 건 더럽게 희귀한 사례라더라. 뭐, 그만큼 부작용도 있긴 해. 후천적으로 발달한 거라 그런지 능력을 계속 쓰면 체력이 조금 후달리거든. 그래서 며칠마다 한 번씩 쉬어 줘야 해."

"헤에, 그래서 쉬는 거였구나. 아무튼 굉장하다, 엔딜! 정식으로 정령왕의 인정을 받았다는 거잖아. 다른 평범한 정령사들보다 더 대단한 거 아니야?"

"뭐, 그런 거지."

어깨를 으쓱이는 그를 향해 감탄과 시샘의 눈빛이 쏟아져 들었다. 주위는 온통 흥분의 도가니였지만, 갑판을 가득 채운 열기와는 반대로 내 머리는 점차 차게 식어 갔다. 조금 전 그가 한 말들은 모두 내게 금시초문인 것들뿐이었으니까.

―와, 왕이시여……

어느새 내 앞에 나타난 시큐엘이 조심스럽게 고개를 조아렸다. 엔딜과 계약한 바로 그 녀석이었다. 지은 죄를 아는지 차마 시선을 마주치지 못하는 그를 나는 굳은 얼굴로 노려봤다.

"시큐엘, 설마 너……"

―요, 용서하십시오, 왕이시여.

그래, 이제야 확실히 알았다. 엔딜이 정령사라는 걸 내가 한눈에 알아보지 못했던 이유. 그가 정식 계약 과정을 거친 정령사가 아니었기 때문이다.

하긴 처음부터 이상하긴 했다. 아무리 자질이 부족하다곤 해도 내가 알아보지 못할 정도로 심각한 수준의 정령사가 상급 정령과 계약했다는 건 말이 되지 않았으니까.

'……설마 시큐엘이 자청해서 계약자로 나선 것이었을 줄이야.'

나는 지끈거리는 머리를 한 손으로 짚었다. 내가 아는 한 평범한 사람이 정령 계약을 할 수 있는 길은 두 가지뿐이다. 정령왕이

나 신(神) 같은 초월적인 존재가 직접 정령사로 만들어 주거나, 혹은 살아가는 환경에서 하나의 정령과 꾸준히 접촉하는 경우다(이 사나의 경우는 말 그대로 기적이니 예외로 치자). 둘 다 흔치않은 일이지만 그나마 후자 쪽이 실현 가능성이 높은 편이었다.

아무리 평범한 사람이라도 한 정령과 오랫동안 접촉하면 저절로 친화력이 쌓이게 된다. 이런 경우 정령 쪽에서 원하면 계약을 하는 것도 가능했다. 아마 시큐엘도 이런 방식을 활용해서 계약을 맺었을 것이다. 심지어 왕의 선물이라는 허무맹랑한 소리까지 덧붙여가면서.

문제는 그가 상급 정령이라는 사실이다. 시큐엘 같은 상급 정령과 계약하는 데 필요한 마나의 양과 친화력이란 하급 정령과의 계약에 요구되는 그것과는 비교도 할 수 없다. 그저 꾸준히 접촉하는 것만으로는 적정 수준을 쌓는 것 자체가 불가능에 가까웠다. 게다가 타고난 자질이 없는 사람은 그런 엄청난 친화력을 제대로 유지하지도 못한다. 운 좋게 계약에 성공해도 오래지 않아 저절로 끊어질 수밖에 없었다. 애초에 몸 안에 기운을 쌓을 수 있는 공간 자체가 없으니 당연한 일이었다.

그런데도 엔딜이 지금까지 정령사로 버티고 있을 수 있던 건 시큐엘 쪽에서 일방적으로 희생하고 있었기 때문이다. 항시 그의 곁을 지키면서 기운을 퍼부어 주고, 며칠마다 한 번씩 틀을 보완하는 식으로 계약이 해지되는 걸 아슬아슬하게 막아 왔던 것이다. 그야말로 열녀가 부럽지 않은 정성이었다.

"너 정말……."

—죄송합니다. 제가 저지른 죄의 대가는 달게 받겠습니다. 하지만 저 아이는 아무것도 모릅니다. 부디 이 모든 일의 책임은 제게만 물어 주십시오.

"지금 그걸 말이라고 해?"

그 와중에도 엔딜을 보호한답시고 애쓰는 모습을 보니 머릿속이 아득해지는 것 같았다. 설마 하위 정령이 왕 앞에서 다른 자의 편에 설 줄이야. 그것도 예쁜 구석이라곤 찾아보려야 찾아볼 수 없는 엔딜 같은 계약자를 위해서 말이다.

마음에 들지 않는 신붓감을 데리고 온 아들을 대하는 시어머니의 심정이 이럴까? 내 평생 경험하리라곤 생각지도 못한 감정인데, 이런 상황이 되고 보니 그 마음을 아주 조금은 알 것 같았다. 나는 화내고 싶은 기분을 눌러 참으며 애써 침착하게 말했다.

"계약을 하고 싶었던 거라면 다른 방법도 많잖아. 심지어 계약자를 골라도 하필이면 저런 녀석을……."

—보, 보시는 것만큼 나쁜 아이는 아닙니다. 여기엔 그럴 만한 사정이…….

"아니, 됐어. 변명은 나중에 들을게. 일단 지금 당장 계약을 해지해."

—왕이시여!

"나도 이런 식으로 남의 계약에 관여할 생각은 없어. 네 계약자가 마음에 들진 않지만, 네가 선택한 거니까. 그런 취급을 당하면서도 곁을 떠나지 않는다는 건 전부 감수한다는 거겠지. 그래서 네 의사를 존중하려고 했어. 하지만 이건 아냐. 지금 이게 얼마나 위험한 짓인지 누구보다 네가 제일 잘 알고 있겠지."

─……

아무리 상급 정령이라고 해도 친화력을 강제로 유지하는 것엔 한계가 있다. 빠르게 흩어지는 친화력을 다시 멀쩡해질 만큼 복구하려면 가진 힘을 다 퍼부어도 부족할 것이다. 하지만 진짜 중요한 문제는 따로 있었다.

정령왕의 경우 일단 계약만 하면 제한을 받는 일이 별로 없는 편이다. 계약자의 능력에 따라 쓸 수 있는 폭이 정해지긴 하지만, 다른 이의 도움 없이 자체적으로 힘을 사용할 수도 있었다(정령을 실체화시키는 것은 제외). 하지만 그와는 다르게 상급 이하의 정령들은 오직 계약자의 마나에 의존해야만 능력을 쓸 수 있다. 만약 스스로 힘을 쓰려면 고통을 감수해야 할 뿐만 아니라 자신의 생명력을 소비해야 한다. 즉, 지금 시큐엘은 자신의 수명과 맞바꿔 계약을 유지하고 있는 것이다. 이건 누가 봐도 무모한 짓이었다.

당연히 시큐엘은 아무 대답도 하지 못했다. 나는 꿀 먹은 벙어리처럼 입을 다문 늑대를 가만히 응시했다. 아픈 현실을 일깨웠음에도 여전히 미련이 남는 건지, 그는 계속 망설이는 표정이었다. 그 모습에 없던 두통이 밀려드는 것 같았다.

"잘 생각해, 시큐엘. 이건 네 계약자를 위한 길이기도 해."

─예?

"어차피 넌 오래 버티지 못해. 길어 봤자 몇 년? 어쩌면 그보다 더 일찍 무너질 수도 있지. 아마 그럴 가능성이 더 클 거야. 자의로든 타의로든 이 계약은 오래지 않아 끝나. 이건 너 스스로도 이미 느끼고 있을 거라고 생각해. 하지만 저 엘프는 어때? 저 녀석도 이 사실을 알고 있어?"

—그건…….

그럼 그렇지. 허를 찔린 듯 찔끔한 표정을 짓는 늑대를 보며 나는 한숨을 내쉬었다.

"우리가 태어난 지 얼마 되지 않았으니, 이 계약도 그리 오래되진 않았겠지. 그런데 벌써 저 엘프는 예언자로서, 정령사로서 수많은 활약을 하고 있어. 지나치게 네게 의존하고 있다고. 지금이야 네가 옆에 있으니 세상에서 무서울 것이 없을 거야. 하지만 네가 사라지면? 그땐 어떻게 될까?"

—…….

"아직 어린 엘프야. 이런 일상에 익숙해질수록 나중에 널 잃고 난 후에 찾아올 현실을 더 감당하기 어려울 거야. 이쯤에서 물러나는 게 네 계약자를 위해서도 좋지 않겠어?"

시큐엘은 혼란스러운 표정으로 계약자의 모습을 멍하니 응시했다. 자신만 희생하면 된다는 생각을 했지, 설마하니 그런 부작용까지는 예상치 못했던 모양이다.

나는 그가 마음의 결정을 내리길 차분히 기다렸다. 잠시간 계약자를 지켜보던 그는 곧 고통스러운 표정으로 나를 돌아보았다.

직후 이어지는 말에 나는 얼굴을 찌푸렸다.

─용서하십시오, 왕이시여. 그래도 전 그를 돕고 싶습니다.

"……시큐엘, 너 정말……."

─계속 고집을 피우겠단 뜻이 아닙니다. 조금만, 아주 조금만 더 함께 하겠습니다. 이번 항해를 무사히 마치는 것만은 지켜보고 싶습니다. 부디 그때까지만…….

"……."

사그라지듯 작아지는 목소리가 안타까워서 나는 더 이상 아무 말도 할 수 없었다. 이렇게까지 물러섰는데 내 주장만 펼치는 건 좀 아닌 것 같았다. 짧게 한숨을 토한 나는 결국 어쩔 수 없이 고개를 끄덕였다.

"알았어. 그럼 이번 항해까지만이야."

─저, 정말입니까? 허락해 주시는 겁니까?

"그렇게 해야 네 마음이 편하다면 할 수 없지."

─감사합니다! 정말 감사드립니다!

시큐엘은 진심으로 기쁜 듯이 웃으며 연거푸 절했다. 고작 그 정도 허가에 세상을 다 가진 표정이었다. 그래서일까. 원하던 방향으로 마무리되었건만, 이상하리만치 기분이 개운치 않았다. 마치 가슴속에 무거운 돌덩이가 매달린 것 같았다.

2.

옛말에 '맞은 사람은 발 뻗고 자도 때린 사람은 그러지 못한다.'는 말이 있다. 솔직히 얘기하자면 전생의 삶을 통틀어 단 한 번도 공감해 본 적이 없던 말이다. 적어도 내게는 그런 일이 단 한 번도 적용된 적이 없었으니까. 언제나 두려움에 시달리며 잠 못 이루던 쪽은 나였고, 폭력을 행사한 아버지는 누구보다 평온했다. 적어도 그 시절의 내 세상은 그랬다. 그런데 한평생 말도 안 된다고 생각했던 그 말이 이제 와서 새삼 와 닿을 줄은 몰랐다.

정말 감사드립니다!

그날, 시큐엘에게 들었던 마지막 인사는 며칠 동안 나를 집요하게 따라다니며 괴롭혔다. 눈만 감으면 떠오르는 광경에 잠까지 계속 설치고 나니, 자연스레 가슴속을 장악한 무거운 돌의 정체도 알 것 같았다.
'아마도 양심……이겠지.'
나는 쓰게 웃으며 손가락으로 가슴 부근을 꾹 눌렀다. 내 입장에서는 당연한 일을 한 거다. 아마 내가 아니라 다른 정령왕이었더라도 그 상황에선 같은 판단을 했을 것이다. 하지만 그렇다 해도 일방적으로 괴롭혔다는 느낌을 지울 순 없었다. 과연 그 방법만이 최선이었을까?

'아니.'

스스로 건넨 질문에 돌아온 대답은 선명했다. 내겐 다른 방식으로 이 상황을 해결할 수 있는 능력이 있다. 단지 그러고 싶지 않아 외면하고 있을 뿐이다. 시큐엘이 내 설득을 받아들였다는 건 지나치게 독선적인 생각이다. 애초에 왕의 명을 거역할 수 없는 정령의 입장에서 다른 선택권 따위가 있을 리 없지 않은가.

"하아아⋯⋯."

무심코 내뱉은 한숨 소리가 생각보다 컸던 모양이다. 옆에서 대화 중이던 이사나와 카이테인이 말을 멈추고 나를 바라보았다.

"왜 그래, 엘? 무슨 일 있어?"

"왠지 요즘 계속 한숨만 쉬시는 것 같군요."

"으음, 그게 말이죠⋯⋯."

나는 침대에서 뒹굴고 있던 자세 그대로 물끄러미 이사나를 응시했다. 내가 말없이 뚫어지게 바라보는 것이 이상했는지 그의 얼굴에 의아함이 서렸다.

"⋯⋯엘?"

"이사나. 만약에 말이야, 네 아들이 굉장히 부족한 여자와 결혼하겠다고 하면 어떻게 할 거야?"

"뭐? 아들?"

불쑥 건넨 질문은 내가 생각해도 매우 뜬금없긴 했다. 그렇지 않아도 동그란 편인 이사나의 눈동자가 더 휘둥그레졌다.

"난 아들이 없는데?"

"아니, 그냥 예를 들어 보자는 거야. 언젠가는 너도 결혼할 테고, 아이도 낳을 거잖아. 훗날 그 아이가 누가 보기에도 부족한 배우자를 데려와서 결혼하겠다고 하면, 어떻게 할 것 같아?"

아직 어린 소년답게 이사나는 결혼이란 단어를 듣는 것만으로 눈에 띄게 수줍어했다. 하지만 대답하는 자세는 의외로 진지했다.

"으음, 글쎄. 내 아들이라면 장차 제국을 다스릴 차기 황제겠지? 난 딱히 상관하진 않을 것 같아."

"응? 오히려 반대 아니야? 황제니까 결혼 상대에 더 많은 제약이 따를 것 같은데."

"일반적으로는 그런 편이지. 하지만 우리 스왈트 황가엔 조금 특별한 황법이 있어."

"황법?"

이어진 이사나의 말에 나는 조금 놀랐다. 스왈트 제국에선 오직 황제만이 황비의 선출에 관여할 수 있다는 것이다. 일평생 수많은 제약들에 묶이는 대신, 배우자만큼은 원하는 여인으로 맞이하자는 취지에서 마련된 법안이라고 했다.

"실제로 역대의 황제들은 모두 자유연애를 했어. 선황이신 내 아바마마께서도 그랬고."

"헤에, 그럼 신분이 낮은 사람이라도 괜찮아?"

"응, 문제없어. 황비가 되는 순간 이미 신분이 달라지는걸? 과거의 신분이 어떠했든, 일단 황족이 되고 나면 황족이라는 그 자체로 대우받아야 한다는 것이 이 제국의 기본 이념이야."

물론 현실은 그렇게 이상적이진 않아서, 실제로 평민 출신의 황비가 나오면 무시하는 귀족들도 있긴 하다는 것이 이사나의 설명이었다. 하지만 높은 신분임에는 틀림없고, 황실의 비호가 매우 강력하기 때문에 대놓고 황비를 공격하지는 못하는 것 같았다. 흔히 가문 간의 규합을 통해 더 강한 권력을 누리려는 귀족 세계를 생각하면 그것만으로도 충분히 굉장한 일이었다.

"아무튼 부족하다는 부분이 재물이나 권세 쪽이라면 난 반대하지 않을 거야. 그 정도는 우리 황가가 얼마든지 보완할 수 있는 것들이니까."

"가진 재주나 능력이 부족한 건?"

"그것도 가르치면 괜찮지 않을까? 누구나 처음부터 잘할 수는 없는 거니까. 그렇지만 가르쳐 봐도 안 되는 부분이 있다 한들 딱히 문제는 없을 것 같아. 그 부족한 부분을 채워 줄 사람들을 곁에 두게 하면 되니까."

"그럼 성격이 엄청 더러우면?"

아무리 이사나라도 이번 예시는 허용 범위를 벗어난 걸까. 지금까지 자신 있게 대답하던 것과는 다르게 그는 조금 난처한 표정을 지었다.

"으음, 그건 조금 생각해 봐야 할 것 같은데. 다른 건 다 괜찮아도 성격에 결함이 있으면 좀⋯⋯."

"그치? 그건 좀 그렇지?"

"어? 으응."

나도 모르게 너무 반색했는지 이사나는 조금 어리둥절한 얼굴로 고개를 끄덕였다. 하지만 이어진 그의 말은 내 기대를 배신하기에 충분했다.

"그래도 어쩔 수 없지. 아들이 좋다고 한다면."

"으, 그냥 감수하겠다고? 도저히 용납할 수 없는 수준인데? 그런 사람이 황비가 되면 제국에 심각한 누를 끼칠지도 몰라."

"그래도 그건 아직 실제로 일어난 일은 아닌 거지? 결국 나 혼자만의 판단인 거 아냐?"

"그, 그건 그렇지만……?"

"응, 그렇다면 신경 쓰지 않으려고 노력할래. 정말 어떻게 될지 미래의 일은 아무도 모르는 거니까. 분명 내가 아는 모습이 그 사람의 전부인 건 아닐 거야. 애초에 아들이 선택할 정도라면 그럴 만한 무언가를 지니고 있지 않을까? 내 예상과는 다르게 의외로 아주 좋은 황비가 될지도 몰라. 난 아들의 눈을 믿어 볼래."

"아들의 눈을 믿는다……."

"내 아이잖아. 난 그 아이가 누구보다 곧고 현명하게 자랐을 거라고 믿어. 돌아가신 아바마마께서도 날 그렇게 생각해 주셨을 거라고 믿으니까."

"……그래, 그렇구나."

일순 무언가 커다란 것이 쿵― 하고 가슴속을 두드린 기분이

들었다. 비록 원하던 것과는 거리가 먼 대답이었지만 이사나의 말은 내게 수많은 상념을 불러일으켰다. 확신과 신뢰로 가득한 그의 얼굴은 별처럼 빛났고, 눈이 부실 만큼 환했다. 그의 올곧은 눈동자를 보고 있으려니 마치 내 자신이 아주 작은 존재가 된 것만 같았다.

"뭔가 마음에 걸리시는 일이라도 있으신 겁니까?"

그때 우리들의 대화를 가만히 듣고 있던 카이테인이 지나가듯이 물었다. 마치 내 마음을 전부 알고 있다는 듯, 잔잔한 눈빛이었다. 너무 대놓고 속내를 드러냈나 싶어 나는 속으로 조금 찔끔했다.

"으음, 별거 아니에요. 그냥 어떤 게 좋은 건지 알 수가 없어서요."

"어떤……?"

"한 사람이 조금 참으면 두 사람이 행복해질 수 있는 길이 있거든요. 그치만 그게 정말 괜찮은 건지 잘 모르겠어요. 나중에 그 일을 후회하지 않을 자신이 없다고 해야 할까요."

"그렇군요. 그렇다면 반대의 상황은 어떻습니까?"

"반대요?"

"참으면 후회할지도 모르겠다고 하셨으니, 참지 않는 상황을 가정해 보시는 겁니다. 그렇다면 괜찮은 겁니까?"

그 말에 나는 꿀꺽 마른침을 삼켰다. 지금 내가 고민하고 있는 이유가 바로 그 때문이었으니까. 카이테인은 대답을 듣지 않아도 알 것 같다는 듯, 희미하게 미소 지었다.

"어차피 둘 다 후회하는 건 마찬가지라면, 조금 덜 후회하는 쪽을 선택하시는 게 좋지 않겠습니까?"

"······그게 뭔지 모르겠는걸요."

"결정을 내리는 법은 생각보다 간단합니다. 그저 마음이 더 편해지는 쪽을 고르면 되죠."

"그러다 결과가 잘못되면요?"

"글쎄요, 어쩌면 그 선택이 틀렸을지도 모릅니다. 하지만 아무려면 어떻습니까? 어차피 삶은 어떤 방식으로든 앞으로 나아가게 되어 있는걸요. 게다가 신중하다고 해서 다 좋은 결과를 얻는 것도 아니잖습니까?"

조근조근 이어지는 말투는 그의 성정만큼이나 차분하고 부드러워서 묘하게 사람을 수긍시키는 힘이 있었다. 내가 말을 잇지 못하고 우물거리자 그는 다시 미소를 머금은 얼굴로 말했다.

"개인적으로 저는 고난이 없는 인생은 존재하지 않는다고 생각합니다. 아무리 행복해 보이는 사람이라도 그 속엔 반드시 그만의 혹독한 겨울을 품고 있지요. 그러니 어떤 선택을 해도 별로 다르지 않을 겁니다. 자기 자신을 믿고 마음에 날을 세우지 않는 게 제일 중요하지 않을까요?"

"결국 스스로 생각하기 나름이란 거군요."

"그렇게 말할 수도 있겠네요. 하지만 분명한 건, 신은 또 다른 선택지를 내려 주신다는 겁니다."

아마 누구보다 그다운 대답일 것이다. 그에게서 느껴지는 엘뤼엔의 기운 때문일까. 말투와 어조는 전혀 다르지만 마치 엘뤼엔이 직접 내게 그렇게 말해 주고 있는 것 같이 느껴졌다. '괜찮으니 네가 원하는 대로 하라'고.

그러나 맑아지는 머릿속과는 반대로 마음은 여전히 어수선했다. 아니, 오히려 더 복잡해지는 것 같기도 했다. 나는 쓰게 웃으며 고개를 끄덕였다.

"고마워요, 카이 씨. 참고할게요."

"혹시 무례한 참견이었다면 죄송합니다."

"아니에요. 충분히 도움 됐어요. 아, 그러고 보니 중간 정착지까지 얼마나 남았다고 했죠?"

"아마 나흘 정도면 도착할 것 같습니다만."

"그렇군요. 나흘…… 나흘이라……."

엔딜은 중간 정착지에서 내린다. 그와 남은 인연도 그 정도가 다라는 소리였다.

"엘?"

혼자서 멍하니 중얼거리는 내가 이상했는지 이사나가 눈을 동그랗게 떴다. 나는 어색하게 웃어 보이곤 자리에서 몸을 일으켰다. 그러자 내 목적을 바로 눈치챈 듯 카이테인이 물었다.

"이미 날이 저물었습니다. 이 시간에 나가시려는 겁니까?"

"조금 답답해서요. 잠깐 바람이나 쐬고 올게요. 기다리지 말고 먼저들 주무세요."

내 말에 두 사람은 뭔가 말을 건네려다 말고 고개를 끄덕였다. 아마 혼자 내버려 두는 편이 낫겠다고 생각한 모양이다. 쓸데없이 일행들을 걱정시킨다는 생각이 들었지만, 계속 앉아서 한숨을 내쉬느니 이편이 나을 것 같았다.

쏴아아ㅡ

선실에서 나오자 차가운 밤바람이 쏟아져 들어왔다. 나는 숨을 크게 들이쉬며 고개를 들었다. 이미 날이 저문 하늘은 배에 매달아 놓은 등불만을 의지해 희뿌옇게 드러났다 사라지기를 반복하고 있었다.

밤이 되면 바다는 그 무엇보다 어둡고 은밀해진다. 별빛조차 비추지 않는 물의 표면은 금방이라도 모든 것을 집어삼킬 듯 새카맣기만 했다. 그 칠흑 같은 암흑 속에서 홀로 빛을 밝히며 전진하는 배의 모습이 마치 죽음의 강을 건너는 사신의 나룻배 같았다. 만약 내가 평범한 인간이었다면 조금 무서웠을지도 모르겠다. 하지만 정령왕이 된 지금, 물은 더 이상 내게 두려운 미지의 것이 아니었다. 오히려 모두 잠든 시각이라 잡음 없이 고요한 바다를 보고 있으려니, 정령계에 있는 물의 영역에 돌아온 것 같아 마음이 편안했다.

나는 뱃전 너머로 펼쳐진 망망대해를 바라보다 걷기 시작했다. 어차피 잠도 오지 않겠다, 갑판이나 천천히 돌아볼 생각이었다. 하지만 평화로운 시간은 그리 오래가지 않았다. 걸음을 멈춘 건 구석진 곳에서 들려온 작은 소리 때문이었다.

"……다……네."

"그래서…….

'응? 대화 소리?'

마치 속삭이는 것 같은 소리는 내가 서 있는 발판 아래쪽에서
들려오고 있었다. 자세히 살피자 기둥 귀퉁이에 서서 대화를 나
누고 있는 두 사람의 모습이 보였다. 워낙 구석진 곳에 있는 데다
어둠 때문에 모습을 분간하기가 힘들었지만 둘 다 남자라는 것만
은 알 것 같았다.

'이 시간에 밖에서 뭘 하는 거지?'

이성 간이라면 밀애를 즐기는 연인인가 보다 할 텐데, 남자 둘
이라니 그림이 영 서질 않았다. 게다가 무슨 대화 중인지 두 사람
의 분위기가 매우 심각해 보였다. 그저 가벼운 담소를 나누기 위
해 서 있는 것 같진 않았다.

그때 마침 구름 사이로 드러난 달빛이 숨어 있는 인영들의 얼
굴을 희미하게 비췄다. 일반인에겐 별 차이가 없어도, 정령왕인
내게는 시야를 구분하기 충분한 빛이었다. 덕분에 본의 아니게
모습을 확인하게 된 나는 바로 얼굴을 굳혔다. 지금 내가 만끽하
고 있는 심란함의 원흉─엔딜이 바로 그곳에 있었기 때문이다.

'하필 저 녀석을 만날 게 뭐람.'

원수는 외나무다리에서 만난다더니, 설마 이런 시기에 저 얼굴
을 보게 될 줄이야.

다행히 그들 쪽에선 내 존재를 전혀 눈치채지 못하고 있는 것

같았다. 겨우 나아졌던 기분이 급속도록 하락되는 것을 느끼며 나는 서둘러 몸을 돌렸다. 아직 생각이 정리되지 않은 상태다. 괜히 마음이 약해지기 전에 얼른 이 자리를 벗어날 생각이었다. — 그 순간 들려온 목소리만 아니었다면.

"뭐라는 거야. 사고를 위장해서 사람을 죽여 달라고?"

"……!"

평온한 어조와는 어울리지 않는 섬뜩한 대사에 나는 무의식적으로 발을 멈췄다. 아직 앳된 음성은 엔딜의 것이었다. 조심스럽게 돌아보자 황당하다는 표정을 짓고 있는 그의 얼굴이 보였다. 그에 비해 마주 선 남자는 굉장히 여유로운 모습이었다. 그는 파이프를 꺼내 느긋하게 불을 붙이며 말했다.

"이해가 빠르군. 넌 여느 때와 똑같이 생활하면 된다. 평소와 똑같이 손님을 받고, 그를 데리고 바다로 들어가면 돼. 단지 예기치 못한 사고로 손님이 물속에서 숨을 쉬지 못하게 된 것뿐이야. 그 정도는 네겐 아주 간단한 일이겠지?"

"씨발, 말이 되는 소릴 해. 누구 장사를 말아먹으려고 작정했어? 영업 중에 그딴 사고가 일어나면 다음에 누가 이용하려고 하겠어?"

"물론 보수는 섭섭지 않게 주겠다. 평생 그런 장사는 하지 않아도 될 만큼 말이야."

"뭐야, 만 골드라도 주시려고?"

"10만 골드."

마음껏 빈정거리던 얼굴은 이어진 대답을 듣는 순간 빠르게 굳었다. 평범한 사람은 일평생 만져보지도 못할 거액이었으니 당연했다.

"미친…… 10만 골드라고? 지금 구라 치는 거지?"

"왜 거짓말이라고 생각하는 거지?"

"당연한 거 아니야? 10만 골드가 뉘 집 개새끼 이름도 아니고."

"물론 큰돈인 건 맞다. 하지만 이 정도 거사를 치르기에 아까운 돈도 아니지. 네가 잘 처리해 주기만 한다면."

"대체 죽이려는 새끼가 뭐 하는 인간이기에……."

"거기까진 네가 알 것 없다. 모르고 있는 편이 네 기분도 더 편할 거고 말이야. 어때? 10만 골드다. 정말 좋은 기회지 않나? 그저 약간의 사고인 거다. 누구에게나 흔히 일어날 수 있는 불행한 우연이 발생한 것뿐이지."

"우연……."

"그래, 우연. 길을 걷다가도 우연히 날아온 눈먼 돌에 맞아 죽을 수 있는 게 사람이야. 흔치 않은 체험 중에 약간의 불운이 작용한 걸 누가 이상하게 여기겠나? 수습은 우리 쪽에서 다 알아서 할 거고, 널 탓하는 사람은 아무도 없을 거다. 고작 10분, 그 시간만 눈을 감으면 넌 평생 놀고먹을 수 있는 돈을 얻게 된다."

"……."

엔딜은 침묵했고, 나는 불안에 빠졌다. 당장에라도 입을 열어 고함을 치고 싶은 심정이었다. 상대 쪽의 제안은 아무리 달콤한 말로 위장해도 명실공히 살인 청부다. 설마 시큐엘에게 그런 짓을 시키려는 건 아니겠지?

나는 마음의 준비를 단단히 하고 거의 노려보다시피 엔딜을 응시했다. 만일 그가 이 제안을 수락한다면 가만히 지켜보지만은 않을 것이다. 나중에 무슨 원망을 듣든 계약을 강제로 깨트릴 생각이었다.

그런데 너무 지나친 생각을 한 걸까. 다음 순간 엔딜이 냉담한 얼굴로 상대를 쳐다보았다.

"하, 그동안 내가 돈 더럽게 밝힌다는 인상을 주긴 했나 보네. 이렇게 뒤가 구린 새끼들이 몰려드는 걸 보니."

"……뭐라고?"

예상을 거스른 그의 반응엔 상대 남자 역시 당황한 듯했다. 처음으로 그의 얼굴에 동요가 서리자, 엔딜은 짧게 혀를 차며 비소를 흘렸다.

"왜, 설마 고맙다고 그냥 덥석 물 줄 알았냐? 내 모습이 어리다고 완전 우습게 봤나 본데, 나 이래 봬도 너희들보다 몇십 년은 더 살았어. 그렇게 큰돈까지 내주면서 죽이려는 인간이 뒤탈이 없을 거라고? 개소리하고 자빠졌네. 설령 진짜 뒤탈이 없다고 해도 그딴 더러운 짓은 안 해. 씨발, 날 뭐로 보고."

"……돈이 필요하다고 들었는데."

"하! 내 뒷조사까지 하셨어? 당연히 필요하지. 너희들 인간 종족은 풀 쪼가리 하나도 돈 주고 사고팔잖아. 안 필요한 게 더 이상한 거 아냐?"

"그런데……."

"그래도 이딴 식으론 안 벌어! 엘프가 자존심으로 먹고사는 종족이라는 거 못 들어 보셨나 봐? 아무리 내가 마을에서 이탈했다곤 하지만 이건 아니지. 심지어 난 정령사거든? 그것도 대륙에서 손에 꼽는다는 상급 정령사! 물의 왕이 직접 선택한 몸이라고!"

마지막 말에선 그가 가진 자부심이 그대로 드러났다. 그래도 정령사로서 일말의 자각은 가진 채 살고 있었던 모양이다. 다행히 최악까지 내려가지는 않았다는 사실에 나는 내심 안도했다. 하지만 굳어 있던 남자는 오히려 그 말을 듣는 순간 빠르게 평정을 되찾았다.

"정령사라…… 흥, 지금까지 들어 본 것 중에서 가장 재밌는 말이군."

"뭐야?"

남자의 빈정거리는 말투에 엔딜의 두 눈썹이 크게 휘어졌다. 그것을 본 남자가 더 크게 조소했다.

"잘 모르는 모양인데, 대부분의 정령사들은 국가에 귀속되려는 경향이 있다. 정령사라는 사실을 밝히면 나라에서 꽤 극진하게 대접해 주거든. 그래선지 그들 스스로 자신이 꽤 존귀한 존재라고 착각하는 것 같더군. 하지만 그거 아나? 나라에서 그렇게 하는 건 단지 그들을 전쟁에 동원할 수 있기 때문일 뿐이다. 돈을 받고 사람을 죽이는 거나, 귀족이 되는 대가로 나라에서 시키는 대로 전장에 나가는 거나 그 둘이 뭐가 다르지? 명예? 공훈? 그거야말로 값싼 자기 위안에 지나지 않지. 그래 봤자 결국 똑같은 살인자 아닌가?"

"난 그런 짓······."

"너는 다르다? 하지만 난 오히려 제대로 적임자를 찾은 것 같은데. 너야말로 정령을 돈벌이에 이용하고 있지 않나. 내가 알기로 정령사는 자신의 정령을 사사로이 다루지 않는다고 하던데 말이야. 아, 설마 살인만 하지 않으면 된다는 건가?"

"그, 그건······."

정곡을 찔린 탓인지 엔딜은 쉽게 변명을 잇지 못했다. 남자는 그럴 줄 알았다는 듯이 낮게 코웃음을 쳤다.

"제아무리 귀한 물건이라도 시장 바닥을 굴러다니면 고작 그 정도 가치밖에 안 될 뿐이지. 이미 진창을 구르고 있는데 손에 오물을 묻히는 건 불결하다니, 고결하신 엘프들은 자존심의 기준이 인간과는 아주 다른 모양이야? 난 미천한 인간이라 그런지 도무지 이해를 할 수가 없군. 그게 네가 말하는 자존심인가? 고작 그 따위가?"

"······."

노골적인 힐난에 엔딜의 얼굴이 새파래졌다. 그 모습을 그림처럼 감상하던 남자는 곧 품 안에서 작은 자루 하나를 꺼내어 엔딜의 손에 쥐여 줬다. 내용물은 굳이 보지 않아도 충분히 짐작 가능했다. 그것을 응시하는 엔딜의 눈동자가 작게 흔들렸다.

"날이 밝으면 계획대로 일은 진행될 거다. 결정은 네게 맡기지."

"난……."

"충고 하나 할까? 어차피 돈벌이를 할 거라면 좀 더 영리하게 굴도록 해. 뭐가 더 자신에게 이득인지 잘 생각해 보라고."

"……."

남자가 떠난 후에도 엔딜은 한참이나 그 자리에서 서 있었다. 나 역시 보이지 않는 자리에 서서 계속 그를 응시했다.

엔딜이 무슨 생각을 하는지는 알 수 없다. 어쩌면 이번에도 그저 내 기우인 걸지도 몰랐다. 그러나 손에 들린 것을 말없이 내려다보는 그의 모습은 세찬 바람에 흔들리는 촛불처럼 위태롭게만 보였다.

3.

이튿날 하늘은 매우 맑았다. 여느 때와 같이 화창한 날씨였다.

궂은 날 한 번 없이 평온하게 이어지는 순항에 가장 크게 감동한 사람은 선장이었다. 그는 이미 며칠 전부터 이 모든 결과가 자신이 정화 의식을 한 덕분이며, 그것을 위해 얼마나 많은 돈을 썼는지 사람들에게 생색내고 다니기 바빴다. 더불어 예언을 통해 풍랑을 경고해 준(사실은 전부 사기지만) 엔딜에게도 공을 돌렸는데, 덕분에 엔딜은 배 안에서 연예인 못지않은 인기를 누리고 있었다.

점심시간이 지나기 무섭게 사람들이 갑판으로 우르르 몰려나왔다. 이미 이번 항해의 명물로 자리 잡은 엔딜의 '바닷속 체험 시간'을 구경하기 위한 인파였다.

물론 서민이 부담하기엔 다소 높은 가격인 만큼 실제 고객은 대부분 부유한 상인이나 귀족으로 한정되어 있었다. 배 안의 인원이라고 해봤자 대략 300명 정도고, 그중에서 부유한 사람은 불과 열 손가락 안에 꼽는다는 사실을 감안하면 여러모로 불안한 사업이었다. 하지만 소수의 고객만을 보유한 상태에서도 엔딜의 장사는 언제나 성업이었다. 처음엔 호기심으로 나섰던 사람들이 이젠 바닷속 광경에 매료되거나, 또는 남에게 부를 과시하기 위해 연거푸 나섰기 때문이다. 게다가 하루 단 두 명이라는 제한이 승부욕을 자극하는 모양인지 날이 갈수록 그들끼리 경쟁하는 구도를 보이는 중이었다. 그 날 하루 치를 전부 전세 내어 경쟁자를 미리 차단하는가 하면, 경매처럼 가격을 높여 불러 자리를 차지하기도 했다. 때문에 구경꾼들의 최대 관심사 역시 '누가 오늘의 손님이 될 것인가'에 맞춰져 있었다.

나는 갑판을 가득 채운 인파 사이에서 어제의 남자를 찾았다. 하지만 아무리 돌아봐도 그는커녕 비슷한 인상을 가진 사람조차 발견할 수 없었다. 몇몇 귀족들은 엔딜이 장사를 시작한 후에 느긋하게 등장하곤 했는데, 아마 그 무리들에 속한 듯했다.

그 사이 준비를 마친 엔딜이 모습을 드러냈다. 밤새 제대로 잠을 이루지 못했는지 매우 피로하고 수척한 모습이었다. 그리고 그가 나타나자 짜 맞춘 듯 어제의 남자 역시 모습을 드러냈다. 하필 근방이었기 때문에 조금만 시선을 돌려도 서로 알아볼 수 있는 상태였다. 곧 두 사람의 눈이 마주쳤고, 남자의 얼굴에 미묘한 미소가 떠오르는 것과 동시에 엔딜의 얼굴이 일그러졌다. 불에 덴 듯 황급히 피하는 시선엔 아직 채 다스리지 않은 번민의 잔재가 남아 있었다. ……좋지 못한 전조였다.

나는 엔딜이 이용하는 통로에 서서 그가 지나가길 기다렸다. 그리고 그가 내 앞을 스치는 간격에 맞춰 그에게만 들리도록 중얼거렸다.

"시큐엘을 더는 괴롭게 하지 마."

"……뭐?"

엔딜은 내 말에 즉각 반응을 보였다. 나는 당황하는 그의 모습을 힘껏 노려보았다. 그래 봤자 후드에 가려져서 보이지도 않겠지만.

"지금 나한테 한 말이야?"

"그럼 너 말고 누구한테 하는 말이겠어?"

"대체 무슨……."

"새벽에 있던 일 다 봤거든."

"……!"

어리둥절해하던 엔딜은 마지막 말을 듣는 순간 얼굴을 사납게 굳혔다. 두 눈 가득 머금은 형형한 살기에 하마터면 무심코 어깨를 움츠릴 뻔했다. 그대로 두면 당장에라도 공격할 것 같은 태세라 나는 급히 한마디 덧붙였다.

"미리 말해 두는데, 네 능력은 나한테 별로 통하지 않을 거야. 괜한 시도는 하지 마."

"……뭐?"

"정령은 너한테만 있는 게 아니거든."

대답과 동시에 나는 시큐엘을 불러 실체화시켰다. 물론 라피스의 마나를 빌린 것이다. 갑자기 나타난 상급 정령의 모습에 엔딜은 충격을 받은 듯했다. 잠시간 멍하게 시큐엘을 바라보던 그는 곧 이를 갈며 나를 노려봤다.

"씨발, 그때 나한테 물 퍼부은 새끼가 너냐?"

"……."

아, 그러고 보니 그런 일도 있었지.

오히려 역효과였나 싶어 나는 속으로 식은땀을 흘렸다. 그래도 내 행동이 충분한 경고가 되긴 한 모양이다. 당장에라도 덤벼들듯하던 그의 기세가 한풀 꺾인 것이 느껴졌다. 그 대신 가시가 사라진 눈동자에 두려움이 깃들었다.

"……날 어쩔 생각이야."

외모의 힘이란 참 위대하다. 워낙 귀여운 얼굴 때문일까. 직접 대면하면 무조건 단호하게 나가자고 다짐했는데 막상 풀죽은 모습을 보니 금방 마음이 약해졌다. 본성을 뻔히 아는데도 엔딜의 긴장한 얼굴이 겁먹은 동물처럼 보이다니, 이래서 미인계가 있는 건가 보다. 나는 시큐엘을 다시 돌려보낸 후 한숨처럼 말했다.

"걱정 마. 아무한테도 말 안 해."

"말 안 한다고?"

"물론 조건은 있어. 네가 그 남자의 제안을 수락하지 않는다고 약속하면."

"하, 그걸 말이라고 해? 그딴 일 당연히 안 해! 날 뭐로 보고."

"그치만 마지막에 돈 받았잖아."

"……젠장, 그 시커먼 밤중에 더럽게 자세히도 봤네. 대체 어디에서 본 거야? 내가 엘프라 인간보다 감이 훨씬 예민한 편인데, 누가 근처에 있었던 기척은 전혀 없었거든?"

"쓸데없는 소리 말고 대답이나 해."

내 말에 그는 신경질적으로 머리를 벅벅 긁었다. 그러곤 기운이 빠진 듯 허무한 얼굴로 중얼거렸다.

"후우, 봤으면 알 거 아냐. 그 돈은 그 새끼가 나한테 강제로 떠안긴 거야. 오늘 다시 돌려줄 생각이었다고."

"정말이지? 뭐, 어차피 그 계획은 실행하더라도 분명히 실패할 거야. 내가 방해할 거거든. 괜히 쓸데없이 힘 빼지 말라고 미리 경고해 두는 거야."

"좆같네, 진짜. 안 해! 안 한다고!"

버럭 소리친 엔딜은 씩씩거리며 몸을 돌렸다. 지난밤의 일을 누구에게도 알리지 않겠다는 말에 정신을 차렸는지 다시 기세등등해진 것 같았다. 내가 그 모습을 보며 어깨를 으쓱할 때였다. 별안간 그가 다시 나를 돌아보며 말했다.

"야, 네가 봐도 내가 진창이야?"

"뭐?"

"넌 정령사니까 이 상황이 더 객관적으로 보일 거 아냐. 그러니까 시큐엘을 괴롭히지 말라고 한 거겠지? 내가 씨발, 밤새 고민해봤는데. 내가 하는 짓이 그렇게 추잡해? 정령사는 본인 능력 이용해서 돈벌이 좀 하면 안 되는 거야? 사람을 죽이는 게 차라리 나을 정도야?"

생각지 못한 질문에 나는 잠시 입을 다물었다. 대답할 말이 없어서라기보다는 그의 모습에 당황했기 때문이다. 거친 입담으로 가리고 있었지만 그의 얼굴은 매우 비장했다. 다가올 비난을 겸허히 감수하겠다는 듯, 애초에 내게서 좋은 대답을 기대하는 것 같지도 않았다. 마치 선고를 기다리는 죄인 같은 모습이었다.

무심코 시선을 내린 나는 들어온 광경에 다시 살짝 숨을 삼켰다. 엔딜의 두 손은 안쓰러울 정도로 떨리고 있었다. 저 드높은 자존심에 떨리는 손을 감출 생각조차 안 하는 걸 보면 스스로 의식하지도 못하는 것 같았다.

아마도 그래서였을 것이다. 정령을 돈벌이에 이용하는 건 분명 기분 나쁜 일이다. 그러니 그 점에 관해서는 모질게 말해 줘야 하는데, 그게 맞는 건데 생각과는 다른 대답이 입에서 튀어나간 건.

"……진창 아니야."

"어?"

"시큐엘한테 억지로 시킨 거 아니잖아. 상급 정령이 강제로 시킨다고 따를 만한 녀석도 아니고. 정령사가 무슨 일을 하든 계약한 정령의 동의만 얻었으면 된 거지. 남이야 뭐라든 무슨 상관이야."

물론 내뱉은 즉시 후회가 밀려들었다. 내가 미쳐! 대체 어쩌자고 이런 말을 해 주는 거지? 나중에 뒷감당을 어떻게 하려고! 뒤늦게 혀를 깨물고 싶었지만 이미 내뱉은 말을 주워 담을 방법은 없었다. 심지어 이 대답엔 엔딜조차 당황한 것 같았다. 그는 생각지도 못한 도움을 받은 사람처럼 멍하니 두 눈을 깜빡거렸다.

"……정말 그렇게 생각해?"

"다, 당연하지. 난 그런 거 전혀 신경 안 써."

에라, 이렇게 된 거 이판사판이다. 나는 반쯤은 자포자기한 상태로 말했다. 그래도 확실히 어색한 티가 났는지 엔딜이 미심쩍은 시선을 보냈다.

"근데 너 나한테 물 뿌렸잖아."

"……에잇, 그건 그거고! 암튼 살인이 더 낫다는 건 말도 안 돼. 그러니까 나도 방해하러 온 거지."

"그런가."

"그래! 새벽에 그 남자가 한 말은 신경 쓰지 마. 애초에 그 사람은 사람이 사는 목적이 전부 돈에 있다고 여기는 것 같던데, 그런 편협한 사고에 휘둘릴 필요 없어. 사람이 살아가는 방식은 전부 달라. 당연히 삶의 목적도 어느 한 사람이 재단할 수 있는 게 아냐. 기사가 전부 부자가 되고 싶어서 영주를 섬기는 게 아니듯, 마찬가지로 정령사가 나라에 귀속되었다고 해서 반드시 돈이 목표라고 할 수는 없어. 하지만 청부 살인은? 그건 정말 돈을 벌기 위해서일 뿐이잖아. 가치가 전혀 달라."

"……그 돈으로 누군가를 구할 수 있어도?"

착각일까. 왠지 질문하는 엔딜의 목소리가 조금 가라앉은 것 같은 기분이 들었다. 나는 조금 의아했지만 내색하지 않고 대답했다.

"그건 더 웃기지. 남의 것을 강탈한 사람이 자신의 것은 지키려고 한다? 이미 다른 사람의 삶을 파괴한 시점에서 그는 스스로 그럴 자격을 잃은 거야."

"전장에 나간 사람도 결국 누군가를 지키기 위해 상대를 죽여."

"그거야 전쟁은 지키지 않으면 잃을 수밖에 없는 상황이니까. 게다가 상대는 적이고, 둘 다 동등하게 싸우는 입장이잖아. 어떻게 보면 서로 목숨을 건 공평한 관계지. 하지만 청부 살인은 일방적으로 한쪽이 다른 한쪽을 해치는 일이야. 그건 누구도 공평하다고 보지 않아. 그리고 돈을 버는 덴 다른 방법도 얼마든지 있어. 잘 생각해 봐. 누군가 물었을 때, 과연 그 방식이 최선이었다고 답할 수 있겠어?"

엔딜은 한참 동안 아무것도 말하지 않았다. 삽시간에 심각해진 표정을 보니 내 설득이 어느 정도 먹히긴 한 모양이다. 괜히 우쭐해지는 기분에 나는 더 신이 나서 말했다.

"아무튼 그 남자는 사상 자체가 기분 나쁜 사람이야. 그런 사람의 말엔 전혀 신경 쓰지 마. 아무리 네가 조금 치졸한 방법을 써서 돈을 번다 해도 그렇지, 어떻게 살인자와 동급 취급을 해? 비교할 게 따로 있지, 정말."

"⋯⋯치졸한 짓이라고 생각하긴 하는 모양이네."

"뭐? 윽! 아, 아니 이건⋯⋯."

이런, 실수로 너무 본심을 드러냈나 보다. 당황해서 입을 다물자 엔딜은 킥 하고 웃음을 터뜨렸다. 당장 욕부터 내뱉을 줄 알았는데 의외로 덤덤한 표정이었다.

"너 거짓말 잘 못하지?"

"⋯⋯미안."

"됐어, 솔직히 나한테 그딴 말은 비난 축에도 못 껴. 딱히 틀린 말도 아니고. 살인은 나도 최악이라고 여기지만, 그렇다고 내가 깨끗하단 생각도 안 해. 애초에 똥파리도 더러운 물에 꼬이는 법이니까."

"아니, 그건⋯⋯."

"동의를 얻었으니 됐다고 했던가? 그래, 확실히 시큐엘과 합의를 보긴 했어. 하지만 내가 하는 짓이 멀쩡한 정령사라면 하지 않는 일들이라는 것도 알아. 씨발, 그거 아냐? 나 이것만 하는 거 아냐. 시큐엘에게 물을 만들게 해서 그걸 팔기도 하고, 가끔 서커스 같은 짓도 해. 누가 봐도 시큐엘을 앵벌이 시켜서 돈 벌고 있는 꼴이지. 다 알면서도 물어본 거야. 그냥 갑자기 푸념이 하고 싶어서."

"너……."

"하긴, 나 같은 건 푸념할 주제도 못되지. 누가 이 소리를 들으면 당장 기겁할 거다. 나 따위가 어떻게 푸념을 해? 진짜 내가 감히 뭐라고. 하하, 그거 아냐? 사실은 말이야. 난 지금 물의 왕에게 저주를 받아도 할 말 없는 처지거든."

"어? 물의 왕?"

"바보 같긴. 물의 정령왕 엘퀴네스 님 말이야."

"어어?"

갑자기 튀어나온 내 이름에 나는 흠칫 놀라 고개를 들었다. 다행히 엔딜은 그저 언급 자체에 놀란 것이라 인식한 듯 별로 수상히 여기는 기색은 아니었다.

"무, 물의 왕이 왜?"

"아직 소문을 못 들은 모양이네. 실은 나 내 힘으로 정령사가 된 게 아니거든. 오히려 정령사가 될 소질이 전혀 없는 쪽이었지. 그랬는데 어느 날 물의 왕이 내게 시큐엘을 선물로 내려 줬어. 그래서 하루아침에 상급 정령사가 된 거야."

그 이야기는 대충 들어서 알고 있었다. 시큐엘의 기가 막힌 사기극이었지. 다시 생각해도 어처구니가 없어서 얼굴을 찌푸리는데, 엔딜이 이내 쓸쓸한 표정으로 중얼거렸다.

"그런 귀한 선물을 이렇게 막 다루고 있으니. 아마 그분도 나한테 굉장히 실망했을 거야. 그렇지?"

"으음, 뭐……."

"맞아. 그래서 내 앞에는 나타나지 않는 거겠지. 내가 아무리 간절히 바라고 기원해도……."

아니, 지금 나 네 앞에 있긴 있는데.

근데 이 녀석, 지금 간절히 바란다고 한 건가? 괜히 머쓱해져서 딴청을 피우다 나는 문득 한 가지 사실을 깨닫고 엔딜을 바라봤다.

"물의 왕을 만나고 싶어?"

"뭐야, 넌 안 그래? 정령사라면 누구나 마찬가지일 거라고 생각했는데."

"어? 으음, 그건 그렇지."

내가 어설프게 고개를 끄덕이자 엔딜은 황당하다는 듯이 바라보곤 이내 피식 웃었다.

"시큐엘이 말해 줬는데, 물의 왕은 정령왕들 중에서 가장 아름답다고 하더라. 허리까지 내려오는 짙은 물색의 머리칼, 눈동자 색도 바다처럼 파랗다고 했어. 그의 숨결 한 번에 파도가 일고, 손끝으로 쓸면 아무리 지독한 병마도 달아난다고 하지. 솔직히 어떤 모습일지 상상이 안 가. 상급 정령인 시큐엘이 그렇게 멋진데, 정령왕은 얼마나 굉장할까?"

"아하하, 뭘 그렇게까지야……."

"……왜 네가 쑥스러워 하냐? 널 칭찬한 것도 아닌데."

"어? 아니, 뭐어. 그, 그러게? 그냥 왠지 갑자기 남사스러워서? 아하하하……."

"이상한 녀석."

이번에도 엔딜은 황당해하는 얼굴로 날 바라봤다. 그래도 기분이 상한 건 아니었는지 표정은 한층 부드러워져 있었다.

"뭐, 어쨌든 이번 일은 안심해. 말했다시피 나도 살인은 별로니까. 난 확실히 이미 더러운 상태일지도 모르지만, 같은 진창이라도 진흙과 똥밭은 구분할 줄 알거든."

"아, 그건……."

"그래도, 아니라고 말해 줘서 고마웠어."

"……!"

마지막 말은 거의 중얼거리는 것에 가까웠지만 내 귀엔 선명히 들렸다. 반사적으로 고개를 들었을 땐 엔딜은 이미 돌아서서 걸어가고 있는 상태였다. 자연체의 모습으로 멀찍이서 눈치만 살피고 있던 그의 시큐엘이 내게 고개를 숙여 보이곤 허둥지둥 뒤를 따랐다.

나는 그의 모습이 완전히 멀어질 때까지 자리에서 꼼짝도 할 수 없었다. 머릿속에선 채 못다 한 변명들이 계속 맴돌고 있었다. 하다못해 사연이라도 들어둘 걸 그랬나? 물어본다고 해서 쉽게 대답해 줄 것 같지는 않지만, 왠지 그렇게 하지 못한 게 후회가 됐다.

적어도 한 가지는 분명히 알 것 같았다. 생각보다 나쁜 녀석은 아닌 것 같다는 거 말이다.

4.

좌아악!

파도를 가르는 소리와 함께 수면에서 둥그런 물체가 떠올랐다. 유리구슬처럼 안쪽이 훤히 비치는 거대한 공이었다. 구체의 표면은 물로 이뤄져 있었는데, 그 안쪽엔 두 사람의 모습이 들어 있었다. 방금 전 해저 탐험을 마치고 돌아온 엔딜과 그의 손님이었다.

"오오, 돌아왔다!"

"레너 님!"

갑판에서 두 사람을 기다리고 있던 사람들이 모두 환호성을 질렀다. 길지 않은 엔딜의 영업시간 중에서 가장 호응이 좋은 순간이었다.

이윽고 물속에서 완전히 떠오른 구체는 배로 넘어와 갑판에 안전히 착지했다. 그리고 두 사람의 발이 땅에 닿는 순간에 맞춰 커튼이 걷히듯 천천히 양쪽으로 갈라지며 흩어졌다. 그렇게 증발한 물은 순식간에 공중에서 다시 한데 모여 익숙한 늑대의 모습으로 변했다. 시큐엘이었다.

"우와아!"

"시큐엘 멋지다!"

구체가 해체되고, 그것이 다시 늑대의 모습으로 변하는 광경은 구경꾼들 사이에서 가장 인기가 높았다. 사람들은 또다시 환호했지만 나는 속으로 한숨을 내쉬었다. 물속에서 숨을 쉬게 하려면 산소막을 만들어 줘야 한다. 하지만 보통의 경우 정령은 그대로 존재하는 상태에서 구체를 따로 생성하는 게 정상이었다. 그런데도 굳이 시큐엘이 직접 틀이 되길 선택한 건 엔딜의 마나가 그만큼 부족하기 때문이다. 물론 엔딜은 이 사실까지는 모르고 있을 가능성이 다분했다.

"자, 그럼. 이용해 주셔서 감사합니다, 손님."

"정말 재밌었어요!"

첫 번째 손님은 아직 십 대 초반으로 보이는 어느 귀족가의 도련님이었다. 이번이 첫 도전인데도 시작부터 이용 금액의 다섯 배를 제시해 치열한 단골들의 경쟁을 물리친 행운아(?)이기도 했다. 엔딜이 능숙하게 허리를 굽혀 인사하자 소년은 별처럼 눈을 빛내며 아낌없이 칭찬을 건넸다.

"이렇게 재밌는 줄 알았으면 진작해 볼걸! 로키가 위험하다고 말려서 그동안 구경만 했는데 정말 아까운 짓을 했네요."

"즐거우셨다니 다행입니다."

"정말 빈말 아니에요. 그러고 보니 당신은 중간 정착지에서 내린다고 했죠? 그럼 이제 얼마 못 하는 거잖아. 너무 아쉬워요."

"도, 도련님─"

폭포수처럼 재잘거리는 소년의 옆에서 왜소한 남자가 울상을 지었다. 소년이 물속에 들어가 있던 내내 새파랗게 질린 얼굴로 발을 동동 구르고 있던 하인이었다.

"기다려 봐, 로키. 지금 대화 중인 거 안 보여? 아, 그래! 내가 첫손님이었으니 아직 이용 횟수 한 번 더 남아 있죠? 그거 내가 또 할래요. 그래도 돼요?"

"그건 상관없지만, 다른 손님들과도 의논해야 해서요."

영리한 소년은 단번에 엔딜의 말뜻을 알아들었다. 그는 빙긋 웃으며 고개를 끄덕였다.

"무슨 말인지 알겠어요. 다른 사람보다 비용을 더 주면 되는 거죠? 좋아요. 내가 조금 전 낸 금액이 10골드였던가요? 난 이번 에도 10골드를 내겠어요. 도전하실 분 있나요?"

소년의 외침에 기다리고 있던 단골들의 눈빛이 형형해졌다. 그 들은 그 자리에서 앞다투어 가격을 높여 부르기 시작했다.

"10골드 5실버!"

"난 거기에 20실버 더 추가!"

"10골드 30실버!"

순식간에 갑판 안이 경매장으로 변했다. 이미 지난 항해 동안 자주 벌어지던 광경이라 크게 새삼스러울 건 없었다. 차이점이라 면 평소보다 경매 금액이 매우 높다는 거랄까. 아무래도 행사(?) 의 막바지가 다가오니 다들 마음이 더 급해진 듯했다.

그 정신없는 광경 속에서 나는 조용히 새벽에 본 남자를 찾았다. 엔딜은 하루에 두 명의 손님만 받으니, 이제 그도 슬슬 움직여야 할 때다. 하지만 무슨 생각인 건지 그는 그저 방관자인 양 느긋하게 구경하고 있을 뿐, 조금도 나설 기미를 보이지 않고 있었다. 당연히 그의 표적이 누군지도 알 수 없었다.

예상외의 행동에 당황한 건 엔딜도 마찬가지인 것 같았다. 그는 평소처럼 태연하게 웃고 있었지만, 이따금 초조한 표정으로 남자를 주시했다. 그사이 경매는 시작가의 10배를 훌쩍 뛰어넘고 있었다.

"20골드 50실버!"

"에잇! 20골드 51실버!"

"20골드 52실버!"

"……25골드!"

소년의 마지막 외침에 경쟁자들의 입 안에서 탄식이 터져 나왔다. 한숨 섞인 그 소리가 내게는 패배를 인정하는 선언처럼 들렸다. 아마 나만이 아니라 다른 사람들도 그렇게 느꼈을 것이다. 실제로 치열했던 열기가 한순간에 훅 식으며 조용히 가라앉기 시작했다. 드디어 경매가 끝난 것이다. 소년은 환희에 찬 표정을 지으며 엔딜을 돌아보았다.

"아무래도 다들 양보해 주시려는 것 같네요. 이제 아무 문제 없는 거죠?"

"음, 네, 그렇긴 한데……."

엔딜은 얼떨떨한 얼굴로 고개를 끄덕이면서 시선으로 남자를 찾았다. 그때까지도 그 남자의 얼굴이나 표정엔 아무런 변화도 없었다. 혹시 계획을 철회한 걸까? 번민에 찬 엔딜의 표정만큼이나 나 역시 기분이 복잡해졌다. 이런 사실을 알 리가 없는 소년은 혼자 꿈에 부풀어 연신 떠들고 있었다.

"아, 좋아라. 이번엔 좀 더 깊은 곳까지 가 볼 수 있을까요? 아까 봤던 그 물고기를 더 가까이서 보고 싶어요. 그리고 가능하면 해초 같은 것들도 만져 보고 싶은데…… 내 말 듣고 있어요?"

"아, 예, 물론이죠, 손님. 자, 그럼 다시 가실까요?"

찝찝한 표정으로 남자 쪽을 흘끗거리던 엔딜은 이내 장사꾼의 얼굴로 돌아와 다시 미소 지었다. 차라리 잘됐다 싶었는지 내심 후련한 얼굴이었다.

바로 그때였다.

"이런, 이런. 도련님, 정말 또 하시려는 겁니까?"

"……!"

돌연 사람들 사이에서 누군가 입을 열었다. 귀에 몹시도 익은 목소리였다. 바라본 곳에는 한 남자가 천천히 걸어 나오고 있었다. 그 모습을 발견한 엔딜의 눈동자가 크게 흔들렸다. 예상은 어김없이 맞아떨어졌다. 새벽의 그 남자였다.

"무스 씨."

아무것도 모르는 소년은 환한 얼굴로 그를 대했다. 남자는 엔딜 쪽엔 시선을 주지도 않은 채로 소년에게 다정한 미소를 지었다.

"한 번만 하신다고 하셨잖습니까. 로키를 너무 걱정시키지 마십시오."

"그치만 너무 재밌는걸요. 무스 씨도 한번 해 보세요. 그럼 날 이해하게 될 거예요."

"하지만 물속은 정말 위험합니다. 혹시 무슨 일이라도 생기면……."

"문제없어요. 이미 안전하게 돌아온 거 봤잖아요. 그리고 여기 무스 씨가 준 수호 부적도 있는걸요."

소년은 자랑스럽게 자신의 목에서 긴 줄을 들어 올려 보였다. 그 끝에는 작은 금색의 메달이 걸려 있었다. 그것을 본 남자가 못 말린다는 듯이 웃으며 두 손을 들어 보였다.

"하하, 정말 어쩔 수 없는 분이군요. 알겠습니다. 그럼 이번에도 조심히 잘 다녀오십시오."

"응, 고마워요!"

대화가 오가는 동안 엔딜은 그 자리에서 가만히 굳어 있었다. 숨을 쉬기나 하는 건지 걱정이 될 정도였다. 남자는 마지막으로 소년의 이마에 입을 맞춘 다음, 느긋하게 엔딜을 돌아보며 말했다.

"그럼 우리 도련님을 다시 잘 부탁하네."

"……."

어느 한 곳도 의심스러운 구석이 없는 자연스러운 당부였다. 하지만 난 그것이 남자가 보낸 신호라는 것을 눈치챘다. 엔딜의 눈빛 역시 한층 더 가라앉는 것이 보였다.

설마 청부 살인의 대상이 이렇게 어린아이일 줄이야. 내가 경악한 것만큼이나 엔딜도 충격을 크게 받은 것 같았다. 그는 한참 동안 제자리에서 움직이지 않았다.

"안 가요, 엔딜?"

"네? 아아, 네, 갑니다."

결국 소년 쪽이 먼저 재촉하고서야 그는 겨우 정신을 차린 듯 표정을 수습했다. 엔딜이 서둘러 보낸 손짓에 시큐엘이 성큼 다가오자 소년은 흥분한 얼굴로 눈을 반짝거렸다.

"아까 했던 말 잊지 않았죠? 이번엔 좀 더 깊이 들어가는 거예요?"

"예, 그러죠. ……근데 실례지만 손님의 나이가 어떻게 되는지 여쭤 봐도 되겠습니까?"

"저요? 올해 열네 살이에요."

갑작스러운 질문에도 소년은 별다른 경계 없이 대답했다. 그 순간 엔딜의 표정이 살짝 일그러졌다.

"……씨발."

"응? 방금 뭐라고 했어요?"

"아뇨, 아무것도 아닙니다. 그냥 손님이 제 동생이랑 같은 나이라구요."

"와, 그래요? 엔딜에게 동생이 있었군요."

환하게 웃는 소년을 향해 엔딜은 쓴웃음을 지었다. 한결 복잡해진 얼굴을 보니 소년의 모습에 자신의 동생을 투영하고 있는 것 같았다.

그때 아주 잠깐 무스라 불린 남자와 엔딜의 시선이 마주쳤다. 그 찰나의 시간, 엔딜의 신경이 바짝 곤두서는 것이 느껴졌다. 대놓고 이를 갈지 않았을 뿐 그 눈빛에 서린 건 명백한 적의였다. 그러나 무스는 전혀 동요하지 않았다. 애초에 별로 기대하지도 않았다는 듯 심드렁한 얼굴이었다. 그것에 더 격분한 듯 엔딜이 소년을 돌아보았다.

"저기요, 손님⋯⋯."

"아참, 그거 아십니까, 도련님? 베일이 얼마 전에 아끼던 새를 잃었다고 하더군요."

무스가 끼어든 탓에 엔딜의 말은 이어지지 못했다. 엔딜은 입을 다물었고, 소년은 바로 관심을 보였다.

"베일이 아끼는 새라면⋯⋯ 희귀종이라고 했던 그거요? 베일이 집 근처에 있는 산에서 둥지를 발견했다던."

"네, 맞습니다. 혹여 달아날까 봐 가까이 가지도 못하고 멀리서 구경하는 걸 즐기고 있었지요."

"저런, 그 새를 잃다니. 대체 어쩌다가요?"

"실수로 사람들 앞에서 새에 대해서 말했다지 뭡니까? 소문을 들은 사냥꾼들이 잡아간 모양입니다."

"세상에⋯⋯ 베일의 충격이 크겠어요."

"그러게 말입니다. 그러니까 입을 조심하라고 그렇게 누누이 일렀건만. 귀한 것일수록 말을 아껴야 지킬 수 있다는 걸 모르는 녀석이었죠."

'……즉, 쓸데없이 입을 놀리지 마라, 인가.'

무스가 전하려고 하는 뜻은 분명했다. 단조로운 잡담으로 위장하고 있었지만, 그건 분명 엔딜에게 보내는 경고였다. 그 역시 느꼈는지 눈동자가 크게 흔들렸다.

"아무튼 정말 안됐어요. 베일에게 위로의 꽃이라도 보내야겠네요."

"도련님이 그리해 주시면 기뻐할 겁니다."

"알겠어요. 아! 그러고 보니 엔딜, 조금 전에 나한테 무슨 말 하려고 하지 않았어요?"

소년의 질문과 함께 무스의 뱀 같은 시선이 엔딜에게 가 닿았다. 남들에겐 순간에 불과할지라도 그를 압박하기엔 충분한 시간이었다. 엔딜은 무언가 입을 뻐끔거리다 말고 길게 한숨을 내쉬었다.

"……아뇨, 준비가 끝나셨으면 이제 출발하자구요."

"앗, 그럼요. 준비 다 끝났어요. 이번에도 잘 부탁해요."

아무것도 모르는 소년은 생긋 웃으며 답했다. 그 모습을 본 무스가 나직이 비소를 흘렸고, 엔딜은 두 주먹을 움켜쥐었다. 저 불같은 성격에 당장 달려들지 않고 참는 것이 신기할 정도였다.

"그럼 다녀오겠습니다!"

소년의 환한 인사를 마지막으로, 두 사람은 다시 바닷속에 들어갔다. 그들의 모습이 완전히 사라지자 행사는 저절로 파장의 분위기를 띠었다. 어차피 엔딜이 돌아오는 시점에서 끝나는 건 마찬가지인 만큼 당연하다면 당연한 반응이었다. 하릴없이 자리를 지키는 몇몇을 제외하곤 구경하던 인파의 대부분이 흩어지기 시작했다.

그때까지 나는 별다른 염려는 하지 않았다. 엔딜이 소년을 향해 지은 복잡한 표정이라든가, 무스에게 보내던 적개심만 봐도 지시를 따르지 않을 것이라는 건 분명했으니까. 무엇보다 그가 내게 한 약속을 믿고 싶었다.

마음에 걸리는 건 무스 쪽이었다. 그 역시 엔딜의 거부 의사를 읽었을 것이다. 이상하리만치 태연하던 반응을 보면 엔딜에게 결정권을 줬을 때부터 이런 상황 역시 예상하고 있었을 가능성이 다분했다. 문제는 그가 자신의 계획을 알고 있는 엔딜을 앞으로 어떻게 할 것이냐는 점이었다. 당장 입을 막아 두긴 했지만 그것으로 안심하지는 않을 터였다.

나는 조심스럽게 무스 쪽의 상황을 살폈다. 그는 기둥에 기대선 채 느긋하게 담배를 태우고 있었다. 소년의 하인이 발을 동동 구를 때마다 핀잔을 건네긴 했지만 그것만으로 그의 속내를 짐작하긴 어려웠다. 이상한 기류를 감지한 건 그로부터 얼마간의 시간이 지난 후였다.

"왠지 이번엔 좀 오래 걸리지 않아?"

"으음, 그러게."

뱃전에 서 있던 선원 몇이 두런거리는 소리가 들렸다. 그들만이 아니라 다른 사람들 사이에서도 조금씩 술렁임이 퍼져 나갔다.

그러고 보니 엔딜이 물속에 들어간 지 얼마나 됐더라? 나는 속으로 빠르게 시간을 가늠했다. 그가 물속에서 버틸 수 있는 건 약 10분 남짓. 보통은 한계치에 임박하기 전에 미리 올라오는 편이었다. 그런데 지금은 시간을 초과했는데도 수면이 잠잠했다.

'설마……'

나는 반사적으로 무스를 바라봤다. 스스로 의식하고 한 것이 아닌, 거의 본능적인 행동이었다. 그 순간 목격한 광경에 흠칫 몸이 떨렸다. 무스는 웃고 있었다. 가늘게 접힌 그의 두 눈은 짙은 희열에 휩싸인 상태였다.

'젠장!'

무언가 일이 잘못됐다. 그렇게 느낀 즉시 나는 빠르게 형체를 벗어던지고 바다에 뛰어들었다.

물의 정령인 내 몸은 공기 중에 있을 때보다 오히려 수중에 있을 때 더 감각이 예민해진다. 물속에 잠기자 기다렸다는 듯이 호흡이 편해지고 시야가 더 선명해졌다. 그 상태로 잠시간 가만히 있으려니 곧 아래쪽에서 술렁거리는 기운이 느껴졌다. 틀림없이 엔딜이었다.

나는 온몸의 감각을 개방한 채 빠르게 아래로 내려갔다. 다행히 엔딜은 그리 멀지 않은 곳에 있었다. 게다가 우려와는 달리 둘 다 아무렇지 않아 보였다. 소년은 구체 밖으로 팔을 뻗고 있었고,

그 옆에서 위험하지 않도록 엔딜이 붙잡고 있는 상태였다. 적어도 아직은 아무 일도 일어나지 않은 것 같았다.

그에 안도하려는 찰나, 문득 스치는 위화감에 나는 얼굴을 찌푸렸다. 소년을 붙잡고 있는 엔딜의 표정 때문이었다. 그는 이상할 정도로 경직되어 있었고, 힘을 쓰는 듯 얼굴이 잔뜩 붉어져 있었다. 실제로 뒤쪽에서 소년을 끌어안은 그의 팔엔 핏대가 강하게 솟아 있었다.

가까이 다가가자 실태가 좀 더 분명하게 보였다. 소년은 단순히 팔을 뻗고만 있는 게 아니었다. 구체 밖으로 나가기 위해 필사적으로 버둥거리는 중이었다. 그리고 엔딜은 그것을 막고 있었던 것이다.

'뭐야, 어떻게 된 거지?'

설마 소년 쪽에서 문제를 일으킬 줄이야. 당황한 나는 조금 더 가까이 접근했다. 호기심에 떼를 쓰는 것인가 싶었는데 이제 보니 소년의 두 눈에 초점이 없었다. 멍하니 허공을 응시하는 모습이, 마치 뭔가에 홀린 사람 같았다. 의아한 기분에 자세히 살피자 소년에게서 묘한 마나의 흐름이 느껴졌다. 인위적으로 비틀린 흐름은 소년의 가슴 부근에서 시작되고 있었다. 나는 그 위에 있는 물건을 확인하고 얼굴을 굳혔다.

'저 목걸이……'

수호 부적이라고 했던가? 무스가 소년에게 줬다는 목걸이였다. 처음에 봤을 때만 해도 분명 평범한 메달이었는데, 지금은 표면이 푸르스름하게 빛나고 있었다. 익숙한 도형과 문자들이 빛 속에서 넘실거리듯 돌고 있는 것이 보였다. 마법이 발현되고 있는 것이다.

"꼬마야, 제발 정신 차려! 내 말 들려? 야!"

엔딜이 안간힘을 쓰며 소리쳤지만 상황은 전혀 나아지지 않았다. 아니, 오히려 빠르게 악화되고 있었다. 이미 물속에서 버티는 것만으로도 엔딜은 한계에 달한 상태였다. 그런 와중에 소년의 저항까지 막으려 하니 위험할 수밖에 없었다.

"컥!"

아니나 다를까. 구체가 크게 흔들린다 싶더니 엔딜이 울컥 피를 토했다. 고통 때문에 그의 팔이 느슨해지자 소년은 그 틈을 놓치지 않고 삽시간에 구체 밖으로 튀어나갔다.

"씨발! 시큐엘!"

마지막 순간 아슬아슬하게 소년의 팔을 낚아챈 엔딜이 비명처럼 소리쳤다. 출렁! 그와 동시에 엔딜과 소년은 차례로 물에 빠졌고, 시큐엘은 늑대의 모습으로 돌아갔다.

―엔딜!

물속에 빠진 상태에서도 소년의 저항은 계속됐다. 엔딜이 어떻게든 붙잡고 위로 헤엄치려고 해도, 소년은 버둥거리며 떨어지려고만 했다. 시큐엘은 즉시 엔딜을 도왔다. 그 역시 소년의 목걸이가 문제라는 사실을 깨달은 듯, 가까이 다가가 목걸이를 물어뜯으려 했다.

'……앗, 잠깐!'

순간 느껴지는 불길한 기분에 나는 빠르게 막아서려 했다. 하지만 바로 그때, 시큐엘과 닿은 목걸이에서 강한 마력이 솟구쳤다. 누군가 강제로 뜯어내려 할 경우 반발하도록 설계된 것이다.

퍼엉!

—큭!

반동으로 튀어나온 마력이 시큐엘의 몸을 그대로 덮쳤다. 아마 멀쩡한 상태였다면 별 무리 없이 감당할 수 있었을 것이다. 하지만 이미 한계까지 달한 엔딜의 마나는 그 파장을 견디지 못했다. 시큐엘의 몸이 부르르 떨리더니, 이내 그 자리에서 산산조각이 나 흩어지기 시작했다. 그와 연결된 엔딜의 마나가 역류하고 있었다. 강제로 정령계에 돌려보내지고 있는 것이다.

부글부글!

역소환의 충격은 엔딜에게도 고스란히 전해졌다. 비명을 지르듯 크게 벌어진 입에서 조금 전보다 더 많은 양의 피가 토해져 나왔다. 짧게 경련을 일으킨 몸은 이내 축 늘어졌다. 충격을 이기지 못하고 기절한 것이다.

'이런!'

나는 짧게 혀를 차곤 엔딜에게 급히 다가갔다. 소년 역시 이미 의식을 잃은 상태였다. 나는 일단 두 사람의 얼굴에 공기 막을 씌운 다음, 수면 위로 올라가게 하려고 했다. 그러자 소년의 목에 걸린 메달이 이번엔 내게 반발하기 시작했다. 손으로 붙잡자, 더 강한 마력의 저항이 느껴졌다. 물론 내게는 별로 대수롭지 않은 수준이었다.

나는 살짝 얼굴을 찡그리고 손에 쥔 메달에 힘을 강하게 밀어 넣었다. 그러자 부르르 떨리던 메달 속에서 파각! 하고 무언가 깨지는 소리가 들렸다. 아마도 마법을 실행하는 중심핵이 파괴된 듯했다. 그것을 증명하듯 메달의 푸른빛이 완전히 사그라졌다.

'나 참, 어떻게 이런 짓을……'

설마 이렇게 지저분한 술수를 부려 놨을 줄이야. 이제야 무스가 이상하리만치 느긋하게 굴던 이유를 알 것 같았다. 엔딜이 거절해도 그에겐 자신의 계획이 성공할 거란 확신이 있었던 것이다.

나는 살짝 혀를 찬 다음 다시 소년과 엔딜을 살폈다. 둘 다 얼굴이 매우 창백했지만 다행히 공기 막을 씌우는 게 늦진 않았는지 무사히 호흡하고 있었다. 나는 일단 소년의 몸에서 목걸이를 떼어 낸 후, 두 사람을 수면 위로 올려 보냈다. 마음 같아선 내가 끝까지 구조해서 데려가고 싶지만, 그건 너무 눈에 띈다. 일단 물밖으로 떠오르고 나면 나머진 배에 있는 사람들이 알아서 할 거란 생각에서였다.

예상대로 두 사람이 떠오르자 갑판은 비상이 걸렸다. 안 그래도 왜 돌아오지 않는지 걱정하고 있던 사람들이 재빨리 상황을 파악하고 나선 것이다.

"큰일이야! 사고가 난 것 같아!"

"누가 저 두 사람을 끌어올려!"

선원들이 물에 뛰어들어 두 사람을 구하는 동안, 나는 갑판에 올라 남몰래 형체를 덧입었다. 마침 소식을 들은 사람들이 우르르 몰려드는 상황이었기 때문에 그들 사이에 섞이는 것은 어렵지 않았다. 구조가 끝난 즉시 갑판은 응급조치를 하는 손길로 분주해지기 시작했다.

　"숨은 쉬나?"

　"다행히 살아 있어!"

　"아이고! 도련님!"

　그 혼란한 틈 속에서 나는 시종과 함께 소년의 곁에 붙어 있는 무스를 발견했다. 계획이 틀어진 탓인지 조금 전까지만 해도 여유 있던 얼굴이 지금은 완전히 굳어진 상태였다(물론 다른 사람들은 걱정하고 있는 것이라 생각하겠지만). 소년이 숨을 내쉬자 그는 더 굳은 표정으로 초조하게 소년의 품 안을 살폈다. 목걸이를 찾으려는 것 같았다. 그러다 이내 아무것도 없다는 것을 확인했는지 그의 얼굴에 슬쩍 안도의 빛이 떠올랐다. 건져내는 도중에 물속에 빠트렸다고 생각한 것이 분명했다. 당연히 그걸 가만히 내버려둘 내가 아니었다.

　"이걸 찾으시나 봐요?"

　나는 그 앞으로 다가가 손에 들고 있던 목걸이를 늘어트렸다. 무던히 돌아보던 그의 얼굴이 메달을 발견하는 순간 크게 일그러졌다.

　"너…… 그걸 어떻게……."

"콜록, 콜록!"

그때였다. 시체처럼 늘어져 있던 소년이 의식을 찾기 시작했다. 필사적으로 응급처치를 하던 소년의 시종이 기절할 것 같은 얼굴로 소리쳤다.

"도련님! 괜찮으십니까!"

"로……키…….."

다행히 소년은 금방 반응을 보였다. 창백하던 안색도 한층 혈색이 돌아와 있었다. 시종은 펑펑 울면서 소년을 끌어안았다.

"심장이 멎는 줄 알았습니다. 대체 이게 어떻게 되신 겁니까! 왜 물에 빠지신 거예요?"

시종의 말에 멍해 있던 소년이 흠칫 몸을 떨었다. 부지런히 가슴 부근을 더듬는 손은 무언가를 찾고 있었다. 마법에 걸려 조종당했어도 그 순간의 기억까지 사라진 건 아닌 듯했다.

"나…… 나…… 목걸이가 갑자기…….."

"예? 목걸이요?"

의아해하던 시종은 곧 상황을 파악했는지 얼굴을 굳혔다. 바로 그때, 굳어 있던 무스가 갑자기 내게 달려들었다. 목걸이를 빼앗으려는 것이다. 목적이 뻔히 읽혔지만 나는 일부러 피하지 않고 가만히 서 있었다. 빼앗기지 않을 자신도 있었고, 무엇보다 그의 속도가 매우 느리게 보였기 때문이다.

하지만 정작 그는 내게 닿지도 못하고 쓰러졌다. 바로 그 순간 누군가 그의 다리를 붙잡아 넘어트린 것이다.

쿠당탕!

"크억!"

무스를 넘어트린 사람은 놀랍게도 엔딜이었다. 언제 의식을 되찾았는지 그가 엎드려진 상태에서 무스의 다리를 붙잡고 있었다. 꿈틀거리고 있는 모습이 마치 땅 밑에서 튀어나온 좀비를 보는 것 같았다.

"뭐, 뭐야!"

"씨발. 이 개 같은 새끼가⋯⋯."

새파랗게 질린 무스의 외침에 엔딜이 물이 뚝뚝 떨어지는 옷자락을 쥐어짜며 천천히 몸을 일으켰다. 아직 역소환의 충격을 다스리지 못해 온몸이 엉망진창일 텐데도, 눈빛만큼은 살벌하게 빛나고 있었다. 그는 곧장 무스에게 달려들었다.

"이 미친 새끼야! 너 무슨 짓 했어! 씨발! 전부 다 불지 못해? 죽여 버리겠어!"

"엔딜! 진정해, 엔딜!"

"이거 놔! 저 새끼가 무슨 짓을 했는지 알아!"

하지만 소리치며 날뛰던 그는 오래지 않아 다시 피를 토하고 쓰러졌다. 갑자기 무리한 탓에 몸이 견디지 못한 것이다.

"쿨럭!"

"이, 이봐! 엔딜!"

요란한 소동에 사람들의 시선은 자연스레 한쪽으로 쏠렸다. 그러자 그 틈을 놓치지 않고 무스가 발목 쪽에서 무언가를 꺼내 들었다. 그건 날카롭게 날을 세운 단도였다.

"위험……!"

깜짝 놀란 내가 소리치기도 전에 무스의 손에서 단검이 던져졌다. 그 궤적은 아직 정신을 차리지 못한 소년을 향해 있었다. 나는 정체를 드러낼 각오를 하고 소년을 구할 준비를 했다. 그런데 바로 그때 놀라운 일이 벌어졌다.

"웃차!"

갑자기 구경꾼들 사이에서 누군가 튀어나오더니, 날아오는 단검을 단숨에 낚아채는 게 아닌가!

"이런, 이런. 과격한 분이네요. 이런 물건을 함부로 던지면 위험하잖습니까?"

"……!"

그는 코 아래까지 깊숙이 후드를 눌러쓴 장신의 남자였다. 그때까지도 대부분의 사람들은 돌아가는 상황을 깨닫지 못한 상태였다. 남자는 여유 있게 휘파람을 불며 잡아챈 단검을 공중에 던져 받았다. 그제야 뒤늦게 사태를 파악한 선원들이 부랴부랴 무스에게 달려들어 그를 결박했다.

이후 사태는 무섭도록 빠르게 정리됐다. 선원들은 결박한 무스를 흠씬 두들겨 팬 다음 창고에 가뒀다. 아마 중간 정착지에서 경비대에게 넘길 것 같았다. 소년을 살해하려 한 증거품으로는 단검과 목걸이가 제출됐다.

나중에 알고 보니 소년은 어느 귀족 가문의 사생아인 듯했다.

본래는 어머니와 함께 멀리 떨어져 살고 있었지만, 본가에서 불의의 사고로 후계자를 잃게 되면서 아버지의 부름을 받고 올라가는 길인 것 같았다. 그리고 무스는 본가의 여주인 쪽에서 소년을 제거하기 위해 보낸 사람이었다. 마중을 나온 것처럼 교류해서 미리 친분을 쌓게 한 후, 틈틈이 죽일 기회를 엿봤던 것이다.

엔딜에게 접근한 것도 즉흥적인 결정이 아니었다. 처음부터 계획적으로, 그가 상급 정령사치고는 마나가 풍부하지 않다는 것까지 전부 다 감안해서 일을 꾸몄다. 이틀 간격으로 쉬었던 것이 그에게 엔딜이 지닌 마나의 한계치를 알려 준 셈이었다.

소년의 시종은 단검을 막아 준 남자를 향해 연신 허리를 굽혀 감사를 표했다. 나는 그 모습을 한동안 바라보다가 무거운 기분으로 엔딜을 돌아봤다. 굳게 눈을 감고 있는 그의 얼굴은 여전히 백지장처럼 창백했다.

소년은 앞으로 더 힘든 일을 겪게 될 것이다. 하지만 그만큼이나 큰 시련이 엔딜에게도 다가와 있었다. 나는 한숨을 삼키며 그의 앞머리를 살짝 쓸어올렸다. 흠집 하나 없이 깨끗한 이마가 드러났다. 이미 예상했던 일임에도 마음이 가라앉는 건 어쩔 수 없었다.

엔딜의 이마에서 인장이 완전히 사라져 있었다.

이제 그는 다시는 정령을 부를 수 없었다.

제4화

1.

눈을 뜨자 익숙한 세상이 나를 반겼다. 골목마다 둘러쳐 있는 높은 담벼락과 굵은 기둥의 전봇대, 그 사이로 드문드문 드리운 현대식 건물들. 누가 알려 주지 않아도 한국에서 내가 태어나 자란 동네의 풍경이라는 걸 깨닫는 건 그리 어렵지 않았다. 동시에 이곳이 꿈속이라는 사실도 자연스럽게 인지했다.

'이 동네는 정말 오랜만이네.'

그리고 보니 최근엔 이쪽의 일을 전혀 떠올리지 않게 됐다. 과거의 기억이 사라진 건 아니지만, 일부러 떠올리려 애쓰지 않는 한 생각나지 않을 정도로 일상에서 멀어진 것이 된 건 확실했다. 마치 서랍 속에 담아 두고 필요할 때만 들여다보는 기분이랄까.

분명 지금의 내게는 좋은 현상이었을 것이다. 그래선지 오랜만에 보는 풍경을 두고도 그리운 감정보다는 떨떠름한 느낌이 더 앞섰다.

하고많은 과거의 장소 중에서 하필이면 집 근처라는 점도 마음에 걸렸다. 나는 주저하면서 아무도 오가지 않는 텅 빈 골목길에 시선을 던졌다. 콘크리트로 대강 메운 듯 고르지 않은 바닥, 세 사람이 나란히 걸으면 좁게 느껴질 정도로 아담한 거리는 비탈진 산길처럼 하염없이 솟아올라 있었다. 둔덕마다 층층이 자리 잡은 주택들 사이로 낡은 상가의 모습이 듬성듬성 모습을 비쳤다. 바로 그 너머 끝에 내가 살던 집이 있었다.

"……."

무의식적으로 더 뻗어 가려는 시선을 거두며 입술을 깨물었다. 학교를 오가며 매일같이 걷던 길목은 지금도 눈을 감은 채 걸어도 될 만큼 익숙한 것들뿐이다. 하지만 이 길을 걸었을 때 기분이 좋았던 적은 단 한 번도 없었다.

"어머, 이게 누구야. 지훈이 아니니?"

그 순간 또렷하게 들려온 음성에 나는 흠칫 숨을 멈췄다. 녹슨 기계처럼 덜컥거리는 고개를 들고 간신히 돌아보자 곧 외면하고 싶었던 현실이 보였다. 소름이 끼치도록 낯익은 모습들이.

"엄마……."

한때 내가 그렇게 불렀던 사람이 그곳에 서 있었다. 아니, 그녀만이 아니었다. 무어라 말을 잇기도 전에 나는 그 옆에 함께한 남자의 모습을 발견하고 다시 낮게 심호흡했다.

"아버지……."

떨어지지 않는 입을 억지로 벌려 소리를 뱉는다는 게 이렇게 괴로운 일인 줄 몰랐다. 목구멍에서부터 시작된 불씨가 그대로 삼켜져 뱃속까지 전부 까맣게 태우는 것 같았다.

두 사람은 여느 때의 표정으로 나를 응시하고 있었다. 이미 숨이 멎어 싸늘해진 나를 볼 때마저 조금도 변하지 않았던 바로 그 눈빛이었다. 그 시선에 머리부터 발끝까지 온몸이 얼어붙었다.

'아니, 이러면 안 돼.'

빠르게 추락하는 기분을 다잡으며 나는 얼른 고개를 흔들었다. 이젠 전부 끝난 일이다. 언제까지 이런 기억들에 얽매일 수는 없었다. 그들은 더 이상 내 부모가 아니었고, 아무런 의미가 될 수 없었다. 난 강지훈이 아니라 엘이니까. 그러니 무서워할 필요도, 외면할 필요도 없어. 나는 떨리는 손을 감추기 위해 억지로 두 손을 그러잡으며 웃었다. '괜찮아, 이건 꿈이야.' 같은 말을 몇 번이고 반복하고 나니 가슴이 한층 진정되는 것 같았다.

"전 이제 아무렇지도 않아요."

떠밀리듯이 내뱉은 말이 더 짙은 확신이 되어 안도감을 줬다. 나는 어깨를 당당히 펴고 고개를 들었다. 더 이상 그들을 똑바로 바라보는 것이 두렵지 않았다. 언제나 피하기만 하던 내가 처음으로 얼굴을 마주 보아서일까, 두 사람의 얼굴에 희미하게 동요의 표정이 떠올랐다. 그것을 보자 조금 더 태연하게 웃을 수 있을 것 같았다.

"언제나 가족이란 걸 동경했어요. 사랑받기 위해 노력했지만 그곳에 제 자리는 없었죠. 어렸을 땐 무조건 절 미워하기만 하는 두 분을 이해할 수 없었어요. 하지만 지금은 알아요."

"안다고?"

되묻는 엄마의 목소리가 금방이라도 사그라질 것처럼 희미했다. 한 번도 접해 본 적이 없던 그녀의 약한 모습에 날 선 기분도 한결 누그러지는 것 같았다.

"명계의 신이 전부 알려 줬어요. 부모님이 절 싫어한 건 제 잘못이 아니라 그곳에 제 운명이 없었기 때문이래요. 그러니까 전 두 분을 원망하지 않아요. 그건 어쩔 수 없는 사고 같은 거니까."

"정말 그렇게 생각하니?"

"응, 정말이에요. 두 분도 운명에 없는 자식을 만나는 바람에 느끼지 않아도 될 감정으로 평생 괴로워하셨죠. 어떻게 보면 저보다 더 심한 피해자라고 생각해요. 그러니 저에 관한 건 모두 잊어버리시고 이제 그만 행복해지세요."

"지훈아……."

지금 엄마의 표정이 어떤지 잘 모르겠다. 조금쯤은 안타까워하고 미안해하고 있을까? 나는 울고 싶은 기분을 참으며 말했다.

"진심이에요. 전 지금 행복하거든요. 이곳 사람들은 모두 제게 친절해요. 양아버지도 생겼고, 형제라 할 수 있는 존재도 생겼어요."

"그들이 네 가족이라고 생각하니?"

"그럼요. 이곳은 진짜 제 자리인걸요."

"어쩜 너란 아이는……."

안타깝게 중얼거리는 소리에 나는 더 환하게 웃으려고 했다. 처음으로 그들을 보면서 마음이 따뜻해지는 것 같았다. 하지만 그 순간은 찰나였다.

"─정말 한결같이 멍청한 소리만 하는구나."

삽시간에 엄마의 목소리가 돌변했다. 어깨가 저절로 떨릴 정도로 차갑고 독기 어린 음성이었다. 나는 당황해서 눈을 크게 깜빡였다. 그제야 지금까지 보이지 않았던 엄마의 표정이 선명하게 보였다. 그녀는 금방이라도 웃음을 터트릴 것 같은 얼굴로 나를 노려보고 있었다.

"사람의 진정한 가치는 아무것도 없을 때 드러나는 거야. 할 수 있는 것도, 주어진 것도 하나 없는 아주 보잘것없는 상태일 때 말이지. 그래, 가령 예전의 강지훈 너의 모습 같은 거 말이야. 하지만 지금 너를 봐. 그때와는 다르게 지금의 넌 매우 아름답고 엄청난 능력을 갖고 있어. 그런 널 싫어할 수 있는 사람이 세상에 얼마나 있을까?"

"그건……."

"운명이 없어서 미워했다고? 그건 반은 맞고 반은 틀린 말이란다. 아마 예전에도 네가 지금 같은 모습이었다면 나도 그렇게까지 심하게 경멸하진 않았을 거야. 왜냐면 사람은 모두 아름다운 것에 관대해지거든. 운명이니 제 자리니 하는 문제를 차지하고서라도 말이야."

"⋯⋯."

"너도 이상하게 생각했잖니? '너의 진짜 자리'인 그곳에서도 사람들은 네 얼굴이 가려져 있으면 무시하거나 험상궂게 굴었지. 하지만 네 외모와 능력을 보고 나면 모두 늘 관대해졌어. 그게 무슨 뜻인 것 같니? 결국 넌 아름다운 껍데기를 뒤집어써야만 사람들 앞에서 빛날 수 있다는 얘기지. 즉, 본질을 가려야만 한단 말이야."

"⋯⋯본질."

"그래, 본질. 트로웰은 왜 네게 다정할까? 이사나가 널 따르는 이유는? 라피스가 왜 너와의 계약을 원했지? 왜 네 양부가 한 번도 본 적이 없는 널 그 자리에서 아들로 삼았는지, 정말 단 한 번도 의심해 보진 않았다고는 말하지 못하겠지?"

심장이 뛰기 시작했다. 이젠 존재할 리도 없는 그것이 마치 온몸을 장악하는 것처럼 미친 듯이 울리고 있었다. 나는 반사적으로 두 귀를 틀어막았다. 날카로운 음성은 그것마저 뚫고 파고들었다.

"잘 생각해 보렴, 지훈아. 이건 아주 간단한 문제야."

"⋯⋯그만."

"넌 이미 그 해답을 알고 있을 거란다."

"그만!"

몸부림치며 비명을 내질렀다. 후두둑 떨어지는 물방울들을 보고서야 나는 내가 울고 있다는 사실을 자각했다.

"만약 네가 정령왕이 아니었어도, 그들이 널 사랑했을까?"

*   *   *

"……!"

문득 정신이 들었을 땐 주위가 온통 캄캄했다. 나는 잠시간 멍하니 눈을 깜빡이다가 숨을 살짝 멈추고 천천히 시선을 돌려 주위를 살폈다. 낡은 나무판자들로 덧대어진 천장, 삐거덕거리는 창문 너머로 어슴푸레한 새벽녘의 하늘이 쏟아지고 있었다. 지난 몇 달 동안 질리도록 보았던 선실 안의 풍경이었다.

현실이다. 그 사실을 인지하자 저절로 숨이 쉬어졌다. 그런 내 모습에 저절로 헛웃음이 흘러나왔다.

새삼 안심할 건 뭐람. 꿈이란 건 처음부터 알고 있었다. 지금은 왜 그런 꿈을 꿨는지도 알 것 같았다. 아마 어제저녁에 들었던 그 이야기 때문일 것이다.

"동생이 아파요?"

그날의 사건 이후, 엔딜은 갑판에서 완전히 모습을 감췄다. 배 안에서는 그가 더 이상 정령을 부르지 못하게 됐다는 소문이 파다하게 퍼져 있었다.

정령사가 갑자기 자격을 상실하는 경우는 극히 드문 일이었다. 그 때문에 요즘은 어디를 가도 연신 엔딜의 이야기를 화젯거리로 삼았다. 선실에 처박혀 매일 울고 있다는 둥, 폐인이 되었다는 둥, 흉흉한 이야기들이 떠돌았지만 전부 확인된 사실은 아니었다.

대부분의 사람들은 그가 정령을 잃은 것을 당연하게 여겼다. 평소 그의 거친 입담과 수전노처럼 돈을 밝히던 성격이 원인이 된 것 같았다. 하필이면 지저분한 사건과 연관된 시점에서 벌어진 일이다 보니 의심의 눈길까지 더해진 듯했다.

그러던 중에 접하게 된 그의 과거는 조금 뜻밖이었다. 엔딜에게 여동생이 하나 있는데, 오랫동안 병을 앓고 있다는 것이었다.

이야기를 꺼낸 사람은 그를 수년 동안 지켜봤다는 선장이었다. 엔딜에 관한 여론이 갈수록 악화되는 것을 보다 못해, 조금이나마 두둔해 주기 위해 나선 것 같았다. 사람들이 놀란 반응을 보이자 그는 무거운 표정으로 고개를 끄덕였다.

"응, 그렇다고 하더군. 아무래도 희귀병인 모양인데, 그나마 효과가 있는 약초가 자생하는 곳이 알폰프 제국령밖에 없는 모양이야. 그래서 두 달마다 한 번씩 꼭 이 배를 타고 알폰프 제국에 다녀오는 거지. 차라리 이주를 하는 게 좋지 않겠냐고 했더니 아예 살기엔 그곳 환경이 너무 척박한 모양이더라고. 그래서 그냥 저 혼자 고생하는 쪽을 택한 것 같아."

"헤에, 그렇구나. 언제부터 그랬는데요?"

"글쎄, 내가 이 생활을 했을 무렵부터 그랬으니까, 아마 11년쯤 됐나?"

"켁! 11년? 그럼 그 꼬마 나이가 지금 몇이라는 거예요? 아직 십 대로 보이는데?"

"엘프잖아. 그들 종족은 100세 때 성인식을 치른다고 하던데. 겉으로 보기엔 그래도 우리 할아버지보다 나이가 많을 거다."

"그, 그렇군요."

"신기하지? 사실 녀석이 엘프라는 걸 알게 된 것도 얼마 안 됐어. 그전엔 후드를 푹 눌러쓰고 인간인 양 행세했거든. 말투도 꽤 거칠어서 도무지 엘프라곤 상상할 수가 없었지. 아마 위장하기 위해 일부러 그런 식으로 굴었던 것 같아. 지금은 그 말투가 습관으로 굳어진 모양이지만. 아무튼 그러다 어느 날 우연히 정령을 소환하게 됐는데 그때부터는 그냥 엘프임을 밝히더라고. 덕분에 금방 유명해졌지."

선장은 그날의 일을 회상하듯 아련한 표정을 지었다.

이전까지 엔딜의 수입원은 엘프의 영역에서만 자라는 희귀한 약초나 풀을 캐다가 파는 것뿐이었다. 하지만 정령사가 된 이후 그는 보다 적극적으로 인간들의 사회에 뛰어들었다고 했다. 어디를 가든 정령이 그를 보호해 주니 주변을 겁낼 필요가 없었던 것이다.

덕분에 수입이 풍성해지자 동생의 병도 보다 많은 의원과 신전에 보일 수 있게 됐다. 돈을 버는 것에 집착하기 시작한 것은 그때부터였다. 더 많이 벌면 그만큼 다양한 치료 방법을 찾을 수 있을 테니까. 그렇게 하다 보면 언젠가는 동생이 완전히 낫게 될지도 모른다. 그것만이 엔딜이 품은 유일한 희망이었다.

"세상에. 그럼 그 많은 돈이 전부 동생 치료비로만 들어가는 거예요?"

"그렇지. 그것을 위해 산다고 해도 과언이 아닌 녀석인걸. 오히려 그렇게 벌어도 항상 적자인 모양이야. 신전 치료비가 좀 비싸야 말이지."

"끄응, 그렇구나. 엄청난 수전노라고만 생각했는데 그런 사정이 있었을 줄이야. 어째 좀 짠하네."

안타깝다는 듯이 혀를 차는 목소리에 나는 입술을 악물었다. 나 역시 전혀 몰랐던 이야기들뿐이다. 사실은 몇 번이나 알 수 있는 기회가 있었는데도 일부러 잡지 않았다. 분명 시큐엘은 자신의 계약자를 두둔하고 싶어 했었다. 이유를 물었다면 바로 그 자리에서 모든 상황을 설명했을 것이다.

그런데 그때 내가 어떻게 했더라? 변명은 나중에 듣겠다며 그의 입을 막았었지. 아마 사정을 들었더라도 별로 신경 쓰지 않았을지도 모른다. 그 당시에 나는 정말 많이 화가 나 있던 상태였으니까. 엔딜에 대해서는 그저 괘씸하다는 생각밖에 들지 않았었다. 나중에 가선 의외로 나쁜 녀석은 아닐지도 모른다 싶긴 했지만, 그런 순간에마저 선입견을 완전히 지웠던 것은 아니었다.

인장이 완전히 사라졌다는 걸 알았을 때도, 안되긴 했지만 내심 잘됐다고 생각했다. 앞으로는 정령을 이용해서 돈벌이를 하지 못할 테니 차라리 잘된 일이라고. 게다가 내 명령에 의한 것이 아닌, 불행한 사고 때문에 자연스럽게 이뤄진 일이지 않은가. 더 이상 죄책감을 가질 필요도 없다 싶으니 오히려 홀가분하기까지 했다. 그 사실을 상기하자 가슴이 말할 수 없이 답답해졌다. 하지만 정작 나를 괴롭혔던 건 그 다음에 이어진 대화 내용이었다.

"근데 왜 그 녀석 혼자서 그렇게 아등바등 약값을 버는 거래요? 다른 가족들은 뭘 하고요?"

누군가 불쑥 내뱉은 질문에 사람들의 시선이 일제히 선장을 향해 쏠렸다. 사실 그 부분은 나 역시 궁금하던 차였다. 아무리 인간보다 나이가 많다고 해도 엔딜은 엘프 일족 사이에선 아직 어린 소년이었다. 아직 채 자라지 않은 체구가 그것을 증명했다.

아이를 최우선으로 보호하는 건 어느 종족이나 마찬가지다. 심지어 엘프 종족은 폐쇄적인 성향이 강해서 다 큰 성인일지라도 함부로 인간 세상에 내보내지 않았다. 하물며 어린아이에 불과한 엔딜이 보호자도 없이 혼자서 돈을 벌러 다닌다는 것은 누가 보기에도 비정상적인 일이었다.

시선이 짙어지자 선장은 곤란한 듯이 얼굴을 긁적였다.

"글쎄. 자세한 사정은 나도 모르겠지만, 듣기로는 엘프 마을에서 살지 않는다더군. 동생이랑 단둘이 나와서 지내고 있다고 하던걸?"

"엥? 부모가 없나요?"

"아니, 그게 그렇지도 않은 모양이야. 언뜻 들어 보니까 부모가 살아 있긴 한 것 같던데, 교류는 하지 않는 것 같더라고."

"뭐야, 가출이라도 한 건가요?"

"아니, 오히려 그 반대. 부모 쪽에서 버린 거지."

"엑?"

"……!"

선장의 은밀한 목소리에 사람들은 모두 숨을 죽였다. 나 역시도 마찬가지였다. 쿠웅, 가슴 안쪽에서 무거운 돌덩이가 크게 흔들렸다. 주위의 놀란 반응에 선장은 그럴 줄 알았다는 듯 쓰게 웃음 지었다.

"의외지? 아마 내 짐작으론 병 때문에 애들을 버린 게 아닐까 싶어. 마을에서 나오게 된 것도 그 병 때문인 것 같았거든."

"맙소사. 그래서 버렸단 말이에요? 세상에 무슨 그런 부모가 다 있대요?"

"그러게 말이야. 엘프 종족은 핏줄에 대한 정이 더 각별하다고 들었는데, 딱히 그렇지만도 않은 모양이야."

"허어, 엔딜이 괜히 삐뚤어진 게 아니었네."

"어떻게 부모가 자식을……."

들었던 내용은 거기까지였다. 그 뒤로 사람들의 험담 소리가 연이어졌지만 더 이상 내 귀엔 아무것도 들리지 않았다. '버려졌다.' 오직 그 사실 하나만이 머릿속을 핑글핑글 맴돌았을 뿐.

'……그렇다고 그런 꿈을 꾸다니. 나란 녀석은 정말이지…….'

자조적인 기분에 저절로 고개가 저어졌다. 몸을 일으키려는데 이상할 정도로 손이 저렸다. 고개를 내리고서야 나는 내가 이불을 잔뜩 움켜쥐고 있다는 것을 깨달았다. 억지로 힘을 풀고 나니 그때부턴 손끝에서부터 가는 떨림이 일었다. 마치 내 몸이 내 것이 아닌 것처럼 제대로 제어할 수가 없었다.

"……그 돈으로 누군가를 구할 수 있어도?"

꺼질 듯 위태롭게 울리던 목소리를 상기하자 숨이 턱 막혔다.

'정말 바보 같아.'

나는 부들부들 떨리는 손을 물끄러미 바라보다 무릎 사이에 얼굴을 파묻었다.

"저런, 악몽을 꾸신 건가요?"

"……!"

그 순간 들려온 목소리에 나는 반사적으로 팔을 휘둘렀다. 기운에 날을 세웠기 때문에 칼을 휘두른 것이나 마찬가지였다. 그러나 상대는 아무렇지 않게 한 발짝 물러나 가볍게 그것을 피했다.

"이야, 생각보다 과격하신 분인데요?"

생글 웃는 목소리가 얼핏 낯익었다. 나는 여전히 경계한 상태에서 상대의 모습을 훑어 내렸다. 머리끝까지 푹 눌러쓴 후드, 망토 사이로 드러난 단련된 장신의 체구. 분명 어디선가 봤던 모습이었다. 의아해하기를 잠시간, 나는 곧 그를 어디서 봤는지 상기했다. 얼마 전 소년에게로 날아간 단검을 가볍게 막아 냈던 남자. 바로 그 사람이었다.

"당신은……."

왜 이 사람이 이곳에 있는 거지? 혹시 선실을 잘못 찾아들어오기라도 한 건가? 의문을 표하기도 전에 남자가 머리에 눌러쓴 후드를 걷어 냈다. 그러자 등진 달빛을 타고 그의 모습이 천천히 드러나기 시작했다. 주위를 가득 채운 어둠보다 더 짙은 흑발, 그리고 흐트러진 머리칼 사이에서 습하게 빛나는 적동색 눈동자가 보였다. 그것이 의미하는 바를 깨닫자 머릿속이 차갑게 식었다.

"마족……."

"하하, 맞추셨습니다. 역시 한눈에 알아보시네요. 하긴, 흑발에 적안은 마족의 가장 두드러진 특징이니까요. 그래도 제 눈동자 색은 조금 탁한 편이라 헷갈려 하시는 분들이 많은데, 정령왕이라서 그런지 눈썰미가 좋으시군요."

"……."

내가 정령왕인 것도 알고 있다. 그저 우연히 접근한 게 아니란 소리였다. 나는 본능적으로 옆 침대에 있는 이사나와 카이테인부터 살폈다. 다행히 두 사람은 아무것도 모른 채 곤히 잠들어 있었다.

내가 경계하는 기색을 뻔히 읽었을 텐데도 눈앞의 마족은 태연한 모습이었다. 그는 지나치게 친근한 어조로 푸념을 늘어놓았다.

"말이 나와서 말인데, 모든 마족이 흑발에 적안인 건 너무 심하지 않습니까? 정말 개성이 없다니까요. 근데 사실 이게 첨부터 이랬던 게 아니에요. 마족들이 쏘다니면서 사고를 치니까 신들이 이저 빌어먹을 놈들을 피할 방법이라도 만들어 내라고 마신을 찾아가 징징 거렸거든요. 그래서 할 수 없이 알아보기라도 편하라고 색을 전부 통일시켜 버린 거죠. 그 전엔 마족들도 다양한 머리 색과 눈동자 색을 지니고 있었답니다. 하지만 지금은 모두 이렇게 개성 없는 꼴이 됐으니 참 애석한 일이죠. 그렇게 생각하지 않으십니까?"

"……그런 건 됐고, 당신 누구예요? 왜 이곳에 있죠?"

"흐음, 궁금해하실 줄 알았는데. 이 이야기엔 별로 관심이 없으신 모양이네요."

……너 같으면 이 상황에서 그런 걸 궁금해하게 생겼냐?

나는 황당함을 감추지 않고 마족을 바라보았다. 생긴 건 멀끔한데 왠지 특이한 사고를 지닌 사람 같았다. 굳은 시선을 보냈지만 눈이 마주친 마족은 오히려 해맑게 웃었다.

"전 루카르엠이라고 합니다."

"루카……르엠?"

"그냥 루카라고 부르셔도 됩니다. 마계에선 미흡하나마 공작의 직함을 달고 있긴 합니다만, 이건 별로 중요한 건 아니니 신경 안

쓰셔도 되고요."

"……별로 안 중요한 게 아닌 것 같은데요?"

얼마 전에 찾아왔던 마족 데르온도 공작이었다. 그때 들은 이
야기에 의하면 분명 공작은 마계에서 4명밖에 없는, 매우 높은 존
재만 갖는 지위였다. 게다가 내 정체를 알면서도 단신으로 찾아
올 정도면 실력에 상당히 자신이 있다는 소리다. 어쩌면 그들 중
에서 가장 강한 존재일지도 몰랐다. 누가 속을 줄 알고? 나는 눈
에 힘을 주고 루카르엠을 노려보았다. 그러자 그가 황급히 두 손
을 저었다.

"아뇨, 정말 신경 안 쓰셔도 됩니다. 사실 직함만 공작이지 실
제 하는 일은 정원사에 더 가깝거든요."

"하?"

"정말입니다. 마계에 오시면 이 말이 사실이라는 걸 바로 아실
수 있을 텐데 말이죠. 이곳에선 증명할 방법이 없으니 아쉽네요.
언제 한번 기회가 된다면 마계로 모시고 싶군요. 혹시 마화라든
가 마목들에 관심 없으십니까?"

"마화? 마목?"

"이런, 모르셨군요. 그건 마계에서 자라는 식물들을 지칭하
는 말입니다. 중간계에서 자라는 식물보다 훨씬 아름답고 화려하
며, 무엇보다 아주 강하죠. 다만 키우는 방식이 좀 까다롭긴 한
데…… 제가 그걸 참 기가 막히게 잘하거든요. 제 정원에 있는 마
목들만 해도 수천 그루가 넘습니다. 이름도 전부 지어줬어요. 레

베카랑 사라랑 프릴, 등등. 예전에는 레베카가 제 정원에서 제일 잘나가는 녀석이었죠. 근데 요즘 대세는 마릴다라고…….”

“저기요…….”

주절주절 이어지는 설명을 도무지 따라갈 수가 없어서 나는 조심스럽게 그를 불렀다. 그러자 꿈꾸듯이 멍한 표정을 짓고 있던 루카르엠이 퍼뜩 정신을 차렸다.

“아차, 실례. 제가 정원 얘기만 나오면 좀 이럽니다. 어디 보자, 제가 어디까지 얘기를 했죠? 일단 자기소개는 대충 끝낸 것 같고. 아, 그러고 보니 제가 이곳에 온 이유를 물으셨던가요? 그건 마왕님의 명령을 받았기 때문입니다.”

“명령?”

이제야 좀 정상적인 대화가 이어지는 것 같아서 나는 내심 안도하는 한편으로 얼굴을 찌푸렸다. 마왕의 명령을 받아서 왔다면 절대 좋은 의도일 리가 없을 테니까. 하지만 루카르엠은 바로 대답하지 않고 얼굴을 조금 찌푸렸다.

“흠, 뭐라고 말씀을 드려야 할지. 실은 제가 건망증이 좀 심해서요. 얼마 전의 일인데도 벌써 내용이 가물가물하네요.”

“…….”

“아니, 하지만 걱정 마십시오. 지금 막 떠오른 것 같으니까 말입니다. 그러니까 뭐랬더라. 제 기억에 의하면, 물의 왕이 보호하고 있는 소년을 죽이라고 하셨던 것 같네요.”

“아, 그렇……네?”

너무 태평한 어조의 말이라 나는 잠시 의미를 제대로 파악하지 못하고 멍해졌다. 아니, 잠깐만 기다려. 그러니까 물의 왕은 나고, 내가 보호하는 사람이라면…… 이사나잖아!

루카르엠은 스스로 내뱉은 말에 깨달음을 얻은 사람처럼 천진하게 웃었다.

"아, 맞아요. 그런 명령이었어요. 그래서 말인데, 실례 좀 해도 되겠습니까?"

그걸 지금 말이라고!

나는 반사적으로 공격할 준비를 했다. 설마 지금까지 저 기나긴 헛소리들이 나를 방심하게 만들기 위한 작전이었던 건 아니겠지? 어처구니가 없다는 걸 아는데, 하도 납득이 되지 않는 상황이다 보니 그런 생각까지 들었다. 그러자 루카르엠이 난처하다는 듯이 볼을 긁었다.

"흐음, 역시 안 되나요?"

"지금 당장 사라지지 않으면……."

"아! 너무 그렇게 무서운 표정 짓지 마세요. 물의 왕께서 거부하신다면 하지 않을 테니까요. 누구도 손끝 하나 건드리지 않겠다고 맹세하죠."

"그게 무슨……."

"정말입니다. 사실 어쩔 수 없이 오긴 했지만, 전 마왕 전하의 명에 따를 생각이 별로 없거든요."

"그 말을 믿으라고요?"

어이가 없어서 대꾸하자 그는 '진짠데…….'라고 중얼거리며 안타까운 표정을 지었다. 그러더니 돌연 내 양 어깨를 붙잡고는 코앞으로 불쑥 얼굴을 들이미는 게 아닌가!

"뭐, 뭐하는 거예요?"

"이야, 가까이서 보니까 더 아름답게 생기셨네요. 평소에 미인이라는 소리 많이 들어 보셨겠어요. 이거 사실 대단한 겁니다. 제가 이래 봬도 안목이 굉장히 높거든요. 웬만하면 미인이라는 얘기 잘 안 해요. 지금까지 제가 인정한 미인이 딱 두 명 있는데, 당신이 바로 그 두 번쨉니다. 굉장하죠?"

"무슨 헛소리를……."

"자자, 그러지 마시고 물의 왕께서도 한번 잘 생각해 보세요. 솔직히 일개 마족 주제에 정령왕에게 맞서는 게 말이 됩니까? 안 되죠? 완전 가소롭죠? 웬 날파리가 알아서 죽을 자리를 찾아들어왔나 싶지 않나요? 제 말이 바로 그거거든요. 그런데 그 당연한 사실을 설마 마왕 전하가 모르실까요? 물론 그럴 리가 없죠. 그런데도 이런 명령을 내렸다? 그게 무슨 뜻일까요? 한마디로 그냥 저더러 나가 죽으라는 소리를 아주 길게 돌려 말하신 거죠."

"주, 죽으라고?"

"네, 그런 겁니다. 실은 제가 그분께 좀 미운털이 박혀 있긴 하거든요. 뭐, 다른 마족들이야 그런 명령을 받아도 넵 하고 순순히 죽어 줄지 모르겠지만, 전 이래 봬도 제 목숨이 더 중해서요. 살아남는 쪽을 택할 생각입니다."

"······그래서 명령을 따르지 않겠다?"

"그렇습니다. 이제야 좀 말이 통하시네요."

처음부터 알아듣지 못하게 설명한 건 그쪽이잖아! 나는 그렇게 소리치고 싶은 것을 참으며 차분히 숨을 골랐다. 눈앞에서 얄밉게 웃고 있는 얼굴을 보니 배를 걷어차 주고 싶은 심정이었다.

"따를 생각이 없다면서 여긴 왜 찾아왔는데요?"

"그거야 일단은 시늉은 해야 하니까요."

"시늉?"

내 반문에 그는 느긋하게 웃으며 고개를 끄덕였다.

"아까 살아남는 쪽을 택했다고 말씀드렸잖습니까? 하지만 마왕의 명령에 대놓고 불복하는 것도 죽는 건 마찬가지라서 말입니다. 그래서 일단 일을 벌이고 실패한 것처럼 꾸며 보려는 거지요. 그거라면 전하도 뭐라 하시진 못할 테니까요. 이해되셨습니까?"

"그야······."

"역시 알아주실 줄 알았습니다. 그래서 말인데, 절 일행으로 받아주시면 안 되겠습니까?"

"네?"

왜 갑자기 이런 결론으로 이어지는 거지? 전혀 생각지도 못했던 부탁이라 나는 황망히 두 눈만 깜빡거렸다. 아까 전에도 느꼈던 거지만 도무지 대화의 흐름을 따라갈 수가 없었다. 내 표정에서 혼란을 느낀 듯 루카르엠은 어색하게 웃으며 말했다.

"죄송합니다. 너무 갑작스러운 부탁이었나요? 하지만 이것도 제가 생각한 계획의 일환입니다. 정공법으로 공격해서 실패했다고 하면 마왕 전하가 제 말을 믿으실 리가 없거든요. 질 걸 뻔히 알면서 뛰어든 셈인데, 누가 봐도 일부러 실책을 범했다는 걸 눈치채지 않겠습니까? 하지만 일행으로 섞여 들어가서 지내다 방심한 틈에 공격했다! 그랬는데도 처참히 실패했다! 이렇게 말하면 사정이 다르죠."

"그럼 그냥 돌아가서 그렇게 말하면 되잖아요."

내 말에 그는 웃는 얼굴 그대로 잠시 입을 다물었다. 무언가 묘하게 허를 찔린 표정이었다. 나는 그 표정을 놓치지 않고 눈을 가늘게 떴다.

"당신……."

"아, 아니. 의외로 예리한 면이 있으셔서 좀 놀랐을 뿐입니다. 물론 그렇게 말해도 되긴 하죠. 하지만 마왕 전하는 곳곳에 숨겨둔 눈을 많이 갖고 있습니다. 그런 거짓말은 진위를 금방 파악하실 겁니다."

"어차피 거짓말하는 건 똑같지 않나요?"

"전혀 다르죠. 물의 왕께서 절 일행으로 받아들였다가 쫓아내신다면 적어도 그 자체는 진실이 될 테니까요."

"즉, 나더러 연극을 해 달라는 말이네요?"

"정답."

그렇게 말하며 싱글싱글 웃는 얼굴에선 그 어떤 의도도 읽을 수 없었다. 너무 바보같이 해맑은 얼굴이라 나도 모르게 그대로 수긍할 뻔했을 정도였다.

　한눈에 보기에도 멍청해 보이는 녀석이 다가오면 무조건
경계해라.

이 순간 왜 갑자기 예전에 엘뤼엔이 했던 말이 떠오르는지는
알 수 없는 일이다. 그래도 덕분에 나는 다시 정신을 바로잡았다.
순진한 얼굴에 넘어가지 마, 엘. 저 녀석은 마족이야. 전 차원
에서 제일 사악하기로 유명한 종족이라고. 오죽하면 엘뤼엔이 눈
코 뜰 새 없이 바쁜 게 모두 그들 종족 때문이라는 말이 다 있겠
어?
심지어 눈앞의 마족은 그런 존재들 중에서도 4명밖에 없다는
공작이다. 그런 존재가 순진하다는 건 전제 자체가 불가능한 일
이었다. 거기까지 생각하고 나자 흔들렸던 마음이 다시 굳어졌
다.
루카르엠 역시 이런 내 생각을 읽은 것 같았다. 그는 난감하다
는 듯이 고개를 흔들었다.
"흐음, 역시 아직은 너무 갑작스러운 이야기였던 것 같네요. 결
국 시간이 해결하길 기다리는 수밖에 없다는 걸까요? 좋습니다,
엘퀴네스 님. 오늘은 여기까지만 하겠습니다. 나중에 기회를 봐서
다시 찾아뵙도록 하죠."
"……그건 우리를 쫓아다니겠다는 말인가요?"

"물론입니다. 말씀드렸다시피 제가 완벽하게 마왕 전하를 속이려면 엘퀴네스 님의 협조가 필요하거든요. 민폐란 건 알지만 저도 목숨이 걸려 있다 보니 이 부분만큼은 양보해드리기가 어렵네요. 하지만 당장 결정을 내리기엔 부담스러우실 테니 생각할 시간을 드리려는 겁니다."

생각할 시간? 그냥 일방적인 통보가 아니고? 내가 얼굴을 찌푸리자 그는 씩 웃으며 뒷말을 덧붙였다.

"물론 제가 당신의 적이 아니라는 의미에서 기척을 숨기고 다니진 않겠습니다. 당신의 허락 없이는 일행분들에게 필요 이상 접근하지도 않을 겁니다. 그렇게 하면 안심이 되시겠습니까?"

"으음, 그거라면……."

아차, 무심코 고개를 끄덕인 즉시 나는 바로 낭패감을 느꼈다. 여기서 응수한다는 건 결국 따라다니는 걸 허락한다는 뜻이었으니까. 나는 바로 정정하려 했지만 루카르엠의 말이 이어지는 게 더 빨랐다.

"아니, 난……."

"정말이죠? 그럼 허락하신 거죠? 감사합니다, 엘퀴네스 님! 이야, 얼굴만큼이나 마음씨도 고우신 분이네요. 사실 저 같은 녀석은 무슨 말을 하든 수상하니까 얼씬도 하지 말라고 쫓아내실 거라 생각했는데 말이죠. 역시 정령왕! 배포가 남다르시군요!"

"으음, 그게 아니라……."

"염려하지 마십시오. 제게 보여 주신 신뢰는 결코 배신하지 않을 테니까요. 저 이래 봬도 할 줄 아는 것도 진짜 많거든요. 아마 시간이 지나면 제가 상당히 쓸 만한 녀석이라는 걸 알게 되실 겁니다."

"……하아, 네에…… 부디 그러길 바랄게요."

결국 나는 체념하며 대답했다. 어차피 이왕 뱉어 버린 말, 다시 주워 담을 수도 없으니 그냥 받아들이는 편이 마음이 더 편할 것 같았다. 물론 이 시간 이후부터는 주변 방비에 철저히 신경 써야 겠지만.

차라리 통보라도 해 주니 다행인 걸까. 앞으로 그의 존재를 염두에 둘 걸 생각하니 벌써부터 머리가 지끈거리는 것 같았다.

"다행히 이제 기분은 좀 나아지신 것 같군요."

"……!"

그 순간 들려온 말에 나는 잠시 모든 생각을 멈췄다. 멍하니 고개를 들자 묘하게 웃고 있는 루카르엠의 얼굴이 보였다.

"정령왕이 악몽을 꾸는 일은 흔하지 않죠. 주신의 축복으로 빚어진 아름다운 외모와 권위, 그리고 충만한 능력. 무엇 하나 부족한 것이 없이 태어난 분께서 대체 무슨 고민이 있으신 걸까요?"

"……."

"혹시 푸념할 곳이 필요하다면 언제든 절 찾아주십시오. 뭔가 도움이 될지도 모르잖습니까?"

"쓸데없는 참견……!"

왠지 울컥하는 기분에 쏘아붙이려던 나는 이내 입을 다물었다.

루카르엠의 모습이 어느새 홀연히 사라져 있었기 때문이다. 완전히 떠나지 않았단 걸 알 수 있던 것은 근처에서 그의 기운이 느껴졌기 때문이다. 기척을 숨기지 않겠다는 약속을 정말 지킬 생각인 듯했다.

"으으~ 대체 뭐야, 저 사람……."

나는 한숨을 내쉬며 두 팔로 머리를 마구 헝클어트렸다. 처음부터 끝까지 일방적으로 그 마족에게 휘둘린 기분이었다.

알 수 없는 적과의 동행은 그렇게 시작되었다.

2.

이튿날은 아침 일찍부터 바깥이 온통 소란스러웠다. 누군가 싸우기라도 하는 건지 고성과 둔탁한 소리가 연달아 울리고 있었다.

항해가 길어지면 갑갑함 때문에 예민해지는 사람들이 나오기 마련이고, 그만큼 사소한 다툼도 늘었다. 특히 거친 뱃사람의 성향상, 선원들 사이에선 주먹다짐이 오갈 정도로 큰 싸움이 일어나는 경우가 흔한 편이었다. 그래서 처음에 소음을 느꼈을 땐 이번에도 으레 그런 것이려니 했다. 그런데 생각보다 규모가 큰 건지 시간이 지나도 진정될 기색이 보이지 않았다. 아니, 오히려 소란이 점점 더 커지는 것 같았다. 급기야 쿵쿵 진동까지 울리기 시작하자 무슨 일인지 알아보겠다며 카이테인이 직접 선실 문을 열고 나섰다. 잠시 후 돌아온 그는 매우 심각한 표정을 짓고 있었다.

"왜 그래요, 카이 씨?"

"흠, 아무래도 복잡한 일이 생긴 것 같습니다."

"대체 무슨 일이기에……."

"그 엘프 말입니다."

엘프? 엔딜을 말하는 건가? 생각지 못한 존재의 언급에 나는 살짝 당황했다. 이 배 안에서 '엘프'라는 단어로 지칭할 만한 존재가 달리 그 녀석 외에 있을 리가 없었다. 설마 정령을 잃은 충격으로 실성한 녀석이 마구잡이로 사람들 사이에서 행패를 부리고 있는 건 아니겠지? 워낙 성정이 거친 녀석이다 보니 충분히 가능할 법한 일이었다.

"엘프라면 이번에 사고가 났던 정령사 소년 말이죠? 그 소년이 왜요?"

굳어 있는 내 옆에서 이사나가 의아해하며 물었다. 아직 두 사람은 엔딜에 관해선 일반적인 소문만 접했을 뿐, 자세한 정황까진 알지 못했다. 이번 사고에 대해서도 누군가 그를 이용해 살해를 기도했고, 그 소동이 벌어진 과정에서 운 나쁘게 정령 계약이 해지됐다는 정도로만 간략하게 이해하고 있는 상태였다. 바로 그때 가까이에서 비명 같은 외침이 들렸다.

"내가 아냐! 난 아니란 말이야!"

"······!"

바닥을 긁듯이 거칠게 울리는 음성. 틀림없는 엔딜의 것이었다.

나는 황급히 문을 열고 밖으로 나갔다. 복도엔 수많은 사람들이 몰려나와 있었다. 아마 선실에 있던 사람들이 전부 나와 있는 듯했다. 빈틈없이 빼곡히 들어찬 무리 사이에서 나는 잔뜩 몸을 웅크리고 있는 작은 소년을 발견했다. 엔딜이었다.

그를 둘러싼 사람들은 모두 인상을 험악하게 굳히고 있었다. 그중 선원으로 보이는 몇 사람이 저항하는 엔딜을 거칠게 붙잡아 바닥에 강제로 눌렀다. 이미 몇 차례 폭력까지 행사했는지 작은 몸이 온통 멍투성이였다.

"이봐, 너무 심하게 대하진 마. 아직 죄가 확실히 밝혀진 것도 아니잖아."

"그치만 이 녀석이 너무 심하게 저항을 하잖아요."

"맞아요. 조그만 게 힘이 얼마나 센지. 이렇게라도 해야 얌전해진다구요."

선장의 말에 결박하고 있던 선원들이 투덜거리며 변명했다. 어젯밤 엔딜을 두둔해 주고 있었던 선장의 푸근하던 얼굴이 오늘은 창백하게 질려 있었다. 그는 연신 안타까운 시선으로 엔딜을 바라보았지만, 사람들이 하는 일을 만류하지도 못했다.

"저기요, 이게 대체 무슨 일이에요?"

한눈에도 심상치 않은 분위기라 나는 근처에 있던 사람들에게 조심스럽게 물었다. 그러자 쯧쯧 혀를 차며 구경하고 있던 한 남자가 심드렁하게 대꾸했다.

"이번에 귀족 도련님 하나가 죽을 뻔한 사고 있잖아. 알고 보니 저 이종족 녀석이 그 일에 가담했다는군."

"네? 그게 무슨 소리예요?"

"범인 녀석이 조금 전에 다 불었다는 모양이야. 저 녀석도 공범이라고 말이지. 새벽에 만나서 돈을 주고 청탁했다고 하던데?"

"……!"

이제야 어떻게 된 일인지 알 것 같았다. 무스, 그 작자가 작전 실패에 앙심을 품고 엔딜을 모함한 것이다.

"난 아니라고! 난 오히려 그 꼬마를 구하려고 했단 말이야! 씨발! 몇 번을 말해! 그 꼬마한테 물어봐! 그럼 전부 알 것 아냐!"

정황을 파악하기 무섭게 엔딜의 외침이 이어졌다. 그러자 붙잡고 있던 선원 중 하나가 혀를 차며 대꾸했다.

"이미 물어봤어. 근데 미안하지만 잘 모르겠다고 하더군."

"뭐, 뭐야?"

"그 도련님은 목걸이에 홀린 것밖에 기억이 나지 않으신단다. 그 이후에 네가 뭘 하려고 했는지는 아무도 모르는 일이지."

"씨발! 난 구하려고 했다니까?"

"흥, 사람을 구하려고 했는데 왜 정령을 잃어? 시큐엘이 떠났다는 건 다 그럴 만한 이유가 있단 거겠지."

"말은 똑바로 해! 시큐엘은 일부러 떠난 게 아냐! 역소환된 거란 말야! 그런데 내 몸이 충격을 버티질 못해서 계약이 깨진 거라고! 그 꼬마를 구하느라 마나를 너무 많이 써서! 잘 알지도 못하면서 뭐라고 지껄이는 거야!"

고래고래 외치는 소리엔 그가 느끼고 있는 혼란과 슬픔이 고스란히 담겨 있었다. 소음에 귀를 틀어막은 사람들은 서로를 바라보며 어깨를 으쓱했다. 그들로서도 정확한 판단을 내리지 못해 난감해하는 것 같았다. 그러자 선장이 조금 밝아진 안색으로 모두를 달래며 말했다.

"자자, 다들 이제 그만들 해. 엔딜이 아니라고 하잖아. 이렇게까지 말하는데 사실이지 않겠나?"

"하지만 선장님."

"엔딜이 조금 말투가 거칠어서 그렇지, 사람을 해치는 녀석은 아니야. 그건 내가 보증하지."

선장이 그렇게까지 말하자 사람들의 분위기도 다소 변했다. 방금 전까지는 엔딜을 범인으로 확정 짓고 있었다면, 지금은 조금이나마 재고를 하려는 모습이었다.

"하기야 아무리 엔딜이라고 해도 설마하니 그런 짓을……."

"괜히 엉뚱한 녀석 잡는 거 아냐?"

"좀 더 제대로 알아봐야……."

지켜보던 사람들 사이에서 호의적인 기류가 형성되자 선원들역시 모질게 대하지 못하고 엔딜의 결박을 느슨하게 풀었다. 물론 분위기에 따라 맞춘 행동일 뿐 의심의 눈길까지 푼 것은 아니었다. 그들 중 한 사람이 몸을 굽히고 앉아 엔딜과 눈을 맞췄다.

"좋아, 엔딜. 넌 정말 아니라는 거지?"

"그렇다니까!"

"그럼 죄인이 한 증언은 뭐야? 그 사람이 널 공범으로 지목했다고. 그건 왜 그런 거냐?"

"그 미친 새끼가 무슨 생각인지 내가 알 게 뭐야! 난 진짜 결백하단 말이야!"

"그럼 그자한테 돈을 받은 것도 사실이 아니란 말이지?"

"……그건!"

그 순간 한 번도 쉴 틈 없이 주장하던 목소리가 처음으로 멈췄다. 돈을 받은 것만은 사실이었으니까. 집요하게 엔딜을 주시하고 있던 선원들은 그 빈틈을 놓치지 않았다. 긴가민가한 표정을 짓고 있던 구경꾼들도 다시 얼굴을 굳히고 엔딜을 노려봤다. 바로 그때였다.

"찾았다!"

한 선원이 복도 끝에 있던 선실 안에서 뛰어나오며 소리쳤다. 그의 손에는 묵직해 보이는 가죽 주머니가 들려 있었다. 나는 단번에 그것의 정체를 알아봤다. 새벽녘, 무스가 엔딜의 품에 강제로 안겼던 돈주머니였다. 돌려줄 타이밍을 잡지 못해 그냥 지니고만 있었던 것을 방을 뒤지다 찾아낸 듯했다. 아마 무스가 노린 것도 바로 이런 상황이었을 것이다. 아니나 다를까. 선원이 내가 예상한 그대로 소리쳤다.

"엔딜의 선실에서 찾았어! 그자가 말한 대로야! 독수리 인장이 찍힌 돈주머니야!"

"……!"

이제 분위기는 걷잡을 수 없을 만큼 싸늘해져 있었다. 그럼 그렇지. 모두의 표정이 똑같은 말을 하고 있었다. 사람들을 만류하던 선장도 참담한 표정으로 엔딜을 바라봤다. 그 시선엔 무너진 신뢰에 대한 배신감이 담겨 있었다.

"엔딜, 설마 어떻게 그런 짓까지……."

"아, 아냐. 내가 전부 설명할게! 그게 어떻게 된 거냐면……."

굳어 있던 엔딜은 필사적으로 고개를 가로저었다. 하지만 이미 날이 선 사람들은 그의 말을 전혀 들으려 하지 않았다. 그들은 무자비하게 엔딜을 끌고 가기 시작했다.

"더 들을 것도 없어, 이 사기꾼 자식! 감히 우리를 속이려고 해?"

"이 녀석을 당장 창고로 끌고 가! 정착지에 닿는 대로 그 죄인과 함께 치안대에 넘기자고!"

사람들이 본격적으로 행동하기 시작하자 엔딜 역시 마음이 급해진 듯했다. 그는 잡아당기는 손길에 저항하며 고개를 마구 흔들었다.

"기다려! 난 진짜 아니야! 그건 그냥 그 새끼가 강제로 준 거야! 난 받을 생각 없었어! 다시 돌려주려고 했다고!"

"이제 와서 그런 말을 누가 믿을까 봐? 돌려주려면 진작 돌려

줬어야지. 그걸 계속 지니고 있는 시점에서 넌 이미 끝난 거야, 이 멍청한 녀석아!"

"강제로 준 거라니까? 돌려줄 타이밍이 없어서 가지고 있었을 뿐이야! 그 새끼가 날 모함하려고 함정을 판 거란 말이야!"

"흥, 결백은 재판소에나 가서 실컷 주장해. 네 말이 사실이라면 무죄로 풀려나겠지. 그럼 믿어 주마."

"재판소? 지금 날 재판소로 보내겠다고?"

누군가의 말에 엔딜이 혼이 나간 사람처럼 중얼거렸다. 그것을 겁먹어서 그런 거라 여겼는지 선원들의 얼굴에 비웃음이 서렸다.

"왜, 재판을 받는다고 하니까 겁나냐? 우리가 보내는 게 아니라 치안대가 보낼 거다. 네가 이렇게 완강히 혐의를 부인하니 재판을 여는 수밖에 없지 않겠어? 야만적인 이종족들이야 죄를 지으면 즉결 처벌 할지 몰라도, 법규 아래 살아가는 우리 인간들에겐 절차라는 게 있거든. 너처럼 결백을 주장하는 놈들을 위해 공판이라는 형식을 거치지. 높으신 분들이 정황을 듣고 잘잘못을 가려 준단 말이야."

"공판……."

"그래, 그러니 괜히 여기서 힘 빼지 말고 하고 싶은 말이 있으면 전부 거기 가서 해. 네가 정말 무죄라면 어차피 풀려날 텐데 뭐가 걱정이야? 대신 유죄인 게 증명되면 지하 감옥에 갇혀 평생을 썩게 될 거다, 이 비열한 녀석아."

"그럴 일은 절대 없어. 그런데 그게 얼마나 걸리는데?"

"뭐가?"

"재판 말이야. 판결까지 얼마나 걸리냐고."

"글쎄? 재판소는 큰 도시에나 가야 있으니까, 못해도 두세 달은 걸리겠지."

"그건 안 돼!"

그 순간 차분하게 듣고 있던 엔딜의 입에서 돌연 고성이 터졌다. 갑자기 일어난 소음에 깜짝 놀란 사람들이 얼굴을 찌푸리고 그를 노려봤다. 하지만 이번에는 그 역시 지지 않고 눈을 크게 치켜떴다.

"두세 달이라니! 그렇게 오래 기다릴 시간은 없어! 항구에 도착하자마자 약초를 사서 다시 집으로 돌아가야 한다고!"

"그건 네 사정이지. 그러게 누가 그런 추악한 짓을 하래? 아무리 돈에 눈이 멀어도 그렇지. 어떻게 사람을 죽일 생각을……."

"아니라고 했잖아! 난 아니라고!"

엔딜은 울 것 같은 얼굴로 도리질 쳤다. 끊임없이 반복되는 공방에 지친 듯 신물이 난 표정이었다. 하지만 사람들은 아랑곳하지 않고 다시 그를 잡아끌었다.

"자, 반항하지 말고 얌전히 따라와. 계속 저항했다간 더 심하게 얻어맞을 줄 알아."

"제발 믿어 줘! 난 바로 돌아가야 해! 나한텐 아픈 동생이 있어!"

"헛소리!"

"진짜야! 걘 하루라도 약을 먹지 않으면 위험해! 집에 남은 약초가 얼마 없어! 내가 약을 사서 바로 돌아가지 않으면 진짜 큰일 난단 말이야!"

엔딜은 질질 끌려가며 애원하기 시작했다. 잔뜩 얻어맞아 피멍이 든 얼굴에서 눈물이 줄줄 흘러내렸다. 그 애처로운 모습에 사람들 중 몇몇이 괴로운 얼굴로 고개를 돌렸다. 그중엔 선장의 모습도 있었다.

"제발! 세실! 난 아니야! 허엉, 왜 아무도 안 믿는 거야! 신님! 듣고 계세요? 제발 누군가 날 좀 도와줘! 시큐엘! 물의 왕 엘퀴네스 님! 난 아니란 말예요! 믿어 줘! 난 아니란 말이야!"

아아.

처절한 절규를 더 이상 듣고만 있을 수 없었다. 정신을 차렸을 때 난 어느새 사람들을 헤치고 앞으로 나가 있었다. 통로를 가로막고 서자 한창 엔딜을 끌고 가던 선원이 불만스럽게 날 응시했다.

"뭐야, 넌?"

울고 있던 엔딜도 멍하니 고개를 들었다. 시선이 마주쳤다 느꼈을 때 그의 눈이 화등잔처럼 크게 떠졌다. 그 와중에도 나를 알아볼 기력은 남아 있었던 모양이다.

"너……!"

그 순간 어디서 그런 힘이 났는지 엔딜이 결박을 뿌리치고 내게 달려들었다. 삽시간에 벌어진 일에 놀란 선원들은 모두 '어어' 하고 허둥거리기만 할 뿐 튕겨 나가는 그를 붙잡지 못했다. 엔딜은 거의 매달리다시피 내게 달라붙었다. 마치 정신이 나간 사람 같았다.

"너 그때 그 녀석 맞지? 새벽에 만났던 개지? 넌 다 알지? 그 새끼가 그 돈주머니 나한테 강제로 준 거 봤잖아! 그치? 제발 이 사람들한테 얘기 좀 해 줘! 응? 너도 알잖아. 내가 원해서 받은 거 아니야. 나 그때 그 새끼 제안 거절했단 말야. 나 좀 믿어 줘, 제발……."

가까이서 보니 몰골이 더 말이 아니었다. 며칠간 잠도 제대로 자지 못한 건지 눈 밑이 온통 까맸고, 바짝 마른 두 뺨은 광대뼈가 툭 불거져 있었다. 장담하건대 아직 역소환 때 입은 내상을 다 회복하지도 못했을 것이다. 그렇지 않아도 약해질 대로 약해진 몸에 신체적인 폭력까지 당했으니 제정신을 유지할 수 있을 리가 없었다. 나는 가볍게 한숨을 삼킨 후 흐느끼는 그의 어깨를 두드렸다.

"알았어. 알았으니까 일단 진정해. 너 지금 지나치게 흥분했어."

"나, 나, 진짜 안 했어! 정말이야! 정말 난 그 애 구해 주려고 했어! 진짜야!"

"알아."

"저, 정말? 넌 날 믿어 주는 거야?"

"그래."

난 전부 다 봤으니까. 덧붙이고 싶은 진실은 그냥 입안으로만 삼켰다.

엔딜은 믿을 수 없다는 듯이 두 눈을 크게 떴다. 물어보면서도 설마하니 내가 정말로 긍정할 거라곤 생각하지 않았던 모양이다. 멍하니 흔들리던 눈동자가 반가운 기색을 띄더니 이내 괴로운 듯 다시 크게 일그러졌다. 양옆으로 줄줄 흐르는 눈물을 닦을 생각도 하지 않는 걸 보면, 자신이 울고 있다는 사실조차 자각하지 못하는 것 같았다.

"고, 고마워, 고마워! 진짜 고마워! 나, 나는……나는……."

나는 다시 흐느끼는 그를 가만히 토닥였다. 주위는 온통 수군거리는 소리로 가득했다. 어찌 됐든 엔딜의 결백을 증명해 줄 증인이 나온 상황이다. 선원들은 갑자기 튀어나온 나를 못마땅하게 보면서도 더 이상 강경하게 대하지는 못했다. 그때 그들을 대표해서 선장이 난처한 얼굴로 나섰다.

"새벽의 일을 봤다고?"

"네."

"자세히 이야기해 줄 수 있겠니?"

어차피 그럴 작정으로 나섰기 때문에 나는 바로 설명을 시작했다. 새벽에 우연히 두 사람이 만나는 장면을 보았고, 그가 돈주머니를 강제로 떠넘기고 사라졌다는, 내가 목격한 그대로의 이야기였다. 처음 제안을 받았을 때 엔딜이 단칼에 거절했다는 말도 잊지 않고 강조했다.

"거래 내용에 대한 것도 알았니?"

"대강은……."

"흠, 왜 그런 일을 바로 고발하지 않았지?"

"엔딜이 거절했으니까요. 게다가 확실한 증거도 없이 섣불리 움직일 순 없잖아요. 그 남자가 그 자리에선 청부 대상이 누군지도 가르쳐 주지 않았거든요. 그래서 따로 알아보고 나중에 당사자에게 언질을 주거나 경비대에 신고할 생각이었어요."

사실은 귀찮아서 그랬던 거지만, 무스를 막으려고 했던 건 사실이니 완전한 거짓말은 아니다. 선장은 내 말에 어느 정도 수긍한 눈치였다. 그런데 그때 선원들 사이에서 누군가 한 명이 뭔가 생각났다는 얼굴로 소리쳤다.

"어? 잠깐, 너 그때 목걸이 가지고 있던 녀석 아냐?"

"네?"

"맞네! 칙칙하게 눌러쓴 후드하며, 옷차림도 전부 똑같아. 이번에 귀족 도련님을 죽일 뻔했다는 목걸이! 그거 네가 갖고 있다가 증거품으로 제출했잖아. 내 말 맞지? 그건 어디서 났던 거야?"

"아, 그건……."

이런, 설마 그걸 기억하는 사람이 있을 줄은 몰랐다. 나 말고도 후드를 쓰고 다니는 사람이 많은 편이라 딱히 누군가의 눈에 띨 거라고는 생각하지 못한 게 실책이었다. 차마 직접 바닷속에 들어가 가져왔다는 말은 할 수 없었기 때문에 나는 잠시 대답을 머뭇거렸다. 그러자 무슨 생각을 한 건지 돌연 선원의 눈길이 싸늘해졌다. 직후 이어지는 말에 나는 진심으로 황당함을 느껴야 했다.

"너 혹시 그 녀석이랑 한패 아니냐?"

"⋯⋯네?"

"증거품을 가지고 있던 사람이 살인 계획을 사전에 알고 있었다? 좀 이상하잖아. 사실은 다 같은 편이었는데 계획이 실패해서 걸릴 것 같으니까 모른 척 발을 뺀 거지. 한 놈에게 전부 덤터기 씌울 작정으로 말이야. 내 말이 틀려?"

"지금 무슨 소리를 하시는 거예요?"

"뭐야, 찔려서 그래?"

"뭐, 뭐라고요?"

"생각해 보니 진짜 수상하네. 애초에 살인 청부하는 현장을 목격했는데 나중에 신고하려고 했다는 게 말이 돼? 보통은 일이 터지기 전에 신고하려는 게 정상이잖아."

그거야 사람마다 전부 다른 거지. 모두 다 똑같은 사고방식을 갖고 있는 건 아니거든?

하지만 그의 일방적인 주장은 순식간에 다른 사람들에게도 영향을 미쳤다. 사방에서 쏟아지는 의심의 눈길에 나는 얼굴을 찌푸렸다. 이 일에 뛰어들 때부터 이미 각오는 했지만, 내가 생각했던 것보다 훨씬 더 귀찮아질 것 같은 예감이 들었다. 나는 발끈하지 않기 위해 차분히 설명했다.

"뭔가 단단히 오해하시는 것 같은데, 목걸이는 근처에 떨어져 있던 걸 우연히 주운 것뿐이에요. 말했다시피 전 그 남자가 뭔가 일을 꾸미고 있다는 걸 알고 있었고, 그래서 계속 주시하고 있는 상태였어요. 그 남자가 뭔가 찾고 있길래 직감적으로 이거구나 했죠. 마침 피해자인 소년이 목걸이에 대해서 언급한 직후였거든 요."

"나중에 신고하려고 한 건?"

"그것도 이미 말씀드렸잖아요. 당연히 사고가 날 거라고 생각하지 않았기 때문이에요. 엔딜이 안 한다고 했으니까요."

"바로 그게 수상하다는 거야. 어떻게 엔딜을 믿어?"

"……뭐라구요?"

이건 또 무슨 헛소린가 싶어 나는 눈썹을 찡그렸다. 그러나 선원은 오히려 더 거만하게 말했다.

"엔딜의 평소 행실을 아는 사람이라면 그 녀석이 하는 말을 믿는 게 말이 안 되잖아. 신뢰할 사람이 따로 있지, 다른 녀석도 아니고 다름 아닌 엔딜인데."

"그걸 지금 말이라고 하세요?"

"왜 말이 안 돼? 너도 그동안 그 녀석이 얼마나 돈을 밝히는지 봤을 것 아냐. 돈이라면 사족을 못 쓰는 녀석이야. 그런 녀석이 거금을 벌 수 있는 기회가 생겼는데 단칼에 마다할 리가 있겠어? 오히려 자기가 먼저 하겠다고 나서면 모를까."

"맞아, 그건 그래."

"저 녀석이라면 충분히 그러고도 남지."

"……."

선원들이 한마디씩 늘어놓기 시작하자 구경하던 사람들도 덩달아 고개를 끄덕였다. 그렇지 않아도 수군거리던 소리가 한층 커진 것을 느끼며 나는 한숨을 푹 내쉬었다.

범죄학 이론에 의하면 '낙인 효과'라는 게 있다. 사회적 제도 안에서 누군가를 한 번 일탈자로 인식하기 시작하면, 실제론 그런 행동을 하지 않더라도 무조건 그 사람을 범죄자로 몰아간다는 현상이다.

지금 이 안에 있는 사람들의 심리가 딱 그랬다. 애초에 '엔딜이 한 짓이 아닐지도 모른다'라는 전제 자체를 완전히 배제하고 있는 것이다. 또다시 험악해진 분위기에 아래쪽에 있던 엔딜의 몸이 굳는 것이 느껴졌다. 무심코 시선을 내리자 부들부들 떨고 있는 손이 보였다. 엔딜이 마치 구명줄이라도 되는 것처럼 내 옷자락을 필사적으로 붙잡고 있었다. 그것을 보니 간신히 눌러 참고 있던 화가 울컥 치밀어 올랐다.

"다들 적당히 좀 하세요. 사람을 함부로 모함하는 게 창피하지도 않아요?"

"뭐, 뭐야?"

"본인이 하지 않았다고 말했고, 그것을 증명하는 목격자도 나왔어요. 근데 왜 계속 범죄자 취급을 하는 거예요? 나중에 아니란 게 밝혀졌을 때 엔딜의 얼굴을 어떻게 보려구요? 그때 가서 미안했다고 하면 다 되는 게 아니거든요?"

내 딴에는 진심으로 내뱉은 충고였다. 하지만 이미 색안경을 낀 사람들은 내 말을 전혀 귀담아 듣지 않았다. 심지어 선원들은 대놓고 코웃음을 치며 빈정거렸다.

"꼬마야, 뭔가 착각하는 모양인데. 네 증언은 별로 효과가 없어."

"왜요?"

"말했다시피 너도 상당히 수상해 보이거든. 얼굴은 가리고 있는 데다 행색도 남루하잖아. 신분이 확실한 사람이 나서서 말해도 모자를 판에 어디서 구르다 온 건지 알 수 없는 지저분한 꼬마의 말을 어떻게 믿겠어?"

"지저분……."

"이런, 너무 노골적인 말이었나? 하지만 불쾌해도 어쩔 수 없어. 우리들의 눈에는 너 역시 그 녀석과 한패인 걸로밖에 보이지 않는다고."

"정 억울하면 너도 같이 재판에 따라가든가. 그곳에서 저 녀석을 위해 증언하면 되겠네. 그것까진 말리지 않으마."

재판이란 단어에 엔딜의 얼굴이 다시 파리해졌다. 애처롭게 나를 바라보는 두 눈에서 금방이라도 눈물이 쏟아질 것 같았다. 괜찮아, 걱정하지 마. 나는 눈빛으로 그렇게 달래준 다음(알아들었을지는 모르겠지만) 다시 한숨을 내쉬었다.

"좋아요, 그럼 당신들이 말하는 신분이 확실한 사람이 뭔데요?"

"그야 누구나 알 만한 위치에 있는 사람이지. 자신의 이름을 걸고 책임을 질 수 있는 사람 말이야."

"자신의 이름을 건다……."

"아참, 설마 그렇다고 난 어느 지역의 아무개요 하는 건 아니겠지? 그런 건 소용없어. 그래 봤자 당연히 모를 테니까."

"하하하하하!"

이제 확실히 알겠다. 이 사람들은 완전히 날 바보에 어린애 취급하고 있었다.

"엘 님."

그때 카이테인과 이사나가 내 옆으로 다가왔다. 멀리서 지켜보고 있다가 분위기가 험악해지자 나를 돕기 위해 나선 것 같았다. 설마 또 다른 일행이 있을 줄은 몰랐는지 선원들의 표정이 묘해졌다. 특히 이사나와 달리 카이테인은 누가 봐도 완연한 어른이었기 때문에 조금 긴장한 것 같았다. 나는 그것을 무시한 채 카이테인을 바라봤다. 그를 보니 문득 떠오르는 생각이 있었다.

"카이 씨, 저 사고 좀 쳐도 돼요?"

"예?"

불쑥 내뱉은 질문에 당황한 듯 그가 잠시 어리둥절한 표정을 지었다. 하지만 과연 수석 사제라는 직함답게, 그는 이해하는 것도 빨랐다. 곧 그의 입가에 희미한 미소가 떠올랐다.

"엘 님의 뜻대로 하십시오."

"고마워요. 라이, 잠시 이 녀석 좀 맡아 줄래?"

"응? 아, 으응."

나는 고개를 끄덕이는 이사나에게 곧장 엔딜을 떠밀었다. 그러자 정작 놀란 건 엔딜이었다. 얼결에 이사나의 품에 안긴 그는 허둥거리며 나를 돌아봤다. 표정만 봐도 알 수 있을 정도로 당황한 모습이었다. 나는 그의 두 눈을 똑바로 바라보며 말했다.

"엔딜, 일단 사람들의 오해를 풀어야 할 것 같아. 전부 내가 다 알아서 할 테니까 넌 신경 쓰지 않아도 돼. 대신 그동안 한 가지만 지켜줘."

"으응?"

"지금부터 내가 무슨 짓을 하든, 넌 한 마디도 하지 마."

마지막 말은 거의 그에게만 들리도록 속삭였다. 엔딜은 전혀 이해하지 못하겠다는 표정으로 나를 바라봤다. 그러다 무슨 생각을 했는지 기겁하며 작은 소리로 입을 뻐끔거렸다.

"서, 설마 정령을 부르려고?"

한마디도 하지 말라니까. 눈썹을 찌푸리자 그는 필사적으로 머리를 흔들었다.

"야, 그, 그만둬. 안 그래도 여기 사람들은 나 때문에 정령사에 대한 이미지가 별로 안 좋단 말이야. 그런 걸 밝혀 봤자 널 믿어 줄 리가 없어. 괜히 한편이라는 의혹만 더 키울지도 모른다고."

그래도 자기 때문이라는 걸 알긴 하니 다행인 걸까. 내가 반응을 보이지 않자 그는 더 초조해진 표정으로 입술을 깨물었다. 내가 대답을 하지 않는 이유를 자신의 말을 듣지 못했기 때문이라고 생각한 것 같았다.

"야, 너 내 말 들려?"

"응."

"씹, 들리면 대답을 해야 할 것 아냐. 대체 무슨 생각이야? 정령사라고 말해 봤자 소용없다니까? 그런 방법이 통할 리가……."

"걱정 마. 다른 방법을 쓸 거니까. 넌 내가 한 말이나 제대로 지켜."

"그게 무슨……."

"지금부터 한 마디도 하지 말라고."

대답과 동시에 나는 그동안 지겨울 정도로 눌러쓰고 있던 후드를 머리 뒤로 젖혔다. 펄럭, 가벼운 바람 소리와 함께 옷자락 안에 갇혀 있던 푸른색의 머리카락이 후두둑 아래로 쏟아져 내렸다.

"……어?"

엔딜의 눈동자가 점점 크게 벌어지는 것을 뒤로 하며, 나는 선원들을 돌아보았다. 그런데 왜일까. 조금 전까지만 해도 야유와 웃음소리가 가득했던 주변이 갑자기 이상하리만치 조용했다. 아직 본론이 시작된 것도 아닌데 벌써부터 상대 쪽의 기세가 수그러든 느낌이었다.

나는 그들 중에서 가장 날 심하게 비웃었던 선원을 똑바로 바라보았다. 분명 얄밉게 웃고 있었던 것 같은데, 왠지 지금은 공포 영화를 본 듯 경악에 찬 얼굴이다. 시선이 마주치자 그는 뻣뻣한 얼굴로 군대에서나 볼 것 같은 정자세를 취했다. 잠시 뭐하는 건가 싶었지만 어쨌거나 내게 불리한 분위기는 아닌 것 같아 난 의문을 떨치고 당당하게 물었다.

"내 신분을 밝히라고 했었죠?"

"네? 아, 네, 그, 그랬지요……."

그랬지요? 뭐야, 이건 또 웬 존댓말이지?

조금 전까진 협박에 가까운 말투로 마구 윽박지르더니만, 갑자기 무슨 심경의 변화인지 모르겠다. 뭔가 내게서 심상치 않은 기백이라도 읽은 걸까? 하긴, 그런 거라면 좀 이해는 된다. 난 지금부터 엄청난 일을 벌일 계획이니까.

"다들 똑바로 잘 봐요."

꿀꺽. 어디선가 마른침을 삼키는 소리가 들리는 것 같았다. 나는 의미심장하게 웃어 보인 다음(어째선지 사람들의 얼굴이 더 창백해졌다) 천천히 두 손을 올려 이마에 차고 있던 서클렛을 떼어 냈다. 내 행동을 어리둥절하게 지켜보던 사람들은, 다음 순간 완전히 드러난 이마를 보고 하얗게 굳었다.

"……."

"……."

호흡이 멎은 게 아닌가 싶을 정도로 아주 오랫동안 숨소리가 들리지 않았다. 나는 흘러내리는 머리를 쓸어 올리며 얼어 버린 주위를 느긋하게 둘러봤다. 눈이 마주칠 때마다 굳어 있는 공기가 더 경직되는 것 같은 기분이었다.

천천히 돌아보던 시선이 마지막으로 다시 눈앞의 선원을 향했을 때였다. 털썩, 둔탁한 소리와 함께 그가 바닥에 주저앉았다. 경악에 가득 찬 그의 시선은 내 이마에 똑바로 박혀 있었다.

"시, 신의…… 인장……?"

"신의 인장이 이마에……."

나는 슬쩍 엔딜을 바라봤다. 날 정령사라고 알고 있는 만큼, 그가 이번 계획에서 가장 최대의 변수였기 때문이다. 괜히 말도 안 되는 일이라며 날뛰기라도 하면 곤란하다. 하지만 다행히 엔딜은 약속(이라기엔 일방적인 지시였지만)대로 입을 꾹 다물고 있었다. 뭔가 이상하리만치 넋이 나가 있는 것 같긴 했지만.

반응이 나타난 건 그때부터였다. '인장'이라는 단어가 등장하자 막힌 논두렁에 물꼬가 트인 것처럼 사람들 사이에서 빠르게 술렁거림이 퍼져 나가기 시작한 것이다.

"보, 보여? 맙소사, 저거 진짜 신의 인장 맞지? 지금 인장이 이마에 있는 거야?"

"그럴 수가…… 얼굴에 인장을 받는 건 교황뿐……."

"세상에…… 나 저 문장 뭔지 알아. 형벌의 신 엘뤼엔의 문장이야."

"뭐? 혀, 형벌의 신?"

"그, 그러고 보니 들은 적 있어. 형벌의 교단에 얼마 전 교황의 상징이 나타났다고……."

"그럼 설마……."

수군거리며 주고받던 말들은 흐름이 이어질수록 점차 같은 결론에 이르렀다. 대다수의 사람들은 상황을 인지했으면서도 차마 인정하기 힘든 건지 말없이 숨만 죽이고 있었다. 그 혼란스러운 공간에 쐐기를 박은 것은 카이테인이었다.

"예하."

"……!"

낮게 울리는 음성에 사람들의 어깨가 크게 들썩였다. 반사적으로 자신에게 시선이 집중되자 카이테인은 한 팔을 올리며 살짝 헛기침을 했다. 그 덕분에 살짝 흘러내린 소매 밖으로, 그의 팔목에 찍힌 엘뤼엔의 문장이 드러났다. 누가 봐도 다분히 고의적인 행동이었다.

증거가 하나뿐일 땐 의심스럽게 느껴질지라도, 그것을 뒷받침해 주는 또 다른 증거가 있다면 그 증거는 진짜인 것처럼 여겨지는 법이다. 짐작대로, 그가 지닌 인장을 본 사람들은 더 크게 숨을 삼켰다.

"세상에. 손목에 인장이 있잖아? 저 사람도 고위 사제야……."

"들었어? 저 사람이 방금 저 소년에게 '예하'라고……."

"……."

다시 한 번 장내에 놀라움으로 인한 침묵이 흘렀다. 나는 카이테인에게 고마운 시선을 보낸 다음 선원들을 다시 돌아보았다. 그들은 나와 눈이 마주치자 사시나무처럼 떨기 시작했다. 특히 처음에 주저앉은 선원은 아예 엎드린 상태였다.

신들의 개입이 활발한 세상에서 교황은 단순한 종교 지도자 이상의 의미를 지닌다. 아무리 작은 교단의 교황이라도 국가로 치면 일단 왕에 해당하는 위치인 것이다. 오히려 신의 권능을 드러내다는 점에서, 어떤 면에서는 어지간한 왕국의 왕보다 더 두려운 존재가 될 수도 있었다.

"요, 용서하십시오. 제가 감히 교황 폐하를 몰라 뵙고…….."

나는 덜덜 떠는 선원을 잠시간 지켜보다가 다시 서클렛을 착용했다. 한 치 앞도 모르는 인생이라더니, 쓸데없다고만 생각했던 교황의 상징이 설마 이렇게 요긴하게 쓰일 줄이야. 처음 이것을 받았을 때 엘뤼엔을 원망했던 것이 조금 미안해졌다.

"이제 제 증언에 효력이 생겼나요?"

"예? 아, 그, 그럼요! 다, 당연하신 말씀이십니다. 서, 설마하니 신의 대리자라 불리는 사제께서 하시는 말씀을 의심할 리가 있겠습니까! 그, 그것도 교, 교황 폐하이신데…….."

"그럼 엔딜의 무죄도 인정하시는 거죠?"

"예? 그, 그건 좀…….."

뭐야, 이건 왜 대답을 못 해? 당연히 그렇다고 할 줄 알았는데 예상을 빗나간 반응에 나는 얼굴을 찌푸렸다.

"내 증언은 믿는데 엔딜의 무죄는 못 믿겠다구요?"

"그, 그게…… 예, 예하께서 보시는 자리에선 거절했을지도 모르지만 말이죠. 나중에 녀석의 마음이 바뀌었을 수도 있잖습니까?"

"하아?"

"예, 예하께선 사제이시니 저런 녀석이라도 신뢰하시겠지만 저희는 아닙니다. 시, 실제로 사고가 일어나긴 했고, 돈주머니를 가지고 있었던 것도 사실이었고…… 또……."

그는 연신 식은땀을 흘리면서도 굽히지 않고 웅얼거렸다. 어떻게든 엔딜만은 끝까지 죄인으로 몰아갈 작정인 것 같았다. 솔직히 여기까진 생각해 보지 않았기 때문에 난 내심 혼란에 빠졌다. 신분만 밝히면 다 될 줄 알았지, 설마 이런 방식으로 집요하게 물고 늘어질 거라곤 전혀 예상하지 못했으니까.

'으음, 그럼 이제 어떡하지? 첨부터 끝까지 전부 다 지켜봤다고 할 수도 없고.'

내가 홀로 조용히 난처해하고 있을 때였다.

"한 가지 좋은 방법이 있습니다, 예하."

어느새 옆으로 다가온 카이테인이 나직하게 말했다. 좋은 방법이라니, 그런 게 있다고? 의아해져서 쳐다보자 그가 부드럽게 두 눈을 휘며 웃었다.

"오직 예하밖에 쓰실 수 없는 방법입니다."

3.

끼익—

굳게 닫혀 있던 나무문이 열리자 지하로 향하는 계단 아래 어둑한 공간이 드러났다. 낡은 가재도구와 청소 기구들, 바닥에 아무렇게나 쌓여 있는 부자재들만 보아도 이 방의 사용 용도가 뭔지는 충분히 짐작할 수 있었다. 그 지저분한 공간 가운데, 한 남자가 기둥에 묶여 있었다. 지저분하고 초췌한 몰골이 된 남자의 이름은 무스. 며칠 전 일행이던 귀족 소년을 죽이려고 했다가 사람들에게 붙잡혀 창고에 갇힌 사람이었다.

"……뭐냐, 무슨 일이지?"

고개를 숙이고 있던 그는 쏟아져 들어오는 빛에 찌푸린 얼굴로 고개를 들었다. 갑자기 많은 사람들이 나타난 것에 경계심을 느낀 듯 굳어 있는 모습이었다. 하지만 그는 곧 우리들 사이에 서 있는 엔딜을 발견하곤 비소를 터트렸다.

"아니, 이게 누구신가. 내 공범자 엔딜 군이 아니신가?"

"……."

반가운 말투에 엔딜의 몸이 움찔 떨렸다. 사납게 치켜든 눈빛이 잠시간 그를 향했다가 나를 의식한 듯 다시 수그러들었다. 그것이 겁먹어서라고 생각했는지 무스는 더욱 즐겁다는 듯이 웃었다.

"이런, 몰골이 꽤나 엉망이군. 상당히 많이 맞은 모양이야. 이거 미안해서 어쩌지? 내가 입이 좀 가벼워서 말일세. 차마 의리를 지키지 못하고 그만 자네에 대해 전부 말해 버렸지 뭔가?"

하하하, 경쾌한 웃음소리가 사방으로 퍼져 나갔다. 자신의 계획이 성공했다는 사실이 무척이나 기쁜 듯했다. 물론 웃는 것은 그 하나뿐이었다. 조용한 공간에 그의 야비한 웃음소리만 한참 동안 울려 퍼졌다. 함께 온 선원들이 머쓱한 얼굴로 나를 바라보았다. 그들이 바라는 것이 뭔지 알고 있었지만 나는 일부러 잠자코 지켜봤다. 덕분에 분위기는 더욱 어색하고 불편해졌다. 시간이 지나자 무스도 이쪽의 묘한 공기를 읽은 듯했다. 그는 웃음을 멈추고 천천히 얼굴을 찌푸렸다.

"왜들 그러고 있는 거지? 저 엘프 녀석은 묶지 않는 건가?"

"……."

"그러고 보니 구경꾼들도 너무 많군. 고작 가두는 모습을 보려고 이리들 몰려들 리는 없고, 뭔가 다른 용무라도 있는 모양이지?"

"……맞아요."

이번엔 무시하지 않고 대답했다. 그제야 내 존재를 눈치챈 듯 무스의 시선이 날 향했다.

"넌 뭐지?"

"솔직한 이야기를 들으러 왔어요."

"솔직?"

"당신의 거짓 자백 때문에 지금 엔딜이 매우 곤란해졌거든요. 솔직하게 모함했다는 사실을 인정하세요."

내 말에 그의 두 눈이 광기를 띠고 희번들하게 빛났다. 히죽거리며 웃는 얼굴이 지금 이 상황을 무척이나 가소로워하는 것 같았다.

"대충 무슨 말인지 알겠군. 그러니까 넌 그 엘프의 편인 모양이지? 내가 거짓말을 해서 그를 곤경에 처하게 했다고 주장하려는 건가?"

"주장이 아니라 그게 사실이잖아요? 엔딜이 당신의 제안을 거절해서 보복하려는 거 다 알아요."

"무슨 말인지 도무지 모르겠군. 저 엘프가 그렇게 말하던가? 내가 절 모함했다고? 이런, 이런. 엔딜, 역시 날 오해하고 있었군. 아무리 그렇다 해도 그렇지, 그런 식으로 말할 건 없지 않나."

엉뚱한 대답에 묵묵히 듣고 있던 엔딜의 얼굴이 일그러졌다. 나 역시 눈썹을 찌푸리며 물었다.

"오해요?"

"실은 목걸이에 걸어 둔 마법이 조금 문제가 생겼었거든. 그 바람에 엔딜까지 같이 위험해졌던 모양이야. 그런데 그걸 내가 일부러 그랬다고 생각한 것 같더군."

"그게 무슨……."

"아마 증거를 없애려 한 거라 여긴 거겠지. 이 바닥에서는 흔한 일이니 오해하는 것도 무리는 아냐. 하지만 엔딜, 맹세코 말하는데 그건 정말 오해네. 자네까지 죽일 생각은 아니었어. 내가 왜 그런 짓을 하겠나? 내 일을 도와주는 고마운 사람인데 말이야."

진심으로 안타깝다는 듯이 말하는 얼굴에 나는 기가 막혀서 입을 벌렸다. 동시에 엔딜이 경기를 일으키듯 자지러졌다.

"씨발, 지금 무슨 소리를 하는 거야, 개새끼야! 내가 언제 널 도왔어!"

"엔딜, 현실을 외면하고 싶은 기분은 이해가 가. 하지만 이미 이렇게 된 바에야 어쩔 수 없는 일이지 않나. 어차피 재판을 받다 보면 전부 드러날 일인데 이만 포기하게."

"이 미친 새끼가 진짜!"

"엔딜."

저러다 일 나겠다 싶어 나는 얼른 그의 이름을 불렀다. 그러자 금방이라도 달려들 것처럼 어깨를 들썩이던 엔딜이 움찔 몸을 굳히고 나를 돌아봤다. 생각해 보면 신관이란 사실을 밝힌 이후 처음으로 제대로 마주 본 상황이었다. 시선이 마주치자 그는 파드득 떠는 생선처럼 펄쩍 뛰고는 구석으로 냉큼 물러났다. 그러더니 이번엔 부담스러우리만치 초롱초롱한 눈으로 날 응시하기 시작했다. 저건 또 왜 저래? 나는 한숨을 내쉬며 다시 무스를 돌아봤다.

"저기요, 자꾸 그런 식으로 엔딜을 몰아갈 생각인가 본데, 그래 봤자 소용없거든요?"

"호오, 내 말을 믿지 않는군?"

"당연하죠. 그러니까 이제 거짓말 그만해요."

"내 말이 거짓이란 증거라도 있나?"

역시나 이렇게 나온다 이거지. 나는 당당하게 대꾸하는 무스를 보며 속으로 이를 갈았다. 가까이 다가가자 그는 할 테면 해 보라는 듯 비실비실 웃었다.

"증거는 지금부터 만들 생각이에요."

"그게 무슨 소리지?"

"실은 제가 이런 사람이거든요."

대답과 함께 나는 한 손으로 서클렛을 살짝 들어 올렸다. 그러자 이마를 본 무스의 얼굴이 멈칫 굳었다.

"……신관이로군."

"정확히는 교황이죠."

"……."

덧붙인 말에 무스의 눈빛이 흔들렸다. 처음으로 그의 얼굴에서 평정이 사라진 순간이었다. 그 모습을 보고 있으려니 조금 전 카이테인이 했던 말이 떠올랐다.

"그자를 찾아가 교황의 이름으로 물으십시오."

"교황의 이름?"

"인장을 보이면 그는 거짓말을 할 수 없을 겁니다."

알고 보니 교황의 인장은 단순히 신이 직접 자신의 대리자로 세웠다는 의미만을 뜻하는 것이 아니었다. 그의 말에 의하면 정식 인장을 받은 교황은 한 가지 특권을 지니고 있다고 했다. 그것은 바로 신의 권한을 빌어 신벌을 내릴 수 있다는 것이었다.

다만 이 과정엔 몇 가지 전제가 붙는다. 일단 인장의 여부와 함께 자신이 교황임을 밝혀야 하고, 신벌이 내리는 조건을 정해 구체적으로 설명해줌으로써 사전에 미리 불이익을 당할 수 있음을 경고해야 한다.

　물론 난 문장만 받았을 뿐, 진짜 교황은 아니다. 신성력을 가지고 있는 것이 아니니 신관이라고 할 수도 없었다. 그러니 실제로 그런 특권을 쓸 수도 없을 것이다. 하지만 사람들이 가지고 있는 일반적인 인식을 이용할 순 있었다. 즉, 신벌을 받을 수 있음을 강조해서 그를 궁지에 몰자는 계획이었다.

　"……그래, 그러고 보니 나도 그 소문은 들었지. 형벌의 교단에 첫 교황의 상징이 나타났다는 것 말이야."

　"알고 계시다니 얘기가 더 빠르겠네요. 그럼 교황이 신의 권한을 행사할 수 있다는 것도 알고 있죠?"

　예상대로 무스는 얼굴 가득 낭패감을 드러냈다. 난 그 표정에서 자신감을 얻고 회심의 미소를 지었다.

　"지금부터 이 자리에서 진위 여부를 가릴 거예요. 엔딜, 이쪽으로 와."

　"으응? 아, 네……."

　엔딜은 흠칫 어깨를 움츠리고는 내 옆에 조르르 다가왔다. 상당히 긴장했는지 불안한 표정이었다. 난 그에게 괜찮다는 뜻으로 고개를 끄덕여 준 다음 말했다.

　"음, 그러니까…… 교황의 이름으로 선언합니다. 지금부터 묻는 이야기에 솔직하게 대답하지 않으면 당신들은 신벌을 받아 눈이 멀게 될 거예요. 그 자체가 스스로 행한 죄의 증거가 되겠죠."

　"죄의 증거라……."

"그래요. 그러니까 솔직하게 말하세요. 두 사람은 공범인가요?"

"아냐!"

질문이 떨어지기 무섭게 엔딜이 소리쳤다. 그러자 훅 하고 숨을 삼킨 사람들이 모두 그를 주시했다. 신벌을 받게 되는지 확인하려는 것이다.

당연한 일이겠지만 그에게선 아무런 일도 일어나지 않았다. 여기저기서 안도의 숨이 터져 나오는 가운데, 사람들은 아직 대답을 하지 않은 무스를 싸늘하게 바라보기 시작했다. 방금 전의 대답으로 한쪽이 무죄임이 입증되었으니, 역으로 그가 거짓말을 한 것이 드러난 셈이다. 무스 역시 주변의 분위기를 읽었는지 씁쓸한 표정을 지었다.

"이런, 이런. 이렇게 되면 내 쪽이 불리해지는군."

"보시다시피 그렇게 되겠네요. 다시 질문하죠. 엔딜은 당신과 공범인가요?"

주위의 공기가 팽팽히 당겨졌다. 돌아보지 않아도 근처의 사람들이 모두 긴장하고 있는 것을 알 수 있었다. 난 곧 이 모든 일이 끝날 것이라 생각했다. 무스는 결코 대답하지 못할 테고, 그 자체로 엔딜의 무죄가 입증될 테니까. 그러나 상황을 너무 낙관적으로만 판단했던 걸까? 문득 무스가 엉뚱한 말을 하기 시작했다.

"흐음, 혹시 그거 알고 있나? 신관을 사칭하는 것도 신성모독죄에 해당한다는 것 말이야."

"네?"

"그것도 심지어 교황 사칭이라니. 아직 나이도 어린 것 같은데 겁도 없군. 정말 터무니없는 일을 저질렀어."

"……지금 무슨 소리를 하는 거예요?"

쯧쯧 혀를 차는 무스를 향해 나는 얼굴을 찌푸리고 물었다. 그는 노골적으로 나를 훑어 내렸다.

"교황의 상징이 나타난 이후로 형벌의 교단이 전부 봉문에 들어간 건 아주 유명한 이야기지. 조만간 마신의 교단과 전쟁을 벌일 거라는 얘기도 있더군. 이런 상황에서 교황이 자리를 비운다? 그게 말이 될 거라 생각하나?"

"그건……."

"신벌이 무서우면 솔직히 답하라? 그래 좋지. 하지만 말이야. 만약 여기서 신벌이 내려지지 않으면 넌 종교재판에 회부될 거다. 신관, 그것도 교황을 사칭한 죄라면 두고 볼 것도 없이 그 자리에서 화형이지. 정말 괜찮은 건가?"

"……."

마지막 말에서 난 그의 목적을 읽었다. 내가 그랬던 것처럼, 역으로 날 떠보려는 것이다.

만만치 않은 상대라고는 생각했지만 설마 이런 식으로 나올 줄이야. 얼굴을 찌푸리자 주위의 공기가 달라지기 시작했다. 그의 질문에 선뜻 대답하지 못하는 것에 하나둘 의심을 하기 시작한 모양이었다.

젠장, 이렇게 되면 기 싸움이다. 나는 얼른 아무렇지 않은 척 웃었다. 억지로 올린 입가에 경련이 일어날 것 같았다.

"그럴 일은 없을 테니까 내 질문에 대답이나 하시죠."

"호오, 과연 그럴까? 쉽게 수습할 수 있는 일이 아닐 텐데?"

"그쪽이야말로 신벌이 무서워서 회피하고 있는 건 아니구요?"

"하하, 그렇게 나오는 건가? 좋아, 그렇게까지 말한다면 어쩔 수 없지. 대답하겠다."

어쩔 수 없다는 듯이 고개를 끄덕인 그는 피식 웃으며 나를 똑바로 바라보았다. 그 눈동자에 서린 결의를 읽고 나는 속으로 낭패감을 느꼈다. 이 녀석, 끝까지 거짓말을 할 생각이다.

아니나 다를까. 나직하게 벌어진 입에서 단호한 한마디가 뱉어졌다.

"엔딜은 나와 공범이 맞다."

젠장!

참담한 기분에 나는 주먹을 꽉 움켜쥐었다. 카이테인도 여기까진 생각지 못한 듯 당황한 기색이었다.

사실 '어쩌면'이란 기대를 하긴 했었다. 일단 엘뤼엔이 내게 교황의 상징을 주긴 했으니까, 특권도 사용할 수 있게 해 주지 않았을까 하고 말이다. 하지만 기대는 기대에 불과할 뿐, 역시나 신벌은 내려지지 않았다.

"뭐, 뭐야? 어떻게 된 거야?"

"신벌 내려졌어?"

"그게 좀, 뭔가 이상한데⋯⋯?"

시간이 지나도 아무런 일이 일어나지 않자 사람들 사이에 수군 거림이 퍼져 나갔다. 당황과 경악, 분노에 찬 시선들이 혼란스럽 게 뒤섞였다.

"후후후⋯⋯ 후하하하하하!"

그리고 무스는 미친 듯이 웃기 시작했다. 자신의 예상이 맞아 떨어졌으니 기쁘기도 할 것이다. 망할 자식. 저 녀석은 겁도 없 나? 왜 끝까지 거짓말을 하고 난리야? 나는 지끈거리는 머리를 짚었다. 어떤 식으로 지금의 위기를 모면해야 할지 도무지 감이 잡히지 않았다.

"자, 그래서 신벌은 왜 없지?"

"⋯⋯."

"왜 대답을 하지 못하는 건가? 설명을 해 보시지 그래? 아니 지, 이 경우엔 어떻게 가짜 신의 문장을 만들었는지 물어보는 게 더 빠르겠군. 대체 어떤 방법으로 그 정도로 정교한 문장을 만들 수 있었지? 그린 건 아닌 것 같은데 말이야."

"⋯⋯가짜 아니거든요?"

"오호라, 끝까지 진짜라고 우기시는 건가? 그럼 왜 아무에게도 신벌이 내리지 않는 건지 제대로 설명을 해 봐. 둘의 증언이 다르 니 그중 하나는 분명히 거짓말을 하고 있다는 거겠지. 네가 진짜 교황이라면 지금쯤 신벌이 내려져야 하는 것 아닌가? 아, 설마 요 즘 형벌의 신이 매우 바쁘신가? 하긴, 마신과 대적한 상태이니 지금 상당히 정신이 없으시긴 할 거야? 그래서 친히 세운 대리자도 돌보지 못하시는 건가? 응?"

무스는 대놓고 나를 조롱했다. 엘뤼엔 바보. 나는 한숨을 내쉬며 중얼거렸다.

"당신 말대로 너무 바빠서 내 말을 못 들었나보죠."

"하하하! 정말 재밌는 녀석이군. 그럼 큰 목소리로 말을 해 보지 그래? 넌 거짓말을 했으니 신벌을 받을 것이다! 하고 말이야!"

"그만 좀 하세요. 지금 농담할 기분 아니거든요?"

"하하! 왜, 또 다른 신벌이라도 내려 볼 생각인가? 해 볼 테면 해 봐. 얼마나 무서운 신벌인지 한번 경험해 보고 싶으니 말이야. 그래 봤자 화형을 당하는 것보다는 낫지 않겠나?"

"……적당히 하라니까요?"

"그러니 신벌을 내려 보라니까. 교황이라면 제대로 된 신벌 정도는 내려야 하는 것 아닌가? 아, 물론 진짜 교황이라는 전제하에 말이야."

"젠장, 하라면 못 할 줄 알아? 콱 이빨이나 왕창 빠져 버려라!"

자꾸만 이어지는 도발에 나는 더 이상 참지 못하고 꽥 소리쳤다. 물론 거의 자포자기에 가까운 심정으로 한 말이었다.

―……나 참, 뭘 하는가 했더니.

그런데 그 순간 귓가에 낯익은 목소리가 스쳤다. 환청이라고 착각할 정도로 속삭임에 가까운 중얼거림이었다. 어? 하고 나도 모르게 무심코 멈칫했을 때였다.

"크, 크아아아악!"

돌연 비명 소리가 들린다 싶더니 무스가 부르르 몸을 떨었다. 동시에 후두둑, 그의 입안에서 붉은 핏물과 함께 무언가가 빠르게 떨어져 내리기 시작했다. 바닥까지 굴러 내린 하얀 조각들을 보고 나는 살짝 굳었다. 그건 분명 사람의 치아였다.

"⋯⋯."

잠시간 침묵이 흐르고 사람들은 모두 멍한 얼굴로 무스를 바라보았다. 무스 역시 자신에게 일어난 일을 믿을 수 없다는 듯 멀뚱히 빠져버린 이를 보고 있었다.

"⋯⋯시, 신벌이다."

누군가 마른침을 삼키며 중얼거렸다. 하지만 일은 그것으로 끝난 게 아니었다. 자신에게 벌어진 일을 믿을 수 없다는 듯, 황망히 깜빡거리고 있던 무스의 눈에서 갑자기 주룩, 피가 흘러내리는 게 아닌가!

'헉!'

섬뜩한 광경에 반사적으로 한 발짝 물러서기 무섭게, 무스의 입에서 또다시 비명이 터져 나왔다.

"으으⋯⋯으아아아아! 내 눈! 내 눈이!"

그는 두 손으로 자신의 눈을 움켜잡고 바닥을 굴렀다. 이미 그의 얼굴은 피범벅으로 온통 엉망이 된 상태였다. 얼마간 몸부림치던 그는 곧 끄르륵, 거품을 무는 소리와 함께 힘없이 늘어졌다. 기절한 것이다.

"……."

"……."

또다시 침묵이 흐르고, 나는 식은땀을 흘렸다. 그러니까 이거 지금…… 엘뤼엔이 도와준 것 맞지?

간신히 결론에 도달했을 때, 나는 사람들이 바닥에 엎드리는 것을 보았다. 선원이고 뭐고 할 것 없이 모두 덜덜 떨며 바닥에 깊숙이 얼굴을 대고 있었다. 자신의 눈앞에서 신벌이 내리는 광경을 보았는데 겁을 먹는 것이 당연했다.

"교, 교황 폐하께 영광을…… 형벌의 신 엘뤼엔 님의 권능을 뵈옵니다."

"권능을 뵈옵니다!"

누군가의 외침에 사람들이 전부 합창하듯 똑같이 소리쳤다. 그것을 보면서 내가 생각한 것은 하나였다.

……이제 이 배를 계속 타고 가긴 글렀다.

4.

한순간에 눈과 치아를 모두 잃은 무스는 그 상태 그대로 다시 창고에 갇혔다. 조만간 정착지에 닿는 즉시 치안대에 넘겨질 것이라고 했다. 더불어 엔딜의 혐의는 완전히 풀렸다. 신 앞에서 진실임을 인정받았으니 더 이상 의심할 여지가 없었던 것이다.

무죄가 확정된 순간부터 사람들은 엔딜의 얼굴을 똑바로 보지 못했다. 일방적인 오해로 엄한 사람을 잡을 뻔했으니 양심이 있다면 당연한 일이다. 일부는 도망치듯 자리를 떠났지만 대부분의 사람들은 엔딜에게 사과를 건넸다.

"미안하다, 엔딜. 우리가 널 오해했어."

"어떻게 사과를 해야 할지……."

"아니, 뭐…… 됐어."

자신을 둘러싼 사람들 사이에서 엔딜은 겸연쩍은 얼굴로 사과를 받았다. 쑥스러운지 조금 굳은 모습이었지만 왠지 기뻐 보였다. 거친 말투와 행동으로 감추고 있었을 뿐, 사실은 정이 고팠던 걸지도 모른다.

"잘 해결된 것 같네."

"고생하셨습니다, 엘 님."

멀찍이 떨어져 지켜보는 내 옆에서 이사나와 카이테인이 말했다. 사건이 수습되는 동안 두 사람에게는 그동안의 정황을 모두 설명해 둔 상태였다. 워낙 안타까운 사연이라 그런지 그들은 엔딜의 오해가 풀린 것을 마치 자신의 일처럼 기뻐했다.

"운이 좋았어요. 한때는 정말 눈앞이 캄캄했는데."

"지켜보는 저까지 조마조마했습니다."

"그쵸? 정말 십년감수했다니까요."

"그러고 보니 엘뤼엔 님께선……."

"그 뒤로 감감무소식이에요."

나는 씩 웃으며 이마의 서클렛을 문질렀다. 아슬아슬한 순간 대반전을 선사해 준 엘뤼엔은 그 뒤로 전혀 소식이 없었다. 말을 걸어 봐도 대답이 없는 걸 보면 아무래도 진짜 바쁜 와중에 잠깐 틈을 냈었던 모양이다. 나중에 꼭 고맙다고 인사해야지. 나는 속으로 몇 번이나 다짐을 거듭했다.

"아무튼 두 사람에겐 정말 미안해요. 이렇게 눈에 띌 생각은 전혀 없었는데. 도저히 그냥 두고 볼 수가 없어서……."

"아닙니다. 엘 님의 성정에 그런 일을 보고 그냥 넘어 가시는 게 오히려 더 이상한 일이죠. 오히려 저는 엘 님께서 그런 분이셔서 더 존경하고 있습니다."

"응, 맞아. 나도 엘이 그런 성격이라서 너무 좋은걸? 지금의 내가 있을 수 있던 것도 다 엘의 그런 따뜻한 마음 덕분이란 걸 잘 아니까."

빙긋 웃는 두 사람의 모습에 가슴이 뭉클해졌다. 누군가에게 전폭적인 신뢰와 이해를 받는다는 건 정말 축복받은 일이 아닐까? 조금 전 사람들에게 믿어달라고 울부짖던 엔딜의 얼굴이 떠오르자 새삼 그 가치가 더 크게 와 닿았다. 그리고 비로소 깨달을 수 있었다. 단조로운 일상에 파묻혀 당연하게 누리고 있던 것들이 사실은 당연한 것이 아님을. 내가 그동안 얼마나 수많은 행운 속에서 살아가고 있었던 것인지 말이다.

"저기……."

그때 누군가 부르는 음성에 나는 겨우 정신을 차렸다. 호랑이도 제 말하면 온다더니, 눈앞에 엔딜이 서 있었다.

"아……."

가까이 다가온 엔딜은 매우 긴장한 모습이었다. 그 모습에 나는 조금 낭패감을 느꼈다. 아직 해결해야 할 것들이 남아 있단 사실이 뒤늦게 떠올랐기 때문이다. 예를 들면 정령사라고 말한 내가 왜 교황의 인장을 지니고 있냐는 것이라든지.

'……망했다.'

당시엔 워낙 급해서 덮어 놓고 사고를 쳤는데, 이제 다시 생각해 보니 정말 무모한 짓이었다. 아마도 그는 지금쯤 묻고 싶은 것들이 산더미일 것이다.

하지만 나는 금방 여유를 되찾았다. 여차하면 정령사는 교황의 신분을 감추기 위한 위장 신분이었다고 하면 된다. 마침 진짜 정령사인 이사나가 곁에 있으니까, 그의 도움을 받았다고 둘러대면 될 것 같았다.

"저, 저기……."

눈이 마주치자 엔딜은 당황스러울 만큼 안절부절못했다. 고개를 푹 숙이고 연신 두 손을 만지작거리는 모습이, 꼭 고백 직전의 어린 남학생을 보는 것 같았다. 아니지, 비유가 이게 뭐야. 그럼 마치 내가 고백 대상자가 된 것 같잖아. 스스로 생각하고도 소름이 돋아서 나는 급히 두 팔을 문질렀다. 그러자 엔딜이 움찔거리며 의아한 눈으로 나를 바라보았다. 나는 어색하게 웃으며 고개를 저었다.

"아니, 아무것도 아냐. 그런데 무슨 일이야?"

"으음, 그, 그러니까…… 저기…… 하, 할 말이…….."

"무슨 할 말? 도와줘서 고맙다고?"

"아, 아니, 그게 아니라…… 아, 무, 물론 고맙다는 인사도 하러 온 거지만……."

워낙 엄청난 일을 겪은 탓일까? 그답지 않게 나를 대하는 태도가 너무 조심스러웠다. 나는 분위기를 편하게 하기 위해 부드럽게 웃었다.

"무슨 말인데?"

"그, 그게……."

"괜찮으니까 말해 봐."

설마 다른 문제가 생기지는 않겠지. 나는 대수롭지 않게 생각하며 고개를 끄덕였다. 내 말에 조금 용기가 생긴 듯, 엔딜은 한층 차분한 얼굴로 호흡을 가다듬었다.

"확인하고 싶은 게 있어요."

"확인?"

"당신, 혹시 정령왕……."

"……스톱."

그래, 설마가 사람을 잡는다는 말을 잊었다. 나는 급히 한 손으로 엔딜의 입을 틀어막았다. 아, 깜짝이야. 심장 떨어질 뻔했네. 슬쩍 주위를 돌아보니 다행히 그가 한 말을 들은 사람은 없는 것 같았다. 다시 엔딜을 보자 그는 어리둥절한 얼굴로 눈을 깜빡이고 있었다. 나는 한숨을 내쉬고 말했다.

"일단 자리부터 옮기자."

*　　*　　*

이동 장소로 택한 것은 엔딜의 선실이었다. 아무래도 단둘이서 대화를 나누기엔 탁 트인 공간보다는 독실이 편할 거라는 생각이 들었기 때문이다. 문을 단단히 잠그고 근처에 사람이 없다는 것까지 확인한 후에야 나는 안도의 숨을 내쉬고 고개를 들었다. 그 동안 엔딜은 우물쭈물한 표정으로 내가 하는 일을 잠자코 지켜보고 있었다.

"자아, 그래서 아까 뭐라고?"

"네, 네?"

"내게 확인할 게 있다고 했잖아. 이제 다시 말해 봐. 아까 전에 무슨 말 하려고 했던 거야?"

내가 잘못 들은 게 아니라면, 분명 그는 '정령왕'이라고 말했었다. 설마하니 정령왕과 아는 사이냐고 물어보려고 했을 리는 없고…… 내 정체를 알아본 건 아니겠지?

'……그럴 리가.'

지금까지 내가 정령왕이라는 걸 드러낼 만한 힌트를 준 적은 없다. 물속에서 그를 구했을 때도 모습을 감춘 상태였으니까. 정령사인데 교황의 상징을 가지고 있는 것이 의심스러울 순 있어도, 그것 때문에 알아봤다는 건 말이 되지 않았다. 보통은 둘 중 하나의 신분을 사칭했다고 여기는 게 정상이잖아?

내 혼란스러운 기분을 아는 건지 모르는 건지, 엔딜은 깍지 낀 손에 힘을 주곤 긴장한 얼굴로 나를 바라보고 있었다. 이내 엔딜이 각오를 다진 것인지 망설이듯 좌우로 굴리던 눈동자가 나를 똑바로 응시했다. 그리고 이어진 말에 나는 또다시 숨을 멈출 수밖에 없었다.

"……물의 정령왕…… 맞죠?"

"……."

짤막한 침묵이 흐르고, 주위의 공기가 급속도로 무거워졌다. 수 초의 시간이 몇 년처럼 느껴지기는 처음인 것 같다. 맙소사, 진짜로 알아본 거야? 대체 어떻게?

내가 대답이 없자 엔딜은 그것을 긍정의 뜻으로 알아들은 것 같았다. 그는 새빨개진 얼굴로 말을 더듬거렸다.

"이, 이상하다고 생각했어요. 물에 빠졌을 때, 분명히 죽을 거라고 생각했거든요. 근데 멀쩡히 살아난 거예요. 사람들이 말하기로는 저절로 물속에서 떠올랐다는데, 솔직히 아무리 생각해도 이상한 일이잖아요. 그거…… 물의 왕께서 절 구해 주신 거 맞죠? 그래서 내가 결백하다는 것도 아신 거죠?"

설마 거기까지 짐작할 줄이야. 나는 동요를 감추려고 노력하며 애써 되물었다.

"자, 잠깐, 그게 무슨 말이야? 정령왕은 뭐고, 대체 내가 뭘 했다는 건데?"

"마, 맞잖아요. 모른 척하지 마세요."

"아니, 난 진짜 무슨 얘긴지 전혀 모르겠거든? 일단 물어보자. 왜 날 정령왕이라고 생각하는 건데?"

"그치만 머리색이랑 눈동자 색이……."

"어? 머리색?"

어리둥절하던 나는 곧 흠칫해서 머리카락을 움켜잡았다. 아차, 그러고 보니 시큐엘이 이 녀석한테 내 외모에 대해서 설명해 줬다고 했었지? 처음 후드를 벗었을 때 이상하리만치 굳는 게 이상하다 싶더니, 바로 그 때문이었던 모양이다. 왜 그걸 생각하지 못했을까. 나는 필사적으로 웃으려고 노력하며 속으로 이를 갈았다.

"아하하, 무슨 소린가 했더니. 설마 머리색 때문에 오해한 거야? 확실히 흔한 색은 아니긴 하지만, 아주 특이한 색도 아니잖아."

"그치만 그런 외모는 흔한 게 아니죠."

"응? 외모?"

"……후드를 벗었을 때 사람들이 왜 놀랐다고 생각하는 거예요."

한숨이 섞인 엔딜의 말에 나는 입을 꾹 다물었다. 별로 좋지 않은 기억들이 떠올랐기 때문이다. 얼굴을 드러낼 때마다 사람들에게 여자로 오해받은 것이라든가. 어느 여관에 갔을 땐 라피스랑 부부로 오해받은 것이라든가. 그때마다 나를 비웃는 듯했던 녀석의 표정이라든가.

아마도 그래서였을 것이다. 나도 모르게 이런 바보 같은 말을 내뱉은 건.

"……나 여자 아니야."

뜬금없는 내 말에 엔딜은 당혹감을 드러내면서도 급히 고개를 끄덕였다.

"네? 다, 당연하죠. 정령은 무성이니까요. 음, 그러니까 정확히는 여성체?"

"여성체 아니라고!"

"네에? 그럼 남성체셨어요?"

이젠 일일이 화낼 기운도 없다. 나는 지끈거리는 머리를 한 손으로 짚으며 말했다.

"아니, 그러니까…… 왜 당연히 날 정령이라고 생각하는데? 네 논리로 따지면 이 세상에서 머리색 파랗고 좀 예쁘장하게 생긴 사람은 다 물의 정령왕이게? 말이 안 되잖아."

"으음, 그렇긴 한데…… 정령도 소환하셨고……."

"그럼 나한테 있는 신의 문장은 어떻게 설명할 건데? 심지어 교황의 상징이야. 의심하는 것 같아서 하는 말인데, 이거 진짜 신의 인장 맞거든? 신벌이 내리는 것도 봤잖아."

"……알아요."

"그런데 왜……."

"그게…… 정령왕이라면 신들과도 친분이 있을 테니 도움을 받았겠지 싶어서……."

젠장, 눈치 한번 더럽게 빠르네.

나는 속으로 투덜거린 다음 천천히 심호흡했다. 좌절하는 건 나중으로 미루고, 일단 지금은 상황을 수습해야 할 때다. 정령왕으로서 체면이 있지, 정곡을 찔렸다고 이대로 순순히 인정할 순 없었다. 애초에 신의 문장을 받았던 건 내가 정령왕이라는 것을 감추기 위해서였으니까.

특히 내게는 지켜야 할 일행이 있다. 소문이란 건 어디서 어떤 식으로 불거질지 모르는 법이니 특히 조심해야 한다. 이미 마왕 쪽에선 내 존재를 인지했고, 그건 결국 대공도 알고 있다는 뜻이나 다름없었다. 그런 와중에 대놓고 행적을 노출하는 건 위험한 짓이었다. ……이미 이상한 마족이 따라붙은 시점에서 틀린 것 같긴 하지만.

'아니, 괜찮을 거야. 그 마족은 마왕을 배신할 생각이라고 했으니까. 설마 이쪽의 일들을 냉큼 일러바치러 가진 않겠지. 솔직히 보고할 것도 딱히 없잖아? 어차피 그쪽에선 내가 정령왕인 거 다 알고 있는데 뭐. 그래, 맞아. 걱정할 일은 없어. 그리고 새로운 소식이라고 해 봤자 기껏해야 정령왕이 교황의 상징을 가지고 있다든가, 그게 형벌의 신 엘뤼엔의 것이라든……가…… 아하하.'

……정말 괜찮은 걸까?

이제야 미친 생각에 식은땀이 주룩 흘렀다. 그렇지 않아도 삼일의 기적 이후 형벌의 신이 이사나를 비호하고 있다는 소문이 파다히 퍼져 있다고 들었다. 지금은 단지 소문일 뿐이겠지만, 이게 사실임이 증명되면 돌이킬 수 없는 사태가 벌어질 수도 있었다. 교황의 등장 자체가 마신의 교단 입장에선 매우 거슬리는 사건일 텐데, 심지어 그들이 자신들과 척을 진 황제의 편에 선 것이다. 이게 선전포고가 아니면 무엇을 뜻하겠는가.

그러고 보니 무스가 그랬었지. 마신전에서 전쟁을 준비하는 중이라는 소문이 있다고. 혹시 이러다 엄청 일이 커지는 거 아니야?

"저기요?"

그 순간 들려온 목소리에 나는 퍼뜩 정신을 차렸다. 고개를 들자 엔딜이 초조한 얼굴로 나를 보고 있었다. 나는 꿀꺽 마른침을 삼킨 다음 얼른 주위의 기척을 살폈다. 그러자 가까운 곳에서 짙은 마력이 느껴졌다. 루카르엠이라고 했던가? 그가 지니고 있는 기운이 틀림없었다. 다행히 아직 마계로 돌아가진 않은 듯했다.

"아, 미안. 잠시 딴생각을 좀…… 아무튼 미안한데 나 정말 교황 맞아. 그때 정령을 소환한 건 그냥 평범한 속임수였어. 근처에 있던 친구의 도움을 받았지."

"친구?"

"내 일행 중의 한 사람이 정령사거든. 진짜 물의 상급 정령사."

"……왜 속임수를……."

"당시 상황이 좀 그랬잖아. 신관이라고 하는 것보다 정령사라고 말해야 네가 날 경계할 것 같았거든. 그 다음엔 적당히 밝힐 만한 타이밍이 없었고."

"그런……."

"정 의심스러우면 내 친구를 데려와서 증명해 보일게. 그럼 되겠어?"

"……."

그 말에 엔딜의 눈동자가 멍하니 깜빡이더니 급격하게 흐려졌다. 다음 순간 이어진 광경에 나는 당황했다. 엔딜의 동그란 눈에서 굵은 눈물이 뚝뚝 떨어졌기 때문이다.

"그럼…… 진짜 아니에요?"

"그, 그렇다니까."

"그럴 수가…… 난 이제야…… 겨우 만났다고……."

그는 눈물을 닦을 생각도 하지 않은 채 입술을 악물었다. 설마 울어 버릴 줄이야. 수많은 반응을 예상했지만 이것만은 정말 짐작하지 못했다. 이성적인 판단을 위해 잠시 모른 척했던 양심이 쿡쿡 고개를 들기 시작했다. 나는 신음을 눌러 삼키며 말했다.

"저기, 야, 잠깐. 울지 말고 제대로 얘기해 봐. 갑자기 왜 우는 거야? 내가 정령왕이 아닌 게 그렇게 슬퍼할 일이야?"

"하, 하지만…… 정말 만나고 싶었…… 흐윽. 꼭 만나고 싶었는데……."

"정령왕을 왜 만나고 싶은 건데? 계약하고 싶어서? 엘프는 정령왕이랑 계약 못 해."

"아, 아니에요. 그런 게 아니라…… 그분께 부탁을……."

"부탁?"

"장로님이 예전에…… 물의 왕은 무슨 병이든 치료할 수 있다고…… 그래서……."

"그게 무슨……."

내가 병을 치료할 수 있어서 만나고 싶었다고? 두서없는 대답에 눈썹을 찌푸리길 잠시간, 갑자기 퍼뜩 머릿속을 스치는 기억에 나는 황급히 고개를 들었다.

"……혹시 아프다고 한 동생?"

내 짐작이 맞았다. 엔딜은 얼굴을 일그러트리며 더 크게 흐느꼈다. 타인의 입을 통해 새삼스럽게 인지한 사실에 벌컥 서러움이 솟은 듯했다.

"흐흑, 제 여동생 세실이요. 어릴 때부터 몸이 약했는데…… 날이 갈수록 점점 심해져서…… 의원에게 보여도 소용이 없고…… 신관도 고칠 수 없는 병이라고…… 그래서……."

"정령왕은 치료할 수 있을 것 같았다?"

끄덕끄덕.

고개를 끄덕일 때마다 방울진 눈물이 뚝뚝 떨어졌다. 대체 저 작은 몸 어디에 저만한 물을 담고 있었던 건지. 이러다 탈수를 일으키는 게 아닐까 걱정이 될 정도였다. 한참 동안 흐느끼던 그는 이내 자조적인 얼굴로 중얼거렸다.

"하긴, 그럴 리가 없지. 내가 정령왕을 만날 수 있을 리가 없지. 나 같은 녀석이 어떻게 감히……."

"……엔딜?"

금방이라도 꺼질 듯 공허한 목소리에 나는 불안해져서 그를 바라보았다. 그러자 이내 곧 정신을 차렸는지 엔딜이 급히 두 손으로 눈물을 닦아 냈다.

"하하, 이럴 생각은 아니었는데. 미안해요, 예하. 교황은 이렇게 부르는 거 맞죠? 내가 괜히 곤란하게 만들었네요."

"아니, 뭐. ……좀 괜찮아?"

별로 괜찮아 보이진 않았지만 나는 예의상 그렇게 물었다. 그는 희미하게 웃으며 고개를 끄덕였다.

"생각해 보면 당연한 일이에요. 이제 난 정령사도 뭐도 아니니까. 모처럼 물의 왕께서 은혜를 베풀어 시큐엘을 보내 주셨는데, 소중히 아끼기는커녕 너무 함부로 대했어요. 눈앞의 이득만 좇느라 정작 귀한 게 무엇인지도 몰랐던 거죠. 내가 정령왕이라도 나 같은 녀석은 꼴 보기도 싫을 거예요. 아마 그래서 시큐엘을 다시 데려간 거겠죠."

엔딜은 자신의 두 손을 물끄러미 응시했다. 펼쳐든 그의 손바닥은 방금 전 흘린 눈물로 흥건히 젖어 있었다.

"그거 알아요? 예전엔 이렇게 내 손을 보고 있으면 충만한 뭔가가 가득 담기는 기분이었어요. 근데 지금은 그게 전부 사라져 버렸어요. 있을 땐 몰랐는데, 아마 그게 시큐엘의 기운이었나 봐요.”

“…….”

“솔직히 말하면요. 물의 왕을 만나면 시큐엘도 다시 돌아오지 않을까 기대했던 것도 있어요. 아니, 사실은 그걸 제일 바랐던 것 같아요. 좀 염치없죠? 그래도 정말 생각지도 못했던 일이었거든요. 왜 그런 거 있잖아요. 정령왕은 너무 까마득히 먼 존재라서 만나지 못하는 게 당연하다는 느낌? 하지만 시큐엘은 곁에 있었으니까. 그래서 그를 만난 이후로는, 그가 없는 일상은 상상해 본 적이 없거든요. ……그래서 여전히 실감이 나지 않을 정도로요.”

끝에 이를수록 중얼거리는 소리가 잦아들었다. 덤덤히 손바닥을 응시하는 눈동자는 파문이 이는 호수처럼 떨리고 있었다.

“이제 다시는 보지 못하는 거네요.”

“…….”

짧은 침묵과 함께 주변의 공기가 한층 가라앉았다. 하지만 그 순간은 그리 오래가지 않았다. 깊이 한숨을 내쉰 엔딜이 곧 언제 그랬냐는 듯 웃으며 분위기를 전환했기 때문이다.

“하하, 전부 자업자득인 주제에 무슨 푸념이람. 헛소리가 길었네요. 방금 그 얘긴 잊어 주세요.”

“……이젠 어떻게 할 거야?”

“어떻게 하긴요. 다시 예전처럼 돌아가야죠. 그냥 조금 불편해지는 것뿐이에요. 오히려 지금까지 너무 과욕을 부린 셈이죠.”

“그러고 보니 마을에서 나와서 살고 있다고 들었는데.”

"네? 아, 맞아요. 한 10년쯤 된 것 같네요. 정확히는 마을에서만 나왔을 뿐 여전히 엘프의 영지 안쪽에서 살고 있는 상태예요. 인간은 접근할 수 없는 땅이죠."

"그럼 네가 자리를 비우는 동안 동생은 누가 돌보는 거야?"

"그런 사람 없어요. 세실 혼자예요."

"어? 하지만 환자라며."

"그렇긴 한데…… 약만 잘 챙겨 먹으면 거동은 할 수 있으니 괜찮아요. 방책을 잘 만들어 놨기 때문에 들짐승이 들어올 일도 없구요."

"그래도 위험할 텐데…… 차라리 누군가에게 맡겨 놓는 게 낫지 않아?"

"맡길 곳이 있어야죠. 엘프들은 우리 남매와 교류하지 않아요. 마을을 나오는 과정에서 제가 좀 지랄하는 바람에 단단히 찍혔거든요."

"으음, 그럼 인간 중에서 사귄 사람이라든가."

어라, 내가 무슨 말실수라도 했나? 엔딜은 조금 찝찝한 표정을 지으며 나를 바라봤다. 그러다가 이내 한숨을 내쉬곤 체념하듯 대답했다.

"……예하는 신관이니까 하는 말인데요, 사실 나나 세실한테는 들짐승이나 몬스터보다 인간 종족이 더 위험해요."

"어?"

"나만 해도 노예 사냥꾼한테 노려진 적이 몇 번 있었어요. 시큐엘이 곁에 있었으니 망정이지, 아니었다면 벌써 잡혀가서 지금쯤 이름 모를 귀족의 노예로 살고 있었을걸요? 아마 이번 일정이 끝나면 다시 한동안은 인간의 땅을 밟기 어려울 거예요. 정령 계약이 깨졌다는 소문이 마을에 쫙 퍼질 테니까. 당분간 몸을 사려야죠."

"그럴 수가. 경비대는……."

"인간의 경비대가 엘프를 지켜 줄 거라고 생각해요?"

"……."

내가 입을 다물자 엔딜은 씁쓸하게 웃었다.

"그리고 예하도 봤잖아요. 나 인간들이랑 사이 별로 안 좋아요. 성격이 이래 먹어서 별로 누군가에게 신뢰를 얻지 못하는 편이거든요."

"……마을에선 인기 많아 보였는데."

"그거야 정령사인 엔딜 얘기죠. 항구 마을이라 생업이 전부 바다에 달려 있으니 내가 날씨를 예측해 주는 게 도움이 되거든요. 개인적으로 평범한 엘프인 나와 친하게 지내려는 사람은 없어요. 오히려 싫어하는 편이지. 선원들의 태도 보면 알잖아요? 그들 대부분 오랫동안 날 봐왔던 사람들이에요. 하지만 내 말을 믿어 주는 사람은 아무도 없었죠. 딱히 서운하진 않아요. 처음부터 그랬으니까."

"왜……."

"그냥 내가 이종족이라서 그래요. 엘프더러 배타적인 종족이

라고 하지만 사실 인간 종족도 만만치 않아요. 이득 때문에 곁에
두면서도 마음속으론 믿을 수 없는 녀석이라고 생각하는 것 같
아요. 뭐, 그래서 가끔 엿 먹어 보라고 일부러 사기 칠 때도 있지
만."

"……신전이랑 결탁해서 정화 의식을 주도하는 거 말이야?"

"윽, 그건 또 어떻게 알았대요? 신관은 천리안이라도 있나요?"

"돈 받는 걸 봤거든."

"이런, 그걸 들키다니. 예하한테 내 점수가 낮을 수밖에 없었네
요."

"……."

씁쓸하게 웃는 모습에서 나는 다시금 내 일행들을 떠올렸다.
언제나 곧고 다정한 눈으로 나를 바라봐 주는 두 사람의 모습을.

아마 엔딜의 곁에도 그 같은 사람들이 있었다면 지금처럼 모질
게 살지 않아도 되었을 것이다. 머나먼 과거 숱한 방황의 시절,
친구인 태진이가 내 유일한 버팀목이 되어 주었듯이.

그때의 난 언젠가 그 같은 사람이 되고 싶다고 생각했다. 다른
사람의 나약함과 어두운 부분을 아무렇지 않게 덮을 수 있을 만
큼 강하고 올곧은 사람. 그래서 그 자체로 누군가에게 희망이 돼
줄 수 있는 사람.

'그래, 그래서 그랬구나.'

이제야 시큐엘이 엔딜 곁을 맴돌던 이유를 알 것 같았다. 단순
히 막연한 동정심이 아니었다. 그는 엔딜이 처한 곤란한 상황뿐

만 아니라 상처로 얼룩진 그의 마음을 치유하고 싶었던 것이다. 과거의 내가 바랐던 소망 그대로.

그러고 보니 정령들은 정령왕에게서 파생하는 존재라고 했었지. 내내 정리되지 않던 복잡한 공식에서 겨우 해답을 얻은 기분이었다.

'나 참.'

이렇게 되면 할 수 없잖아. 나는 푹 한숨을 내쉰 다음 엔딜의 손을 붙잡았다. 그러자 뜻밖의 행동에 놀란 듯 그가 빠르게 두 눈을 깜빡거렸다. 왠지 순진한 소녀를 희롱하는 아저씨가 된 기분이었다. 난 쓰게 웃어 준 다음 잡고 있는 손을 통해 가만히 치유의 힘을 밀어 보냈다.

"……어?"

처음엔 난색을 표하던 엔딜이 곧 무엇을 느꼈는지 멈칫한 얼굴로 나를 쳐다보았다. 갑자기 몸이 가벼워진 기분일 테니 그럴 만도 했다. 나는 다시 웃으며 말했다.

"역소환 때 내상을 입었지? 그런 상태에서 제대로 쉬지도 못했고. 내버려두면 그냥 방치할 것 같아서 치료했어."

"아, 고맙……."

"그리고 오해하고 있는 게 많은 것 같으니까 말해 둘게. 정령 계약이 끊긴 건 딱히 네 잘못은 아냐. 그냥 처음부터 결속이 약했기 때문에 일어난 불의의 사고일 뿐이지."

"그게 무슨…… 결속……?"

"한마디로 정령과 연결된 끈이 부실했다는 말이야. 솔직히 말하면 넌 정령사가 되기엔 자질이 부족해. 아니, 부족한 정도가 아니라 최악의 수준이지. 시큐엘이 도와준 덕분에 간신히 계약은 했지만 원래부터 네 육체가 감당할 수 있는 존재는 아니었어. 샘물도 못 담을 그릇에 바다를 채우려 했으니 당연히 결속이 약할 수밖에. 정령 쪽에서 억지로 버티고 있었기 때문에 지금까지 유지했던 거지, 그게 아니었다면 진작 깨졌을 거야. 즉, 지금이 아니라도 언젠가는 일어났을 일이었다는 거지."

그 말에 멍하게 듣고 있던 엔딜이 얼굴을 와락 일그러트렸다. 아무래도 너무 직설적인 설명이었던 모양이다. 충격이 컸는지 그의 입술이 부들부들 떨리기 시작했다.

"그, 그럼 뭐야. 난 원래 자격이 없는 사람이었다는 말이야?"

말투도 달라졌다. 아니, 정확히는 원래대로 돌아온 거라고 해야 하나. 답지 않게 정중하게 굴더라니, 기분이 상하자마자 다시 본성이 드러나는 모양이다. 단순한 녀석 같으니. 나는 어깨를 으쓱하며 대꾸했다.

"너한테는 미안한 얘기지만, 사실이 그래. 그리고 말이 나온 김에 한 가지 더. 물의 정령왕이 시큐엘을 선물로 줬다고 했지? 그것도 실은 지어낸 말이야."

"뭐? 지금 무슨 소리를 하는 거야?"

"말 그대로야. 네가 정령사가 된 건 왕의 뜻과는 상관없이 순전히 시큐엘 혼자 계획해서 벌인 일이거든. 그가 너한테 거짓말을 한 거지. 아마 그렇게 말하면 네가 기뻐할 거라고 생각한 것 같아."

"하, 함부로 말하지 마. 교황이라고 존대해 줬더니 내가 우습게 보여?"

"사실을 말했을 뿐이야. 왜냐면 난 너에게 그를 보낸 기억이 없거든."

"그게 무슨……."

차갑게 노려보던 그는 다음으로 이어진 말에 잠시간 얼빠진 표정을 지었다. 내가 한 말의 뜻을 인지하는 데 시간이 걸리는 모양이었다. 그래도 알아듣기는 했는지 곧 그의 입이 천천히 벌어졌다. 느릿하게 깜빡이는 눈동자에 서서히 경악이 스며드는 것을 보며 나는 엔딜의 손을 꽉 붙잡았다.

"그러니까 이번엔 진짜로 줄게."

"……어? 저기?"

"미안, 좀 아플 거야."

"그……!"

무언가 말하려던 엔딜은 곧 크게 숨을 삼켰다. 내가 그의 몸에 무자비하게 물의 기운을 밀어 넣었기 때문이다. 페리스 때랑 비슷한 방식이었지만, 그의 경우 잠재된 친화력을 이끌어내는 것뿐이었다면 엔딜은 막힌 길을 강제로 뚫어 터전을 닦는다는 차이가 있었다. 당연히 후자가 더 어려운 데다 받는 사람 쪽의 부담도 더 크다. 신체 기능이 완전히 달라지는 것이나 다름이 없으니까. 시간을 들여서 천천히 하면 그나마 괴롭진 않겠지만, 지금은 단숨에 진행하고 있으니 아마 상당히 고통스러울 것이다.

이윽고 적당한 시점이 되었을 즘 나는 거의 넘치다시피 퍼붓던 주입을 멈췄다. 그러자 숨도 못 쉬고 컥컥거리던 엔딜이 비틀거리며 자리에 주저앉았다. 그사이 그의 온몸은 식은땀에 푹 절어 있었다.

"허억, 허억! 뭐, 뭐야?"

"네 육체의 성질을 바꿨어. 그래 봤자 딱히 거창한 건 아냐. 그냥 기본 틀을 만든 것뿐이니까."

"……기본 틀?"

"정령사로서 필요한 가장 최소한의 기반이랄까. 우물이 없으면 수맥을 끌어와서라도 강제로 만드는 수밖에."

대답과 함께 나는 엔딜의 이마를 엄지손가락으로 꾹 눌렀다. 그러자 터져 나온 물방울들이 그의 피부 위에 스며들면서 푸르스름한 무늬를 새기기 시작했다. 아니, 정확히는 새기는 것이 아니라 기존의 것을 다시 복원한 것이다. 굳이 절차를 새로 밟는 것보다는 그 편이 더 빠르고 간단하니까.

이윽고 손을 떼어 내자 그의 이마 위에 선명한 계약의 증거가 드러났다. 상급 정령사임을 증명하는 물의 인장이었다.

"자, 다 됐다."

"……지금 이게 다 뭐야?"

"뭐긴. 시큐엘을 준다고 했잖아. 그와 맺었던 정령 계약을 다시 살렸어."

내 말에 엔딜은 멍하니 눈을 몇 번 깜빡인 후, 한 손으로 천천히 이마를 매만졌다. 동요를 한다거나 의문을 느끼는 것도 없이 그저 그렇구나, 담담히 수긍하는 얼굴이었다. 생각보다 침착한 모습에 오히려 실망한 건 나였다. 다시 정령사가 됐다고 하면 엄청 기뻐할 줄 알았는데 반응이 이렇게 심심할 줄이야. 대가를 바라고 한 일은 아니긴 하지만 조금 맥이 빠지는 기분이었다.

"단, 계약을 살렸다고 해도 지금까지와는 조금 다를 거야. 예전엔 시큐엘 혼자서 오롯이 계약의 책임을 감당했다면, 이제부턴 너도 같이 나누게 됐으니까. 앞으론 정령을 소환할 때 힘이 더 많이 필요할 거야. 대신 한계까지 마나를 소비해도 계약이 끊어지진 않아. 사실 지금까지가 비정상이고 이게 정상이지만."

"정상……."

"평범해졌단 소리야. 바뀐 흐름에 적응하려면 당분간 훈련이 좀 필요할 거야. 특히 넌 억지로 길을 낸 거라서 더 오래 걸릴지도 몰라. 첨부터 시큐엘을 소환하는 건 벅찰 테니까 한동안은 나이아스부터 소환해 보면서 천천히 적응 훈련을 해 나가도록 해."

"……어? 나이아스?"

그 순간 묵묵히 듣고 있던 엔딜이 화들짝 놀라 고개를 들었다. 나는 얼굴을 찌푸리고 그를 바라봤다.

"뭐야, 하급 정령으로 시작하는 게 불만이야? 근데 다른 상급 정령사들도 원래 다 그렇게 하거든? 매시간 필살기만 쓰는 사람이 어딨어?"

"아, 아니, 그게 아니라…… 내가 나이아스를 소환할 수 있다고? 어떻게?"

"어떻게 라니…… 설마 몰랐어? 상위 정령과 계약하면 하위 정령은 그냥 소환할 수 있어. 네 경우엔 상급 정령사니까 운디네도 부를 수 있는데? 마나가 허용하는 선까지 소환 숫자도 늘릴 수 있어."

"……그건 그냥 헛소문 아니었어?"

"헛소문이라니?"

"하, 하지만 나…… 지금까지 그런 거 못했는데……."

아, 무슨 말인지 이제야 알겠다. 요행으로 정령사가 된 탓에 그동안 능력이 온전하지 못했던 모양이다. 하긴 시큐엘이 일방적으로 지탱한 계약이었으니, 거기서 다른 정령까지 소환하는 건 무리였을 것이다. 나는 피식 웃으며 말했다.

"그러니까 이젠 다를 거라고 했잖아. 이전 계약은 불완전했기 때문에 그만큼 제약이 있었던 것뿐이야. 앞으론 할 수 있어. 뭣하면 시험해 볼래? 지금 한번 말해 봐. 나이아스 소환, 이라고."

"……나이아스 소환?"

그의 말은 즉각 반응으로 이어졌다. 그 순간 퐁! 하는 소리와 함께 작은 인어의 모습을 한 나이아스가 튀어나온 것이다. 깜짝 놀랐는지 부릅뜬 눈으로 숨만 크게 들이키는 엔딜을 보며 나는 피식 웃었다.

"거봐, 내 말 맞지?"

"어떻게……."

"원래 이런 게 당연한 거라니까. 정식 정령사가 된 소감이 어때?"

"정식 정령사……."

아직 놀람이 가시지 않는 걸까? 작은 소리로 중얼거리는 얼굴이 여전히 멍했다. 나는 어깨를 으쓱한 다음 다시 본론에 들어갔다.

"그리고 네 동생에 대한 것 말인데. 그건 다 같이 의논해 봐야할 것 같아. 내가 지금 당장은 해야 할 일이 있거든. 언제라고 확정할 순 없지만 최대한 일정을 맞춰 볼게. 그런 김에 일단 몇 가지 확인해 둘 게 있는데…… 엔딜?"

"으응?"

좀처럼 반응을 보이지 않는 그를 부르자, 엔딜은 황급히 어깨를 움츠리며 대답했다. 뭐야, 이게 가장 중요한 얘긴데 왜 집중을 안 해? 나는 눈썹을 살짝 찌푸리며 물었다.

"동생이 앓고 있는 게 희귀병이라고 했지? 신관에게 병을 보인적 있다고 했던 것 같은데, 신성력으로 치료해 봤어? 효과는 어느정도였어?"

"아, 그게…… 일시적으로 낫긴 하는데 그때뿐이라서……."

"흠, 그래? 일시적인 효과라. 어지간한 것들은 신성력으로 대부분 치료가 가능할 텐데, 균이 사라졌다가 다시 생기는 건가?

그럼 원인 자체는 해결하지 못한다는 말인데. 그러고 보니 동생이 먹는 약초는 어떤 효과가 있는 거야?"

이번에도 대답이 없다. 고개를 들자 엔딜이 황망히 나를 응시하고 있었다. 왠지 놀란 토끼 같은 표정이었다.

"듣고 있어, 엔딜?"

"어? 네?"

"네가 정기적으로 구입한다는 약초 말이야. 무슨 효능이 있는 건지 물었어."

"아, 그, 그게 자세히는 모르지만, 장기와 신체 기능을 보완하는 거라고……."

"으음, 신체 기능 보완? 그럼 치료약이라기보다는 보약 같은 건가 보네."

하긴, 시중의 약으로 치료가 불가능하다면 체력을 키워서 스스로 떨쳐내게 돕는 것도 하나의 방법일 것이다. 그것이 몇 년째 이어져오고 있다는 점에서 별로 신통한 효과는 없는 것 같지만.

……내가 고칠 수 있을까? 아직 섣부른 판단일지 모르겠지만 예감이 별로 좋지 않았다. 나는 살짝 한숨을 내쉰 뒤 다시 엔딜을 바라보았다. 그는 의미를 알 수 없는 표정을 짓고 있었다. 꿈속을 헤매는 것 같기도 했고, 이제 막 꿈에서 깬 사람 같기도 했다. 지나친 기대감 때문에 흥분한 건가 싶어 나는 조심스럽게 말했다.

"저기, 미리 말해 두는 건데. 솔직히 나도 고칠 수 있을 거란 장담은 못 해. 상처에는 확실히 효과가 있지만 '병'에 관해선 시험해 본 적이 없거든. 그러니까 너무 기대는 하지 마."

"그 말은……."

"별로 듣고 싶지 않은 말이라는 건 알아. 하지만 이런 건 확실히 알고 있는 게 좋을 것 같아서."

"아니, 그런 게 아니라……."

다급히 내저은 손이 허우적거리며 허공을 휘젓다 이내 내 팔을 붙잡았다. 그때서야 나는 그가 심하게 떨고 있다는 것을 알았다.

"……엔딜?"

"정말…… 물의 왕이세요? 진짜예요?"

"뭐?"

새삼스럽게 무슨 말을 하는 건가 싶어 고개를 든 나는 바로 입을 다물었다. 엔딜의 얼굴이 금방이라도 울 것처럼 일그러져 있었기 때문이다. 불안정하게 응시하는 눈동자엔 충격과 혼란의 감정이 고스란히 드러나 있었다. 그 모습에 나는 살짝 혀를 찼다. 어쩐지 묘하게 침착하다 싶더니, 아무렇지 않았던 게 아니라 현실을 인지하지 못하고 있었던 모양이다.

"깨닫는 것도 빠르다. 너 지금까지 내가 한 말 하나도 안 들었지?"

"드, 들었어요. 근데 믿을 수가 없어서…… 아, 아니라고 하셨잖아요. 당신은 교황이라고……."

"으음, 그건 미안해. 유희 중이라 정체를 밝히는 게 좀 꺼려졌거든."

"그럼 정말로……."

"그래, 내가 바로 물의 정령왕이야."

내 대답에 엔딜은 흡, 하고 숨을 삼켰다. 물어보면서도 정말 내가 긍정할 거라곤 예상하지 못했다는 표정이었다.

"너도 참 심하다. 이제껏 멀쩡하게 대화해 놓고 이제 와서 갑자기 뭐야? 심지어 대놓고 정령사로 만들어 주기까지 했는데 어떻게 실감을 못 할 수 있어?"

"아, 그게…… 꿈인 줄 알아서……."

"나이아스도 직접 소환해 봤잖아."

"환상을 본다고만 생각을……."

느릿한 대답에 난 황당해하는 표정을 감추지 못했다. 아무리 하급이라고 해도 물의 정령은 기본적으로 성질이 거칠다. 나이아스를 소환했을 때 다량의 마나가 빠져나가는 걸 느꼈을 것이다. 그런데도 그걸 전부 다 꿈이라고 생각하다니, 이제 보니 상당히 심하게 둔한 녀석이었다. 엔딜은 어찌할 바를 모르는 얼굴로 우물거리다 무언가 깨달았는지 황급히 고개를 들었다.

"그, 그럼 저 진짜 정령사 된 거예요? 다시 시큐엘 볼 수 있어요?"

"그렇다고 했잖아. 하지만 당분간은 참아. 네 몸이 감당하기도 벅차겠지만, 불러도 응답하지 못할 거야. 그동안 너무 무리해서 몸이 망가져 있는 상태였는데 거기에 역소환의 충격까지 겹쳤으니까. 한동안은 휴식해야 해."

"네? 무리요?"

얼굴 가득 기쁜 기색을 비추던 엔딜은 이어진 내 말에 의아한 표정을 지었다. 나는 어깨를 으쓱이며 대답했다.

"말했잖아. 네가 처음에 정령 계약을 할 수 있었던 건 다 그가 도와준 덕분이라고. 그게 별거 아닌 것처럼 보여도 시큐엘의 입장에선 부담이 큰 일이거든. 목숨을 걸고 한 거야."

"그, 그랬군요. 전혀 몰랐어요."

대답하는 목소리가 떨렸다. 불안하게 흔들리는 눈동자를 보니 충격을 크게 받은 것 같았다.

"사실 시큐엘만 아니었으면 내가 정체를 밝히는 일도 없었을 거야. 그 녀석이 널 위하는 마음이 안쓰러워서 나서기로 결심한 거니까. 알았어? 그러니까 앞으로 그 녀석한테 잘해."

"네, 네! 그럴게요. 앞으로 다시는 정령사로서 부끄러운 일은 하지 않을 거예요. 맹세해요."

그는 한 손을 든 채 경건하게 선언했다. 이미 대부분의 오해는 풀었기 때문에 딱히 불만이 있던 건 아니었지만, 그런 모습을 보니 마음속에 조금이나마 남아 있던 앙금들까지 전부 사라지는 것 같았다.

"좋아, 아무튼 이왕 이렇게 됐으니 내가 도울 수 있는 건 도와줄게. 혹시나 싶어서 하는 말인데, 나에 대해서 다른 사람들한테는……."

"마, 말 안 해요, 절대로."

"응, 그럼 됐어."

단호하게 고개를 젓는 엔딜을 보며 나는 씩 웃었다. 그러자 그의 두 눈에 눈물이 글썽 차올랐다.

"또 울려고? 너 의외로 울보구나."

"그, 그치만…… 믿어지지 않는 걸요. 제게 이런 일이…… 이제 다시는 희망 같은 거…… 없을 거라고…… 고맙습니다! 정말 고맙습니다!"

말하면서 감정이 더 벅차오른 듯 엔딜은 두 손을 꽉 쥔 채 펑펑 울기 시작했다. 서럽게 우는 모습이 드라마 속 비련의 주인공이 되기라도 한 것 같았다. 남들이 이 광경을 보면 무슨 생각을 할는지. 새삼 이곳에 나와 그밖에 없다는 것이 다행스럽게 여겨졌다. 멋쩍은 기분에 나는 뒷머리를 살짝 긁적였다.

"아까도 말했지만 내가 네 동생의 병을 고칠 수 있을 거라는 장담은 못 해."

"괘, 괜찮아요. 무, 물의 왕께서 직접 살펴보러 와 주시는 것만으로도 충분해요. 세실도 정말 기뻐할 거예요."

"그렇다면 다행이지만."

"정말이에요. 전 지금 이렇게 물의 왕을 뵙는 것만으로도 너무 기뻐서……."

"으음, 근데 너 내 이름 몰라?"

"아, 알아요. 엘퀴네스 님이시잖아요."

"알면서 왜 자꾸 물의 왕이라고 해?"

"그, 그야 전 평범한 엘프인 걸요. 제가 감히 어떻게 정령왕의 이름을 함부로 부르겠어요."

당황한 표정으로 머뭇거리며 내뱉는 말에 나는 살짝 얼굴을 찌푸렸다. 정령왕이니까 이름을 부를 수 없다니. 내 정체를 알면 대부분 조심스러워지긴 했지만, 이런 반응은 또 처음이라 조금 신선한 기분이었다.

"뭐야, 그게. 그냥 이름으로 불러. 나도 그게 훨씬 듣기 편하니까."

"으음, 그럼 엘퀴네스 님?"

"엘."

"네?"

"엘이라고 해. 그게 내 애칭이거든."

그러자 엔딜이 소스라치게 놀라며 두 손을 내저었다. 과격한 반응에 오히려 내가 더 당황했을 정도였다.

"마, 말도 안 돼요! 제가 어떻게 애칭을……!"

"뭐 어때서? 부르기 편하라고 만드는 게 애칭인데. 다른 사람들도 다 그렇게 부르는걸? 게다가 그 이름 엄청 유명하거든? 사람들 앞에서도 엘퀴네스라고 하려고?"

"으음, 그건 그렇지만……."

"거봐. 그러니까 그냥 엘이라고 불러."

"……네, 엘 님."

머뭇거리던 엔딜은 이내 고개를 푹 숙이며 대답했다. 그래 봤자 양옆으로 솟은 귀가 온통 새빨개서, 보지 않아도 무슨 표정인지 알 것 같았다.

나는 피식 웃으며 엔딜의 머리를 툭툭 쓰다듬었다. 처음부터 미운 꼴을 다 봐서 그런가? 왠지 이 녀석과는 앞으로 좋은 인연을 이어 나갈 수 있을 것 같았다.

*　　　*　　　*

"신의 문장이라……."

"……!"

귓가에 들려온 나직한 목소리에 저절로 걸음이 멈췄다. 엔딜과 헤어진 후 머무는 선실 쪽으로 이동하는 길이었다. 복도는 텅 비어 있었지만 나는 누군가 있다는 것을 본능적으로 알아차렸다. 아니나 다를까. 지그시 노려본 기둥 뒤에서 검은 머리칼의 남자가 모습을 드러냈다. 얼마 전부터 나를 쫓아다니고 있는 마족, 루카르엠이었다. 눈이 마주치자 그는 서글서글하게 말했다.

"요즘 정령왕들은 부업을 꽤 화려하게 하시나 봅니다? 설마 교황이라니…… 이것 참, 형벌의 신과 친분이 있으셨습니까? 여러 가지로 저를 놀라게 만드시는 분이군요."

그래, 안 그래도 널 어떻게 하나 했다. 나는 굳은 얼굴로 그를 노려보며 말했다.

"잘됐네요. 마침 확인하고 싶은 게 있었는데."

"흐음, 무슨 확인을?"

"이번 일, 마왕에게 보고할 건가요?"

그러자 그는 눈을 살짝 크게 떴다가 재밌다는 듯이 웃었다.

"설마요. 이미 명령 불복을 작정하고 온 마족이 그런 짓을 할 리가 있겠습니까? 전 그렇게 의리 있는 성격은 못 됩니다. 게다가 제가 왜 이런 재밌는 상황을 스스로 망치겠습니까?"

"이게 재밌어요?"

"네, 매우 재밌네요. 생각지 못한 수확을 얻은 기분이랄까요. 여기까지 오긴 했지만 사실 어떻게 해야 하나 막막하기도 했거든요. 참고로, 앞으로 어떻게 진행될지 무척 흥미진진하기까지 합니다."

……왜 저 말이 악담처럼 들리는지 모르겠다. 어쨌거나 고자질할 의사가 없다는 점에서 나는 우선 안심했다. 못 미더운 마족이라곤 해도 이런 일로 거짓말을 할 것 같진 않았으니까. 그래서 나는 솔직하게 말했다.

"다행이네요. 그렇지 않아도 마신의 심기가 불편할 텐데, 여기서 일을 더 키우고 싶진 않았거든요."

"음? 마신의 심기가 왜 불편합니까?"

"왜긴요. 자신이 최고신으로 군림하고 있는 제국 영토에서 다른 교단의 교황이 나왔잖아요. 이런 경우 운 나쁘면 종교전쟁이 일어날 수도 있다고 하던데요? 이미 마신교단에서는 전쟁 준비에 들어갔다는 소문까지 있고요."

"아, 그런 얘기였군요. 그런데 그런 걱정을 하고 계셨습니까? 전 물의 왕께서 오히려 그런 상황을 바라신다고 생각했는데요."

"엑? 그게 무슨 소리예요?"

그 말에 루카르엠은 눈빛을 빛내며 내게 손을 뻗었다. 그의 손이 닿은 곳은 내 이마에 있는 서클렛이었다. 그와 함께 이어진 말에 나는 잠시 숨을 멈췄다.

"이거, 마신교단의 보물 아닙니까?"

"……!"

"제가 이래 봬도 기억력은 좀 좋거든요. 오래전에 마신전에 장식된 것을 본 기억이 납니다. 중간에 도난당해서 잃어버렸다고 한 것까지도요."

설마 여기서 서클렛을 알아보는 사람이 나타날 줄이야. 나도 모르게 몸을 굳히자 루카르엠은 노골적으로 서클렛을 주시하며 말했다.

"처음엔 잘못 본 거라 생각했습니다만, 이제 보니 정말 확실하네요. 설마 이게 물의 왕의 손에 들어갔을 줄은 몰랐습니다. 아마 우연히 습득하신 거겠죠?"

"그, 그렇긴 한데……."

"흐음, 하지만 그런 얘기를 과연 몇이나 믿어 줄까요? 알고 계십니까? 이것을 지니고 있는 당신이 형벌의 신관이라는 시점에서 이미 마신전을 향한 선전포고가 성립한다는 걸요."

'라피스으으━━━!'

아마도 내 얼굴이 사색이 된 모양이다. 진지한 표정으로 응시하던 루카르엠이 이내 풋 하고 웃음을 터뜨렸다.

"하하, 농담이에요, 농담. 그렇게까지 긴장하지 않으셔도 됩니다."

"네? 농……담?"

"뭐, 사실 이제 와서 누가 그 서클렛을 알아보겠습니까? 저나 되니까 기억한 거지, 인간들 중에선 그게 있었다는 사실조차 모르는 사람이 태반일 겁니다."

"……그냥 겁준 거였어요?"

"실례. 반응이 너무 재밌으셔서 말입니다."

살의가 치솟는다는 게 이런 기분일까? 지금 당장 얼굴을 날려주고 싶은 기분이었다. 하지만 눈앞의 마족 역시 호락호락하지 않았다. 그는 재빨리 다음 말을 이어 나의 행동을 사전에 봉쇄했다.

"내친김에 말씀드리자면 한 제국 영토에 교황이 둘인 것도 그리 특별한 건 아닙니다. 예전부터 종종 있어 왔던 일이죠. 더구나 상급신끼리는 서로 존중하는 차원에서 대체로 공존하는 분위기고요. 그러니 아마 걱정하시는 만큼 분란이 생기진 않을 겁니다. 그리고 설령 전쟁이 일어나면 또 어떻습니까?"

"어떻냐니……."

"어차피 지금의 마신교단은 나태해질 대로 나태해져서 형벌의 교단의 상대가 안 됩니다. 아무리 과거에 잘 나갔던 사람이라도 일단 노인이 되면 새파랗게 치고 올라오는 젊은 영웅을 이기지 못하는 것과 마찬가지죠. 전쟁을 일으켜 봤자 지들만 손해날 겁니다. 몇 번 부딪쳤다가 제 풀에 꺾여 바로 물러설걸요?"

아니, 잠깐! 마족은 마신의 창조물 아니었어? 마신교단에 대해서 그렇게 막 평가해도 돼? 나는 황당한 심정으로 루카르엠을 바라봤다. 그러자 무슨 의미인지 눈치챈 듯, 그가 웃으며 말했다.

"사실을 말한 것뿐입니다. 아무리 좋게 봐주려고 해도 뻔한 걸 모른 척할 수는 없으니까요. 제가 엘퀴네스 님의 입장이라면 오히려 교황의 신분을 이용해 전쟁을 부추길 것 같군요. 이참에 제국의 최고신을 바꿔보는 것도 재밌지 않겠습니까?"

"……당신 정말 마족 맞아요?"

"마족이니까 할 수 있는 말입니다. 고작해야 작은 차원에 있는 제국 하나인걸요. 그거 하나 사라진다고 마신의 권위가 줄어들진 않습니다."

"그래도 전쟁은 안 돼요. 엘퀴엔의 입장이 곤란해지잖아요. 그러다 잘못되면 마신과 척을 지게 될 수도 있고."

"호오?"

"웃을 일이 아니에요. 나야 어차피 유희일 뿐이고, 여기선 정체를 감추고 지내면 된다지만 엘퀴엔은 그렇지 않잖아요. 안 그래도 성격이 나쁜데 적까지 만들면 어떡해요."

"성격이 나쁘다, 라…… 그렇게 말하셔도 됩니까?"

"사실인데요, 뭐. 어차피 엘퀴엔은 이런 일도 다 예상하고 있을

걸요? 워낙 남의 시선을 신경 쓰지 않는 신이니까, 아무래도 상관없다고 생각하고 있을지도요."

"그러면 딱히 걱정하실 것도 없는 것 아닌가요?"

"아니죠. 엘뤼엔이 아무렇지 않게 여긴다고 내가 하는 일이 괜찮은 건 아니잖아요. 난 그에게 폐를 끼치고 싶지 않아요. 이미 실컷 도움 받고 있는 주제에 이런 말하는 건 좀 그렇긴 하지만. 그러고 보니 정말 괜찮을까요? 설마 이미 마신과 싸우고 있는 중인 건 아니겠죠?"

루카르엠은 굉장히 미묘한 표정으로 날 보고 있었다. 뭐라고 해야 하나. 이런 식으로 표현해도 될지 모르겠지만, 정색하고 싶은 표정과 폭소를 터뜨리고 싶은 표정이 우위를 서로 점하기 위해 싸우다 끝내 아무런 결론을 내리지 못하고 그냥 허무하게 흩어진 느낌이랄까? 나로서도 이게 무슨 소린가 싶기는 한데, 아무튼 그렇게밖에는 설명이 안 되는 얼굴이었다.

"왜, 왜요?"

"아뇨, 뭐랄까. 처음부터 느꼈던 거지만, 굉장히 귀여운 분이시네요."

"……뭐라구요?"

"하하, 칭찬입니다, 칭찬. 일단 제 소견을 말씀드리죠. 마신과 형벌의 신의 관계에 대해서라면, 별로 걱정하시지 않으셔도 됩니다. 애초에 원만했던 적이 있냐고 묻는 게 더 빠르실 것 같거든요."

"그게 무슨……."

"신계에는 이런 말이 있다고 하더군요. '마신과 형벌의 신이 함께한 자리는 결코 동석하지 말라. 중간에 있는 자는 반드시 파국을 맞이한다.'고 말입니다."

"……그렇게 사이가 나빠요?"

"원래 부끄럼이 많은 성격일수록 애정을 확인하는 과정이 치열한 법이죠."

대체 그게 뭔 소린데?

이해할 수 없는 말에 눈썹을 찡그리자 루카르엠은 의미심장한 얼굴로 웃었다.

"어쨌거나 이쪽의 일은 두 신들에게 별다른 영향을 미치지 못할 겁니다. 새삼 분쟁을 겪기엔 이미 더 이상 나빠질 것이 없거든요. ……좀 더 특별한 일이 일어난다면 몰라도."

"특별한 일? 그게 뭔데요?"

"그걸 알면 제가 신이지, 마족이겠습니까?"

물 흐르듯이 매끄럽게 이어진 답변에 한순간 말문이 막혔다. 그거야 맞는 말이긴 한데, 왠지 다른 꿍꿍이가 있는 것 같이 느껴지는 건 내 착각만이 아니겠지? 의심의 눈길로 바라보자 루카르엠의 입가에 서린 미소가 더 짙어졌다. 기분 나쁠 정도로 화사한 미소였다.

"하지만 만약 그런 일이 벌어진다면 재밌을 것 같긴 하군요. 형벌의 신 엘뤼엔은 무서우리만치 냉정해서 늘 얼음 같지만, 크게 분노한 적은 한 번도 없었다고 하죠. 그가 이성을 잃고 화내는 모습, 기대되지 않습니까?"

"……제발 참아주세요. 전 그런 거 보고 싶지 않거든요?"

"이런, 낭만을 모르시는 분이시군요."

그딴 낭만 알고 싶지도 않아!

안타깝다는 듯이 혀를 차는 마족을 보며 나는 속으로 이를 갈았다. 누가 어둠의 자식 아니랄까 봐 취향도 꼭 그같이 음습한 것만 가지고 있는 것 같다. 내 눈빛이 사나워져서인지 그는 이내 두 손을 들며 항복 표시를 해 보였다.

"뭐, 좋습니다. 오늘은 여기까지 하도록 하죠. 앞으로도 즐길 시간은 많으니까요."

"누구 마음대로……."

하지만 나는 말을 끝까지 잇지 못했다. 마력을 느끼지도 못했는데 어느새 그의 모습이 눈앞에서 홀연히 사라져 있었기 때문이다. 텅 빈 공간에 남은 것은 웃음기를 머금은 그의 목소리뿐이었다.

"앞으로 당신의 행보를 기대하겠습니다, 엘퀴네스 님. 부디 저를 계속 즐겁게 해 주시길."

……정말 끝까지 밉살맞은 마족이었다.

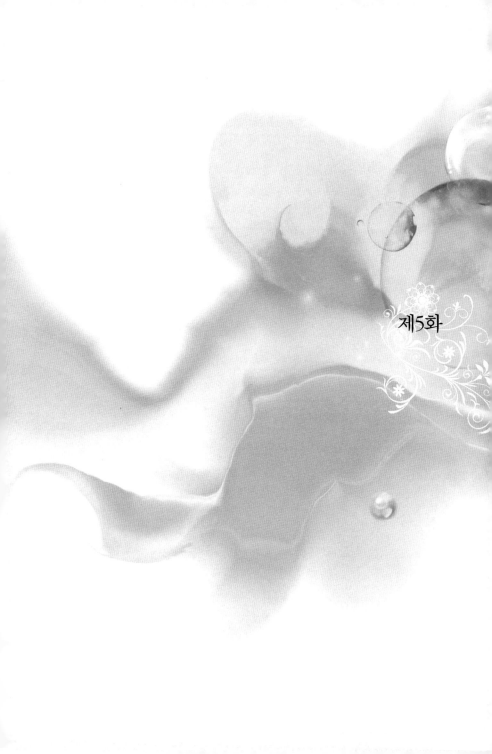

제5화

1.

이틀이 지나자 드넓은 바다만 펼쳐지던 전방에 드디어 육지가 보이기 시작했다. 이 배의 중간 정착지이자, 엔딜의 목적지인 리튼 항이었다. 부우우, 입항을 알리는 무거운 고동 소리와 함께 육중한 선체가 부두 쪽으로 천천히 진입을 시도했다. 갑판 위는 닻을 내리기 위한 준비로 연신 분주한 상태였다.

"저기 봐. 드디어 도착했어, 엘."

"응."

한껏 상기된 이사나의 말에 나는 살짝 웃으며 대답했다. 창밖으로 펼쳐진 항구 마을의 풍경을 보니 가슴이 탁 트이는 것 같았다. 이제 드디어 갑갑한 배 안에서 탈출할 시간이었다.

그동안 나는 본의 아니게 선실 안에서 갇혀 지낼 수밖에 없었다. 교황이라고 밝힌 것이 원인이 되어, 가는 곳마다 사람들의 시선이 따라붙었기 때문이다. 일부 승객들 중에서는 내게 잘 보이려고 선물을 보내는 사람까지 있었다(물론 받지 않고 죄다 돌려보냈다).

그 과정에서 우리의 일정엔 몇 가지 크고 작은 변동이 생겼다. 먼저 이 배의 최종 목적지까지 한 번에 가려던 계획을 수정해서 우리들 역시 이곳에서 하선하기로 했다. 어차피 국경을 넘은 김에 여기서 다음 직항까지는 육로로 이동할 생각이었다. 결과적으로는 며칠 돌아가는 셈이었지만 남은 기간 동안 내내 사람들 틈에서 불편을 겪는 것보다는 나을 것 같았다. 게다가 배로 하는 여행에 질린 탓도 있었다.

그리고 카이테인이 우리 일행과 헤어지기로 했다. 그렇게 하기로 결정한 건 엔딜의 영향이 컸다. 아니, 정확히는 그의 여동생이 앓고 있는 병 때문이었다. 치유 수련 중인 그는, 신성력으로 낫지 않는다는 희귀병에 강한 흥미를 보였다.

"저주?"

사건의 발달은 일정을 의논하는 자리에 엔딜을 부르면서 시작됐다. 환자를 치료하는 것도 중요하지만 마검을 찾는 것도 급한 사안이었기 때문에, 그의 동생을 보러 가는 건 던전을 다녀온 다음으로 정하기로 했다. 중간에 일정을 빼는 것보다 다녀오는 길에 들르는 것이 훨씬 효율적이란 생각에서였다.

엔딜은 결정에 만족해했고, 그것으로 모든 회의가 일단락되던 참이었다. 그러던 중 우연히 듣게 된 이야기에 나와 일행들은 모두 당황했다. 엔딜의 여동생이 걸린 병을 두고, 엘프 일족들 사이에서 저주를 받았다는 소문이 퍼져 있다는 것이었다.

"저주라니, 무슨 저주?"

"저도 자세한 건 몰라요. 하지만 그냥 지어낸 말일 거예요. 그 사람들은 세실을 싫어하니까. 그 애에 관해선 무조건 안 좋게 얘기하거든요."

"싫어한다고?"

병에 걸려서 그런 게 아니라 원래 싫어했었다는 말인가? 어리둥절해져서 바라보자 엔딜은 조금 주저하더니 살짝 한숨을 내쉬며 고백했다.

"실은…… 세실은 순수한 엘프가 아니에요."

"그게 무슨 말이야?"

"다른 인종의 피가 섞여 있거든요. 그 애는 엘프인 어머니와 인간 남자의 사이에서 태어났어요. 인간들 사이에서 하프라고 불리는 존재죠."

"아…….."

이제야 어떤 상황인지 알 것 같았다. 같은 인종에 속하는 인간들 사이에서도 혼혈에 대한 인식은 별로 좋지 않은 편이다. 하물며 엘프 종족은 자신들의 영역에 외부인의 출입을 일절 허용하지 않을 만큼 철저하게 배타적인 성향을 지닌 자들이었다. 그런 그들이 인간의 피가 섞인 아이를 고운 시선으로 봤을 리가 없다. 병은 단지 수단에 불과할 뿐, 처음부터 추방할 궁리를 하고 있었을 지도 몰랐다.

"전 그런 점이 이해되지 않았어요. 세실은 너무 착하고 사랑스러운 아이인데. 단지 인간의 피가 섞였다는 이유만으로 아무도 그 앨 좋아하지 않는 거예요. 심지어 병에 걸렸을 땐 당연하다는 반응이었죠. 누구 하나 관심을 갖지도, 치료해 주려고도 하지 않았어요. 어차피 성인이 되기 전에 죽을 운명이라나? 더러운 피가 섞여서 크레아 님이 진노하신 거라고⋯⋯."

"크레아?"

"엘프를 창조한 신의 이름입니다."

의아해하는 내 옆에서 카이테인이 조용히 답했다. 그는 평소보다 생각이 많은 얼굴을 하고 있었다. 이윽고 그가 엔딜을 향해 물었다.

"한 가지 궁금한 것이 있습니다. 이야기를 쭉 들어 보니 일족들은 동생분이 병에 걸릴 거라는 걸 이미 알고 있었다는 것 같군요. 무슨 이유라도 있습니까?"

"그건⋯⋯."

"알고 있는 걸 전부 말해 주십시오. 그래야 저희 쪽에서도 구체적으로 도울 방안을 모색할 수 있습니다."

그 말에 엔딜은 무릎 위에 올려놓은 주먹을 꽉 움켜쥔 채 입술

을 깨물었다. 그러다 어쩔 수 없다고 생각했는지 이내 크게 숨을
몰아쉬며 말했다.

"확실한 건 아닌데…… 우리 일족과의 혼혈은 전부 그 병에 걸
린대요. 시기는 개인차가 있지만 대부분 성인이 되기 전에 발병하
고, 일단 한번 발병하면 무조건 몇 년 안에 죽는다고 했어요."

"그래서 저주라고……."

"그치만 저주 아니야! 그딴 헛소리가 진짜일 리 없잖아! 세실
은 병에 걸린 지 벌써 5년이 넘었어. 그래도 아직 살아 있단 말이
야!"

격분한 탓인지 엔딜은 평소의 말투로 소리쳤다. 마치 자기 자
신에게 외치듯, 누구와도 시선을 맞추지 않은 채 바닥만을 노려
보고 있는 상태였다.

"살아 있어. 충분히 나을 수 있는 병이야. 그냥 치료법이 조금
까다로운 것뿐이라고. 지금까지 잘 해왔는걸? 신의 저주라니, 절
대 그럴 리가 없어."

"네, 저도 물론 그렇게 생각합니다."

"저, 정말?"

대답한 사람은 카이테인이었다. 뜻밖의 동조에 당황했는지 엔
딜은 놀란 얼굴로 고개를 들었다. 그의 혼란스러운 눈빛을 마주
한 카이테인이 빙긋 웃으며 고개를 끄덕였다.

"신학에는 신들의 창세론이란 교리가 있습니다. 그 내용을 살
펴보면 각 종족의 탄생 일화가 나오지요."

"탄생 일화?"

"가장 처음으로 만들어진 인종이 인간이라는 사실 아십니까? 태초에 주신이 인간종을 만들었고, 그들을 위해 중간계를 세웠습니다. 그러고 주신을 보좌하는 신 크레아에게 한동안 그들을 지켜보도록 명했죠. 임무를 수행하는 동안 인간에게 호감이 생긴 크레아 신은 그들의 고결하고 아름다운 부분만을 가져다가 엘프를 만들었다고 합니다. 그런 일화가 전해질 정도로 그는 인간에게 매우 우호적인 신 중 하나입니다. 그런 크레아 신이 인간과 피가 섞였다고 해서 저주를 내렸을 리가 없다고 생각합니다."

"그, 그렇구나. 처음 들어 봤어, 그런 얘기……."

"그러고 보니 엘프들은 이 부분을 가르치지 않는다고 하더군요. 아마 인간에게서 종족의 기원이 시작했다는 것이 불쾌한 탓이겠죠. 사실 엘프만이 아니라 다른 이종족들도 인간 근원설은 싫어하는 편입니다. 자신들이 인간보다 상위 종족이라고 생각하니까요."

"으음, 그런 거 기분 나쁘지 않아?"

"그럴 게 뭐가 있습니까? 자신의 혈통에 자부심을 가지는 건 누구나 마찬가지인걸요. 인간들 역시 이종족을 무시하고 폄하하기도 하잖습니까? 물론 이런 행동이 결코 옳은 건 아니지만 말입니다."

"당신…… 좋은 사람이네."

"그렇습니까? 감사합니다. 하지만 그런 칭찬은 당신이 먼저 들어야 할 것 같네요."

"내, 내가?"

"여동생을 지키기 위해 오랜 시간을 혼자서 애써 왔잖습니까. 세상에선 그런 사람을 가리켜 훌륭하다고 하지요. 그동안 정말 고생 많으셨습니다."

그 말과 더불어 엔딜은 카이테인에게 완전히 마음을 연 것 같았다. 순식간에 만개한 꽃처럼 밝아지는 얼굴을 보며 나는 속으로 웃었다. 홀로 아픈 여동생을 간호하는 일상은 분명 지치고 고됐을 것이다. 지금까지 얼마나 저 말을 듣고 싶었을까 생각하자 가슴 한구석이 뭉클했다.

"일단 저주는 확실히 아니라는 거죠?"

"네, 아닙니다."

확인차 건넨 질문에 카이테인은 단호히 고개를 저었다. 지금까지 그가 한 말 중에서 가장 확신에 찬 어투였다.

"저주였다면 신전에 보였을 때 이미 진단을 받았을 겁니다. 그들의 신성력에 반발했을 테니까요. 일시적이나마 치유의 힘에 호전된다는 건 그 자체가 저주와는 무관하다는 뜻입니다. 하지만 혼혈에게만 나타나는 병이라는 게 마음에 걸리는군요. 확실히 연구해 볼 만한 일인 것 같습니다."

"으음, 그러네요. 체질의 문제일까요?"

"글쎄요, 지금으로선 그게 가장 쉬운 해석이긴 합니다만. 그래도 섣불리 단정할 수는 없습니다. 이종족과의 하프는 매우 드문 편이니 사례라고 해 봤자 그다지 많지도 않겠죠. 단순히 우연이 겹친 걸 수도 있으니 그것만으로는 근거로 삼기가 어렵습니다. 사실 전 이런 병이 있다는 것도 이번에 처음 들어 보거든요. 오히려 제가 알기론 하프는 순수한 인간보다 더 오래 산다고 들었습니다."

"엥? 그래요?"

"예, 최소 삼백 년 이상은 더 산다고 하더군요."

그렇다는 건 결국 모든 하프가 병에 걸려 단명하는 건 아니라는 말이었다. 파고들수록 난해해지는 추론에 나는 얼굴을 찌푸렸다. 다른 사람들도 모두 복잡한 표정이긴 마찬가지였다. 카이테인의 얼굴은 드물게 찌푸려 있기까지 했다. 생각에 잠겨든 그는 잠시 후 엔딜을 향해 물었다.

"그러고 보니 두 달마다 약초를 산다고 하시더군요. 굳이 그 기간을 지키는 이유가 있는 겁니까?"

"으응, 한 번에 구입할 수 있는 최대 수량이 정해져 있거든. 약초의 자생지가 별로 많지 않아서 그 이상은 물량을 늘리지 못한다나 봐."

"흠, 그럼 그 기간 안에 엘 님이 오셔야 한다는 말이군요."

결론부터 내리자면, 그건 애초에 불가능한 일이었다. 목적지에 닿는 것만으로도 상당한 시일이 걸릴 테고, 그 안에서 체류하게 될 일정을 생각하면 두 달은 가뿐히 넘길 것이 분명했기 때문이다. 그러자 난처한 기색을 눈치챈 듯 엔딜이 얼른 고개를 흔들며 말했다.

"괘, 괜찮아. 떨어지면 다시 약초를 구해 오면 되지. 지금까지
쭉 해왔던 일인걸? 몇 년이라도 기다릴 수 있어."

"병세는 더 진전되지 않는 게 확실합니까?"

"……아직까진 괜찮아."

"앞으로 어떻게 될지는 모른다는 말이군요."

"……."

담담히 정곡을 찌르는 말에 엔딜은 불안한 표정만 지었을 뿐,
부정하지는 못했다. 하긴, 이미 병을 앓기 시작한 지 5년이 넘은
상황이다. 아무리 약으로 다스리고 있다 해도 그것만으로는 분명
한계가 있을 것이다. 건강한 사람조차 어느 날 갑자기 쓰러져 죽
을 수 있는 게 세상의 일이다. 하물며 환자의 내일이 여전히 오늘
과 똑같을 거란 기대는 할 수 없었다.

분위기가 무거워지자 나와 이사나는 안절부절못하며 서로를
바라보았다. 그때 가만히 고심하고 있던 카이테인이 고개를 들고
물었다.

"혹시 지금까지 병을 보인 신전이 몇 군데인지, 그 신전의 이름
들을 알 수 있겠습니까?"

"응? 아, 합쳐서 전부 네 곳이었어. 정화의 신전과 치유의 신
전, 그리고 의술의 신전이랑 평화의 신전이었나?"

"형벌의 신전엔 가 보신 적이 없으십니까?"

"으응."

"그렇군요. 그럼 아직 마속성의 치유력은 시험해 본 적이 없다는 말씀이네요."

"무슨 차이가 있어요?"

어차피 치료하는 건 둘 다 매한가지 아닌가? 의아해져서 묻자 카이테인이 나와 눈을 맞추며 부드럽게 웃었다. 마치 할아버지가 손자를 보는 것 같은 인자한 얼굴이었다.

"방식의 차이가 있다고 보시면 됩니다."

"방식?"

"가령 누군가를 설득해야 한다고 생각해 보십시오. 사람에 따라 누군가는 달래기도 하고, 누군가는 윽박지르기도 하잖습니까? 치유하는 방식도 비슷합니다. 천의 속성이 병마가 알아서 떨어져 나가도록 자체적인 회복을 돕는 구조라면, 마속성은 강제로 쫓아내죠. 사실 그래서 조절을 잘하지 못하면 도리어 사람을 죽일 수도 있습니다."

"헤에, 그렇구나."

독초를 잘 쓰면 치료 효과를 내는 것과 비슷한 건가? 생각해 보니 확실히 맞는 말이었다. 마속성은 타고난 성질 자체가 매우 거칠고 공격적이니까. 똑같은 치유력이라도 온순한 천의 속성과는 다를 수밖에 없을 것이다. 어떻게 보면 내게 있는 치유력도 그와 비슷한 효과를 내는 것 같기도 했다.

그때 생각에 잠겨 있던 카이테인이 무언가 결론을 내린 듯 크게 고개를 끄덕였다. 잠시 후 그에게서 이어진 말에 나는 깜짝 놀랄 수밖에 없었다.

"이렇게 하지요. 제가 엔딜 군과 함께 가겠습니다."

"네?"

"그게 무슨 소리예요, 카이 씨?"

엔딜과 가겠다는 건 결국 우리와 헤어지겠다는 뜻이다. 당황해서 바라보자 그는 잔잔한 미소를 머금은 얼굴로 답했다.

"두 분이 다녀오시는 동안 제가 먼저 그곳에 가서 환자분을 돌보고 있겠습니다. 천의 속성의 신성력이 일시 호전을 보였다면, 마속성도 효과가 있을 겁니다. 어쩌면 완치까지 가능할지도 모르지요. 희박한 확률이지만 시도해 볼 만한 가치는 있는 것 같습니다. 설령 안 되더라도 엘 님이 오실 때까지 시간을 버는 정도는 할 수 있을 테니 괜찮은 방법이라 생각됩니다만. 어떻습니까, 엔딜? 제가 같이 가도 되겠습니까?"

"으응? 나, 나는 아무래도 상관은 없긴 한데……."

갑작스러운 질문에 당황했는지 엔딜은 몹시 허둥거리며 대답했다. 그 말에 카이테인이 어깨를 으쓱여보였다.

"보시다시피 괜찮다고 하시는군요."

"하지만 카이 씨, 그건……."

"충동적으로 내린 결정이 아닙니다. 어차피 저는 마검을 찾는 일에는 그다지 큰 역할을 하지 못할 겁니다. 그러니 이왕이면 좀 더 효율적인 부분에 일조하고 싶습니다. 부디 허락해 주십시오."

"……."

정중한 요청에 나는 속으로 신음을 삼켰다. 망설여지긴 했지만 사실 대답은 이미 정해져 있는 거나 마찬가지였다. 카이테인이 가준다면 그쪽에 관한 일은 한시름 덜어도 된다. 내게는 나쁠 것이 없다 못해 고맙기까지 한 제안이었다. 결국 나는 푹 한숨을 내쉬며 고개를 숙였다.

"……미안해요, 카이 씨. 염치없지만 그럼 잘 부탁드릴게요."

"사과하지 마십시오. 제가 원해서 하는 일인걸요. 게다가 저 역시 환자분의 병에 흥미를 갖고 있습니다. 아마 홀로 여행 중이었다 해도 같은 결정을 내렸을 겁니다."

그는 웃었지만, 그게 날 배려해서 하는 말이라는 것을 모를 정도로 난 바보가 아니었다. 이런 사람을 두고 어른이라고 해야 할까. 엘뤼엔의 사제가 이렇게까지 성격이 좋을 수 있다니. 가끔은 신기하다 못해 경이로운 기분마저 들었다.

"자, 이거 받으세요."

리튼 항에서 내리는 사람은 많지 않았다. 서로 갈 길이 바쁜 처지였기에 우리는 항구에서 바로 헤어지기로 했다. 떠나는 길에 앞서 나는 카이테인에게 자루 하나를 내밀었다. 정령계에서 가져온 보석 꽃들과 금덩어리들을 담은 자루였다. 의아한 얼굴로 받아 든 카이테인은 자루 안을 살펴보고는 사색이 되어 고개를 들었다.

"에, 엘 님?"

"제가 갈 때까지 얼마나 걸릴지 모르잖아요. 그 사이에 도움이 될 만한 게 없을까 생각해 봤는데, 드릴 수 있는 게 이런 것들밖에 없더라구요. 필요하실 때 쓰세요."

"그런…… 이러지 않으셔도 됩니다. 제가 가지고 있는 경비도 충분합니다."

"카이 씨의 경비는 신전에서 받은 공금이잖아요. 그건 다른 어려운 사람들을 위해 쓰시고 이것도 받아주세요. 그래야 제 마음이 편할 것 같아요."

"하지만 이렇게 많이 주실 필요는…… 게다가 엘 님도 쓰셔야 할 텐데……."

"전 그런 거 많아요. 이래 봬도 정령왕인걸요."

생글거리며 말하자 카이테인은 어쩔 수 없다는 듯이 미소 지었다.

"그럼 고맙게 받겠습니다. 배려해 주셔서 감사합니다, 엘 님."

"뭘요. 이 정도는 동료로서 당연한 일이죠. 엔딜, 카이 씨를 잘 부탁해."

"네! 그럼요! 걱정하지 마세요. 지내는 동안 불편한 일 없게 제가 잘할게요."

당부의 말에 엔딜은 활기찬 얼굴만큼이나 씩씩하게 대답했다. 이제 곧 동생에게 돌아간다는 생각 때문인지 그는 몹시 들뜬 기색이었다. 배를 타고 있을 때보다 정작 항구에 도착한 지금이 더 흘러가는 시간을 아까워하는 것 같았다. 그동안 전혀 내색하지 않더니, 사실은 혼자 있을 여동생이 많이 걱정되고 그리웠던 모양이다.

왕복 시간을 계산하면 거의 한 달이 넘는 시간 동안 홀로 놔두는 셈이니 걱정하는 것도 당연했다.

"이제 먼 길을 가시겠군요. 사막의 몬스터는 매우 위험하다고 들었습니다. 부디 몸조심하십시오."

"걱정하지 마세요. 제가 잘 지킬 테니까요."

"부디 두 분의 여정에 엘뤼엔 님의 가호가 함께하시길."

"카이 씨도요."

돌아가는 배는 며칠 후에나 있을 예정이었다. 그동안 두 사람은 마을에서 머물며 필요한 약초와 비품들을 구비할 생각이라고 했다.

나는 두 사람의 모습이 보이지 않을 때까지 손을 흔들었다. 다시 만나게 될 거라는 건 알았지만, 이제 한동안 볼 수 없다고 생각하니 생각보다 헤어짐이 많이 아쉬웠다.

그때 문득 한 광경이 내 시선을 사로잡았다. 정복을 입은 남자들이 우르르 몰려 있는 모습이었다. 순간 추격대인가 싶어 경계했던 나는 이곳이 타지(他地)임을 상기하고 다시 긴장을 풀었다. 아마 이 지역의 치안대인 것 같았다. 이제 보니 입고 있는 옷이며, 장비들도 전부 낯선 것들뿐이었다. 그 모습을 보니 새삼 다른 나라로 건너왔다는 게 실감이 났다. 그들은 창살이 있는 수레에 죄수로 보이는 남자를 싣고 있었다. 공교롭게도 밧줄에 묶여 있는 남자는 나도 익히 알고 있는 사람이었다. 바로 무스였던 것이다.

"감옥으로 이송되는 중인가 봐."

이사나도 현장을 발견했는지 옆에서 중얼거렸다. 나는 고개를 끄덕이며 무스가 창살 안에 들어가는 것을 지켜보았다. 며칠 새 그는 완전히 폐인이 되어 있었다. 이미 멀어 버린 눈뿐만 아니라 온몸이 상처투성인 걸 보면, 그 사이 또 폭행을 당한 모양이다. 동정의 여지가 없는 죄인이라는 걸 알면서도 처참한 모습에 눈살이 저절로 찌푸려졌다. 비쩍 마른 얼굴 가득 드리운 죽음의 그림자를 보니 아마 그리 오래 살지는 못할 것 같았다.

나는 그 모습을 가만히 눈에 담았다. 내가 누군가에게 직접적으로 위해를 가한 건 전생의 일까지 통틀어 그가 처음이었다. 엘뤼엔이 도와주긴 했지만 내가 원해서 벌어진 일이니 내가 한 것이나 마찬가지다.

눈앞에서 흩뿌려지던 피, 처절하게 울려 퍼지던 비명 소리가 아직도 선명했다. 아마 나만 없었다면 그는 전혀 다른 결과를 얻었을 것이다. 나로 인해 그의 운명이 처참하게 바뀌었다고 생각하니 갑자기 묘한 기분이 들었다. 지금까지 겪은 일 중에선 가장 강렬한 경험인 것 같았다. 물론 그렇다고 후회하는 건 아니지만.

"자, 그럼 다시 가 볼까?"

웃으며 돌아서자 이사나 역시 활기차게 고개를 끄덕였다. 그런데 왠지 모르게 굉장히 허전한 기분이 들었다. 고개를 갸웃하던 나는 곧 위화감의 정체를 깨달았다.

"어라? 그러고 보니 이제 우리 둘만 남았네?"

"어?"

이사나 역시 내 말을 듣고서야 그 사실을 깨달은 듯했다. 깜짝 놀란 표정으로 눈을 깜빡이던 그는 이내 풋 하고 웃음을 흘렸다.

"정말이네. 전혀 몰랐어. 이게 얼마만이지? 알렉들과 헤어진 이후로는 거의 처음인 것 같아."

"그러게 말이야. 한 사람이 빠진 것뿐인데 뭔가 묘하게 허전하네."

"나도 그래. 북적북적한 사람들 사이에 있다 보니 나도 모르게 그것에 익숙해졌나 봐."

"생각해 보면 원래는 우리 둘이 다니는 게 당연한 건데 말이지."

언제 이렇게 많은 관계를 맺었던 걸까. 분명 함께한 사람들이 많았던 것 같은데 어느새 다시 원점이 됐다. 방긋 웃는 이사나를 보면서 나는 새삼 인연이란 게 얼마나 짧은 것인지 실감했다. 만남과 헤어짐의 반복, 무수히 엮어가는 인연들 속에서 나와 끝까지 함께할 수 있는 존재는 몇이나 될까? 언젠간 이사나도 그 수많은 인연들 속의 하나로 파묻히겠지. 그렇게 생각하니 가슴 한 구석이 뻥 뚫린 것처럼 서늘했다.

"엘? 왜 그래?"

그 순간 들려온 목소리에 나는 퍼뜩 정신을 차렸다. 이사나가 걱정을 담은 눈으로 나를 바라보고 있었다. 아마 멍해진 내 모습이 이상했던 모양이다. 나는 잠시간 그 모습을 응시했다가 이내 피식 웃었다.

"아니, 아무것도 아냐."

아무렴 어때. 지금 이렇게 함께하고 있는걸.

아직 닥치지 않은 일을 미리 걱정할 필요는 없다. 분명한 건 나는 그와 앞으로 오랜 시간을 함께할 거라는 점이다. 지금부터 부지런히 많은 기억들을 쌓아가야지. 그것은 좋은 추억이 되어 미래의 날 지탱해 줄 것이다. 물론 아직은 닿을 리 없는 머나먼 이후의 일이겠지만 말이다.

2.

저벅저벅.

길게 이어진 복도. 넓게 펼쳐진 대리석 바닥에 묵직한 군화 소리가 울렸다. 무심코 고개를 든 사람들이 걸어가는 남자의 모습을 보고 술렁거리기 시작했다. 일부러 물들인 듯 짙은 노란빛의 금발, 무심하게 정면을 응시하는 보라색의 눈동자. 다소 날카로운 인상을 지닌 남자는 대륙의 젊은 천재 검사—파이런 드 카리브디스였다.

검은색 정복 위에 걸친 붉은 망토가 그가 움직이는 동작에 맞춰 힘차게 펄럭거렸다. 그가 지나가는 길마다 모여 있던 무리들이 양쪽으로 우르르 갈라지는 진풍경이 속출했다. 사방에서 쏟아지는 시선은 사람이 많은 곳에선 당연히 거치는 관례가 된 지 오래였다. 오랜만의 입궁이라 그런지 오늘은 평소보다 더 심한 것 같았지만, 카리브디스는 전혀 신경 쓰지 않은 채 빠르게 사람들을 지나쳤다.

잠시 후 그의 걸음이 멈춘 곳은 화려하게 장식된 검은 문 앞이었다. 지키고 있던 기사들이 카리브디스를 알아보고 정중하게 경례했다.

"전하, 카리브디스 공이 드셨습니다."

"들라 해라."

이윽고 짧은 답문과 함께 굳게 닫혀 있던 문이 양옆으로 열렸다. 카리브디스는 망설임 없이 걸음을 옮겨 방 안으로 들어갔다. 햇살이 드는 창가 쪽, 거대한 테이블 위에 앉은 대공은 한창 집무에 열중해 있는 상태였다. 카리브디스는 묵묵히 테이블 앞으로 걸어가 부동자세를 취했다.

인기척을 느꼈을 텐데도 대공은 고개를 들지 않았다. 물론 그렇다고 해서 그의 존재를 무시하고 있는 건 아니었다. 그는 훑어보고 있던 서류에 여전히 시선을 고정한 상태로 말했다.

"드래곤이 나타나 소동을 벌였다지?"

"……."

"꽤나 화려하게 건물을 날려먹었더군. 사망자에 부상자 하며, 피해 액수가 이만저만이 아니야."

"죄송합니다."

감정이 실리지 않은 무심한 대답이었다. 대공은 그제야 고개를 들고 카리브디스를 바라보았다. 사고를 치고 잡혀온 신하를 보는 사람답지 않게, 매우 즐거운 표정이었다.

"그래, 실제로 본 드래곤은 어떻던가? 소문처럼 강하고 무서운 존재던가?"

"강하긴 했습니다."

"호오, 무섭지는 않았던 모양이지?"

"……전투에 집중하느라 바빠서."

"두려움을 인식할 사이도 없었다? 그대다운 대답이군."

밝은 얼굴만큼이나 목소리 역시 경쾌했다. 대공은 마음만 먹으면 얼마든지 감정을 꾸며낼 수 있는 사람이긴 했지만 이번엔 정말 기분이 좋아 보였다. 카리브디스는 잠시 침묵했다가 물었다.

"……화내지 않으십니까?"

"화를 내? 내가? 왜?"

"……."

대공의 반문에 카리브디스의 눈썹이 살짝 들썩였다. 무뚝뚝한 그가 곤란할 때 취하는 반응이었다. 대공은 헛웃음을 터트렸다.

"후후, 이런. 여전히 소문에 둔감한 남자로군. 지금 그대가 수도에서 가장 유명한 남자라는 건 알고 있나?"

"무슨 말씀이신지."

"모르고 있다면 말해 주지. 지금 수도엔 그대가 드래곤과 싸워

이겼다는 소문이 파다히 퍼져 있는 상태다. 수도의 백성들이 모두 그대를 찬양하고 있는 중이지."

오늘따라 유난히 시선이 따갑던 게 그 때문이었나. 카리브디스는 얼굴을 조금 찌푸렸다. 대공이 그 모습을 즐기듯 내리훑었다.

"수하가 세운 공적은 곧 나의 공적. 나로선 전혀 나쁠 것이 없는 일이야. 역시 내가 사람 보는 눈은 있어."

"송구합니다."

"그런 의미에서 오늘 저녁 드래곤을 물리친 영웅을 위한 연회를 베풀 생각인데, 그대의 의견을 들어 보고 싶군. 주인공이니 당연히 참석해야지?"

"그건…… 알겠습니다."

이미 통보에 가까운 제안이었다. 차마 싫다는 대답을 하지 못한 카리브디스는 체념한 얼굴로 대답했다. 어차피 대공에겐 소문이 사실인지 아닌지의 여부는 중요하지 않았다. 그가 하기로 결정한 일을 거부하는 건 무의미하다는 걸, 카리브디스는 오랜 시간 그의 곁을 지키면서 깨달은 상태였다.

"그렇게 싫은 표정 하지 마. 그 대신 연회가 끝나면 한동안 휴가를 주지. 별장이든 어디든 가서 푹 쉬고 오도록 해. 그동안의 여독을 풀 겸 말이지."

"하지만 그건……."

"왜, 마음에 들지 않나?"

"아직 남은 임무가 있습니다."

"임무?"

"황제의 행방을 찾지 못했습니다."

그때서야 무슨 얘긴지 알겠다는 듯 대공은 아, 하고 짧게 탄성을 흘렸다.

"아아, 그러고 보니 말해 주는 걸 잊었군. 계획이 바뀌었다. 이 시간 이후로 황제의 추격을 전부 중단한다."

"중단이라고 하셨습니까?"

"그 아이가 물의 정령왕을 소환한 것 같다."

"……!"

충격적인 말에 카리브디스는 두 눈을 부릅떴다. 황제가 정령왕을 소환하다니. 사실이라면 지금까지의 전세가 단숨에 바뀔 수 있는 엄청난 일이었다. 그의 굳은 표정을 본 대공이 매우 위험한 얼굴로 웃었다.

"어릴 때부터 매우 운이 좋은 아이였지. 설마 이런 식으로 뒤통수를 칠 줄은 몰랐지만 말이야. 내가 어리석었어. 왜 그걸 생각하지 못했을까? 황제가 삼 일에 한 번씩 비를 내린다는 소문을 들었을 때 바로 눈치챘어야 했는데."

"전하의 실수가 아닙니다. 황제에게 그런 자질이 있다는 건 아무도 알지 못했던 일이었습니다."

"맞아. 대개 정령사는 선천적으로 타고나는 존재들이지. 헌데 그 아이는 황궁에 있을 때 한 번도 그런 진단을 받은 적이 없었어. 그런 아이가 대체 어떻게 정령왕을 소환한 걸까? 게다가 정령왕 중에서도 하필이면 물의 정령왕이라…… 참으로 공교로운 인연이란 말이지."

카리브디스는 묵묵히 그 말에 동감했다. 선황이 10년 동안 계속된 가뭄의 책임을 지고 처형당한 것이 불과 몇 개월 전이었다. 황제가 물의 정령왕을 소환하는 것이 조금만 더 빨랐다면 일어나지 않았을 일인지도 모른다. 황제 자신에겐 그 무엇보다 가장 잔인한 기적이 아니었을까?

여리고 순하던 소년의 얼굴을 떠올리자 카리브디스는 잠시간 마음이 불편해졌다. 물론 그 감정은 그다지 오래가지 않았다. 적을 동정해서야 대공의 오른팔이라는 칭호를 받을 자격이 없다. 이 제국에서 황제가 될 자격을 지니고 있는 것은 오직 단 한 사람. 그의 주군, 유카르테 대공뿐. 그는 단 한 번도 의심해 보지 않은 사실을 새삼 가슴에 다시 되새겼다.

대공은 상념에 빠져 있었다. 그는 창가 쪽을 바라보며 나직이 중얼거렸다.

"후후, 운명의 여신이 내게 반격을 걸어오는 건가. 그건 그것대로 재밌게 됐군."

"그게 무슨 말씀이십니까?"

"아니, 그저 혼잣말이다. 아무튼 이제 더 이상 추격은 의미가 없다. 흔적이 드러날 리도 없겠지만, 소규모로 편성된 추격대만으로 사살은 더더욱 불가능할 테지. 문제는 그 아이가 언제 모습을 드러낼 생각인지 모르겠다는 거야. 지금쯤이면 클모어 공국에 도착했을 거라 생각했는데, 그쪽에 심어둔 간자의 말로는 아직 아무런 낌새도 없다는군. 하기야 만났다 해도 감격의 상봉은 하지 못했을 테지만."

"그게 무슨……."

"장난을 조금 쳐뒀거든."

빙긋 웃는 얼굴을 보며 카리브디스는 저도 모르게 얼굴을 찌푸렸다. 대공이 장난이라고 표현하는 것들은 예전부터 그다지 질이 좋지 않은 것들뿐이었다. 그 때문에 몇 번 간언을 하기도 했지만 그것만은 끝내 고치지 못하는 것 같았다. 그는 한숨을 내쉬며 말했다.

"……전하, 이런 건 미리 말해 주시지 않으면 제가 정황을 파악하는 게 어렵습니다. 전부터 꾸준히 말씀드렸을 텐데요."

"딱딱하긴. 그냥 상황을 약간 재밌게 만든 것뿐이야. 아, 물론 이사나 그 아이의 입장에선 그다지 유쾌하지는 않을지도 모르겠지만."

"혹시 공작이 칩거를 풀지 않는 것도 그와 관계있는 건……."

"글쎄, 어떨 것 같은가?"

"……전하."

"어쨌거나 난처하게 됐어. 기껏 먹음직스러운 판을 짜놨는데 이건 처음부터 너무 잠잠하단 말이지. 그대는 어떻게 생각하나? 설마 그 아이가 공작을 찾아 가지 않은 걸까? 제아무리 정령왕이 있다 해도 아무런 정치적 지지기반 없이 나를 칠 생각은 하지 못할 텐데."

"전쟁이 무서워 숨은 것 아닙니까?"

어차피 대공은 진실을 밝힐 생각이 없는 것 같았다. 더 이상 항의하기를 체념한 카리브디스는 그저 생각나는 대로 내뱉었다. 그러자 대공이 크게 웃음을 터트렸다.

"하하, 무서워해? 그 아이가? 그대는 아직 이사나를 잘 모르는군."

"……."

"선황이 왜 순순히 처형을 당한 거라고 생각하나? 정말 백성들을 생각해서? 천만에. 대를 이을 태자인 그 아이가 있었기 때문이지. 유약한 인상 때문인지 다들 착각하던데 말이야. 선황이 처형당할 때 이사나 그 아이가 어땠는 줄 아나? 그 여리고 겁 많던 아이가 말이야. 처음부터 끝까지, 제 아비가 죽는 광경을 전부 똑바로 지켜보더군."

"……!"

"그때 그 아이가 날 노려보던 증오의 눈빛을 난 지금도 잊지 못해. 어려도 사자의 새끼는 사자라는 거지. 그런 아이가 전쟁을 두려워한다? 정령왕이라는 강력한 무기까지 함께하는 상황에서?"

"……시정하겠습니다. 제 착오인 것 같군요."

"착오이다마다. 제 손에 아무것도 없을 때야 체념했겠지만 이젠 상황이 많이 달라졌지. 그 아이는 필시 전면전을 준비하려 들

거다.”

확신에 차서 중얼거리는 대공의 두 눈은 광기에 찬 것처럼 번들거렸다.

“그 아이가 무슨 생각을 하는지는 모르겠지만, 아무래도 상관없지. 군사를 집결시켜야겠다. 최대한 빠르게. 많으면 많을수록 좋아.”

“아직 시기가…….”

“내가 정하는 날이 곧 시기다.”

“……삼 일의 기적 이후로 여론이 황제에게 호의적으로 돌아섰습니다. 백성들이 반발할 겁니다.”

“그게 무슨 상관이지?”

어차피 여론이란 건 만들어 내기 나름이다. 갈대 같은 백성들의 마음을 원하는 대로 주무르는 건 대공에게 식은 죽 먹기만큼이나 쉬운 일이었다. 심드렁한 대꾸에 카리브디스는 가볍게 한숨을 내쉬었다.

“다시 한 번 확인해 두겠습니다. 황제가 정령왕과 계약했다는 건 확실한 겁니까?”

“그렇다.”

“황제가 아직 밝히지 않은 사실을 전하께서 대체 어떻게 아신 겁니까?”

“내가 그걸 그대에게 말해야 할 의무가 있나?”

“…….”

예상하지 못한 반응은 아니었다. 그럼에도 카리브디스는 기분이 가라앉는 걸 막지 못했다. 본래부터 대공은 솔직하지 않았지만 최근 들어 자신에게 숨기는 것이 점점 늘고 있었다. 카리브디스는 가만히 대공을 응시했다. 살짝 머리칼을 쓸어 넘기는 그의 손등 위로 짙게 새겨진 마신의 문양이 보였다. 그것을 보는 순간 카리브디스는 자기도 모르게 입을 열었다.

"……전부터 여쭙고 싶은 것이 있었습니다."

"뭐지?"

"일부 병사들이 백성들의 아이를 납치해 전하께 진상한다고 들었습니다. 알고 계셨습니까?"

"저런, 그런 짓을 하는 자가 있단 말인가? 난 처음 듣는 말이다."

눈 하나 깜짝하지 않은 태연한 답변이었다. 카리브디스는 가만히 숨을 골랐다. 대공이 전국 각지에서 아이들을 모으기 시작한 건 10년 전부터였다. 그만을 따르는 특수한 부대를 양성하기 위해서였다. 카리브디스는 그 계획을 마음에 들어 하지 않았지만, 주군의 뜻이 워낙 강경한 데다 그 자신 또한 어느 정도는 필요성을 인정했기에 어쩔 수 없이 수용했다. 모아오는 아이들은 대다수가 노예거나 가난한 부모에게서 사들이는 거라는 대공의 말을 믿었기 때문이기도 했다. 그러나 막상 실제로 세상에 나가 접한 소문들은 그의 생각과는 많이 달랐다. 카리브디스는 얼굴을 일그러트리고 싶은 것을 간신히 눌러 참았다.

"전하께 진상된 아이들은 지금 다 어디에 있습니까?"

"물론 그들을 위해 마련된 장소에서 전사가 되기 위한 훈련을 받고 있는 중이지."

"아직 완성이 된 자가 한 명도 없는 겁니까?"

"훈련이 너무 고되어 중간에 죽어나가는 경우가 태반이라더군. 실로 안타까운 일이야."

"……사실대로 대답해 주십시오. 설마 그 술법을 쓰시는 건 아니겠지요."

"술법? 무슨 얘기인지 도통 모르겠는데."

"믿어도 되는 것입니까?"

"지금 그대가 날 의심하는 건가?"

"……아닙니다. 실언이었습니다."

카리브디스는 침울하게 눈을 감았다. 처음부터 그랬던 건 아니다. 그것만은 확실했다. 그런데 언제부터인가 대공과 관련된 모든 것들이 그의 정신을 산란하게 만들고 있었다. 왜 이렇게 되었을까. 비틀어진 틈이 점점 커져서 거대한 구멍이 되어 가고 있건만 자신은 지켜보는 것 외엔 아무것도 할 수 없었다. 카리브디스는 탄식하고 싶은 기분을 억지로 눌러 참았다.

"그러고 보니 드래곤과의 전투 관련 보고 중에 한 가지 흥미로운 부분을 봤는데 말이야."

"하문하십시오."

"그대가 검을 들자 갑자기 강한 바람이 불었다고 하더군. 다들

의식을 잃어 이후의 상황은 정확히 알 수 없다고 하던데, 이런 건 당사자에게 직접 묻는 게 좋겠지. 혹시 뭔가 특별한 힘이라도 얻은 건가?"

"……."

말해도 될까.

대공이 궁금해하는 것이 뭔지는 알고 있었다. 정령검 블레스터, 그것에 대해 묻는 것이 분명했다. 카리브디스는 무의식적으로 검 손잡이를 문질렀다. 예전이었다면 망설이지 않고 전부 보고했을 것이다. 신임하는 수하가 새 힘을 얻은 건 대공에게도 매우 기꺼운 일이었으니까. 그런데 이번만은 쉽사리 입이 떨어지지 않았다. 그 앞에서 무언가를 결정하려고 할 때 이런 기분을 느낀 건 처음이었다. 결국 그는 거짓말을 하기로 했다.

"그건 드래곤의 힘이었습니다."

"정말인가? 목격자의 말에 의하면 그대에게서 바람이 불었다고 하던데."

"그자가 잘못 본 겁니다."

"흐응, 그렇군."

단호한 대답에 대공은 가늘게 눈을 뜨고 고개를 끄덕였다. 수초의 시간이 마치 수년이라도 지난 것처럼 길게 느껴졌다. 뱀 같은 시선이 떨어지고 나서야 그를 압박하던 기운도 흐트러졌다. 카리브디스는 경직된 얼굴로 가만히 숨을 내쉬었다.

"더 이상 하명하실 것이 없으시면 전 이만 나가보겠습니다."

정중히 경례를 마친 뒤 카리브디스는 몸을 돌렸다. 그가 닫힌 문 앞으로 걸음을 내디뎠을 때였다.

"파이."

움찔.

돌연 들려온 음성에 카리브디스는 어깨를 잘게 떨었다. 대공이 부른 이름은 이제는 쓰지 않게 된, 유소년 시절 그의 애칭이었다. 굳은 시선으로 바라보는 그와는 다르게 대공은 매우 여유로운 표정이었다.

"나와 한 약속을 기억하나?"

마주친 눈동자가 크게 흔들렸다. 카리브디스는 속으로 숨을 골랐다. 대공의 의도를 모르는 건 아니다. 하지만 그럼에도 대답은 이미 정해져 있었다.

"……기억합니다."

"다행이로군."

원하는 대답을 얻은 대공은 매우 만족스럽다는 듯이 웃었다. 그는 천천히 몸을 일으킨 다음 카리브디스의 앞으로 걸어왔다. 거리가 좁혀질 때까지 카리브디스는 그 자리에서 못이 박힌 듯 움직이지 못했다. 이윽고 코앞까지 가까워진 대공이 그의 어깨를 한 손으로 짚으며 나직하게 속삭였다.

"앞으로도 잊지 마라. 그대가 내 사람이라는 걸 말이야."

3.

피이이이—

하늘에서 울려 퍼지는 높은 소리에 사람들의 시선이 위로 향했다. 두 날개를 활짝 핀 거대한 독수리가 공중을 크게 선회하고 있었다. 특이한 것은 독수리의 색이 티끌 하나 없이 하얗다는 것, 그리고 끝으로 갈수록 점점 투명한 형태를 띠고 있다는 사실이었다.

이윽고 몇 차례 공중을 회전하던 독수리가 빠르게 하강을 시도했다. 투명한 두 발이 내려앉은 곳은 누군가가 창밖으로 내민 팔 위였다. 독수리를 받아 든 사람은 창문을 닫고 빠르게 천개를 내렸다. 동시에 방 안에 있던 모든 이목이 그를 향해 집중되었다.

"오오, 왔다, 왔어!"

"소식은?"

웅성거린 사람들이 앞다투어 몰려들었다. 놀라운 일은 그 다음에 벌어졌다. 갈고리발톱을 한껏 움켜쥔 독수리가 땅이 꺼져라 한숨을 내쉰 것이다. 심지어 인간의 언어로 투덜거리기까지 했다.

―나 참, 나 같은 고급 전력을 고작 이딴 일에 쓰지 마.

묵직한 목소리에 몰려들던 사람들이 찔끔하며 시선을 피했다. 그것을 본 독수리가 더 불쾌한 표정을 지으며 날개를 퍼덕거렸다.

―난 이래 봬도 매우 강한 존재야. 전장에 나타나기만 하면 적들이 벌

벌 떠는 존재란 말이야! 고작 상대 진영을 염탐하고 소식이나 주워 담아 오는 데 쓰라고 있는 능력이 아니란 말이야! 이런 걸 가지고 세상에서 뭐라고 하는 줄 알아? 전력 낭비라고 하는 거야! 알았어? 전력 낭비라고!

쉬지도 않고 꽥꽥 울려 퍼지는 소리에 사람들은 이미 익숙하다는 듯 쓰게 웃으며 고개를 절레절레 흔들었다. 매번 정찰을 맡길 때마다 있는 일이다 보니 처음엔 두려웠던 잔소리도 이젠 연례행사인 양 무덤덤하게 흘려듣게 됐다. 독수리의 입장에선 더 울화통이 터지는 일이었다.

―내 말 들었어, 페리스?

괘씸하다는 듯 부릅뜬 시선이 자신이 올라탄 팔의 주인을 향했다. 독수리가 보내는 힐난의 눈빛을 정면으로 마주한 남자―페리스는 난처하게 웃었다.

"죄송합니다, 진. 아시다시피 수도 쪽은 고위 마법사들이 포진해 있어서요. 진이 아니면 맡길 수 없는 일이었습니다."

―상급 정령이라면 시큐엘도 있잖아!

"하지만 바람을 타는 일은 당신을 따라올 자가 없죠."

―뭐, 그거야 그렇지만.

치켜세우는 말에 마음이 누그러졌는지 불쾌한 기세가 한층 수그러들었다. 잠시 후 팔에서 훌쩍 뛰어내린 독수리의 모습이 긴 백발을 지닌 청년의 모습으로 변했다. 전체적으로 투명한 느낌 때문에 결코 인간으로 보이진 않았지만, 그렇기에 신비로움이 한층 가미된 모습이었다.

바람의 상급 정령 '진.'

벌써 몇 번째 본 광경이지만 친위대의 기사들은 모두 탄성을 흘렸다. 볼 때마다 경이로운 모습이었다.

페리스가 진과의 계약에 성공한 건 불과 며칠 전의 일이었다. 명실공히 두 속성을 상급까지 마스터한 정령사가 된 것이다. 인간으로서는 최초였고, 드래곤을 제외하면 역사적으로도 그다지 흔치 않은 일이었다.

"진이 인간으로 변하는 모습은 언제 봐도 멋지네요."

가벼운 감탄에 진은 두 눈을 샐쭉하게 뜨고 대꾸했다.

—변하는 게 아냐. 난 이게 본신이라니까? 대체 몇 번을 말하게 하는 거야?

"하하, 죄송합니다. 워낙 동물형에 익숙하다 보니. 무의식중에 정령이라면 당연히 동물의 모습이 본신이라고 생각하는 것 같습니다."

—멍청하긴. 인간 주제에 정령을 판단하려고 하니까 그렇지. 그런 한심한 고정관념을 가지고 있기 때문에 너희들이 발전을 못 하는 거야.

"그러네요. 제가 잘못했습니다."

페리스가 순순히 사과를 건네자 진은 김샌 표정을 지었다. 상급 정령 중에서 가장 성정이 거칠기로 유명한 진은 분쟁을 매우 즐기지만 상대 쪽이 부드럽게 나오면 오히려 전의를 상실하는 편이었다.

"진, 가셨던 일은 어찌 되었습니까?"

그때 잠자코 지켜보고 있던 친위대의 대장 케이가 앞으로 나서며 물었다. 차분함을 가장한 얼굴과는 다르게 그의 눈빛은 조바심이 가득했다. 채근하고 싶은 것을 자제하고 있는 기색이 역력한 모습이었다.

진은 그를 골려줄까 하다가 그만두었다. 시간을 넉넉하게 끌기엔 아직 페리스의 마나가 충분하지 않았기 때문이다. 점점 하얗게 질려 가는 계약자의 얼굴을 모른 척하기엔 아무리 짓궂은 그라도 양심이 허락하지 않았다.

―너희들이 짐작한 그대로야. 꽤 멀리까지 다녀왔는데 병사들이 한 명도 보이지 않아. 아마 전부 철수한 것 같아.

"벽보는?"

―그것도 수거했어.

벽보를 수거한다는 건 수배를 중단한다는 소리와 다름없었다. 케이는 눈을 가늘게 떴다. 예감이 매우 좋지 않았다.

그들이 추격을 피해 숨어 지내기 시작한 지도 어느덧 몇 개월이란 시간이 흘렀다. 수도에 잠입한 지는 이미 오래. 신분을 위장하며 사는 것은 이제 숨 쉬는 것만큼이나 익숙해진 상태였다.

그동안 제국의 상황은 시시각각 빠르게 변화하고 있었다. 아니, 정확히 말하면 겉으로 보이는 변화는 없었다. 적어도 수도 안쪽은 언제나 평온했다.

대공이 황성을 장악하면서 가장 먼저 한 일은 수도의 여론을 조성하는 것이었다. 그는 수도 시민에게 매우 친절했고, 많은 특혜를 베풀었다. 고작 한 발자국 차이로 인근 지역의 백성들은 관료들의 횡포에 시달리고 있었으나, 수도만은 완벽한 태평성대였다.

대공이 일부러 타지의 소식을 흘트렸기에, 수도의 백성들은 바깥에서 벌어지고 있는 일을 전혀 알지 못했다. 그들에게 대공은 좋은 지배자였고 훌륭한 군주였다. 반대로 황제인 이사나에 대한 인식은 어린 나이에 아버지를 잃고 미쳐 버린 가련한 존재 정도에 불과했다. 그나마 최근엔 오가는 상인들을 통해 지방 쪽의 열악한 상황이 조금씩 알려지면서 하나둘씩 깨어나는 사람들이 생기고 있던 상황이었다. 특히 삼 일의 기적에 대한 소식이 알려진 이후로는 황제에 대한 여론도 한층 호의적으로 돌아선 상태였다. 이 과정에서 친위대들의 노고가 빛을 발했음은 자명한 일이다.

모든 것이 순조롭다고 생각했다. 갑자기 들려온 이상한 소문만 아니었다면.

케이는 최근 수도에서 들썩인 소문들을 다시금 곱씹었다. 지금 가장 큰 주목을 받고 있는 화제는 단연 대공의 충실한 오른팔인 카리브디스 공작에 대한 것이었다. 사람들을 학살하는 사악한 드래곤의 출몰, 그에 맞선 천재 검사가 처절한 전투 끝에 대승을 거뒀다는 화려한 결말. 고서(古書)에서나 등장할 것 같은 이야기의 주인공이 카리브디스 공작이란 걸 알았을 때, 친위대 기사들은 모두 헛웃음을 흘릴 수밖에 없었다.

그러나 시대는 항상 영웅의 탄생을 바라는 법. 이 황당무계한 소문은 백성들 사이에서 급물살을 타고 퍼져 나가며 대공의 이름에 힘을 실었다. 그의 행보를 좋지 않게 보던 사람들마저 흠모의 서신을 보낸다는 소식이 심심치 않게 들려왔다.

그러던 중 카리브디스 공작이 황성에 귀환하자 수도 전체는 완벽한 축제 분위기에 빠졌다. 불길한 건 그 소식이 전해진 지 얼마 되지 않아 친위대들을 쫓던 추격의 발길이 갑자기 뚝 끊어졌다는 사실이었다. 심지어 진의 정찰 결과를 들으니 수배조차 전부 중단한 듯했다.

일반적으로 갑자기 수배를 중단하는 경우는 두 가지밖에 없다. 평범한 방법으로는 잡을 수 없다고 판단되거나, 이미 잡혀서 더 이상 수배할 필요가 없을 때.

후자만은 아닐 거라고 생각하고 싶지만 카리브디스 공작이 돌아온 것이 마음에 걸렸다. 고지식한 성정으로 알려진 그는 임무를 중간에 포기한 적이 단 한 번도 없었다. 그런 그가 이번에 돌아온 이후로는 마냥 수도에 머무르고 있는 중이었다. 대부분의 시간을 대공과 함께 연회에 참석하거나, 자신의 저택에서 휴식을 취하며 보낸다고 했다. 그저 일시적인 귀환이 아니라는 소리다.

이런 상황에서 클모어로 향한 황제에겐 여전히 아무런 소식이 없었다. 친위대들은 가슴이 타들어 가는 기분이었다. 하다못해 클모어 공국의 현지 분위기만이라도 파악하고 싶었지만, 워낙 거리가 멀었기에 여기서 알아보려면 최소 몇 주의 기간은 필요했다.

그것은 페리스의 정령술로도 어쩔 수 없는 부분이었다.

정령, 특히 바람의 정령은 매우 빠르기에 먼 거리도 단숨에 이동할 수 있지만 계약자의 곁에서 멀리 떨어질 수 없다는 제약을 지니고 있었다. 다른 자연체의 정령에게 일을 맡기는 것 역시 불가능했다. 인간사의 개입은 계약자로부터 직접 마나를 나눠 받은 상태일 때만 허락되기 때문이다. 이런 제약에서 자유로운 존재는 정령왕밖에 없었다.

"황성 안쪽의 상황만이라도 자세히 살필 순 없겠습니까?"

—미안하지만 그것도 불가능해. 황성은 고위 마법사들이 설치한 방어 마법진이 있어. 정문을 통과하는 것 외의 다른 방식으로 접근하면 바로 감지할 거야.

"그렇다면 공작의 저택은……."

—그건 더 힘들어.

"예?"

—카리브디스인지 뭔지 하는 그 녀석, 정령의 힘을 갖고 있어. 그것도 나랑 같은 힘이야.

그 사실을 깨달았을 땐 자신도 모르게 적의를 드러낼 뻔했다. 아직도 남아 있는 불쾌한 감각에 진은 입술을 잘근잘근 씹었다. 동시에 페리스와 친위대들의 얼굴은 딱딱하게 굳었다. 진이 굳이 자신과 같은 힘이라고 표현한다는 건 상대 역시 상급 정령이란 소리였기 때문이다.

"어째서 소드 마스터인 공작이 정령의 힘을……."

"설마 그가 정령사가 됐다는 말씀입니까?"

—아니, 그거랑은 좀 달라. 정령의 힘은 가졌지만 일부분뿐이야. 그러나 그 일부는 우리의 것보다 거대하고 위험해.

"그게 무슨……."

—그런 게 있어. 어쨌든 나는 물론이고 시큐엘 역시 그 녀석 몰래 접근하는 건 힘들 것 같아. 설령 가능하더라도 난 '그것'에 가까이 가고 싶지 않아.

"그것?"

—그건 우리 바람들에겐 아주 슬픈 기억이야. 그 이상은 말하고 싶지 않아.

단호한 대답에 친위대들은 더 이상 질문을 잇지 못하고 입을 다물었다. 다만 카리브디스가 가진 '무언가'를 진이 심하게 꺼린다는 것만은 분명히 알 것 같았다. 이미 소드 마스터라는 사실만으로 공작은 대공파의 인물들 중에서 가장 견제해야 할 존재였다. 그런 그가 상급 정령조차 거북해하는 힘까지 손에 넣다니. 친위대의 입장에선 매우 좋지 않은 전조였다.

"너무 염려하지 마십시오. 물의 왕께서 함께하시는 이상 폐하께선 안전하실 겁니다. 대공이 추격을 포기한 건 다른 이유일 가능성이 큽니다."

한층 침울해진 기사들을 위로한 건 페리스였다. 그 말에 케이 역시 고개를 끄덕였다.

"전면전을 준비하는 중이라고 보는 건가?"

"예정대로라면 지금쯤 폐하께서 클모어 공작을 만나셨을 테니까요."

"흠, 확실히 가능성 있는 얘기군."

"혹은 저희를 끌어내기 위한 함정일지도 모릅니다."

마지막 말과 함께 분위기가 급속도로 굳어졌다. 저항군이라고 표현하기도 민망한 인원이지만, 그들은 매번 대공의 추격을 깨끗이 따돌려 왔다. 지금쯤 바짝 약이 올랐을 그의 입장에선 새로운 방안을 모색할 시기였다. 그러나 어느 쪽이든 한 가지는 확실했다. 그들이 본격적으로 대적할 시기가 가까이 다가오고 있다는 것이었다.

"어떻게 할 거야, 대장?"

동료들의 시선이 닿자 케이는 자신의 거친 얼굴을 쓰다듬으며 생각에 잠겼다. 바로 그때였다.

똑똑—

"……!"

문을 두드리는 소리에 친위대들은 모두 각자의 무기를 움켜쥐었다. 탁자에 있던 촛대들이 전부 꺼지고 순식간에 암흑이 찾아들었다. 케이는 급히 후드를 눌러쓴 다음, 문 앞쪽에 바짝 붙어섰다. 미세하게 벌어진 틈새 사이로 검은 그림자가 어른거렸다. 케이는 문고리를 잡아당겨 아주 조금 열었다. 그러자 기다렸다는 듯 속삭이는 음성이 들려왔다.

"접니다."

케이는 바깥에 서 있는 자의 정체를 바로 알아차렸다. 오래전부터 그와 거래하고 있는 정보 길드의 사람이었다. 가벼운 정찰만으로는 알아 올 수 없는 것들도 많았기에 케이는 주기적으로 지하 세계로부터 정보를 사들이고 있었다. 하지만 의뢰를 하지 않았는데 먼저 찾아온 것은 이번이 처음이었다.

"무슨 일이지?"

"전해 드릴 것이 있습니다."

"전할 것?"

반문하기 무섭게 상대가 문틈 사이로 무언가를 내밀었다. 작게 밀봉한 주머니였다.

"그럼 전 이만."

케이가 그것을 받아 들자 기척이 빠르게 사라졌다. 근처에 아무도 없다는 것을 확인한 다음에야 케이는 주머니 안을 열었다. 그 속에서 나온 건 작은 펜던트 하나였다. 하지만 그것을 보는 즉시 케이는 얼굴을 굳혔다. 펜던트에 새겨진 문양이 익숙했기 때문이다.

"그건 클모어 가문의 문장 아닙니까?"

가까이 다가온 페리스가 펜던트를 확인하고 당황한 표정을 지었다. 케이는 서둘러 뒷면을 넘겨보았다. 매끄러운 표면 위에 바늘로 새긴 듯 작은 글자가 파여 있었다.

'별의 밤이 백수정에 깃들 때.

잠들지 않는 길고양이의 거리에서.'

　시어(詩語) 같은 문장은 정보 상인들 사이에서 주로 쓰이는 은어였다. 케이는 슬쩍 창가로 다가가 천개를 들췄다. 멀찍이 떨어진 한 식당에서, 종업원 차림을 한 여인이 걸어 나오고 있었다. 알폰프 제국 출신이라는 여인은 이곳 사람들에 비해 다소 이국적인 외모를 지니고 있었다. 그녀의 이름은 '나즈문'. 그들 나라의 언어로 '별'이란 뜻이었다.

　'별의 밤.'

　여인은 전등에 초를 넣기 시작했다. 항상 이 시간만 되면 규칙적으로 해 오는 일이었다. 알폰프 제국에선 초를 '밤'이라고 불렀다. 밝혀지기 전에는 어둠이나 다름없는 상태라는 의미였다. 오래전 알폰프에서 건너온 사내가 잡화점에서 '밤을 팔아 달라'고 말했다가, 창부를 사러 온 것으로 오해한 여주인에게 몰매를 맞고 쫓겨났다는 웃지 못할 일화도 있었다.

　여인이 초에 붉을 밝히자 둥근 전등이 하얗게 빛났다. 멀찍이서 보면 꼭 백수정처럼 보였다.

　케이는 펜던트를 자루에 넣은 다음, 그것을 자신의 품 안에 갈무리했다. 옆에서 동료들이 초조한 시선을 보냈다.

　"갈 거야, 대장?"

　"위험할지 몰라."

　"알아. 하지만 이걸 보낸 사람이 누군지 확인할 필요는 있어."

"저도 같이 가겠습니다."

다급히 내뱉은 페리스의 말에 케이는 오래 고민하지 않고 고개를 끄덕였다. 숫자는 적을수록 좋지만, 한 명보다는 두 명인 편이 만일의 사태를 대비하기엔 좋을 터였다. 더구나 페리스라면 일당백의 효과를 낼 수 있는 존재이니 동행인으로 더할 나위 없었다.

"괜찮아, 별일 없을 거다."

문을 열고 나서기 전, 그는 걱정을 담아 응시하는 시선들을 돌아보며 말했다. 그러나 앞으로 내딛는 발걸음은 그 어느 때보다 무겁기만 했다.

4.

'잠들지 않는 거리'는 수도 외곽에서 약간 떨어진 빈민가의 오래된 술집 이름이었다. 안주라고는 늘 차가운 소세지 하나, 음료는 싸구려 맥주밖에 팔지 않았지만 저렴한 가격 덕분에 자리는 항상 만석이었다.

"이곳입니까?"

페리스의 질문에 케이는 묵묵히 고개를 끄덕였다. 문을 열고 들어서자 후끈한 열기가 밀어닥쳤다. 가게 안은 문 앞부터 안쪽까지 거나하게 술에 취한 사람들로 가득한 상태였다. 슬슬 날이 저물어가는 시각이었지만, 페리스는 오후부터 이런 형태였을 거라고 믿어 의심치 않았다. 그 증거로 테이블마다 가져다 둔 술독이 모두 거의 비어 있는 상태였다.

케이는 그들 중에서 상인의 복장을 한 사람을 찾았다. 상인의 직업을 가진 사람은 자신을 흔히 길고양이라고 칭했다. 자유롭게 영역을 옮겨 다니며 마음속에 주인을 정하지 않는 자들이라는 뜻이었다. 예상대로 약간 구석진 곳에 한 명의 상인이 앉아 있었다. 와자지껄하게 퍼마시는 사람들 사이에서 그는 홀로 단정하게 앉아 술을 기울이고 있는 중이었다.

케이와 페리스는 아무 말 없이 원래 동행이었던 것처럼 그 옆에 가서 착석했다. 상인 역시 놀라지 않고 친인을 반기는 것처럼 부드럽게 웃었다.

"클리프 상단의 엘드란이라고 합니다."

상단의 이름은 익숙하진 않았지만 그렇다고 낯설지도 않았다. 케이는 속으로 클리프라는 단어를 되새기며 물었다.

"내가 거래하는 정보 길드는 어떻게 알았지?"

이 제국엔 수많은 정보 길드가 있고, 그중에서 케이가 이용하는 곳은 단 하나였다. 우연일 수도 있지만 그는 처음부터 그 사실을 알고 의뢰를 맡긴 것이라 확신했다. 만약 그 길드가 아니었다면 자신을 찾는 것조차 불가능했을 테니까. 여러 군데에 의뢰를 맡겼다면 그 과정에서 소식이 전해졌을 것이다. 그러자 이미 예상한 질문이라는 듯 엘드란은 차분하게 대답했다.

"저희 총수님께선 조금 특별한 능력을 지니고 계시죠."

"예언의 힘이라도 가지고 있는 건가?"

"조금 비슷합니다."

"오히려 더 수상하군."

"믿어 주십시오. 이래 봬도 한시라도 빨리 소식을 전하기 위해 공간 이동 주문서까지 사용해서 온 겁니다."

"……용건은?"

살짝 얼굴을 찌푸린 케이는 바로 본론으로 들어갔다. 경계를 푼 건 아니지만, 당장은 그들의 목적이 궁금했다. 일부러 클모어 공작가문의 문장을 보내온다는 건 어느 정도는 그와 관계되어 있다는 의미다. 어쩌면 공작이나 황제 쪽에서 보낸 것이 아닐까 하는 일말의 기대감도 있었다. 물론 상단의 힘을 빌렸다는 것이 이해가 되지 않는 부분이긴 했지만. 그 순간 나직하게 이어진 말에 그는 눈을 부릅떴다.

"클모어의 아가씨를 저희가 보호하고 있습니다."

"……!"

"그게 무슨……."

뜻밖의 말에 놀란 건 페리스도 마찬가지였다. 두 사람의 얼굴이 모두 굳자 엘드란은 다 이해한다는 표정을 지으며 품 안에서 단단히 뭉친 꾸러미를 꺼냈다.

"자세한 것은 이것을 봐 주십시오. 그럼 전부 알게 되실 겁니다."

"이게 뭐지?"

"아가씨께서 전하라 하신 것입니다."

꾸러미 속에서 나온 것은 여러 번 접힌 한 통의 편지였다. 미심쩍은 시선을 보낸 뒤 케이는 그것을 펼쳐 들고 빠르게 훑었다. 아래로 내려갈수록 그의 두 눈이 파르르 떨렸다. 편지에 담긴 내용은 모두 공국 내에서 벌어지고 있는 일들이었다. 클모어 공작이 마신의 저주에 걸렸다는 것, 황제가 그의 저주를 풀기 위해 머나먼 이국의 땅으로 떠났다는 것까지. 일반인들에겐 알려지지 않은 진실들이 담담한 필체로 적혀져 있었다.

편지는 에이프릴이 직접 작성한 것이었다. 황제가 돌아올 때까지 어느 정도 기반을 닦아 두기 위해, 그녀는 요즘 한창 동분서주하고 있는 중이었다. 그러나 온실 속의 화초처럼 자란 그녀가 혼자만의 힘으로 할 수 있는 데에는 한계가 있었다. 특히 공작의 가신들을 설득하기 위해선 정치적으로 힘이 되어 줄 수 있는 존재가 누구보다 절실했다. 그런 그녀가 떠올린 건 황제의 친위기사들이었다.

대장이자 백작 신분인 케이만이 아니라, 친위대들은 전부 작위를 지니고 있는 귀족으로만 구성되어 있었다. 황제를 바로 곁에서 보필하는 임무를 지닌 만큼 귀족 세계에서 상당히 영향이 큰 존재이기도 했다. 그들이 도와준다면 클모어의 기반을 다지는 일도 훨씬 수월해질 것이다. 그리고 대공과 대적해야 할 공통된 목적을 지니고 있는 한, 그들은 막강한 응원군이 되어 줄 것이 틀림없었다.

'여러분의 힘이 필요합니다.'

마지막 문단에 적힌 문장까지 읽은 케이는 크게 호흡을 내쉬었다. 그는 굳은 얼굴로 엘드란을 응시했다.

"……이게 전부 사실인가?"

"제 목숨을 걸고 맹세합니다."

"고양이의 목숨은 9개라고들 하지."

"잘 모르시는군요. 길고양이의 수명은 3년밖에 되지 않습니다."

한마디로 그만큼 소중하다는 의미였다. 왠지 목이 타는 기분에 케이는 자신의 앞에 놓인 잔을 단숨에 들이켰다. 싸구려 맥주의 텁텁한 느낌이 입안을 가득 채웠지만 덕분에 정신이 조금 돌아오는 것 같았다.

"정말 소름 끼치는 작자야. 잘도 수를 써 놨군."

말끔하게 웃던 대공의 얼굴이 떠오르자 케이의 두 눈이 싸늘히 식었다. 속이 뜨거운 것이 방금 전 삼킨 술 때문인지, 치밀어 오르는 분노 때문인지 알 수 없었다. 클모어에만 도착하면 모든 것이 다 괜찮아질 거라 믿었다. 지금 생각하면 터무니없이 안일한 판단이었다.

"케이."

페리스의 시선에 케이는 묵묵히 고개를 끄덕였다.

어차피 그들에게 다른 선택지는 남아 있지 않았다. 대공은 이미 주사위를 던졌고, 그들의 어린 황제는 언제 돌아올지 알 수 없는 머나먼 여정을 떠났다. 더 이상 이곳에 머무는 건 의미가 없었다. 케이는 비어진 맥주잔을 노려보다시피 바라보며 말했다.

"클모어로 간다."

제6화

1.

　다음 직항까지 육로로 이동하는 길은 도보로 약 일주일 정도의 기한이 걸릴 예정이었다. 그러나 우리는 길을 떠난 지 불과 반나절 만에 다시 인근 마을을 찾아 들어가야 했다. 예상보다 무더운 날씨 때문이었다.

　국경은 넘었지만 아직 본격적으로 알폰프 제국의 영토에 진입한 건 아니기에 열대치고 기후는 제법 선선한 편이었다. 다만 우리가 가지고 있는 옷들이 죄다 방한용이라는 것이 문제였다. 최근까지 추위가 가시지 않았기 때문에 미처 여름용 의복을 마련할 생각을 하지 못한 것이다. 내가 기온에 둔감한 편이고, 이사나가 인내심이 많은 것도 원인 중의 하나였다.

황족으로 태어나 엄격한 교육을 받아온 탓인지 이사나는 습관적으로 참는 버릇이 있었다. 덕분에 동행으로서는 참 편한 타입이었지만(어떤 상황에서도 불평하지 않으니까) 본인에게는 안 좋은 결과를 불러올 때가 많았다. 지금 같은 경우가 바로 그런 상황이었다. 나는 끌끌 혀를 차며 발갛게 짓무른 이사나의 피부를 치료했다.

"어휴, 피부가 전부 달아올랐네. 이 정도면 상당히 쓰렸을 텐데, 왜 말을 안 했어?"

"으응, 그렇게 힘들다는 생각을 못 했어."

"이런 걸 보면 참을성이 많은 게 좋은 것만은 아니라니까. 내가 미리 신경 썼어야 했는데. 무심한 계약자라 미안해."

"아, 아냐! 내가 미리 몸을 관리하지 못한 탓인걸. 라피스 님도 충고해 주셨는데 또 실수했어."

"응, 라피스?"

"그, 그치만 나, 절대 누군가 알아서 날 챙겨 줘야 한다든가, 시중 받는 게 당연하다고 생각하고 있는 건 아냐. 오해하지 말아 줘."

"그게 무슨……."

고개를 갸웃거리다 나는 무슨 말인지 깨닫고 피식 웃었다. 언젠가 보온 마법을 걸어 줬을 때 라피스 녀석이 퍼부었던 잔소리가 계속 마음에 걸렸던 모양이다.

"그 녀석이 한 말은 신경 쓰지 마. 그냥 심술을 부린 것뿐이니까. 네게 그런 의도가 있는 것이 아니라는 것쯤은 내가 더 잘 알아.

습관적으로 참는 건 확실히 문제가 있는 것 같지만."

"미, 미안."

"사과하라고 한 말 아냐. 그만큼 장점도 많다고 생각하거든. 특히 높은 자리에 있는 사람일수록 인내심이 강해서 나쁠 건 없지. 넌 복권하면 정말 좋은 황제가 될 거야."

"저, 정말? 정말 그렇게 생각해?"

"응, 물론이지."

"헤헤……."

이런 칭찬에 익숙하지 않은 건지 이사나는 얼굴을 붉히며 수줍게 웃었다.

치료를 마친 후 나는 그를 데리고 곧장 상가로 향했다. 갈아입힐 옷과 필요한 비품을 사기 위해서였다. 내친김에 당분간 마을에 들르지 않을 작정으로 넉넉하게 구입했더니 순식간에 배낭이 터질 것처럼 부풀어 올랐다. 아무리 구겨 넣어도 더 이상 들어갈 공간을 찾지 못하게 되자 나는 심각한 고민에 빠졌다. 그동안 나와 이사나는 각자 하나의 배낭만을 가지고 다니는 중이었고, 그 점에 딱히 불편을 느낀 적이 없었다. 필요한 만큼만 사서 마을에 들를 때마다 보충하면 됐기 때문이다. 하지만 사막에 들어가면 더 이상 그런 편의를 기대하는 건 불가능할 것이다. 최소 몇 개월 치의 식량과 비품들을 확보해 둬야 할 텐데 그러자면 두 개의 배낭만으로는 턱없이 부족했다. 그렇다고 배낭을 더 늘리자니 짐이 분산되는 것도 내키지 않았다.

"으음, 할 수 없지. 내 배낭을 엄청 큰 걸로 바꿔야겠어."

"아, 그럼 내 것도……."

"아니야. 이사나 네 건 경량화 마법이 걸린 거잖아. 그냥 내 것만 바꾸면 돼."

"하지만 그러면 엘 혼자 짐을 거의 다 들게 되는걸."

"괜찮아. 그 정도는 별로 무겁지 않으니까. 흠, 근데 이것보다 더 큰 배낭이 있으려나? 차라리 그냥 줄로 묶어서 배낭 위에 탑처럼 쌓아 볼까?"

"봇짐장수처럼 말이지?"

"응, 모양새는 좀 이상하겠지만."

국가 간 교역이 활발하지 않은 이 세계에선 정착한 상단보다는 봇짐장수가 더 많은 편이었다. 그들의 특징은 허리 아래부터 머리 위까지 짐을 탑처럼 이고 다닌다는 것이었다. 같은 방식을 사용하면 오해받겠지만 어차피 사막에 들어가면 다른 사람이랑 마주칠 일도 없을 테니 괜찮을 것 같았다.

"흐응~ 뭔가 곤란하신 일이 있으신 것 같군요. 제가 도와드릴까요?"

"……!"

그 순간 갑자기 들려온 목소리에 나는 깜짝 놀라 숨을 삼켰다. 이사나 역시 매우 당황한 모습이었다. 고개를 돌려 바라본 곳엔 새카만 가죽옷을 입은 사내가 서 있었다. 내가 익히 아는 존재이기도 했다.

"……뭐예요, 루카르엠. 분명 일정 거리 이상 접근하지 말라고 했던 것 같은데요?"

그는 머리와 눈동자를 가리기 위함인지 후드를 깊게 눌러쓰고 있었다. 그래 봤자 전신에서 풀풀 풍기는 마기가 그의 정체를 노골적으로 가르쳐 주고 있었지만. 주위에 지나다니는 사람이 없어서 그나마 다행이다. 내가 눈살을 찌푸리자 그는 엄지손가락으로 후드 자락을 들어 올리며 씩 웃었다.

"에이, 뭘 새삼스럽게 그러십니까. 우리 사이에."

"우리 사이가 뭔데요?"

"두 번이나 은밀한 시간을 보낸 사이?"

은밀한 시간은 무슨. 게다가 그 두 번 다 당신이 일방적으로 찾아온 거거든? 경박스러운 태도에 눈살을 찌푸리자 그는 더 진하게 웃었다. 날 곤란하게 만드는 것이 어지간히도 즐거운 듯했다.

"엘, 아는 사람이야?"

옆에서 이사나가 잔뜩 굳어진 얼굴로 조심스럽게 물었다. 보통 나랑 안면이 있는 사이로 보이면 경계를 푸는 편이었는데(트로웰이나 라피스의 경우만 봐도 그렇다), 이번만은 유독 긴장한 것이 느껴졌다. 본능적으로 그의 마기에 위협을 느낀 것 같았다. 그 모습에 루카르엠이 입꼬리를 들어 올리며 발랄하게 말했다.

"이야, 그러고 보니 깨어 있을 때 뵙는 건 처음이군요. 만나 뵙게 되어 영광입니다, 스왈트 제국의 황제 폐하?"

"어, 어떻게 나를?"

"우후후, 다 아는 방법이 있지요."

의도했음이 분명한 의미심장한 답변에 이사나는 더 안절부절못했다. 이미 이렇게 된 거 어차피 숨겨봤자 소용없겠지. 나는 한숨을 내쉬며 말했다.

"괜찮아, 이사나. 그냥 지나가는 마족 1이야."

"마, 마족?"

경악하는 이사나를 향해 나는 차분히 고개를 끄덕였다. 입을 삐죽 내민 루카르엠이 그렇게 소개하는 게 어딨냐느니 너무 심하다느니 투덜거렸지만, 그런 잡음 정도는 가볍게 무시했다.

"별로 신경 쓸 필요 없어. 물론 마족이니까 언제 손바닥을 뒤집듯이 말을 바꿀지는 모르겠지만, 일단 우리를 감시하거나 공격할 생각은 없는 것 같거든."

"그, 그래?"

"응. 게다가 마왕의 지시에 따를 생각도 없대. 조만간 반역죄로 죽을지도 몰라. 한마디로 예비 사형수?"

"우와, 그렇게 나오시깁니까?"

얼떨떨해하는 이사나의 뒤에서 루카르엠이 황망하게 소리쳤다. 나는 어깨를 으쓱하며 대꾸했다.

"뭐가요? 난 틀린 말 한 적 없는 것 같은데요."

"정말 너무하시네. 난처해 보이시기에 도와드리려고 했는데. 이러시면 저 그냥 돌아갈 겁니다?"

"뭘 어떻게 도와주려고요?"

시큰둥하게 물었더니 루카르엠은 씩 웃고는 단 한 번의 도약만으로 내 앞에 섰다. 누가 마족 아니랄까 봐 신체 능력도 발군인 것 같았다. 그 바람에 이사나의 몸이 더 크게 경직됐지만, 그는 그쪽에는 눈길도 주지 않은 채 나만 똑바로 응시했다.

"보아하니 배낭이 작아서 고민하시는 것 같더군요. 제게 이 상황을 해결할 획기적인 방법이 있는데, 한번 들어 보시렵니까?"

"그게 뭔데요?"

"가방 안에 아공간을 만드는 거죠. 그럼 물건이 몇 개가 들어가든 상관없거든요."

아공간? 그거 어디에서 들어 본 단어인 것 같은데. 왠지 낯익은 느낌에 고개를 갸웃거리기를 잠시간, 나는 곧 과거의 단편적인 기억 하나를 떠올렸다. 라피스가 서클렛을 건네줄 때, 아공간에서 꺼냈다고 했던 것을 말이다.

"자, 잠깐. 그걸 만든다고요? 그건 보이지 않는 개인 창고 같은 거 아니었어요? 드래곤만 가질 수 있는 건 줄 알았는데."

"아, 그건 자신이 직접 차원의 틈 속에 공간을 설계하는 경우입니다. 기본적으로 진법과 수식에 능통해야 하고, 다량의 마나가 받쳐줘야 하기 때문에 고위 마법사가 아니라면 시도하기 힘든 방법이죠. 인간종들 중에선 그만한 실력을 가진 마법사가 나타나기 쉽지 않으니, 드래곤만 가질 수 있다는 게 틀린 말은 아니네요."

"그럼 그것 말고 다른 방법도 있어요?"

내 질문에 루카르엠은 빙긋 웃으며 고개를 끄덕였다. 이어진 그의 말에 의하면, 아공간은 인위적으로 만들어지는 것만이 아니라 애초에 자연적으로 형성되는 것도 있다는 것이다. 이를테면 차원의 틈에서 파생된 불순물 같은 것들인데, 찌꺼기에 불과하긴 하지만 대부분 크고 작은 공간을 보유하고 있다고 했다. 그것의 좌표를 찾아 매개체에 연결한 후 마법적인 처리를 거치기만 하면 보관 장소로 활용할 수 있게 된다는 것이다. 직접 만든 것에 비하면 규모가 협소한 데다 보안에 신경 써야 한다는 단점이 있긴 하지만, 훨씬 절차가 간단하고 누구나 사용할 수 있다는 매우 큰 장점이 있었다.

"그 좌표를 찾을 수 있어요?"

"고위 마족쯤 되면 그 정도는 할 수 있습니다."

"만약 찾았는데 다른 사람이랑 좌표가 겹치면요?"

"그런 일은 없습니다. 마법적인 처리를 하는 과정에서 그 공간과의 연결 통로는 하나로 제한되거든요. 다른 사람이 좌표를 연결할 방법은 전무하다고 봐야 합니다."

"헤에……."

아마 지금 내 눈은 엄청나게 반짝거리고 있지 않을까? 그런 생각이 들 찰나, 루카르엠과 시선이 마주쳤다. 내 기대감을 읽은 건지 그의 두 눈이 간드러지게 양옆으로 휘어졌다.

"아공간, 만들어 드릴까요?"

그가 물었을 때, 나는 빠르게 고개를 끄덕이고 있었다. 겸양이나 자존심 같은 걸 따질 때가 아니다. 이런 좋은 기회를 놓칠 수는 없지 않은가. 이미 신뢰할 수 없는 존재란 생각은 머릿속에서 사라진 지 오래였다. 그런 날 미묘하게 바라보던 루카르엠이 이내 피식 웃었다.

"확실히, 가만히 내버려 둘 수 없는 타입이네요."

"……그거 욕이죠?"

"아뇨, 칭찬입니다. 전 귀여운 걸 좋아하거든요."

역시 욕이잖아!

발끈해서 따지려는 순간 무언가 불쑥 눈앞에 들이밀어졌다. 그 것이 조금 전까지 내 앞에 놓아 둔 배낭이라는 걸 깨닫는 덴 아주 약간의 시간이 걸렸다. 이게 언제 저 마족의 손에 들어갔지? 당황해서 눈을 깜빡거리자 루카르엠이 생글거리며 말했다.

"다 됐습니다."

"어? 벌써요?"

얼결에 배낭을 받아 든 나는 안을 열어 보곤 헛숨을 삼켰다. 당연히 보여야 할 평범한 내부 대신 새카만 구덩이가 자리 잡고 있었기 때문이다. 손을 집어넣으니 허공을 더듬는 것처럼 썰렁한 느낌이 닿았다. 마치 밑바닥이 아예 존재하지 않는 것 같았다.

'뭐야, 정말 아공간이랑 연결된 거야? 그 잠깐 사이에?'

보통 마법은 수식을 준비하는 과정만으로도 상당한 시간이 소요된다고 알고 있다. 특히 상위 마법일수록 주문을 외우고 진을 완성하는 과정을 거치지 않으면 매우 높은 확률로 실패하기 쉬웠다. 예외라면 라피스 같은 드래곤 정도나 될 것이다. 그런데 지금 보니 마족도 상당히 수준급의 실력을 지니고 있는 모양이다.

나는 시험 삼아 배낭 안에 옷 한 벌을 넣어 봤다. 그러자 쑥 하고 들어간 옷더미가 그 자리에서 소리도 없이 사라졌다. 마치 어둠 속에 그대로 삼켜진 느낌이었다. 팔을 집어넣고 휘저어 봤지만 아무것도 잡히는 게 없었다. 당황한 내게 루카르엠은 손을 집어넣고 찾는 이미지를 떠올리라며 조언했다. 그대로 따르자 효과는 바로 나타났다. 정신을 집중하기 무섭게 저절로 옷이 잡히는 것이 아닌가!

"우와, 이거 진짜 신기하네요."

"마음에 들어 하시는 것 같아 다행입니다."

"무척이요. 고마워요, 루카르엠. 신세를 졌네요."

"정말 그렇게 생각하십니까? 그렇다면 이제 슬슬 일행으로 받아 주시는 것은⋯⋯."

"이야, 오늘 날씨가 정말 맑은데요? 아하하하!"

딴청을 피우자 루카르엠은 뭐가 그리 웃긴지 어깨를 들썩이며 큭큭거렸다. 그래도 그런 모습이 예전만큼 불쾌하게 느껴지지 않는 걸 보면 내가 생각해도 난 참 속물인 것 같다. 그는 너무 웃어서 눈물까지 흘리는 채로 고개를 끄덕였다.

"네네, 알겠습니다. 첫술부터 배부를 순 없으니까요. 아쉽지만 다음 기회를 노리도록 하죠."

"그 말은⋯⋯ 계속 따라다닐 생각이라는 건가요?"

"당연한 말씀을 하시는군요."

태연하게 대답한 후 루카르엠은 갑자기 내 얼굴을 빤히 응시했다. 정확히는 내가 착용한 서클렛을 보고 있는 것이었다. 또 무슨 흉흉한 소리를 하려는 건가 싶어 나는 경계의 시선을 보냈다. 그런데 그에게서 나온 건 전혀 뜻밖의 말이었다.

"그러고 보니 그 서클렛 안에도 아공간이 있다는 거 아십니까?"

"엥? 정말요?"

서클렛 안에 아공간이 있다는 건 전혀 생각지도 못했던 일이었다. 나는 반사적으로 이마를 더듬었다. 하지만 보석 특유의 딱딱한 감촉 외에 특이한 기운 같은 건 느껴지지 않았다.

"그럼 여기에도 물건을 넣을 수 있어요?"

"아뇨, 용도가 다릅니다. 이 아공간은 조금 특별한 목적으로 만들어진 것 같으니까요."

"특별한 목적?"

물건을 수납하는 것 말고 아공간에 또 다른 용도가 있나? 내가 속으로 의아해하는 동안 루카르엠은 나른한 표정으로 서클렛을 매만졌다. 긴 손가락이 보석의 표면을 천천히 훑는 것이 느껴졌다. 그러자 그의 눈동자에 주홍빛의 마법진 같은 것이 하나둘 떠오르기 시작했다.

"어디보자…… 완전한 밀봉, 밀폐된 독실, 시간의 정지, 돌아올 수 없는 이방인, 세상과의 격리, 지독한 고독이라…… 흐음, 그다지 다정한 키워드는 아니군요."

"그게 다 뭔데요?"

"아공간을 설계할 때 성립한 조건들입니다. 아마 죄인의 영원한 형벌을 위한 독방인 것 같네요."

"그렇다는 건……."

"한마디로 감옥이라는 겁니다."

"……!"

싸아악, 머릿속에서 핏기가 가시는 소리가 들렸다. 나는 전신에 소름이 돋는 걸 느끼며 입을 꾹 다물었다. 그 순간, 루카르엠이 의미심장한 눈빛으로 웃었다.

"게다가 이미 그 속에 자리를 차지한 존재가 있군요."

"그, 그 말은……."

"4천 년 전의 죄인이 그 보석 안에 잠들어 있다는 거지요."

으아악! 못 들었어! 나는 아무것도 못 들었어!

나는 발작적으로 펄쩍 뛰며 후다닥 서클렛을 벗었다. 그동안 예쁘다고만 생각했던 보석의 푸른빛이 모든 사태를 파악한 지금은 기괴하게만 느껴졌다.

장물로도 모자라 죄수를 봉인하는 감옥이라니! 심지어 이 안에 사람이 갇혀 있는 상태라니! 라피스 이 자식! 다 알고 있으면서 일부러 날 골탕 먹이려고 준 거 아니야? 이를 갈며 서클렛을 노려보고 있는 날 향해 루카르엠은 어깨를 으쓱하며 말했다.

"뭐, 어차피 보석은 그저 통로일 뿐입니다. 실제로 갇힌 곳은 어딘지 알 수 없는 짙은 암흑 속이죠. 그렇게 거부감 느끼실 필요는 없습니다. 다만……."

"다만?"

"오래된 주술이라 그런지 허점이 많군요. 조심해서 다루셔야 할 겁니다. 충격을 받으면 봉인이 깨질 테니까요."

"깨, 깨지면 어떻게 되는데요?"

"당연한 걸 물으시는군요. 그 안에 갇혀 있던 죄인이 해방되겠죠."

"……."

갑자기 매우 울고 싶어졌다. 나는 참담한 심정으로 손에 쥔 서클렛을 바라보았다. 몰랐다면 모를까, 이걸 다시 아무렇지 않게 착용하고 다닐 자신이 없었다. 그렇다고 다른 걸 새로 마련하자니 나름대로 신경 써 준(지금으로썬 그 목적이 다분히 의심스럽지만) 라피스의 성의를 무시하는 것 같아 쉽게 결단을 내릴 수가 없었다. 그러자 망설이는 기색을 읽었는지 루카르엠이 아량을 베풀듯 말했다.

"정 찜찜하시면 차라리 아예 봉인을 푸는 건 어떻습니까? 그럼 그냥 평범한 서클렛이 될 텐데요."

"봉인이 깨지면 죄수가 풀려난다면서요!"

"나오자마자 죽여 버리면 되죠."

그걸 지금 말이라고 해?

귀를 의심하고 싶을 만큼 잔인한 말에 나는 멍하니 입을 벌렸다. 이사나도 황당했는지 그대로 얼어 버린 모습이었다. 하지만 그는 뭐가 문제인지 모르겠다는 듯 오히려 어리둥절한 표정을 지었다.

"궁금하지 않습니까? 대체 얼마나 끔찍한 죄를 지었길래 그 안에 영원히 갇혀 있는 건지 말입니다."

"그딴 거 하나도 안 궁금하거든요?"

"유감스럽네요. 전 궁금한데 말이죠."

탐욕스러운 시선이 서클렛을 노골적으로 주시한다. 점점 짙어지는 눈빛을 보니 이대로 두면 정말로 일을 치를 기세였다. 아공간에 집어넣을까 하다가 나는 곧 그만뒀다. 내가 의식하지 못한 사이에 배낭을 가져가 마법을 걸 정도의 수준이라면 서클렛을 훔쳐가는 것도 어렵지 않을 것이다. 그리고 루카르엠은 충분히 그러고도 남을 위인이었다.

할 수 없이 나는 다시 서클렛을 착용했다. 일단 착용하고 나면 라피스가 걸어둔 마법이 발동하기 때문에 타인이 강제로 빼앗지 못한다. 게다가 아무리 손이 빠른 루카르엠이라도 내게 직접 도전할 생각은 하지 못할 거란 계산이었다. 예상대로 그는 쩝쩝 입맛을 다시며 물러섰다.

"에이, 재밌을 것 같았는데."

"그냥 솔직하게 말하세요. 날 곤란하게 만들고 싶은 거잖아요."

"설마요. 그저 당황하시는 모습을 즐기는 겁니다."

그게 그 말이거든?

황당해서 노려보자 루카르엠은 배시시 웃었다. 그러면서도 미련을 버리지 못한 듯 시선은 여전히 서클렛에 고정된 상태였다. 돌아갈 때까지 그는 끝내 아쉬운 표정을 떨치지 못했다. 진득하게 달라붙는 집착의 눈길엔 불길한 기운마저 느꼈다. 그래선지 그의 모습이 완전히 사라진 후에도 나는 계속 찝찝한 기분을 떨쳐낼 수가 없었다. 왠지 한동안은 꿈자리가 매우 사나울 것 같았다.

잠깐이나마 고맙다고 생각했던 거 전부 취소다. 역시 마족은 세상에서 제일 사악한 종족이었다.

2.

남부의 숲은 전혀 개간되지 않은 온전한 밀림 지대였다. 스왈트 제국령에서 봤던 숲과는 기후도, 규모도, 동식물과 곤충의 종류까지 전부 완전히 달랐다. 이동로라고 할 만한 것도 없었기 때문에 우리가 걸어가는 방향에 곧 길이 생기는 수준이었다. 그렇다고 해서 걷는 게 곤란할 정도는 아니었지만, 만약을 대비해 내가 앞에서 가고 이사나에겐 뒤를 따라오게 했다. 고국과는 완전히 다른 환경에도 다행히 그는 군말 없이 적응해나갔다. 확실히 인내심 하나만큼은 발군인 녀석이었다.

누군가 쫓아오고 있는 느낌을 받은 건 숲에 들어선 지 이틀이 지났을 무렵이었다. 일부러 존재감을 드러내고 있는 루카르엠의 기척과는 확연히 다른, 낯설고 수상한 기운이 우리 뒤를 바짝 따라붙고 있었다. 게다가 시간이 지날수록 그 숫자가 점점 늘어나는 중이었다.

"엘."

어깨를 움츠린 이사나가 조심스럽게 나를 불렀다. 그 역시 뒤쫓는 기척을 느낀 것 같았다. 정령술에 익숙해지면서 이사나는 날이 갈수록 주위를 읽는 눈이 밝아지고 있는 상태였다. 나는 긴장한 표정을 짓고 있는 그를 향해 살짝 고개를 끄덕인 다음, 내딛던 걸음을 완전히 멈췄다. 동시에 풀벌레 소리로 진동하던 숲 안이 기묘할 정도로 고요해졌다.

"진짜 이상한 사람들이네. 왜 몰래 따라오는 거람?"

"……."

주위를 돌아보자 빼곡한 나무 군락이 펼쳐졌다. 물론 겉으로 보이는 환경만 그랬다. 나는 한숨을 뱉은 다음, 조금 더 큰 목소리로 말했다.

"저기요, 숨어 있어 봤자 이미 다 들켰거든요? 용건이 있으면 이만 나오시는 게 어때요? 저희가 갈 길이 좀 바빠서 오래 상대할 시간이 없을 것 같은데."

반응은 즉시 나타났다. 높게 솟은 나무 기둥들 뒤에서 그림자가 하나씩 모습을 드러내기 시작한 것이다. 누가 수상한 사람들 아니랄까 봐, 그들은 모두 똑같은 검은색 복장에 얼굴엔 복면까지 쓰고 있었다.

순식간에 둥근 포위망이 형성됐다. 얼추 가볍게 센 숫자만 스무 명이 넘는 것 같았다. 얼굴을 살짝 찌푸렸을 때, 그들 중 한 사람이 천천히 앞으로 걸어 나왔다. 아마 이 무리를 지휘하는 자인 듯했다.

"전혀 알아차리지 못할 줄 알았는데, 생각보다 눈치가 빠르군."

낮게 중얼거리는 목소리가 낯설었다. 복면을 쓰고 있긴 하지만 난 그를 이곳에서 처음 본다고 확신할 수 있었다.

"누구시죠?"

"그대가 형벌의 교황이 맞는가?"

"……."

불쑥 건네진 질문에 나는 속으로 살짝 숨을 삼켰다. 설마 교황에 대한 언급을 듣게 될 줄이야. 배 안에서 정체를 밝힐 때 어느 정도 소란을 각오하긴 했다. 누군가는 소문을 퍼트릴 거란 것도 충분히 예상했던 일이었다. 하지만 그렇다 해도 이 상황은 도무지 이해가 되지 않았다. 내가 교황이라고 추격까지 할 필요는 없잖아?

당황한 내 모습을 보며 무슨 판단을 했는지 남자가 보란 듯이 큰 동작으로 자신의 망토 자락을 들쳤다. 그 사이에서 드러난 붉은색의 휘장에 나는 얼굴을 굳혔다. 저것과 똑같은 모양의 휘장을 어디선가 본 기억이 있었다. 클모어 공작가의 저택 앞에서 스쳐봤던 마신관. 그가 두르고 있던 바로 그 휘장이 틀림없었다.

흘끗 이사나를 보니 그 역시 알아본 듯 경악한 얼굴이었다. 그 반응을 통해 나는 더더욱 내 판단을 확신할 수밖에 없었다.

"……마신의 교단에서 우리에게 무슨 볼일이죠?"

"그건 그대가 더 잘 알 텐데."

무뚝뚝한 대꾸에 나는 잠시간 입을 다물었다. 그의 말대로 마신의 교단에서 날 찾아올 이유는 하나밖에 없었다. 만약 그들이 형벌의 교단을 압박할 생각이라면 나만큼 완벽한 인질은 없을 테니까.

"이런 시기에 종자 하나만을 데리고 여행이라니. 참 태평하신 교황님이시군. 아니면 형벌의 교단에선 돌아가는 상황을 전혀 파악하지 못하고 있는 건가?"

비웃음을 머금은 목소리에 나는 대답하지 않았다. 다행히 그들은 이사나를 그저 일개 수행원 정도로만 생각하고 있는 듯했다. 마계로 돌아간 데르온이 어디까지 보고했는지는 모르겠지만, 이사나의 변한 외형까진 알려지지 않은 게 분명했다.

"우리와 함께 가 줘야겠다."

"싫다면요?"

"윗선에선 반항하면 사살해도 좋다고 했다. 쓸데없는 저항은 하지 않는 게 좋을 거다."

빈말이 아니라는 것을 강조하듯 포위하고 있는 자들의 기세가 단숨에 날카로워졌다. 나는 살짝 혀를 차며 주위를 경계했다. 상대 쪽에서 나를 교황이라고 알고 있는 이상 그들 앞에서 정령의 힘을 쓸 순 없었다. 문제는 그것 외에는 달리 방어할 방법이 없단 사실이었다. 이럴 줄 알았으면 펑펑 남는 시간에 검술이라도 배워둘걸. 정령계에서 하릴없이 소환만 기다리고 있던 시절을 떠올리며 나는 속으로 자책했다. 어차피 그 정도 기간으로는 수준급의 검술을 익힐 순 없었겠지만.

'으음, 어떡하지. 안됐지만 전부 죽여서 증거를 인멸하는 게 나을까?'

내키진 않았지만 이 상황에선 다른 수단이 없을 것 같았다. 나는 심호흡을 한 다음 지그시 복면인들을 바라보았다. 인간의 육체는 70프로가 수분으로 이뤄져 있고, 물은 전부 나의 영역이다. 그것을 이용하면 동시에 심장을 멎게 하는 것도 별로 어렵지 않을 것 같았다.

그러고 보니 배에 있을 때도 굳이 신벌을 기다릴 필요도 없이 내 선에서 적당히 꾸밀 수 있었던 일이었잖아? 뒤늦게 자각한 사실에 나는 속으로 한숨을 내쉬었다. 엘뤼엔이 바로 대응해 주지 않았던 것도 아마 그래서였던 모양이다.

'좋아, 그럼 즉시 실행을⋯⋯.'

"으아아아아! 내 눈! 내 눈이!"

"⋯⋯!"

그 순간, 언젠가 들었던 비명 소리가 다시금 울려 퍼지는 것 같은 착각이 들었다. 나는 흠칫 놀라 집중하던 기운을 흐트러트렸다. 잠깐 사이 등허리에 식은땀이 맺히는 기분이었다.

"엘?"

"어? 어, 아니⋯⋯아무것도 아냐."

의아하게 바라보는 이사나에게 나는 어색하게 웃어 보였다. 슬쩍 소매 안으로 집어넣은 손이 부들부들 떨렸다. 처절한 비명과 끔찍하게 흘러내리던 붉은 피가 눈에 선했다. 별거 아니라고 생각했는데, 의외로 그때의 광경이 트라우마가 됐던 모양이다.

이런 내 모습이 스스로도 어이가 없었다. 트로웰과 함께 다닐 땐 그보다 잔인한 장면도 얼마든지 봤었다. 적어도 샴페인 용병단은 몬스터를 깨끗하게 도륙하는 편은 아니었으니까. 심지어 내가 직접 몬스터를 죽인 적도 있다. 그런데 고작 대상이 인간으로 바뀌었단 이유만으로 벌벌 떨다니, 말도 안 되는 이중성이다. 하지만 그렇게 생각하면서도 손이 굳은 듯이 움직이지 않았다.

"잡아라!"

그 순간 떨어진 명령에 복면인들이 일사불란하게 움직였다. 누군가의 거친 손이 내 몸에 닿으려는 것이 느껴졌다. 그러나 그 기척은 내 앞에 닿지도 못하고 곧 튕겨 나갔다. 새파란 물의 장벽이 접근을 쳐낸 것이다.

"크악!"

"……!"

내가 한 일이 아니었다. 당황해서 돌아본 난 허공에 떠 있는 운디네를 발견했다. 언제나 상냥하게 웃고 있던 얼굴이 지금은 매우 사납게 굳어져 적들을 향하고 있었다. 어떻게 된 건지 상황을 파악하는 건 오래 걸리지 않았다. 이사나가 정령을 소환한 것이다.

"저, 정령이다!"

"저 녀석…… 정령사였나!"

마신의 교단인들 쪽에서도 즉각 정황을 파악하고 접근을 멈췄다. 나는 얼떨떨해하며 이사나를 바라보았다.

"……라이."

"엘, 여기 일은 내가 해 볼게. 나한테 맡겨 줘."

이사나는 침착하게 말한 뒤 기운을 모았다. 그러자 안개비가 내리는 것처럼 물방울이 솟아오르더니, 그 자리에서 일시에 수많은 운디네들이 소환됐다. 우리를 둘러싼 사람들의 숫자에 딱 맞춘 숫자였다.

'와아……'

다수의 정령이 모습을 한꺼번에 모습을 드러내는 광경은 굉장히 아름다웠지만, 그만큼 위협적이기도 했다. 아마 어지간히 뛰어난 정령사라도 이렇게 많은 정령을 다루진 못할 것이다. 마신의 교단인들 역시 심상치 않은 분위기를 깨달은 것 같았다. 그들 사이에서 처음으로 여유로운 기세가 사라졌다.

"……과연, 평범한 동행인은 아니었군."

"경고다. 목숨을 부지하고 싶으면 조용히 물러나라."

경계하는 자들을 향해 이사나는 차분히 경고했다. 언제나 수줍게 말하던 그라곤 생각할 수 없을 정도로 서늘한 음성이었다.

"흥, 건방진 놈이군. 그까짓 정령 좀 다룰 줄 안다고 기세가 등등한 모양인데, 곧 후회하게 만들어 주지. 뭣들 하는 거냐! 당장 저 자를 쳐라!"

"예!"

소강상태가 걷히고 복면인들이 모두 살기를 띤 채 달려들기 시작했다. 위협이 되는 존재를 먼저 제거해야겠단 생각 때문인지 그들의 공격은 모두 이사나에게 집중되어 있었다. 그러나 이사나는 당황하지 않고 침착하게 대처해나갔다.

"운디네!"

그의 부름에 운디네들이 기다렸다는 듯 공중을 선회하며 복면인들 사이를 파고들었다. 휘이이익! 촤아악! 물바람이 일어날 때마다 쓰러지는 사람들 사이에서 붉은 핏물이 튀었다. 그동안 귀엽다고만 생각했던 운디네의 새로운 발견이었다.

"크아악!"

"커헉!"

형태가 굳어지지 않은 정령들 앞에 인간의 병기는 무용지물이었다. 부하들이 속수무책으로 쓰러져 가자 명령을 내린 자는 매우 흥분해서 소리쳤다.

"멈추지 마라! 물러서지 말고 공격해! 너희들의 모든 힘을 다해 공격하란 말이다!"

하지만 아무리 그가 다그쳐도 상황은 크게 달라지지 않았다. 그동안 나는 여유를 되찾고 느긋하게 전투를 구경했다. 얼결에 떠맡기긴 했지만 이렇게 선전하는 모습을 보니 신기하기도 하고 뿌듯하기도 했다.

'헤에, 이사나 엄청 강해졌네. 앞으론 내가 나설 필요도 없겠는걸?'

오래지 않아 대다수의 복면인들이 바닥에 쓰러졌다. 멀쩡히 서 있는 건 처음 명령을 내린 남자 한 명뿐이었다.

"이제 당신만 남았군."

"큭……."

이사나의 말에 그는 이를 갈았다. 데려온 수하들은 모두 쓰러진 상태다. 나는 그가 얌전히 항복하거나 혼자서 달아날 것이라고 생각했다. 하지만 상황은 전혀 다른 방향으로 흘러갔다. 짧게 혀를 찬 그가 갑자기 손가락을 깨물어 피를 내더니 무언가 중얼거리기 시작한 것이다. 그러자 그의 몸에서 소름 끼칠 정도로 어두운 기운이 피어올랐다.

'어? 뭐지?'

불길한 기분에 나는 반사적으로 몸을 긴장시켰다. 그에게서 새어 나오는 기운은 마족의 것과 비슷했다. 하지만 그것보다 훨씬 섬뜩하고 불쾌한 느낌이었다. 검은 기운은 바닥으로 흘러내려가 쓰러져 있는 복면인들을 덮었다. 그러자 그들에게서 거친 신음이 흘러나오더니 모두 고통스럽게 몸을 뒤틀었다.

"컥! 으으으……."

이어진 현상에 나는 눈을 부릅떴다. 그들의 몸이 점차 거대하게 부풀어 오르기 시작한 것이다. 차마 눈을 뜨고 지켜보기 힘들 정도로 끔찍한 광경이었다.

"으아…… 크아아악!"

"……!"

누군가 마지막 비명을 터트렸을 때 나는 급히 숨을 삼켰다. 사람의 형체가 갈가리 터져 나가고, 그 자리에 시커먼 무언가가 모습을 드러낸 것이다. 그것은 새빨간 안광을 흩뿌리는 거대한 지네였다.

"저, 저게 뭐야."

갑자기 벌어진 현상에 이사나 역시 당혹감을 감추지 못했다. 너무 놀란 탓인지 몰아치던 공격도 잠시 중단됐다. 그 순간 끄르륵, 듣기 싫은 소리가 울리더니 괴물 지네가 입안에 검은 거품을 물었다. 나는 본능적으로 위험을 감지하곤 큰 소리로 외쳤다.

"라이! 위험해!"

"어? 우왓!"

콰아아앙! 치이이익!

뜨거운 무언가가 쏟아지는 것이 느껴졌다. 간발의 차이로 나는 이사나를 끌어안고 바닥을 굴렀다. 다행히 폭발이 터지기 전에 자리를 피할 수 있었다.

"괜찮아, 이사나?"

"으응."

이사나는 정신이 없는 얼굴이었다. 급히 돌아보자 그가 서 있던 자리를 시커먼 진액이 뒤덮고 있는 것이 보였다. 정체를 알 수 없는 검은 액체가 바닥을 녹이며 검은 구덩이를 만들고 있었다. 조금 전 괴물이 입안에 머금고 있던 것이었다. 조금만 늦었어도 이사나가 그것을 맞았을 거라 생각하니 온몸에 소름이 돋았다.

'뭐지? 뭐가 어떻게 된 거야?'

사람이 괴물의 모습으로 변하다니! 게다가 온몸에서 뿜어지는 마력을 봐선 저건 틀림없는 진짜 마물이었다. 그것도 상당히 강한. 나는 주춤거리는 이사나를 일으킨 다음 얼굴을 굳혔다. 그사이 변화를 마친 마물들이 우리를 둘러싸기 시작했다.

"키익!"

"케에엑!"

"크르르륵!"

각자 흉측한 모습으로 변한 것들 사이에서 쇠를 긁는 것 같은 기괴한 소리가 울렸다. 그때 광기에 찬 웃음소리가 터져 나왔다.

"크큭! 크하하하!"

웃고 있는 사람은 그들을 지휘하던 남자였다. 함께한 동료들이 모두 마물이 되었는데도 그만은 아무런 변화가 없었다. 나는 그가 이 모든 현상을 주도했다는 걸 확신했다. 단번에 역전이 된 상황이 마음에 들었는지 그는 몹시 흥분하고 있었다.

"이거 정말 굉장하군! 그자의 말이 사실이었어!"

'……그자?'

혼자서 외치는 소리를 들으니 아마 그 역시 누군가의 지시를 받아 저지른 일인 듯했다. 이런 엄청난 사태에 뒷배가 있는 건 당연한 일이다. 그런데 왠지 이상하리만치 기분이 찝찝했다. 중요한 무언가를 놓치고 있다는 느낌이랄까. 하지만 의문은 오래가지 못했다. 바로 뒤이어 그에게서 공격 명령이 떨어졌기 때문이다.

"자, 가라! 가서 마음껏 너희들의 식량을 취해라!"

지휘자의 지시에 따라 살기를 흩뿌리던 마물들이 기다렸다는 듯

덤벼들었다. 이사나의 운디네들 역시 가만히 있지 않고 맞대응했다. 그러나 이번엔 결과가 달랐다. 마물이 쏘아 낸 진액을 맞는 순간 운디네의 형체가 그대로 허물어진 것이다. 역소환의 전조였다.

"······으읏!"

"라이!"

마나가 강제로 역류한 충격 때문인지 이사나가 심장을 부여잡고 무릎을 꿇었다. 한순간에 핏기를 잃은 얼굴이 새파랗게 질려 있었다. 퍼엉! 그 순간 또 하나의 운디네가 공격을 받고 흐트러졌고, 이사나는 울컥 피를 토했다. 마물들은 멈추지 않고 또 다른 운디네에게 덤벼들었다. 이대로 두면 모든 정령이 역소환이 될 기세였다. 나는 다급하게 소리쳤다.

"정령을 돌려보내! 어서!"

내 말에 이사나는 간신히 고개를 끄덕인 다음, 모든 정령의 소환을 해지했다. 그러자 방해물이 사라진 마물들이 곧장 우리 위를 덮쳐들었다. 예상보다 더 빠른 속도에 미처 방어할 틈을 만들지 못했다. 거대한 이빨이 이사나에게 들이밀어지는 것을 본 순간 나는 반사적으로 그를 감싸 안았다.

콰직!

"윽!"

섬뜩한 감각과 함께 송곳니가 사방에서 파고드는 것이 느껴졌다. 짓이겨진 피부에서 붉은 피가 튀었다. 어차피 가짜이긴 했지만, 생생한 현장감에 무의식적으로 몸이 떨렸다. 생각보다 고통이 크지는 않아서 다행이었다. 물론 다른 쪽에 있는 어느 누군가는 그렇지 않겠지만.

'······미안, 라피스.'

나는 마음속으로 조용히 사과를 건넸다. 라피스와 계약을 한 이후로 나는 그의 마나만을 이용해서 형체를 유지하는 중이었다. 즉, 내가 받은 충격이 고스란히 그에게 전해진다는 뜻이다. 가벼운 수준의 상처라면 상관없겠지만, 이정도 부상엔 아무리 드래곤인 그라도 여파가 있을 게 분명했다. 지금쯤 피를 토하고 있을 라피스를 생각하니 저절로 식은땀이 흘렀다.

'나중에 엄청 화내겠네.'

어쨌건 지금은 이 상황을 해결하는 게 먼저다. 나는 힐끔 마물들에게 시선을 던졌다. 차라리 괴물의 모습이 돼서 다행이다. 인간의 형태가 아니라면 죽이는 것에 거부감이 들지 않을 것 같았다. 나는 우선 날 물고 있는 마물들을 향해 기운을 불어넣었다. 그러자 내게 접촉한 모든 것들이 일시에 쩌적 얼어붙었다. 힘을 주어 내리치자 그것들은 전부 산산조각이 나 흩어졌다. 역시 아무렇지 않았다.

'좋아.'

"키이이익!"

예상치 못한 공격에 당황한 듯 마물들이 주춤거리며 물러섰다. 놀란 건 지휘하는 남자 역시 마찬가지였는지 숨을 삼키는 목소리가 들려왔다.

"뭐, 뭐야! 네놈은!"

그 사이 이사나는 완전히 의식을 잃은 상태였다. 나는 살짝 혀를 찬 다음, 아직 내 몸에 붙어 있는 잔해를 완전히 떨궈 냈다. 그리고 상처가 나서 너덜거리는 몸을 깔끔히 복원했다. 그러자 지켜보고 있던 남자의 숨소리가 더 커졌다. 단순히 상처를 치료하는 차원을 넘어 옷까지 멀쩡히 복구되었으니 놀랄 만도 했다.

"네, 네 녀석! 인간이 아니군!"

"……뭐, 보시다시피?"

어차피 여기까지 와서 숨길 생각은 없었기 때문에(그리고 그를 살려서 보낼 생각도 없었기에) 나는 편안히 긍정했다. 남자는 새파랗게 질린 얼굴로 뒷걸음질 쳤다.

"큭! 이, 이런 말도 안 되는! 뭐하는 거냐! 다들 저자를 공격해! 숨통을 끊으란 말이다!"

재차 이어진 명령에 머리 위로 새카만 그림자들이 드리워졌다. 마물들이 떼로 덮쳐든 것이다. 하지만 이번엔 다시 얌전히 당해 줄 생각이 조금도 없었다. 나는 혀를 찬 다음 물의 장막을 만들어 방어했다.

콰앙! 콰아아아앙!

마물의 공격이 와 닿는 순간 생각보다 상당한 타격이 느껴졌다. 고통은 없지만 온몸이 흔들릴 정도로 큰 충격이었다. 타격은 연달아 이어졌고, 그럴수록 내게 닿는 압력도 커졌다. 나는 한숨을 내쉬고 슬슬 반격할 준비를 했다. 사실은 훨씬 더 빨리 대응할 수도 있었지만 망설임 때문에 속도가 느려졌다. 마물들은 확실히 처리할 수 있을 것 같은데, 그들을 지휘하고 있는 남자가 문제였다.

'……저 사람까지 죽일 수 있을까.'

이 와중에도 인간을 공격한단 사실엔 저항감이 일었다. 물론 그렇다고 해서 저자를 살려 둘 생각은 추호도 없었다. 나에 대해 안 것은 일단 차지하더라도, 그는 사람으로서 지켜야 할 선을 넘었다. 아무런 망설임 없이 동료들을 마물로 만들어 버린 것으로 모자라 양심의 가책을 느끼지도 않는 작자다. 대체 무슨 수를 쓴 건지는 모르겠지만, 제정신이 아니라는 것만은 분명했다. 저런 존재를 살려 두었다간 세상에 큰 해악이 될 게 뻔했다. 할 수 없이 나는 눈을 질끈 감았다. 직접 보지 않으면 공격하기 편할 것 같아서였다.

이상한 느낌을 받은 건 그때쯤이었다. 왠지 갑자기 이마가 뜨겁다는 느낌이 들었다. 아니, 정확히는 이마를 감싸고 있는 서클렛에서 열기가 피어오르고 있었다. 온도에 둔감한 내가 뜨겁다고 느낄 정도면 거의 달궈져 있는 상태라고 봐도 무방했다.

"뭐……."

당황스러운 기분에 서클렛을 확인하려던 순간이었다.

슈우우욱! 퍼어엉!

"……윽!"

"키이이익!"

갑자기 눈앞에서 거대한 폭발이 일었다. 미처 대비치 못한 충격이라 나는 이사나와 함께 바닥을 굴렀다. 마물들 역시 반대 방향으로 멀찍이 떠밀려나는 것이 보였다.

"뭐, 뭐야."

무슨 일이 일어난 건지 정신을 차릴 수 없었다. 나는 힘겹게 눈을 뜨고 고개를 들었다. 세찬 바람과 함께 사방에 매캐한 흙먼지가 자욱했다. 조금 전 폭발의 영향인 듯했다. 어느 정도 바람이 잦아들었을 때, 나는 바로 앞에서 일렁이는 형체를 발견하고 긴장했다. 누군가가 내 앞에 서 있는 것 같은 느낌이 들었다.

'설마……'

나는 황급히 서클렛을 만졌다. 조금 전까지 뜨거웠던 감각이 완전히 사라져 있었다. 단순히 그것만이었다면 잠깐 착각했던 거라고 생각했을 것이다. 하지만 느낌이 달랐다. 겉모습은 변하지 않았지만, 왠지 지금까지와는 전혀 다른 물질이 된 것 같은 기분이 들었다. 나는 자연스럽게 서클렛이 제 기능을 잃었다는 것을 깨달았다. 사라지기 전까지는 알지 못했던 차이였다. 한마디로, 이 안에 걸려 있던 봉인이 풀린 것이다.

'젠장.'

충격을 받으면 갇혀 있던 죄수가 나타난다고 했던가? 직접적인 접촉은 없었지만, 아무래도 조금 전의 압력 때문에 영향을 받았던 모양이다. 하필 이런 상황에 서클렛의 봉인까지 풀리다니. 이게 쾌조가 될지 난조가 될지 알 수가 없어서 속이 바짝 타들어 갔다.

그 사이 서서히 연기가 걷히고 흐릿하던 형체가 완전히 모습을 드러냈다. 이윽고 보이는 광경에 나는 황망히 눈을 깜빡일 수밖에 없었다.

"어……?"

벌어진 입에서 저절로 신음이 흘러나왔다. 지금 내가 보고 있는 것이 뭔지 선뜻 판단이 내려지지 않았다. 눈앞에 있는 건 사람의 모습이 아니었다. 그렇다고 근처에 있는 마물들처럼 괴물의 형상을 하고 있는 것도 아니었다. 오히려 어떤 의미에선 상당히 친숙한 존재이기도 했다.

나는 꿀꺽 마른침을 삼키며 '그것'의 위아래를 쭉 훑어 내렸다. 뻗은 목과 새하얀 등선, 그 위를 뒤덮은 찬란한 은빛의 갈기. 우아하게 자리 잡은 네 개의 다리 밑으로 긴 꼬리가 찰랑거렸다. 아몬드 형의 눈동자 사이에 미려하게 뻗은 콧잔등, 조각처럼 다듬어진 이마 위엔 금색의 긴 뿔이 돋아 있었다. 그리고 난 이런 모습을 한 존재를 부르는 호칭을 알고 있었다.

"……유니콘?"

그랬다. 그건 유니콘이었다. 이리보고 저리보고, 심지어 두 눈을 비벼보고 수십 번 깜빡여 봐도 결과는 마찬가지였다. 그나마 내가 아는 점과 조금 다른 건 등허리에 비둘기처럼 새하얀 날개를 달고 있다는 것뿐이었다. 오히려 그 때문에 더 현실감이 없었지만.

날개를 단 유니콘이라니, 설마 내가 지금 꿈을 꾸고 있는 건 아니겠지? 스스로 생각하기에도 멍청한 표정으로 한없이 쳐다보고 있자 유니콘이 고개를 슬쩍 고개를 돌렸다. 푸른 잉크를 담은 것 같은 눈동자가 내 쪽을 곧게 응시했다.

"푸르르르……."

눈이 마주치자 유니콘은 기분이 좋은 듯이 경쾌하게 투레질을
했다. 그 순간 머릿속에서 뚜렷한 음성이 울려 퍼졌다.

『드디어 만났다, 엘.』

"엥?"

뭐, 뭐야. 어디서 들려온 말이지? 낮은 남성의 음성에 나도 모르
게 흠칫 놀라 어깨를 움츠렸다. 그러자 유니콘의 푸른 눈동자가 더
욱 크게 휘어 접혔다.

『네가 와줄 거라 믿고 있었어.』

3.

내가 와줄 거라고 믿었다니, 나타난 건 네 쪽이잖아?

들려온 음성은 다정했지만 나는 아무 대답도 할 수 없었다. 아
니, 사실은 뭐가 어떻게 되어가고 있는 건지조차 파악하지 못한 상
태였다. 그나마 다행인 건 이 상황에 당황한 것이 나만이 아니라는
사실이었다. 마물들 또한 갑자기 나타난 이 정체 모를 동물의 모
습에 혼란을 겪고 있었다.

"뭐야, 저건! 사술인가? 에잇, 신경 쓸 것 없다! 멈추지 말고 공
격해라!"

지휘하던 남자가 빠르게 평정을 되찾고 소리쳤다. 그의 명령에

흩어졌던 마물들이 다시 전열을 가다듬고 접근하기 시작했다. 그것을 본 유니콘이 살짝 눈썹을 찌푸리며 말했다.

『뭐야, 저것들은.』

그래 분명 '말했다.' 말 주제에 어리둥절하다는 듯이 중얼거리던 유니콘은 노골적으로 마물을 훑다가 다시 내 쪽을 응시했다. 무언가 짐작한 듯 불쾌감을 드러낸 모습이었다.

『혹시 저 녀석들, 엘의 적이야? 지금 저들에게 공격받고 있었어?』

들려온 질문에 나는 무심코 고개를 끄덕였다. 그러자 유니콘의 입에서 가벼운 탄식이 흘러나왔다.

『이런, 역시 그랬단 말이지. 감히 내 앞에서 엘을 노리다니, 겁대가리를 상실한 놈들이군.』

중얼거리는 그의 목소리엔 가벼운 노기가 담겨 있었다. 하지만 서늘한 말투와는 다르게 나를 바라보는 눈빛만큼은 너무도 상냥했다.

『여기서 잠시만 기다려, 엘.』

똑바로 응시하는 푸른색 눈동자가 어디서 많이 본 것처럼 익숙했다. 홀린 듯이 응시하던 나는 곧 그것을 어디서 봤는지 떠올렸다. 내 이마를 장식하고 있는 서클렛의 보석, 라피스 라줄리와 똑같은 색이었다.

『내가 전부 없애줄게.』

귓가에 작은 속삭임이 울렸다. 부드럽게 휘어진 벽안이 홀릴 것처럼 묘한 빛을 발했다. 그 때문에 나는 한동안 그가 한 말의 의미를 깨닫지 못했다. 사태를 파악한 건 잠시 후 벌어진 일을 목격한 순간이었다.

슈우우욱! 콰아아앙!

"......!"

유니콘의 금색 뿔에서 찬란한 빛이 터져 나온다 싶더니, 엄청난 화염이 솟구쳐 올랐다. 새빨간 불길이 순식간에 앞쪽에 있던 다수의 마물을 덮치자 뒤쪽의 대열이 요동쳤다.

"키이이익!"

기겁한 건 나 역시 마찬가지였다. 설마하니 저 아름다운 유니콘에게 이런 공격적인 모습이 있을 거라곤 상상도 하지 못했으니까.

불길에 휩싸인 마물은 형체도 남기지 않고 그대로 재가 되어 흩어졌다. 불씨는 거기에서 그치지 않고 남은 자들이 딛고 있는 바닥까지 새빨갛게 녹이고 있었다. 마치 용암이 흐르고 있는 것 같았다.

"도, 도망쳐! 모두 흩어져라!"

그제야 심상치 않은 상황을 깨달았는지 마물들이 주춤거리며 뒤로 물러섰다. 하지만 결과적으로 말하면 이미 때늦은 대처였다. 유니콘의 공격은 아직 끝난 것이 아니었기 때문이다.

『흥, 어딜.』

코웃음을 친 유니콘이 가볍게 발굽을 굴렀다. 그러자 우르릉, 강렬한 진동과 함께 바닥이 갈라지더니 그 속에서 다시 불길이 솟구쳤다. 혼비백산해서 도망치던 마물들이 모두 그 자리에서 집어삼켜졌다. 명령을 내렸던 그들의 지휘관 또한 마찬가지였다. 그는 비명을 지르지도 못하고 땅속에 끌려 들어갔다. 무자비한 화염 속에 살아남은 존재는 단 한 명도 없었다. 남은 것은 약간 남은 불씨와 시커멓게 변한 바닥뿐이었다. 그 삭막한 공간의 한가운데, 새하얀 날개를 펼쳐든 유니콘의 고고한 모습이 있었다.

"말도 안 돼……."

눈앞에서 벌어진 일을 믿을 수가 없어서 나는 멍하니 중얼거렸다. 그때 똑바로 전방을 응시하던 유니콘이 고개를 돌려 나를 돌아보았다. 시선이 마주치자 저절로 얼굴이 굳었다. 혹시 이번엔 이쪽을 공격하려는 게 아닌가 싶어서였다. 그러나 예상과는 다르게, 그는 여전히 다정한 목소리를 건넸다.

『엘, 왜 그래? 어디 아파?』

"으응?"

『아까부터 너무 멍하게 있잖아. 오랜만에 만난 건데 전혀 반가워하지도 않고. 왜 그래? 설마 내가 보고 싶지 않았어?』

속사포로 쏟아지는 질문들에 나는 겨우 정신을 차렸다. 아직도 현실감이 없었지만, 이 상황은 분명히 짚고 넘어가야만 했다.

"저, 저기, 잠시만요."

『……?』

"지금…… 네가…… 아니, 그러니까…… 당신이 말하고 있는 건가요?"

내 질문에 유니콘은 황당하다는 표정(말이 이렇게 다양한 표정을 지을 수 있다는 걸 오늘 처음 알았다)을 지으며 고개를 갸웃거렸다.

『무슨 당연한 소리를 하는 거야? 그럼 여기에 나 말고 누가 또 있는데?』

그야 이사나가 있기는 하지. 비록 의식이 없는 상태라는 게 유감이긴 하지만 말이다.

'이게 대체 어떻게 된 거야!'

아무리 이놈의 세계가 기상천외한 곳이라지만 날개 달린 유니콘이 등장한다는 얘기는 듣도 보도 못했다. 게다가 말 주제에 사람의 언어를 쓸 수 있다니! 그럼 저것(?)도 지성체란 말이야?

하지만 무엇보다 당황스러운 건 저 정체 모를 존재가 내 이름을 알고 있단 사실이었다. 더구나 십년지기 친구인 양 친근하게 대하는 태도도 이해되지 않았다. 내 표정이 이상하게 굳은 것을 느꼈는지 유니콘의 고개가 살짝 기울어졌다. 그러곤 걱정이 가득 담긴 어투로 또다시 물어왔다.

『아무래도 이상한데? 정말 어디가 안 좋은 거야?』

"저…… 죄송한데요, 절 아세요?"

『응? 그건 또 무슨 장난이야? 아, 알았다. 나한테 화난 거지? 그때 네가 한 말을 듣지 않고 가 버려서.』

"네?"

『그때의 일은 정말 미안해. 하지만 나도 이렇게 될 줄은 정말 몰랐어. 딱 한 번만 용서해 주면 안 될까? 나 그동안 반성 많이 했어.

다신 이런 실수는 없을 거야.』

"도대체 무슨 소린지……."

『응? 이게 아니야? 그럼 아까 폭발의 충격을 너무 크게 받은 건가. 흐음, 그럴 수도 있겠네. 인간 종족은 육체가 많이 약하니까.』

"인간이라니. 혹시 저한테 하는 말이에요?"

『응. 엘, 너 인간 맞잖아?』

……오케이. 이제 확실히 알았다. 저 유니콘은 지금 날 다른 사람과 착각하고 있었던 거였다. 뭐야, 굉장히 단순한 문제였잖아? 휴우, 이상한 놈한테 걸린 건 줄 알고 깜짝 놀랐네. 나는 속으로 안도의 한숨을 내쉰 후 생긋 웃었다. 그리고 덩달아 히죽거리는(그다지 보기 좋은 광경은 아니었다) 유니콘을 향해 지금 하고 있는 착각을 정중히 정정해 주기로 했다.

"저기, 아무래도 뭔가 오해가 있는 것 같네요."

『응? 오해라니?』

"그쪽이 절 다른 사람이랑 착각하고 있는 것 같다구요."

『착각? 그게 무슨 소리야? 그럼 네가 엘이 아니란 말이야?』

"아, 일단 제 이름이 엘인 건 맞긴 한데요. 그건 애칭이고, 정식 이름은 엘퀴네스거든요."

『응? 엘……퀴네스?』

"현 아크아돈의 물의 정령왕이죠. 정확히 말해, 인간이 아니라는 소리예요."

어차피 그에겐 알려 줘도 상관없을 것 같아서 나는 당당하게 내 정체를 밝혔다. 그러자 갈기만큼이나 화사한 은빛의 속눈썹이 멀뚱히 깜빡거렸다.

『엘퀴네스? 네가 물의 정령왕이라고?』

"네, 맞아요."

『하아? 도대체 무슨 소리인지 모르겠어, 엘. 왜 그런 말을 하는 거야? 네가 엘퀴네스를 잘 따르는 건 알겠는데, 그렇다고 스스로를 정령왕이라고 하는 건······.』

황당하다는 얼굴로 중얼거리기를 잠시간, 그가 돌연 뚫어져라 내 얼굴을 바라보았다. 무언가에 가벼운 충격을 받은 표정이었다.

『어? 그러고 보니 너 머리색이 왜 그래?』

"머리색이요?"

『엘, 넌 금발이었잖아. 왜 갑자기 파란색이 된 거야? 그것도 엘퀴네스랑 똑같은 색이잖아. 심지어 눈동자 색도 그랑 똑같아졌어. 원래는 녹색이었는데······?』

당황한 듯 유니콘의 눈동자가 부산스럽게 움직이며 나를 살폈다. 그 '엘'이라는 녀석이 금발에 녹안인가 보다. 나는 한숨을 내쉬며 말했다.

"그러니까······ 다른 사람과 착각했다고 말씀드렸잖아요. 전 인간이 아니라니까요?"

『하지만 엘은 인간인데?』

"그러니까 그 엘이 제가 아니라고요!"

나도 모르게 언성이 높아졌다. 그러자 멍하니 바라보고 있던 유니콘의 표정이 갑자기 확 일그러졌다. 그러곤 척척 다가와 주둥이(?)를 내 목덜미에 파묻고 킁킁거리는 것이 아닌가!

"히익! 뭐하는……!"

『엘 맞아. 이 특유의 체향을 몰라볼 리가 없잖아. 게다가 얼굴도 똑같고 목소리도 똑같아. 너! 오랜만에 만났다고 나를 이렇게 놀리기야? 그동안 답답한 공간 안에 갇혀 있던 것도 서러워 죽겠는데!』

"글쎄! 나는 당신을 모른다니까요!"

『거짓말!』

"거짓말 아니에요! 이렇게 눈에 띄는 말을 내가 몰라볼 리가 없잖아요! 한 번 봤다고 쉽게 잊히는 인상도 아니고!"

어디 잊히지 않다 뿐인가. 아마 평생 강렬한 기억으로 남을 것이다. 억울한 마음에 신경질적으로 반박하자 유니콘이 냄새 맡던 것을 멈추고 고개를 번쩍 들었다. 스산하게 바라보는 눈빛에 나는 움찔 어깨를 굳혔다.

『방금 뭐라고 그랬어? 눈에 띄는 말?』

"헉! 기, 기분 나빴다면 미안해요. 하지만 어쨌든 내가 보기엔 당신은 아무리 봐도 말이라고밖에……."

『아하! 이 모습이라 몰라보는 거야? 진작 말하지 그랬어. 그렇게 간단한 것을…….』

"네? 그게 무슨……."

의아한 얼굴로 반문하던 나는 그 순간 눈앞에서 벌어지는 현상에 그대로 몸이 굳어져 버릴 수밖에 없었다. 유니콘의 몸에서 눈부

신 빛이 터져 나온다 싶더니, 형체가 변하는 것이 보였던 것이다.

잠시 후 내 앞에는 나보다 한 자는 더 큰 남자가 서 있었다. 전신을 덮은 푸르스름한 피부, 그보다 더 짙은 벽안. 양쪽으로 솟은 귀가 엘프의 그것처럼 길고 뾰족했다. 허리 아래까지 내려온 새하얀 은발이 때마침 불어오는 미풍에 따라 가볍게 흩날렸다.

"이제 나 알아보겠어? 나야, 나. 시벨리우스. 정말 오랜만이지?"

"······."

'저기······ 그러니까 누구시라고요?'

차마 입 밖으로 내뱉을 수 없는 말이 머릿속을 맴도는 순간이었다.

＊　　　＊　　　＊

콰앙!

책장이 빼곡하게 들어찬 좁은 방에 요란한 문소리가 울려 퍼졌다. 안으로 들어선 것은 불혹은 되었음직한 중후한 외모의 여인이었다.

"스승님! 여기 계세요?"

여인의 음성은 나이에 걸맞지 않게 발랄했다. 목소리만 들으면 이제 막 소녀티를 벗은 처녀라고 해도 믿을 것 같았다.

"스승······."

빠르게 내부를 훑던 그녀의 시선이 이내 창틀 쪽에 앉아 있는 남자를 발견하고 잠시 흔들렸다. 타오를 듯 화려한 붉은색의 머리카락, 그 눈동자만큼이나 붉디붉은 눈동자. 마치 보석으로 빚은 것 같이 찬란하게 빛나는 모습에 저절로 숨이 멈췄다. 언제 봐도 적응이 되지 않는 외모였다.

한때는 저 얼굴을 똑바로 마주 보며 빈정거린 적도 있었더랬다. 무슨 용기로 그랬는지 이제 와서 생각하면 도무지 이해가 되지 않았다. 아마 지금은 절대 시도조차 할 수 없을 것이다.

남자는 그녀의 등장에도 일말의 반응 없이 책에만 시선을 고정하고 있었다. 그것이 왠지 야속해서 그녀는 더 크게 소리를 질렀다.

"스승님! 제 말 들리세요? 스승님!"

"……뭐야."

집요한 부름에 그제야 남자가 고개를 들고 찌푸린 시선을 던졌다. 자신보다 훨씬 연배가 있어 보이는 여인을 향한 말투치고는 매우 불손했지만, 그녀는 상관하지 않고 배실배실 웃으며 한달음에 그 앞으로 달려 나갔다.

"답신이 왔어요!"

"답신?"

"폐하의 친위기사들 말이에요! 이곳으로 오겠대요! 방금 이카나 총수가 전해 주고 갔어요!"

"아, 그래?"

그거 잘됐네. 시큰둥한 답변에 중년의 여인은 맥이 빠진 표정을 지었다.

"반응이 그것뿐이에요?"

"어차피 예상했던 거잖아. 당연한 일에 기뻐해야 해?"

"치이, 스승님은 너무 냉정해요."

여인은 마음속 깊숙이 서운한 의미를 담아 뽀로통한 표정을 지었다. 그러자 못 볼 것을 봤다는 듯이 남자의 얼굴이 일그러졌다.

"아줌마 주제에 귀여운 척하지 마. 하나도 안 어울려."

"스승님이 이렇게 만드신 거잖아요!"

여인은 황당하다는 표정을 지으며 반박했다. 물론 그렇다고 눈 하나 깜짝할 그가 아니었다. 붉은 머리의 아름다운 남자—라피스는 더 냉소적으로 대꾸했다.

"뭔가 착각하는 모양인데, 넌 본모습도 별로 안 예뻤어."

그리고 그 말에 중년의 여인—그러나 본래는 이십 대 초반에 불과한 에이프릴은 가벼운 충격을 받았다. 그녀는 기막히다는 표정을 지으며 항변을 시도했다.

"저 이래 봬도 공국 최고의 미녀라고 불렸거든요?"

"이 공국 사람들은 눈이 다 삐었나 보지."

"사교계에서도 예쁘다는 말 많이 들었어요!"

"정정. 이 제국에선 미인의 기준이 형편없이 낮은 모양이군."

"너무하세요, 정말!"

"흥, 그런 말을 하기 전에 스스로 양심에 손을 얹고 생각해 보시지. 정말 본인이 공국 최고의 미녀라고 생각해?"

"……"

그의 말에 에이프릴은 입을 꾹 다물었다. 사실 그렇지 않다는 것은 본인이 가장 잘 알고 있었다. 가장 가까이에 있는 클리프 상단의 총수 이카나만 해도 눈만 마주쳐도 남자를 홀린다고 할 정도로 빼어난 미인이었다. 심지어 눈앞에 있는 남자는 한숨이 나올 정도로 아름답다는 게 어떤 건지 알려 주는 표본 그 자체 같았다. 그동안 티는 내지 않았지만 여자로서의 자존심이 얼마나 무너졌는지 모른다.

　하지만 지금은 아무래도 좋으니 원래의 모습으로 돌아가기만 해도 좋을 것 같았다. 아무리 위장을 해야 하는 상황이라지만 본래보다 한참 나이 든 얼굴이나 거구로 변한 체형은 한창 꾸미기 좋아하고 감성이 풍성한 시기의 그녀에겐 견디기 힘든 일이었다. 처음 이 모습으로 변했을 땐 한동안 남몰래 울기도 했다.

　"그러지 말고 제 모습 좀 바꿔 주시면 안 돼요? 이 모습은 너무 둔해서 움직이기 힘들단 말이에요. 게다가 곧 있으면 폐하의 기사들도 올 텐데 이런 모습으로 맞이하긴 싫어요."

　"귀찮아."

　"에이, 스승님. 그러지 말고요, 네?"

　"귀여운 척하지 말랬지."

　"안 바꿔 주시면 계속 할 거예요!"

　에이프릴은 다분히 의도적인 협박을 했다. 그리 오랫동안 알고 지내온 것은 아니었지만, 짧은 시간 내린 판단에 의하면 그녀의 아름다운 스승은 본인의 외모만큼이나 눈이 높은 데다 매우 탐미적인 사람이었다. 그렇기에 그의 기준에 차지 않는 것을 견디는 인내심도 매우 적었다. 예상대로 라피스의 얼굴이 완전히 구겨졌다.

"……알았어. 체형은 돌려주지."

"얼굴도요!"

"듣키고 싶어?"

"마법을 풀어달란 소리가 아니에요. 그냥 제 또래의 다른 얼굴로 바꿔 주시면 되잖아요."

"점점 요구가 당당해진다?"

"제자가 스승에게 이 정도 요청도 못 하나요?"

"네가 언제부터 내 제자였는데?"

"제가 스승으로 모시기로 마음먹은 그 순간부터죠."

"하! 야, 너 내가 얌전히 도와주고 있다고 만만히 보나 본데……!"

그 순간, 벌떡 몸을 일으킨 라피스의 눈이 부릅떠졌다. 반격을 준비하던 에이프릴은 당황한 표정을 지었다. 그가 갑자기 가슴 부근을 부여잡고 무너져 내린 것이다.

"스, 스승님?"

"큭! 쿨럭, 쿨럭!"

에이프릴은 경악한 얼굴로 뻣뻣하게 굳었다. 기침을 터트리는 라피스의 입에서 붉은 피가 터져 나오고 있었다.

"꺄악!"

좁은 공간에 여인의 가는 비명 소리가 울려 퍼졌다. 에이프릴은 혼비백산한 얼굴로 라피스에게 다가갔다. 꾸역꾸역 쏟아지는 피가 그의 손을 타고 카펫을 흥건히 적셨다.

"스, 스승님! 괜찮으세요? 스승님!"

"……됐으니까 저리 가."

"하지만 피가……!"

"됐다니까. 별거 아냐."

갑자기 피를 토하다니, 지병이라도 있었던 걸까? 귀찮다는 듯 손을 내젓는 라피스의 모습에 에이프릴은 어쩔 줄 몰라 하며 입술을 깨물었다. 한바탕 피를 토해 낸 후에도 그는 여전히 편하지 않은 얼굴로 가슴을 움켜쥐고 있었다. 고통으로 일그러진 얼굴은 하얗게 질리다 못해 파리하게 보였다.

"제기랄, 엘 이 녀석. 남의 마나를……."

"네?"

에이프릴의 반문에 라피스는 얼굴을 찡그리며 입을 다물었다. 그러곤 피 묻은 입술을 아무렇게나 닦아 내며 말했다.

"나가."

"하, 하지만 의원을……."

"나가라고 했다."

목소리의 어조가 더 낮아졌다. 서슬 푸른 시선에 움찔한 에이프릴은 어쩔 수 없이 몸을 돌렸다. 지금은 많이 흥분한 것 같으니 나중에 진정이 되면 다시 돌아와야 할 것 같았다. 떠밀리듯이 문 쪽으로 향한 후에도 그녀는 마음을 놓을 수가 없어 계속 라피스 쪽을 힐끔거렸다. 그런 그녀의 뒤에서 라피스가 나직하게 중얼거리는 소리가 들려왔다.

"……뭐, 이런 것도 운명 공동체의 숙명이겠지."

가볍게 내쉬는 한숨엔 희미하게 짜증이 섞여 있었다. 그러나 에이프릴은 그가 오히려 즐거워 보인다고 생각했다. 고통으로 일그러진 얼굴이 기뻐 보인다니, 자신이 생각해도 이상한 일이었다.

'설마 고통을 즐기는 취향인 건 아니겠지?'

언젠가 그런 쪽의 취미를 가진 사람들이 있다는 얘기를 들은 적이 있었다. 사색이 된 에이프릴은 심각한 고뇌에 빠져들었다.

엘이 마물들에게 공격을 당하던 그 시각, 클모어에 있는 어느 외딴 집에서 벌어진 작은 소동이었다.

『정령왕 엘퀴네스』 6권에서 계속

외전:
지나가는 이야기

1.

어머니는 천부적인 바람의 정령사였다. 조부모가 막 혼례를 치렀을 때, 예언의 능력을 지닌 한 장로가 그들을 향해 바람의 사랑을 받는 존재를 품을 것이라고 말했다. 그 말이 사실인지 그녀가 태어나던 날 마을엔 유례없는 폭풍이 불었다고 했다.

그녀는 아무도 가르쳐 주지 않았는데도 다섯 살에 스스로 실프를, 열 살 무렵 즈음엔 슈리엘을, 그다음 해에 바람의 상급 정령인 진을 소환해 내어 모두를 경악하게 만들었다. 정령술에 관한 한 드래곤 중에서도 그녀만큼 빠른 성취를 보이는 이가 없었다. 조화의 일족인 엘프만 아니었다면 정령왕 미네르바를 소환할 수도 있었을 거라고, 모든 이들이 입을 모아 안타까워했다.

아버지 역시 어머니만큼은 아니었지만 마을에서 내로라하는 전사였다. 그렇기에 내가 태어났을 때, 일족들은 큰 기대를 품었던 것 같다. 하지만 넘치는 재능을 가진 그들 사이에서 태어난 나는 정작 당황스러울 만큼 무엇에도 소질이 없었다. 정령은커녕 간단한 무기를 다루는 것조차 제대로 하지 못했다. 내 또래의 고만고만한 아이들보다도 오히려 훨씬 떨어지는 수준이었다.

기대는 실망으로 변질되고, 나를 보는 일족마다 전부 혀를 찼다. 또래의 친구들 사이에선 '덜떨어진 엔딜'이라고 불렸다. 하지만 부모님은 전혀 신경 쓰지 않았다. 누구나 전부 뛰어날 수는 없는 법이라고. 건강하고 밝게만 자라주면 충분하다고 속삭였다. 그렇기에 나는 아무렇지 않았다.

아버지는 대체적으로 냉소적이고 주위에 무심한 편이었다. 정도에 어긋나지 않게, 무엇이든 정해져 있는 그대로. 답답하리만치 원칙을 고수하며 규칙을 중시했다. 어머니와의 결혼도 그녀의 적극적인 의지와 주변의 권유에 의해서였을 뿐, 딱히 사랑해서는 아니었던 것 같다.

반대로 바람의 기질을 타고난 어머니는 성향조차 바람처럼 자유분방했다. 인간에게 호의적인 건 아니었지만 그들의 땅으로 나가 생활을 돌아보는 것에 흥미를 가졌다. 조부모님과 장로님들이 위험하다며 만류해도 소용없었다. 어쩌면 아버지의 무심함 때문에 더욱더 일탈을 바랐던 걸지도 모른다.

몇 시간의 짧은 외출이 몇 날 며칠로 변하고, 이내 몇 주일 몇 달씩으로 늘어가면서, 나는 거의 어머니의 얼굴을 보지 못한 채 자랐다. 하지만 조금만 기다리면 어머니는 반드시 돌아왔고, 집에 오면 한동안은 내 곁에 머물며 인간들의 세상에서 겪었던 재밌는 이야기들을 들려주셨기 때문에 큰 불만은 없었다.

아버지는 어머니가 나가는 걸 막지도 않았지만, 돌아오는 것을 거부하지도 않았다. 그의 곁은 늘 돌아올 누군가를 위한 자리로 비어져 있었고, 그것이 어머니의 것임을 모르는 이들은 없었다.

나름대로 평온한 가정이었다. ……그때 그 일만 아니었다면.

지금도 그날의 기억은 잊히지 않는다. 마을 안에서 흐르던 불온한 공기. 수선한 바람. 일족들 사이에서 혼란스럽게 뒤섞이던 눈빛들.

광장에 온 마을의 사람들이 나와 있던 건 그날이 처음이었다. 캄캄한 밤, 젊은 전사들이 들고 있는 횃불이 불어오는 바람에 흔들렸다. 사박사박, 풀밭을 밟는 소리가 울릴 때마다 무언가가 마을 쪽으로 가까이 다가온다는 것을 느낄 수 있었다.

모두가 한곳을 주시하고 있는 가운데, 나 역시 아버지의 옆에 서서 불안스레 눈을 굴렸다. 이윽고 풀숲을 제치고 누군가 모습을 드러냈다. 광장 안으로 걸어 들어온 것은 한 여인이었다. 그녀가 여행을 떠난 이후로 지난 1년간 소식이 없던 어머니라는 걸 깨닫기까진 오래 걸리지 않았다.

"어머니……?"

눈을 커다랗게 뜨자 어머니는 머리에 쓰고 있던 후드를 넘기고 부드럽게 웃었다. 햇빛을 받으면 꿀처럼 달콤하게 빛나는 아름다운 금색의 머리카락, 하얀 피부. 봄 하늘을 담은 것 같은 하늘색 눈동자. 어두운 밤도 그녀의 아름다움을 가리진 못했다. 모두가 내가 사랑하는 어머니의 모습 그대로였다.

"오랜만이에요, 모두들. 오랜만이구나, 엔딜."

"어머니!"

반가운 마음에 달려 나가려는 나를 강한 팔뚝이 막아선 채 저지했다. 아버지였다. 의아해서 고개를 들자 어머니를 응시하고 있는 아버지의 모습이 보였다. 본래도 다감하다고 할 순 없었지만 어느 때보다 무섭게 굳은 얼굴이었다.

"아버지?"

어째서 그렇게 서 계시느냐고. 1년 만에 돌아오신 어머니가 반갑지 않으시냐고. 묻고 싶었지만 왜인지 입이 떨어지지 않았다. 아버지만이 아니었다. 일족들의 표정이 다 이상했다. 바람의 사랑을 받는 어머니는 늘 일족의 자랑거리였다. 그녀가 아무리 오랫동안 자리를 비워도 일족은 언제나 너그럽게 이해했고, 귀환을 반갑게 맞이하곤 했다. 그런데 지금은 누구 하나 앞으로 달려 나오는 사람이 없었다.

"왜……."

당황해서 아버지와 일족들의 얼굴을 번갈아 바라보았다. 아버지의 손이 어깨를 강하게 움켜잡아 아팠지만 주위를 무겁게 장악한 분위기 때문에 항의도 할 수가 없었다.

"역겨운 냄새를 품고 왔군."

서늘한 목소리에 저절로 목울대가 울렸다. 이런 어투로, 이런 식으로 말하는 아버지의 음성을 들어 본 건 처음이었다. 어머니는 안타깝다는 듯이 아버지를 바라보다가 이내 씁쓸히 웃었다.

"……미안해요."

왜 어머니가 사과하는지, 왜 일족들의 입에서 한탄 섞인 숨이 흘러나오는지 알 수 없었다. 아버지는 그대로 몸을 돌려 집으로 들어갔다. 쿠웅! 묵직하게 닫힌 문이 다시는 열리지 않을 것처럼 거대하게 보였다.

이윽고 주위를 둘러싸고 있던 일족들도 하나둘 몸을 돌리기 시작했다. 누구도 어머니와 눈을 맞추려 하지 않았다. 흩어지는 그들 사이에서 홀로 방치된 나는 서둘러 그립던 어머니를 향해 달려갔다.

"어머니!"

"후후, 그래, 내 아들. 그동안 잘 지냈니, 엔딜?"

"네, 전 잘 지냈어요. 그런데 다들 오늘따라 이상해요. 왜 아무도 어머니를 반기지 않죠? 아버지는 왜 그러시는 거예요?"

내 질문에 어머니는 말없이 미소 짓기만 하셨다. 가까이 다가가려는데 문득 이상한 기분이 들었다. 어머니의 몸집이 예전보다 비대하게 보였다. 팔뚝도, 키도, 덩치도, 얼굴도 전부 다 똑같았는데 이상한 일이었다. 어리둥절해져서 시선을 내린 나는 곧 그 이유를 깨달았다.

"……어머니, 이거 왜 이래요?"

내 질문에 그녀는 난처한 표정만 지었을 뿐 아무 대답도 하지 않았다.

나는 어머니의 망토에서 시선을 떼지 못했다. 길게 드리워진 옷자락 아래, 훤히 드러난 그녀의 배가 크게 부풀어 있었다.

2.

고향에 돌아온 어머니는 이전처럼 내 곁에 있어 주지 않았다. 마을에서 멀리 떨어진 작은 집에서 홀로 머물며 누구의 접근도 허락하지 않았다. 나는 어머니를 만날 수 없었지만 마을에 퍼져 있는 소문들 덕분에 싫어도 모든 상황을 파악할 수밖에 없었다. 어머니는 아이를 가졌다. 산처럼 부풀어 오른 배는 병에 걸려서가 아니라 아이를 잉태했기 때문이었다.

태어날 아이는 순수한 엘프가 아니라 혼혈이라고 했다. 아직 세상 물정을 모르는 나도 그 의미만큼은 분명히 알았다. 어머니가 아버지가 아닌 다른 남자와 정을 통한 것이다. 그것도 일족들이 가장 경멸해 마지않는 인간 종족의 남자와.

애초에 어머니는 일족과 아버지를 배신할 생각은 아니었다. 다만 인간들과 어울리는 시간이 많아짐에 따라 경계심이 많이 옅어진 것이 문제였다. 그들과 어우러져 한껏 흥에 취해 있을 때, 한 남자에게서 남편의 모습을 발견한 것이 문제였다. 그리고 술김에 그의 유혹을 받아들인 것이 가장 큰 문제였다.

인간의 씨앗. 단 하룻밤의 정사.

단지 그 하룻밤으로 인해 그녀의 뱃속엔 원치 않은 생명이 자리 잡았다. 일족들에겐 부정의 상징이었고, 아버지에겐 배반의 증거였다.

나를 보는 일족마다 모두 위로의 말을 건네 왔다. 아버지도 이따금 내게 괜찮으냐고 물었다. 아마 나이가 어리니 충격이 더 클 거라고 생각한 모양이다. 하지만 사실 난 모두가 걱정하는 만큼 별다른 생각이 없었다. 예상치 못한 일이 벌어졌다 해도 어머니는 내 어머니였다. 내가 그녀를 사랑하지 않는다는 건 생각조차 할 수 없는 일이었다. 아버지에겐 조금 미안했지만 동생이 생겼다는 사실이 기쁘기도 했다. 인간과의 혼혈이면 어떤가? 어머니의 아이고, 나와 피를 나눈 형제다. 얼마든지 예뻐해 주고 사랑해 줄 수 있었다. 그저 어머니가 출산하기까지 한동안 그녀를 볼 수 없다는 사실이 조금, 아주 조금 불만이었을 뿐이었다.

그리고 이듬해 봄 어머니가 아이를 낳았다는 소식이 들려왔다. 태어난 아이는 건강한 여아라고 했다. 하지만 알려진 것은 단지 그것뿐, 이후로도 어머니는 모습을 보이지 않았다. 조모 외의 다른 이들과는 일절 마주하지도, 교류하지도 않았다.

나는 어머니와 태어난 여동생을 보고 싶어서 견딜 수 없었다.

아버지 몰래 어머니의 집을 가 볼까 하다가 조모에게 들켜 혼이 난 적도 있었다.

그렇게 몇 해가 지났을 무렵, 아버지가 뜻밖의 말을 했다. 어머니가 곧 돌아올 거라는 이야기였다. 나와 아버지가 살고 있는 우리의 집으로.

"그, 그게 정말이에요, 아버지? 어머니가 돌아오신다고요?"

"그래. 그러니 경거망동하지 말고 얌전히 기다리고 있어라. 오랜만에 보는 어머니께 너의 자랑스럽게 성장한 모습을 보여드려야 하지 않겠니?"

그날 이후로 아버지가 어머니를 언급하신 건 처음이었다. 모든 것을 용서하신 걸까? 이제 다 같이 함께 살 수 있는 걸까? 함지박처럼 입을 벌리는 내 모습에 아버지는 어쩔 수 없다는 듯이 웃었다. 그렇게 좋으냐? 다정하게 건넨 질문에 고개를 마구 끄덕이니 따스한 손길로 내 머리를 쓰다듬어 주었다.

그 날은 벅찬 가슴에 잠을 이룰 수가 없었다. 그리고 며칠 후 드디어 어머니가 집으로 돌아왔다. 하루 종일 이 날만을 기다리고 있던 나는 어머니의 모습이 보이자마자 달려가 그녀의 품에 안겼다.

"어머니!"

"어머나, 우리 엔딜. 정말 많이 자랐구나."

어머니는 웃으며 나를 마주 안아주었다. 속삭이는 목소리, 부드럽게 머리를 쓸어 넘겨주는 손길. 무뚝뚝한 표정이지만 어머니와 시선을 맞추는 아버지. 모든 것이 예전 그대로였다. 아늑한 품 안에 안겨 한참을 머리를 비비다 나는 문득 한 가지 사실을 깨닫고 고개를 들었다. 어머니의 손에 아무것도 들린 것이 없었다. 간단한 짐 보따리조차도.

"어머니! 아기는요?"

"응?"

"제 동생 말이에요. 아기는 어디에 있어요?"

내 질문에 어머니와 아버지의 눈동자가 잠시 흔들렸다. 그리고 이어진 말에 나는 두 귀를 의심해야 했다.

"무슨 소리를 하는 건지 모르겠구나, 엔딜. 네 동생이라니? 누굴 말하는 거니?"

"네?"

"네겐 동생이 없단다. 갑자기 아기를 찾다니 이상하구나. 혹시 무슨 꿈이라도 꾼 거니?"

"하지만 어머니가……."

"자아, 엔딜. 엄마는 오랜 여행을 하고 돌아온 참이라 지금 많이 피곤하단다. 이만 들어가자꾸나."

"여행이요?"

"그래, 엔딜. 인간 세상에서 몇 년 만에 돌아온 거잖니."

인간 세상이라니. 내가 알기로 어머니는 그날 이후 단 한 번도 마을을 떠났던 적이 없었다. 하지만 다독이는 손길 때문에 나는 제대로 반문하지도 못하고 집 안으로 떠밀려 들어가야 했다.

이상한 일은 그것으로 끝난 게 아니었다. 어머니는 정말로 이제 막 먼 여행에서 돌아온 것처럼 행동했다. 그리고 아버지 역시 그렇게 대했다. 심지어 마을 안의 일족들도 모두 마찬가지였다. 누구 하나 태어난 아기에 대해 언급하거나 궁금해하는 이가 없었다. 마치 그날의 일은 존재하지도 않았던 것처럼. 그 점이 의아해져서 물으면 일족들은 모두 당황한 표정을 지었다가 웃으며 말했다.

'지금 무슨 소리를 하는 거야, 엔딜. 혹시 꿈이라도 꾼 거 아니니?'

그런 나날이 얼마간 반복되자 나 역시 혼란스러워지기 시작했다. 정말로 내가 꿈을 꿨던 걸까? 설마 그 기나긴 해들이 전부 다 내가 만들어 낸 환상이었던 건가?

일상은 평온했고, 변한 것은 아무것도 없었다. 아니, 어떤 의미에선 더 좋은 방향으로 바뀌었다. 어머니는 이제 여행을 다니지 않기로 결정했고, 늘 무표정하던 아버지의 얼굴엔 자주 미소가 번지기 시작했다. 지난 몇 년간의 부재가 오히려 서로를 향한 감정을 틔운 것인지, 부부는 한창 애틋한 시기의 연인들보다 더 뜨거운 사랑을 하게 됐다.

그림처럼 아름다운 부부와 그들 사이에서 태어난 축복받은 유일한 아들. 더할 나위 없이 완벽하게 행복한 가정이었다. 그렇게 몇 달이 지나자 나 역시 아기에 대해서는 까맣게 잊었다.

그 기억을 다시 떠올리게 된 건 우연이었다. 이른 새벽, 저절로 떠진 눈에 기지개를 켜고 일어난 나는 무심코 창밖을 보았다가 멈칫했다. 조모가 품 안에 바구니를 껴안은 채 어디론가 바삐 걸어가고 있었다.

이런 이른 시각에 어디를 가시는 걸까? 나는 단순히 장난을 칠 생각으로 몰래 뒤를 따라나섰다. 조모가 도착한 곳은 어느 허름한 집 앞이었다. 안으로 들어가는 것을 확인한 뒤, 나 역시 얼른 문턱에 발을 내디뎠다. 바로 그때, 집 안쪽에서 큰 소리가 터져 나왔다.

"이 더러운 것! 어서 죽지 않고 왜 아직도 살아 있는 게야!"

"으아아아앙!"

"……!"

그것은 노기를 가득 담은 조모의 호통 소리, 그리고 아직 어린 아기의 것임이 분명한 울음 소리였다. 어째서 이런 곳에 아이가 있지? 당황스러운 기분에 나는 집 안으로 뛰어 들어갔다. 그러자 홀로 있던 조모가 화들짝 놀라 돌아보았다.

"누, 누구……! 아, 아니! 넌 엔딜이 아니냐? 네가 어떻게 여기에!"

경악과 당황이 섞인 시선이 내 모습을 훑었다. 하지만 내 눈엔 굳어 있는 조모보다, 그 앞에 있는 작은 형체가 더 먼저 들어

왔다. 먼지와 얼룩으로 지저분한 깡마른 얼굴, 거의 걸친 것 없이 헐벗고 있는 작디작은 아이가 바닥에 누워 허덕이고 있었다.

"……이게 뭐예요?"

"벼, 별거 아니란다, 엔딜! 어서 이곳에서 나가자꾸나."

"지금 무슨 말씀을 하시는 거예요? 이렇게 작은 아이가 앓고 있는데 별게 아니라뇨! 대체 이게 어떻게 된……."

당황스러운 기분에 아이를 훑어 내리다 나는 이내 입을 다물었다. 닮았다. 아기의 모습은 어렸을 적의 나와 판박이라고 해도 좋을 만큼 똑 닮아 있었다. 그것을 본 순간 나는 본능적으로 저 아이가 내 혈육이라는 사실을 깨달았다.

인간의 피가 섞인, 하지만 나와 같은 피를 나눈 내 여동생.

"뭐야."

"……엔딜."

"역시 꿈이 아니었잖아……."

"엔딜! 안 된다, 엔딜!"

한사코 막아서는 조모를 밀쳐 내고 나는 천천히 아기 앞으로 다가가 조심스럽게 몸을 구부렸다. 누워 있는 아이를 천천히 안아 드는 팔이 후들후들 떨렸다. 공중에 떠서 놀랐는지 조금씩 팔다리를 버둥거리면서도 다행히 아기는 얌전히 안겨 왔다. 무게가 거의 느껴지지 않을 정도로 심하게 가볍다. 깡마른 팔뚝을 보니 눈물이 나올 것 같았다.

그대로 안고 돌아서려는데 조모가 또다시 다급한 얼굴로 내 앞을 가로막았다. 처절하기까지 한 모습에 저절로 얼굴이 찌푸려졌다.

"지금 뭘 하려는 거냐, 엔딜! 그 아이를 어쩌려고!"

"뭐긴요. 집으로 데려갈 거예요."

"그건 안 된다!"

"비켜 주세요, 할머니. 이대로 두면 얘 죽어요."

"그것이 그 아이의 운명이다."

"그게 무슨 말도 안 되는……."

"엔딜."

그때 뜻밖의 목소리가 들려왔다. 당황해서 돌아본 나는 눈을 크게 떴다. 문 앞에 아버지와 어머니, 그리고 일족의 장로들이 서 있었다. 다행이다. 증인이 생겼다. 이제 아이가 세상에 살아 있다는 걸 알릴 수 있었다. 반가운 기분에 나는 얼른 아이를 데리고 다가갔다.

"아버지, 어머니! 보세요! 아기가 죽어 가고 있어요! 어서 이 아이를 살려야……!"

그런데 이상했다. 내가 한 발짝 내딛자 부모님의 걸음이 그만큼 뒤로 물러났다. 당황해서 고개를 든 나는 아버지와 어머니의 얼굴을 보고 자리에서 멈췄다. 그들은 지금까지 단 한 번도 보지 못한 무서운 표정을 짓고 있었다.

"그 아이를 내려놓아라, 엔딜."

"아버지……?"

"내 말 듣지 못하겠니?"

"엔딜, 뭐하는 거니! 아버지 말씀 듣지 않고!"

딱딱한 아버지의 말에 이어 어머니가 호통 치듯 말했다. 나는 아이를 안은 상태에서 뒤로 주춤 물러났다. 품 안에서 색색 내쉬는 숨소리가 느껴졌다. 금방이라도 꺼질 듯 위태로운 호흡이었다.

"엔딜."

"그, 그럴 수 없어요. 아직 어린 아이예요. 이대로 방치하면 죽을 거라고요."

"어차피 그 아이는 곧 죽을 것이다."

"그게 무슨……."

"오래 살지 못할 운명이란 말이다."

급히 시선을 내리자 멍하게 나를 바라보고 있는 파란색 눈이 보였다. 기운이 없어 보였지만 누구보다 맑게 빛나는 눈동자였다. 이런 눈을 가진 아이가 곧 죽을 거라니, 믿을 수가 없었다.

"자, 들었지, 엔딜? 그러니 그런 아이에겐 신경 쓰지 말고 이리 오렴."

초조한 표정의 어머니가 내게 손을 내밀었다. 마을에서도 손꼽히는 미인다운, 희고 고운 피부였다. 그 손을 물끄러미 바라보다 나는 다시 아기에게 시선을 내렸다. 깡마른 아기의 몸은 너무 거칠어서 마치 나무토막을 안고 있는 기분이 들었다. 문득 이맘때쯤의 아기들이 어떻게 생겼는지를 떠올려다봤다. 젖살이 통통하게 올라 발그레하고 사랑스러운 모습이었던 것 같다. 적어도 마을에서 본 일족의 아기들은 그랬다.

"……싫어요."

"엔딜!"

"왜 그런 잔인한 말을 하세요? 얜 제 동생이에요! 어떻게든 데려가 살려야죠!"

"네 동생이 아니다!"

"하지만 저랑 똑같이 생겼······!"

"헛소리! 천한 인간의 아이가 어떻게 네 동생이란 말이냐!"

"천하지 않아요! 얘도 어머니의 아이잖아요!"

"엔딜, 네가 어떻게······!"

아버지가 움켜쥔 주먹에 나는 숨을 삼켰다. 부릅뜬 두 눈이 매섭게 나를 노려본다. 언젠가도 본 적이 있던 눈이었다. 어머니가 부른 배를 움켜쥐고 마을에 돌아왔을 때 그녀를 바라보던 차가운 시선. 그때는 바로 깨닫지 못했던 눈빛의 의미를 이제 알 것 같았다. 그건 배반자를 보는 눈이었다.

"멍청한 녀석."

짓이기듯 싸늘하게 뱉어진 말투에 저절로 얼굴이 굳었다.

"타고난 재능도 없이 미련한 놈인 줄은 알았건만 설마 이렇게 어리석은 짓을 벌일 줄이야. 정말이지 덜떨어진 엔딜이라는 별명과 딱 어울리는 모습이구나. 핏줄이라는 이유로 마냥 귀여워해 줬더니 은혜를 원수로 갚다니."

"아, 아버지?"

"자식은 새로 낳아 기를 수 있지만 부모는 택할 수 없지. 계속 네가 그런 식으로 나오겠다면 나도 더 이상은 용납지 않으마. 부자(父子)의 인연을 끊겠다."

"……!"

"선택해라. 그 더러운 아기를 택하겠느냐, 아니면 낳아준 부모를 택하겠느냐?"

단호한 말에 심장이 쿵쿵 울렸다. 아버지의 말이 무서워서가 아니라 내가 알지 못했던 부모의 모습에 충격을 받은 탓이었다. 어머니를 바라보자 그녀 역시 시선을 피했다. 서늘하게 굳은 얼굴엔 이 상황을 안타까워하는 기색조차 비치지 않는다.

이 사람들은 누구일까. 바로 얼마 전까지 내 이름을 다정하게 부르며 사랑한다 말해 주던 부모가 정말 이들이 맞는 걸까? 내가 실수를 해도, 기대치에 미치지 못해도 괜찮다고 말해 주던 바로 그분들인가?

세상이 바뀌고 다른 세계의 문이 여닫힌다. 지금까지 나를 이루고 있던 모든 것들이 일시에 무너지는 소리가 들렸다.

"행여 일말의 기대를 갖고 있을지 모르니 말해 두마. 그 더러운 것이 죽은 후에는 다시 찾아와도 우리가 널 받아줄 일은 결코 없을 것이다. 그러니 생각을 잘 하도록 해라, 엔딜."

"……죄송해요, 아버지."

"그것이 네 대답이냐."

싸늘한 음성에 나는 가만히 입을 다물고 바닥으로 시선을 고정했다. 마치 재판장에 서서 판결을 기다리는 기분이었다.

"넌 이제 우리의 자식이 아니다."

"……."

찰나의 시간이 지나고 형이 빠르게 집행됐다. 가슴에서 버석거리는 소리가 울렸다. 저벅저벅, 공간을 가득 채운 무거운 발걸음 소리가 한순간에 우르르 멀어지는 것이 느껴졌다.

간신히 고개를 들었을 때 황량한 집 안에 남은 것은 나 혼자밖에 없었다. 주위가 너무 조용하니 이상했다. 조금 전까지 따뜻했던 공기가 갑자기 시리게 느껴졌다. 크게 한숨을 내쉰 나는 곧 품 안에서 바르작거리는 움직임을 느끼고 천천히 시선을 내렸다. 작게 숨을 몰아쉬고 있던 아이가 나와 눈이 마주치자 희미하게 웃었다. 그 모습에 갑자기 왈칵 눈물이 솟았다.

"……괜찮아, 오빠가 지켜 줄게."

뚝뚝 떨어지는 눈물을 정면으로 맞으면서도 아이는 눈썹 하나 제대로 찌푸리지 못한다. 숨을 쉬는 것조차 힘겨워 보였다. 이러다 정말 죽는 게 아닐까 싶어 덜컥 겁이 났다. 나는 아이를 소중히 끌어안고 이마에 입 맞췄다.

"이제 내가 너의 유일한 가족이야."

　　　　*　　　*　　　*

　또르륵, 눈가에서 흘러내린 눈물이 콧등을 따라 바닥으로 떨어져 내렸다. 쯧, 하고 혀를 찬 남자가 자신의 다리를 베고 누워 있는 소년의 머리를 천천히 다독였다. 그러나 소년의 살짝 찌푸린 얼굴은 좀처럼 펴질 기미를 보이지 않고 끊임없이 눈물을 쏟아 냈다. 그 모습에 옆에서 지켜보던 신관 차림의 남자가 중얼거렸다.

　"괴로운 꿈을 꾸나 보네요."

　―아주 오래된 악몽이지.

　대답하는 남자의 모습은 신기하게도 거의 반투명해서 주변이 비쳐 보였다. 푸르스름하게 일렁거리는 모습이 마치 물로 만들어진 것 같기도 했다.

　그 증거로 소년이 흘리는 눈물들이 남자의 다리에 닿자마자 흡수되듯이 사라지고 있었다. 그는 잠들어 있는 소년이 깨지 않도록 조심하면서 머리칼을 천천히 쓰다듬었다. 신관―카이테인이 미묘한 표정을 지으며 말했다.

　"그 모습은 볼 때마다 적응이 되지 않는군요. 시큐엘 님이 인간의 모습으로도 변할 수 있을 줄은……."

　―나만이 아니라 상급 정령은 전부 가능한 일이다. 본신이 아니라 그다지 오래 유지하지는 못해. 어차피 인간의 형태라고 해 봤자 이 정도 역할밖에 하지 못하겠지만.

　"그래도 덕분에 엔딜 군이 안정을 찾고 있는 것 같습니다."

그 말대로 조금 전까지 괴롭게 일그러져 있던 엔딜의 얼굴이 점점 편안해지고 있었다. 시큐엘은 부드럽게 미소 지으며 그의 머리를 계속해서 어루만졌다.

엔딜을 재우는 건 그와 인연이 닿은 이후로 계속 해 오고 있던 일이다. 상처가 많은 아이였다. 눕기만 하면 악몽을 꾸는 통에 제대로 잠을 이루는 날이 손에 꼽을 정도로. 그나마 그가 함께하면서부터는 짧은 시간이라도 깊게 잠들게 됐다. 하루하루 조금씩 나아지는 안색을 보면서 얼마나 마음이 뿌듯했었는지 모른다.

계약이 끊겼을 땐 다시는 이런 날이 오지 않을 거라고 생각했다. 그런데 오히려 더 안정된 환경에서 함께할 수 있게 되다니. 시큐엘은 지금도 꿈을 꾸고 있는 것 같았다.

─왕께 어떻게 감사를 드려야 할지. 정말 큰 빚을 졌다.

"엘 님께선 그렇게 생각하지 않으실 겁니다. 당신과 엔딜이 행복하길 바라실 테니까요."

그 말엔 시큐엘 역시 깊이 공감했다. 정령들은 태어날 때부터 왕의 감정에 교감한다. 그렇기에 누구보다 왕을 가장 잘 알고 이해할 수밖에 없는 존재였다. 그에게 엘은 화를 내고 나무랄 때마저 다정한 왕이었다. 자신에게 모진 다짐을 받아 낸 후 자책감으로 잠을 이루지 못했다는 것도 알고 있다. 그 때문에 이미 묻어버린 과거의 아픔까지 다시 끄집어내어져 힘들어했었다는 것도.

─참으로 다정하신 분이시지.

역대 물의 왕들은 모두 냉정한 성정을 지니고 있었다. 직접 겪어 본 건 아니지만 태어나면서부터 전승되는 기억들 덕분에 지금의 왕이 이전과 많이 다르다는 건 알 수 있었다. 아마 앞으로도 이런 왕은 나타나지 않으리라. 그런 의미에서 지금의 정령들은 축복받은 세대였다. 시큐엘은 희미하게 웃었다.

"엔딜과는 어떻게 만나게 되신 겁니까?"

─그의 아픔이 날 이끌었다.

"아픔…… 말이군요."

안쓰럽다는 시선이 잠든 소년의 모습에 내려진다. 시큐엘은 천천히 고개를 끄덕이며 흐트러진 머리카락을 쓸었다.

처음 엔딜을 보았을 때의 기억은 아직도 강렬하다. 널따란 호수에 앉아 서글피 울고 있던 아이였다. 양손 가득 들고 있는 양동이를 보고 물을 뜨러 왔다는 것을 알았다. 그 호수는 당시 만들어진 것들 중에선 마을에서 가장 먼 곳에 있었던 것이었다. 가까운 곳에 있는 호수를 두고 왜 굳이 이런 먼 곳까지 나왔는지, 왜 그 앞에서 서럽게 우는지 문득 그 사연이 궁금했다. 그래서 원래는 잠시 방문한 장소에 불과했던 그곳에서 한동안 머물기 시작했다.

이후에도 그의 모습은 줄곧 눈에 띄었다. 아직 채 자라지 못한 작은 아이는 어디에도 속하지 못한 이방인이었다. 10년 가뭄의 끝, 하늘에서 쏟아지는 비에 모든 사람들이 축제를 벌이고 있을 때도 그만은 마을의 입구만 서성이다 처량하게 몸을 돌렸다. 먹을 것을 구하기 위해 이곳저곳을 기웃거리다 사람들의 싸늘한 시선에 치여 서둘러 숨어 버리는 모습도 자주 보였다.

온종일 녹초가 되도록 약초를 캐고, 인간에게 사냥당할 위험을 무릅쓰며 돈을 벌었다. 그럼에도 아픈 동생 앞에선 언제나 씩씩하고 다정한 오라비였다. 늦은 밤 동생을 재우고 나면 조용히 밖으로 나와 그제야 참았던 눈물을 겨우 터뜨렸다. 우연히 발견했던 그 모습들이 시간이 지날수록 눈에 밟혀 도저히 가만히 있을 수가 없었다.

―같은 아픔을 가진 분을 알고 있었기에 외면할 수 없었다.

그래서 도와주고 싶었다. 자신의 희생으로 이 작은 소년이 아주 잠시나마 행복해질 수 있다면. 그것만으로도 충분히 만족스러울 것 같았다.

어느 순간 욕심이 무럭무럭 커져서, 소년의 성장을 지켜보고 생이 다하는 그 날까지 곁을 지키고 싶었지만, 그것이 가능하리라곤 생각하지 않았다. 그렇기에 더욱 안타깝고 애틋했던 계약자였다. 그런데 마음속으로만 지녔던 소망이 정말 가능하게 됐다. 이젠 얼마든지 그의 힘이 되어 줄 수 있었다.

'돌아가는 대로 당장 이사부터 해야겠군.'

지금까지는 언제 계약이 끊어질지 모른단 불안감 때문에 엔딜이 엘프의 영역에서 머무는 걸 방관할 수밖에 없었다. 아무리 아픈 기억이 많은 장소라도 무법지인 인간들의 세상보다 안전하다는 건 사실이었기 때문이다. 하지만 이제 더 이상 그럴 필요가 없었다. 당당하게 그곳에서 나와 인간들과 더불어 살아도 괜찮을 것이다. 자신이 늘 함께하며 지켜 줄 테니까.

마을의 엘프들만 생각하면 시큐엘은 지금도 이가 갈렸다. 아직 성인식도 치르지 않은 어린아이가 아픈 동생과 함께 힘겹게 살아가는데도 누구 하나 돌보러 오는 이가 없었다. 일말의 양심 때문인지 몇 달에 한 번꼴로 최소한의 식료품을 보내오긴 하지만 그것도 멀찍이 놔두고 사라지는 방식이었다. 인근 지역의 인간들에겐 정령사 엔딜의 이름이 유명해진 지 오래건만, 정작 같은 지붕 아래 살고 있는 그들 일족은 그의 성취를 까맣게 몰랐다. 그만큼 철저하게 무관심했다.

　엘프 일족 사이에서도 상급 정령사는 흔치 않다. 특히 물의 정령은 전 인종을 통틀어 계약자 자체가 많지 않은 편이었다. 현 시점에서 그들 일족 중에 물의 상급 정령사는 엔딜이 유일했다.

　그 고약한 자들이 이 사실을 알게 되면 어떤 표정을 지을까? 상상만 해도 즐거운 기분에 시큐엘은 흐뭇하게 웃었다. 앞으로 해야 할 일들이 너무 많았다. 지금까지는 품 안의 자식처럼 무조건 끌어안았지만 앞으론 조금 엄하게 대해도 괜찮을 것 같았다.

　—일단 말투부터 고쳐 놔야겠다. 예전엔 안 그랬던 모양인데 너무 거칠게 살아서 버릇이 없어졌어. 정령사의 마음가짐에 대해 아는 것도 거의 없고, 정령을 다루는 법도 잘 모른다. 하나하나 전부 가르칠 걸 생각하면 머리가 아프군.

　"후후, 한동안 엔딜 군이 고생하겠군요."

　—……너무 엄하게 대하면 싫어할까?

　"걱정이 되십니까?"

─음, 아니, 뭐. 아직 어린아이니까.

시큐엘은 겸연쩍은 표정을 지으며 웅얼거렸다. 하급 정령만큼 무조건적인 충성을 보이지는 않지만, 정령들은 본능적으로 계약자와 화목하게 지내고 싶어 한다. 막상 그가 싫어할 일을 해야 한다고 생각하니 마음에 망설임이 가득한 얼굴이었다. 그 모습에 카이테인은 가볍게 웃었다.

"그의 곁에 당신이 계셔서 다행입니다."

이제 엔딜의 얼굴은 완전히 평온해져 있었다. 굳어 있던 입가가 풀리고 부드러운 미소가 떠올랐다. 괴로운 꿈이 즐거운 것으로 바뀐 듯했다. 시큐엘은 슬며시 웃으며 그의 이마에 입을 맞췄다.

─좋은 꿈꾸길, 내 어린 주인.

그리고 나의 왕께서도 과거의 악몽에서 벗어나시기를.

시큐엘은 조용히 속으로 기도를 올렸다. 캄캄한 어둠, 등진 창밖으로 희뿌연 별빛이 들어오고 있었다.

평화로운 밤이었다.

이름: 트로웰

생일: 11월 11일

키: 165cm

종족: 정령

속성: 땅

성별: 무(無)

외형연령: 14세~16세

머리카락과 눈동자 색: 흑발, 금안

소개: 4개의 원소를 관장하는 정령왕 중,
땅을 관장하는 정령왕.
다갈색 피부, 황금색 눈동자가 특징.
미래를 예언하고 타인의 마음을 읽는 능력을
가지고 있다. 어린 외형과는 다르게 차분하고
어른스러운 성격. 역대 정령왕 중에서 두 번째
로 성격이 나빴지만 개과천선했다는 소문이
있음. 지금은 (일단 겉으로는) 자신을 온전히
신뢰하는 사람에겐 친절하다.

캐릭터 한마디: "안녕, 만나서 반가워요. 그런데
왜 내게만 이런 걸 시키는 거죠?"

캐릭터 복불복 Q n A

(고박춤 님의 질문)

Q. 엘이 갑자기 반항적으로 변한다면 어떻게 대처하실 건가요?

A. 반항적인 엘이요? 흠, 그건 그것대로 귀여울 것 같네요. 사실 엘이 많이 순한 편이긴 하죠. 아마 그의 새로운 일면을 알게 될 좋은 기회가 되지 않을까 싶네요. 누구나 한결같을 순 없으니까요. 딱히 달라지는 건 없을 거예요. 그가 날 여전히 가족으로 여겨주기만 한다면.

Q. 다시 유희를 나간다면 어떤 설정으로 나가시고 싶나요?

A. 글쎄요, 한동안 용병으로 떠돌아다녔으니 당분간 정착해보는 것도 나쁘지 않겠네요. 엘의 유희에 도움이 될 만한 직업이 뭐가 있을

까요?

Q. 미네르바가 당신을 버리고 다른 '여(강조)'신에게 갔어요. 당신은 어떻게 할 건가요?

A. 여신이라는 건 장난이죠? 후후, 사실 여신이든 뭐든 상관없어요. 미네르바가 행복해지는 길이라면 그게 무엇이든 좋아요. 그 결과 내가 버려지게 되더라도. 아니, 그는 한 번도 날 가진 적이 없으니 애초에 버리는 것도 아니겠지만.

(A.RIN♣ 님의 질문)

Q. 엘의 생각에 전적으로 동의하는데. 트로웰 같은 가족이 있음 얼마나 좋을까요. 아무튼 엘이 좋아요? 페르데스가 좋아요? 아, 혹시 엘과 사귈 의향이 있어요?

A. 내가 가족인 게 좋아요? 정말? 음, 빈말이라도 기분 좋네요. 엘과 페르데스라……. 너무 전형적인 대답일진 모르겠는데, 그 둘은 각기 다른 감정으로 소중해요. 그래서 비교할 수가 없네요. 마지막으로, 엘과 그런 식으로 생각해 본적은 없어요. 무엇보다 엘 쪽에서 질색하지 않을까 싶은데요?

(참치보스 님의 질문)

Q. 엘이 여신이 되면 어떨 것 같아?

A. 엘이 여신? 후후, 잘 어울릴 것 같긴 하네. 아니, 진짜 잘 어울릴 것 같아서 오히려 좀 미안한데. 이런 질문에 웃은 걸 알면 엘이 서운해 할 것 같거든.

(황초아 님의 질문)

Q. 주신이 내일 아크아돈과 정령계를 없앤다고 한다면 오늘 뭘 할 건가요?

A. 한 그루의 사과나무를 심는다? 하하, 농담이에요. 음, 글쎄요. 어차피 없어지는 거라면 누가 없애기 전에 내가 먼저 없애도 괜찮지 않을까……. 아, 물론 이것도 농담인데, 조금 그랬나요?

Q. 신이 되면 가장 먼저 해보고 싶은 게 있다면 뭔가요?

A. 아크아돈에 놀러가서 제 신전을 세워보고 싶어요. 인간들이 정령왕들의 공로를 나한테 돌리는 모습을 보고 싶거든요. 더불어 그것을 보면서 분개할 제 후배들의 모습도요. 후후, 전혀 의외의 대답이었나요?

Q. 유희할 때 꼬마 모습이 좋아요, 청년 모습이 좋아요?

A. 육체의 편안함을 묻는 거라면 아무래도 본래 모습 쪽이겠죠. 외형을 바꾸면 감각이 둔해지는 단점이 있기 때문에 본래 모습을 더 선호해요. 가끔 어려 보인다는 이유로 귀찮은 일이 생기긴 하지만, 어차피 남의 시선은 별로 의미 없으니까.

네 칸 만화

〈본격 제멋대로 동화 패러디〉

1. 잠자는 숲 속의 라피스

2. 인어 공주 엘

…기다리지 마. 안 와.

내 집 같은 편안함.

〈본격 제멋대로 동화 패러디〉

3. 신데렐라의 간절함

12시 넘도록 연체하면 죽인다.

아가씨! 이름이라도!

느아아아

아스 왕자님! 저 가요!

쿠당

꾸에에에엑

팅

아가…

휘청

뭔가 봐선 안 될 무언가를 본 기분.

아따...

......?!

휘청

......

데로온 help
구라시 구라돈 9라운

나예요… 나 여기 있어요

4. 성냥팔이 유니콘

성냥 사세요~!!

성냥 사세요~ 으으... 너무 춥구나.

성냥 한 개만 켜볼까?

시벨~ 아스가 네게 줄 선물을 골랐대~

엇벤 이건 아스랑 엘이잖아! ㅠㅠ

아샛 그렇게 말하면 안 돼 말이 상처받잖니

자, 당근 울어봬! 망아지얘!

......

후우—

뭘 봐?

움칫

망아지가 담배 피우는 거 첨 봐?